風は西から

村山由佳

幻冬舎文庫

風は西から

1

顔に吹きつける風がたまらなく心地いい。空は眩しく、フロントガラス越しに見上げていると眼球の奥まで青く染まりそうだ。

伊東千秋は、助手席の窓をさらに下ろした。青信号の続く道を、車はまっすぐに走ってゆく。街路樹の若葉はまだ柔らかい。ああ、どこもかしこも春だ春だ、と目を細めていると、

「やれやれ、春だ春だ」

ハンドルを握る健介が言った。はうらはうら、と聞こえたのは大きなあくびをしたせいだ。吹き出しながらそちらを見た千秋は、ふと心配になった。

「大丈夫？　運転、代わろうか？」

「いや、何で？」

「また寝られてないのかと思って」

「大丈夫だよ。ほら、こういう季節に眠いのって、何だっけ。しゅ……しゅん……」

「『春眠暁を覚えず』？」

「そう、それ」

「なるほどね。それで思いっきり遅刻してきたわけだ」

久しぶりのドライブだというのに、健介は今朝、約束に一時間も遅れてきたのだった。このところ、時々そういうことがある。遅刻ばかりでなく、映画を観ている隣で寝息を立てていたり、出かけるはずが部屋でごろごろしていて夕方になってしまったり……。男というのは、こちらが甘い顔を見せるとすぐに油断するんだから、と千秋は思う。

就職活動をきっかけに付き合うようになり、卒業を経て、はや六年。同じサークルで知り合った頃から数えれば九年以上だ。長い付き合い、少しは大目に見るのが正しいのか、それともこのへんで手綱をもう一度引き締め直すべきなのか。互いに仕事をしているぶん相手の忙しさも理解できるけれど、その反面、自分だって二人の時間を捻出するために努力しているのに、とつい不服に思ってしまう時がある。

「や、ほんとごめん。悪かった」

健介が心からすまなそうに言う。千秋のほうも、喧嘩したいわけではない。

「じゃあ、」わざとおどけて言った。「お昼ごはんおごってくれる？」

「うーん、やっぱそうくるかあ」

「晩ごはんって言わないところが武士の情けだと思いなさいよ」

誰が武士だよ、と苦笑しながら、健介はゆるやかにハンドルを切った。

　カーステレオからは男性ヴォーカルの曲が流れている。野太いけれど節々に繊細さの滲む歌声——広島で生まれ育った健介に言わせると、〈タミオは広島県人の星であり宝〉なのだそうだ。大げさな、と最初は思っていた千秋だが、彼の薦めで一緒に聴くようになり、いつしか自分も大好きになった。

　アクセルを踏みこんだ健介が、サイドミラーを確かめながら車線変更をする。道がぐいぐいとカーブしてゆき、レインボーブリッジの巨大な橋梁が頭上に覆いかぶさってくる。

　向かう先は房総半島だ。お花畑が見頃の時季はもう過ぎてしまっているだろうが、真っ青な太平洋、遥か彼方の水平線はいつ眺めても美しいだろう。車の窓を全開にして海沿いの道を走り、お昼にはとれとれの魚介が山盛りの海鮮丼など食べて、帰り道があまり混まなかったらお台場あたりで買い物をして……あるいは早めに部屋に帰ってまったりしてもいい。

　デートのたびに綿密な計画を立てていたのは、せいぜい社会に出て一、二年目までだ。あの頃はまだ週末にきちんと休みを取ることができていたものだが、最近は互いに忙しくなり、すれ違いも増えて、予定を合わせるだけでも大変になってきた。そのぶん、逢える時は予定などむしろ行き当たりばったりのほうが気が楽だ。倦怠期というわけではなくて、要するに二人でいられれば行き先などどこでもかまわないのだった。

　去年の夏の休暇に、健介は千秋を連れて郷里に帰った。とくべつ約束を交わした上でのことではないにせよ、わざわざ恋人を連れて帰って両親に会わせようという気持ちが、千秋には嬉しかった。今すぐどうこうということでなくても、決していいかげんに考えているわけではないのだという彼の意思表示がじんわり沁みてきて、胸にぽっと明かりが灯るような心地がした。

　滞在した四日間、ずいぶんあちこちへドライブをした。高校卒業を機に免許を取って以来、健介が帰省のたびに借りて乗っているという父親の車で、今日と同じくお気に入りの曲ばかりをかけながら沢山走った。

　広島は、出張を含めて二度ばかり訪れていたが、

〈そういえば宮島ってまだ行ったことがないや〉

千秋が言うと、健介はまるで人ならざる者を見るかのように目を剝いて呟いた。

〈うそじゃろ？〉

　そうして、せっかくなら最高の時間帯に見せてやりたいからと、わざわざまだ暗いうちに千秋を揺り起こして連れていってくれた。

　初めて目の当たりにする厳島神社は怖ろしいまでに荘厳だった。海を敷地とする神域は、潮の満ち引きによって印象が大きく変わる。二人が着いた早朝、真紅の鳥居と本殿はまばゆい朝日に照らされて凪の海に反射し、息を呑むほどに美しかった。

宮島名物の新鮮な牡蠣を二人して山ほど食べ、もみじ饅頭はできたてのほかほかを歩きながら頬張った。

あたりには野生の鹿がたくさんいて、人を見ると寄ってくる。〈奈良みたいだね〉と千秋が言うと、〈ぜったい、こっちのほうが先じゃけえ〉と、健介はたまに出る広島弁で言い張った。それが本当のことかどうか千秋にはわからないし、健介自身もたぶん知らない。広島県人の郷土愛というのは、微笑ましくも時に面倒くさいのだった。

思えばあの時も、そして今も、どこかへ出かけると二人ともひたすら食べてばかりいる。むやみな暴飲暴食というわけではない。あくまでも美味しいものに目がないのであって、ゆえに店に入ると、置いてあるメニュー表を隅から隅まで品定めするのが共通の愉しみだった。

東京から車で約二時間――二人は今、南房総の海の幸に舌鼓を打っている。ほんのり温みの残る酢飯の上に、すぐ目の前の漁港で今朝揚がったばかりという魚介がぎっしりと載っていた。切り身はどれも、冗談かと笑いだしたくなるほど分厚い。

こんな暖かな日はぜひとも冷えたビールといきたいところだが、ハンドルを握る健介の手前、千秋もまたお茶で我慢する。

「チィはほんと、何でも旨そうに食うよなあ」

熱いお茶のおかわりを頼みながら、健介が言った。

「すみませんね、食い意地が張ってて」

「褒めてるんだよ。俺、チィのどこが好きって、一番はそこかも」

「えー、微妙」

「いや、真面目な話さ。こういう、誰が食っても問答無用で旨いものならともかく、チィは何ていうかこう、イマイチの料理が来た時でも文句言わずに残さず食べるだろ。そういうとこ、えらいなと思って」

「別にえらくなんかないよ。食いしん坊なだけだよ」

「それだけじゃないって。舌なんか、俺より確かなのにさ」

「よく言う」

謙遜（けんそん）する千秋に、健介は首を横に振った。

「いや、マジで、たいしたもんだと思うよ。うちの親父（おやじ）が褒めてたくらいだし」

「うそ。何それ」

健介の両親は、広島市内で居酒屋『ふじ』を経営している。酒ばかりでなく料理にも力を入れていて、ことに父親の藤井（ふじい）武雄（たけお）が腕をふるう創作料理は地元で人気らしく、店はよく繁盛しているようだ。去年の夏、健介に連れられて千秋が訪ねていった時も、昼に一度、夜にも一度、店でご馳走になった。それこそ「問答無用で旨い」料理だった。

「あの時、二度とも素材や隠し味を言い当てただろ。グリンピースを擂りつぶしたやつは俺にもわかったけど、和え物のあれには気がつかなかった」

和え物の酸味が、酢ではなくてトマトのそれではないかと言った時、たしかに、カウンターの中の武雄が顔を上げてこちらをじっと見た記憶がある。よけいなことを言ってしまったかと気になっていたのだが、褒めてくれたというのなら嬉しい話だ。

「だけど健ちゃんこそ、そんなこと、よく覚えてるね」

「そりゃそうだよ。悔しかったもん」

言いながら、太い眉がぎゅっと寄る。悔しい時はほんとうに悔しそうな顔をする人だなあと、千秋は向かいからしみじみと恋人を眺めた。いっそ無防備なほどの彼の正直さが、今さらのように好もしい。

やんちゃで愛嬌のある顔立ち。朗らかで冗談好きで、下品にならない程度に下ネタも口にする。学生時代のサークルでも健介は女の子にそこそこ人気があったが、何より男友達の多いところがいいと、千秋は思っていた。いささか頑固で融通のきかない性格ではあるにせよ、裏返せばそれは生真面目さや誠実さにもつながっていて、ぐいぐいリーダーシップを取るというほど強引なタイプではないのに気がつけば皆が彼を頼りにしていた。

しかし、健介を頼りにしているのは友人たちばかりではない。

海鮮丼をしっかりと最後の米粒ひとつまで食べ終え、熱いお茶で口の中を潤すと、千秋はそっと訊いてみた。

「ねえ。健ちゃんはさ……広島へは、いつごろ帰るつもりでいるの？」

テーブル越しに、彼がこちらを見る。思わずたじろぐほどまっすぐな眼差しだった。

「決めてはいないけど、少なくとも二、三年は先だろうな」

「でも、お父さんやお母さんはずっと待ってらっしゃるんでしょ？」

健介はふっと笑った。

「そりゃそうだけど、あんまり急いで帰ったら、これまでの全部が無駄になるだけだしさ。向こうへ戻って店の跡継ぎの修業をするのは、まあそうだな。親父が引退する一、二年前で充分じゃないかな」

両親が地道に働いてここまでにした居酒屋『ふじ』を、自分が継ぎたい。そしてゆくゆくは二店目、三店目、と徐々に店舗を増やし、広島だけでなくもっと広い範囲で商売をしてみたい。

ひとり息子のその決断を、両親もまた喜んだ。それはそうだろう。息子が跡を継ぐとは、すなわち、親として人としての自分たちの人生が丸ごと肯定されるも同じことだ。

健介はそのために、まずは東京の大学の経営学科に進んだ。そして卒業後は実地にノウハウを学ぶべく、一旦は大手の外食産業に就職し――そう、今がその真っ最中というわけだ。彼が就職先に全国展開の居酒屋チェーン『山背』を選んだのは、一にも二にも、将来は広島に帰って両親の店を継ぐためだった。

もしも健介との付き合いがこの先も長く続いて、そのうち結婚するとしたら、自分もいつかは広島で暮らすことになるのだろうか、と千秋は思った。創作居酒屋『ふじ』の若女将。そう、ずいぶんと気の早い妄想ではあるけれど。

千秋自身、美味しいものを食べることと同じくらい、美味しいもので人をもてなすことが好きだ。ひとえに、亡くなった母親のおかげだと感謝している。

千秋がまだ物心つく前に夫と別れ、その後は女手ひとつで育ててあげてくれた気丈な母。今でも逢いたい。大好きだった。

幼い頃、好き嫌いが多い上にひどいアレルギー体質だった娘のため、母親は自ら働きながらも、毎日の食卓や、幼稚園へ持っていくお弁当にことごとく工夫を凝らしてくれた。嫌いな野菜を無理やり食べさせられた記憶が、千秋にはまるでない。ニンジン、ピーマン、セロリはもとより、キュウリやナスやトマトでさえ食べられなかった娘に母親が用意してくれたのは、何かまったく別の世界からやって来た食べものだった。そうとしか思えないほど、どれもこれも色鮮やかで美味しかった。

成長とともにアレルギーがすっかり消えてなくなったのがその手料理のおかげだったかどうかはわからないが、いずれにせよ、千秋は今、大手食品メーカー『銀のさじ』に勤めている。食べものに携わる仕事に就きたくて、それも料理人という形ではなく、もう少し広い意味で関わりたくて、就職活動の対象は初めから食品関係に絞った。

ずっと同じサークルの友達同士でしかなかった健介と、一対一で付き合うようになったのも、この就活がきっかけだ。

たまたま一緒になった会社説明会の帰り道、食べものがどれだけ人を幸福にするか、どんなに人生を変える可能性に満ちているかについて、今から思えば面映(おもは)ゆいほど熱く語り合ったのを覚えている。雨が降っていた。互いの傘を叩く雨粒の音に負けまいと、声がしぜんと大きくなった。駅に着いて別々の電車に乗る間際になっても話が尽きず、ふと我に返って、このひとのことをもっと知りたいと思った。自分のことをもっと知って欲しい、とも。

先に内定をもらったのは千秋のほうだったから、一時は健介に対して気を遣いもしたけれど、彼は何度続けざまに面接試験に落ちてもへこたれなかった。落胆していないわけはないのだが、少なくとも顔や態度には表さなかった。

意地っぱり、と千秋は焦(じ)れた。少しは弱音くらい吐いてくれないと、慰めてあげることもできやしない。辛(つら)い時にすぐそばで支え、優しい言葉で癒してくれる女の子を、男は恋人にしたいと願う生きもののはずだ。映画も、漫画も、恋愛指南本も、みんなそう謳っている。

結局のところ健介は、ほとんど一度も弱音らしい言葉を口にしないまま、最終的にはあの『山背』の内定を手に入れた。居酒屋チェーンの中でもおそらく最も有名と言っていいだろう。学生であれ社会人であれ、一度も飲み食いしたことがない者のほうが少ないほどの業界最大手だ。

『山背』には、はっきりとした〈顔〉がある。ワンマンで有名な社長、山岡誠一郎の顔だ。彫りの深い色黒の顔と、ずんぐりとした体躯。五十代半ばにして見るからに精力的な山岡誠一郎は、同時に、素晴らしく弁の立つ男だった。それも、ああ言えばこう言う、といった類いの弁舌ではない。自らの理想を熱く語り、正義と信じるもののためには自ら行動することを躊躇わず、しかもそれを公言して憚らない、今どき珍しいほどのカリスマ性にあふれた創業者だ。

〈あの人、明治時代とかに生まれていたらきっと日本を変えてたと思うよ〉

健介はそう言って、千秋にも彼の著書を読むように薦めた。

〈絶対、チィにとっても為になると思う。前にチィと話してたみたいな理想論が、もっとちゃんとした言葉でここに全部書いてあるんだ〉

……理想論。

そう言われて千秋は、爪の端にできたささくれのような違和感を覚えた。会社説明会の帰り道、傘をさしながら健介とやり取りした言葉の一つひとつが、あたかもふわふわと実体のない夢のようなものだと言われた気がして哀しくなった。

いよいよ最終面接にまで漕ぎ着けた健介は、憧れの社長を前に、その経営理念への共感と、溢れんばかりの熱意のありったけを伝えることにどうやら成功したらしく、数日後、めでたく内定の通知を受け取った。彼の喜びようといったら、一緒に祝おうと駆けつけた千秋が内心、ちょっと引いてしまうほどだった。そんなにまであのカリスマ社長に傾倒してしまっては、いつか広島に帰って両親の店を継ぐという目標の妨げになるのではないかと心配にさえなったものだ。

あれから、はや五年。状況は今、いろいろな意味で変わりつつある。入社以来、本社の営業部や広告部に所属していた健介は、〈初めの数年間のうちにひととおりすべての業務を体験させる〉という社の方針に基づき、先週から〈現場〉である店舗に配属となったのだ。

「いきなり店長見習いって、ちょっとびっくりしちゃった」

千秋が言うと、健介も頷く。

「わりとよくあるみたいだけどね。それにしても、やっとだよ」

げんなりとした物言いとは裏腹に、瞳の光は強い。

「やっとこれで現場を見られるわけでさ。そりゃあ責任も重大だけど、慣れてきたら盗めるところは盗んで将来につなげていける。自分の本当にやりたいことと現実とが、ようやく具体的につながった感じでさ。なんかこう、ぜんぜん別の会社に転職したのと同じくらい新鮮」

「でも、あそこの店、都内でもそうとうハードな店舗なんじゃないの？　駅前だし」

「まあね。土地柄、企業も多いけど、何より学生客が多いのがけっこうキツいかな。単価の安いものばかりあれもこれもばらばらに頼むし、ひと組ひと組が長居するから回転が悪いし」

「偉いね。ちゃんと勉強してるんだね」励ますように、千秋は言った。「でもさ、そういう忙しい店舗を任されるってことは、要するに会社からそれだけ見込まれてるってことでしょう？　凄いよ、健ちゃん」

まっすぐな想いが伝わったのか、健介は片目を眇めて笑った。照れくさい時の癖だった。

将来について話す彼の、きらきらしい瞳が好きだ、と千秋は思う。今どきここまで目標のはっきりしている男がどれだけいるだろう。

健介が語る未来図の中に、自分はちょっとでも含まれているのだろうか。そうだったらいい。生真面目過ぎるせいで少し融通がきかなかったりもするけれど、常に一生懸命な彼のこの先を、いちばん近くで見ていたい。自分自身に対してとりわけ厳しい彼が、そのせいで辛くなった時、すぐそばにいて支えになってあげたい。

「これからは、きっとますます忙しくなるね」

「うん。でもまあ、休みはあるわけだからさ。逢えるよ」

どうだろうか、と思いながら、ぬるくなったお茶を飲み干す。

「無理しないでねって言っても、無理しなくちゃどうにもならない場合だってあるだろうけど、身体だけは壊さないように気をつけてよね。お願いだから」

健介は軽く頷いた。「大丈夫」

「ぜんぜん大丈夫じゃないってば。健ちゃん最近、すごく疲れてる時あるもの」

「ごめん」健介が目を伏せる。「今朝はほんと悪かった」

「そういう意味じゃないの。ただ、心配なの」

「前みたいにはゆっくり時間取れなくて、ほんと悪いと思ってる」

「そんなの私、文句言ったことある？」

「ないけど……」

「けど？」

健介は視線を窓のほうへとそらし、ぼそっと呟いた。

「俺が、寂しいだけ」

　一瞬、言葉が出なかった。たとえば高級ホテルの最上階にあるバーで、美しい夜景を見おろしながら囁(ささや)かれたわけではない。ひなびた漁師町の、たまたま入った海鮮丼の店で、まるで怒っているかのようにぶっきらぼうな口調で言われただけなのに、耳にしたとたん心臓に疼痛(とうつう)が走ったくらい切なかった。

「逢えない時ってさ……」千秋はようやく言った。「すごく逢いたいのになかなか逢えない時って、そりゃ寂しいけど、そのかわり、次に逢えた時が何倍も嬉しくない？」

「ああ、うん。それはある」

　ようやく健介がこちらに目を戻す。

「私、ふだん会社のお昼休みとか、何か面白いことや頭にくることがあるたんびに、このこと後で健ちゃんにも話さなきゃって思う。それとか、新しいお店や面白そうな映画の話なんか聞くと、次に逢えたらきっと一緒に行こうと思って、いちいち携帯にメモしたりするよ」

「マジで？」

「うん。けっこうまめに」

「ヒマ過ぎじゃないのか、それ」

「あ、失礼な。うちの会社だって、健ちゃんのところほどじゃないだろうけど、それなりにハードなんだから」

「ごめんごめん、冗談だって」健介は苦笑した。「ほんとは、かなり嬉しい。そんなに朝から晩まで俺のこと考えてくれてるなんてさ」

「うーん、まあ仕事中はきれいさっぱり忘れてるんだけど」

ちぇ、何だよなー、と健介が口を曲げ、千秋は笑った。

「だからね、健ちゃん。お互いにできるだけ無理のない範囲で、でも逢える時は一生懸命逢おうよね」

「チィも、寂しいか？」

「あのねえ。あんまり当たり前のこと訊かないの」

テーブルの下で、こつん、と足を蹴ってやると、健介は、眩しいような、くすぐったいような顔をした。

南房総からの帰り道は、思った以上に混んでいた。ちょうど夕方のラッシュにぶつかったせいだろう。とくに首都高に入ってから高速を下りるまでに、来る時の倍ほどの時間がかかってしまった。

お台場でのショッピングや夕食は早々にあきらめ、健介のアパート近くのスーパーで特売の肉や野菜、それに缶ビールを買う。

「部屋で食べると酒が飲めるのがいいよな」

と、健介は前向きなことを言った。

煮物を火にかけながら酒のアテを作っている千秋の背中で、彼の携帯が鳴る。

「もしもし。……あ、うん、もう家じゃけえ、大丈夫」

答える健介の口調でわかった。かけてきた相手は広島の母親だろう。

「え？　ちゃーんと食べとるって。……いや、昼間は会社の社食とかあるし、晩は自分でも作るし。……はあ？　何言うとるん、俺、親父の息子よ？……ああ、まあのう。今は、チィが来て晩メシ作ってくれとる。……あ、いや、気にせんでいいって。まだもうちょいかかりそうじゃけ」

千秋は台所からふり返って頷いてみせ、小声で伝えた。

(よろしく言ってね)

「チィが、よろしく、て言うとる」

電話の向こうの母親に告げながら、健介が千秋を見る目がいたずらっぽく輝く。急に照れくさくなり、千秋はまな板のほうに向き直って再び野菜を刻み始めた。何だかまるで新婚の夫婦みたいだ。

煮物の材料に火が通ったところで、酒、砂糖、醬油を加えてゆく。料理は少しも苦にならないが、腕のいい料理人の家で育った健介のために食事を作るのは、正直なところかなり緊張する。とはいえ彼のほうはまったく頓着なく、何でも旨い旨いと言ってたくさん食べてくれるのだった。社宅のアパートの台所は二人並んで立てないほど狭いが、大きめの冷蔵庫が備え付けられているのと、ガスコンロが二口なのがありがたい。

電話はまだ続いていて、会話のこちら側だけが千秋の耳にも聞こえてくる。今日の昼間、海鮮丼を食べながら話したような内容を、彼は母親にも説明していた。

先週からの店舗勤務のこと。これまでの営業部や広告部とはまったく勝手が違うこと。都内でも特にハードな駅前店だけに、店長見習いとしては一日も早く仕事を覚えてみんなに指示を出せるようにならなければお話にならないこと……。

内容はなかなかにしんどい話なのだが、背中で聞いている千秋は、広島弁というのはなんてあったかい言葉なのだろうと思った。それと同時に、自分の母親に対して優しい物言いをする健介を、やっぱりとてもいいと思った。友人たちの中には、男が母親を大事にするのをマザコンなどと決めつけて嫌がる者もいるけれど、千秋はそんなふうに感じたことがない。自分を産んでくれた女性を大事にできない男に、自分のパートナーとなる女性や、一緒につくる家族を大事にできるはずがない、と思うからだ。

「うん、わかった。はいはい、ちゃんと伝えとくけえ」

なかなか切れない電話に、健介が苦笑交じりに返事をしている。

「ん、わかったって。……もうええじゃろが。俺からもまた電話するけえ。……うんうん、おふくろも大事にしんさいよ。親父にも言うといて。……はいよ、おやすみ」

通話を切り、ふうう、とため息をつく。携帯に充電ケーブルをつなぐと、健介はごろんと大の字に寝そべってぼやいた。

「あーもう、たいぎぃー。おふくろ、相変わらず話がブチ長(なげ)ぇー」

千秋はぷっと吹き出し、菜箸を片手にふり向いた。

「お元気だった？　おかあさん」

「ああ、もう、元気も元気」

寝返りを打ち、彼は、まだ出しっ放しの炬燵(こたつ)に足先を突っ込んだ。

「あ、おふくろがな、『千秋さんに、息子をよろしゅうって伝えて』ってさ」

「えっ？」菜箸を取り落としそうになる。「……うそでしょ？」

「うん。ちょっとだけうそ。『千秋さんに、よろしゅう伝えてね』って」

「ちょっとじゃないじゃない！」

寝転がったまま、健介がげらげら笑いだした。

「なあ、チィー」

「なによ」

「腹へったー」

「あ、ごめんごめん、あともうちょっとだからね」

「てか、こっちこそごめんな。チィだって疲れてるのに台所立たせて」

「私は、一日ずっと助手席に座ってただけだもの。もうあと十分くらいでごはん炊きあがるから、待っててね」

「おう、サンキュ。いくらだって待ちますよ」

けれど——。

それから十分たって、「できたよ」と千秋が声をかけた時には、健介はすでに寝息を立てていた。

濡れた手を拭きながら、そばまで行って畳に膝を突き、

「健ちゃん」

もう少し大きな声で呼んでみる。

「健ちゃん、起きて。そんなとこで寝たら風邪ひいちゃうよ」

返事の代わりに返ってくるのは、深い寝息だけだ。

揺り起こそうと手を伸ばしかけ、千秋はためらった。食事より、少しでも睡眠時間を確保することのほうが、今の彼には必要なのではなかろうか。食べものは昼間だって口に入れられるけれど、寝るのは夜にしかできないのだから。

しばらくの間、千秋はそのまま、彼の寝顔を見おろしていた。目の下に、うっすらと青黒いくまができている。間近に見ると肌も唇も荒れていて、起きている時よりもずっと疲れて見える。

苦しくなって目をそらす。テレビの横に、二人で観ようと約束したＤＶＤが、何枚も積み重なったまま埃(ほこり)をかぶっている。

2

初めて会った時から、健介は千秋のことしか見えなくなった。

同じサークルに所属していて、いつでも言葉を交わすことはできたけれど、話すことぐらいなら他の誰にだってできる。今日にも他の男がちょっかいをかけるんじゃないか、明日にも別の誰かと腕を組んで現れるんじゃないかと思うと、毎日気が気ではなかった。

かといって、面と向かって告白する勇気もないのだった。千秋の側がこちらのことなどまつたく男として意識していないのはわかっていたし、へたに気持ちを告げたりして、ふつうの友だちとしてさえ付き合えなくなる可能性を思えば、このまま何も言わずにおくほうがずっとましだ。

千秋ときたら、何というかもう、とにかく可愛かった。気づかれないように横目で見ている間にも、笑ったり、ふざけて怒ったり、眉が寄ったり上がったりと表情がくるくる変わる。他の男たちの目からどう見えているかは知らないが、健介にとっては世界でいちばん可愛くて、綺麗で、たまらなく魅力的だった。知り合った頃は、こんなにロングヘアが似合う子はいないと思ったたし、途中で彼女が髪を切った時は、ショートにするために生まれてきたみたいな頭の形だと思った。そういう自分を俯瞰して見るたび、俺、そうとうイカレてるな、と思った。

もちろん、そんな昔の話は、今に至るまで千秋には一度も聞かせていない。女というのは無駄に記憶力のいい生きものだ。うっかり弱みを見せてしまったが最後、このさき一生、ここぞという時の切り札に使われるにきまっている。

そんなわけで千秋のほうはいまだに、お互いがお互いを意識したのは就職活動を始めた頃が最初だと思いこんでいるのだった。片や外食産業、片や食品メーカー。希望する職種に若干の違いこそあったものの、〈食〉に関する仕事に就きたいという思いは同じで、実際、健介にとっても、それが彼女と個人的なことを話せた最初の機会なのは間違いなかった。

就活中は、よく一緒に飯を食いに行った。企業説明会の帰りや、学内でたまたま会った時など、

〈とりあえず何か食べに行かない？〉

という流れになることが多く、そして、いま何が食べたいかについても、彼女とは不思議なほど波長が合った。

二人とも食べることが大好きで、どんなに嫌なことがあろうと、美味いものさえ食べればとりあえず復活できる。食べることにまつわる話なら、どれだけ話していても飽きなかった。〈おいしいものは人を幸せにする〉という点で意見は完全に一致したし、そういう話がここまで通じるのはお互いだけだという点でも意見の一致を見た。そして、その頃にはようやく千秋のほうも、健介をこれまでとは違う目で見ようとしてくれるようになっていた。

それだけに、千秋のほうが先に内定をもらった時、健介は内心、とんでもない焦りを覚えた。

もしかしたら数年越しの片思いがようやく実るかもしれないというこの時に、彼女だけが希望の職を得て、自分のほうはまるで叶わなかったらどうだろう。そんな精神状態で、とうてい告白などできるはずがない。どう考えてもかっこ悪過ぎる。

目の前の試練をクリアし、きちんと成果を上げる、ということについて、あれほどまでに必死になったのは生まれて初めてだった。これまでは基本的に、やれるだけのことをやったなら結果は天に任せるしかないというスタンスでいたけれど、あの時の健介にとっては結果こそがすべてだった。

居酒屋チェーン『山背』。誰もがその名を知る業界最大手だ。

死ぬ気で挑んで最終面接まで漕ぎ着けたはいいが、社長・山岡誠一郎の前に出た時、何をまくしたてたか、じつはほとんど覚えていない。

将来は広島へ帰って親の店を大きくしたいので、御社で働きながら経営のノウハウを盗みたいです——などとはもちろん言えない。そのかわりに、料理人である父親の背中を見て育ったことや、だからこそ美味いものがどれだけ人を幸福にするかについてはよく知っている、などといった話を、社長をはじめとする役員たちの前で暑苦しく語ったのだろうと思う。

内定の報せを受けた時、体がぶるぶる震えたのは覚えている。そうか、これが武者震いというやつか、と間の抜けたことを思いながらも、瘧のような震えはしばらく止まらなかった。

それでなくとも小規模飲食店の経営は難しい。たとえ開業しても約半数は短期間のうちに撤退を余儀なくされる中、親が一代で作りあげた店を本気で継ごうなどと考える若者は少ないのかもしれない。けれど、〈今どきめずらしい孝行息子だね〉などと人から言われるたびに、その言葉の中にかすかな揶揄に似たものを感じ取って、健介は納得がいかなかった。ものの たとえなどではなくほんとうにずっと、父親の背中を見て育ってきた。学校から帰っても母は女将として店に出ていたし、住居である二階から健介がそっと階段を下りて覗きにいってみれば、父はカウンターの内側で客の側を向いていて、こちらからはずんぐりとした小岩のような背中しか見えなかった。

頑固一徹の職人だった。料理に対してだけは一切の妥協がなかった。口べただがお人好しの父と、しっかり者で弁の立つ母とは、幼なじみ同士で仲が良く、常連客からはいつも、似合いの夫婦だ、いや割れ鍋に綴じ蓋だとからかわれていた。店は、繁盛していた。

高校の頃までは、休みともなるとよく店を手伝わされたものだ。それならばいっそ中退するから職人として鍛えて欲しいと頼むと、

〈ばかたれ、大学だけは出とかんかい〉

と父親は言い、母親も横から言った。

〈あんなあ、健介。大学なんか、今どきは猿でも行けるとこじゃろうし、出たというだけじゃあ偉くも何ともないけえね。そんでもいまだに、大卒でなきゃあ認めてもらえん場面っちゅうのはあるけぇ、今から先回りして、自分で自分の幅をせばめるみたいなことはやめときんさい〉

自ら〈戦闘服〉とも呼ぶ着物の袖をたすきで十字にからげた母親は、健介の前で腕組みをして続けた。

〈お父ちゃんのおかげで、うちには、あんたをそこそこの大学へやれるくらいの貯えはあるし、あんたにはあんたで行けるだけの頭があるわけじゃろ？　なら、悪いことは言わんけえ、とりあえず行くだけ行っときんさい。料理人になるかならんかなんて先のことは、そん時になったら考えりゃええ。じゃろ？　ああ、そのかわり、浪人やら留年は許さんけえね。ええね〉

突き放した物言いはしても、父も、母も、願わくはいつか息子が跡を継いでくれたらとは考えていたはずだ。

それだけに、大学の経営学科に進んだ健介がやがて三年生になり、

〈俺、東京で就職する〉

と告げた時、母親はめずらしく狼狽えた顔を見せ、

〈そう〉

呟いて、下を向いた。父親もまた、しばらくじっと黙っていた後で頷いた。

〈わかった。それがええじゃろ〉

しかし健介は、二人を前に言った。

〈違うんじゃ。俺、一生その会社におるつもりはないけえ〉

二人ともが、わからない顔をする。

〈じゃけえ、仕事をあんまし移ってばっかりなんは……〉

言いかけた母親を遮り、健介は続けた。

〈じゃから、そうじゃのうて。まだどことは決めちょらんけど、俺、何が何でも外食産業のでかいとこへ就職して、経営のやり方を勉強してくる。その間、親父は親父で頑張っとってよ。で、俺が戻ってきたら弟子にしてさ、知っとかなならんこと全部叩き込んでよ。そしたら俺、この店を継いで、いつかもっとでっかくしてみせちゃるけえ〉

おそらく、喜んでくれるだろうとは思っていた。だが、あの母がいきなり泣きだしたのにはびっくりした。父はといえば、目の縁を赤くして、仁王のように口を一文字に結んでいた。

健介が『山背』の社員となったのは、そうした心づもりがあった上でのことだ。

何十もの企業を訪問する中で、大きな成功を収めている魅力的な会社はいくつもあったが、『山背』はとにかくあらゆる面で突出していた。ここ数年の業績や成長の度合いはもちろんのこと、会社そのものがはっきりとしたキャラクターを備えているように感じられるのは唯一ここだけだった。企業、という漠然とした容れものではなく、何か巨大な乗りもののような感じがした。乗りものには必ず〈顔〉がある。車にも、列車にも、それぞれの個性あふれる風貌がある。それと同じものが、『山背』という会社には、確かにあるのだった。社長・山岡誠一郎の、どこか愛嬌のある大きな顔と、よく言えば西郷隆盛あたりを連想させるずんぐりとした体軀。そのわりに、専属のスタイリストがいるのか身につけるものはいつもセンスが良く、もともと弁が立つうえに、低い声はよく響いて説得力に溢れている。テレビや雑誌などメディアへの露出も多く、また、ネット上のブログやSNSなどを通じて自ら頻繁に発信もし、自著もたくさん出版している。有名人、と呼んでも差し支えないレベルだろう。

が、健介が最も惹きつけられたのは、社長のつかう〈ことば〉そのものだった。

会社は大きな船だ、と山岡誠一郎は言った。互いに同じ理念を抱き、同じ目標のために努力するならば、社員は一人ひとりが船員であり仲間であり、かけがえのない家族だ。離れていても強い絆で結ばれており、誰も代わりになることのできないそれぞれの役割があって、それゆえに、誰もが等しく尊い。

ただし、その大きな船を操舵する者たちには一つの厳しい掟がある。すなわち、自分らだけの利益を考えてはならない、ということだ。海が育んでくれた魚を獲るのなら、海への感謝を忘れてはならないのと同じように、社会から富を得るならば、その富は社会に還元しなくてはならない。自分たちがただその時だけ満足できればよいわけではなく、福祉なり医療なり、次世代の育成なり、農業やエコへの取り組みなり……どんなことであってもいい、自らがこの世に生かされているという奇跡への感謝をきちんとかたちにして社会に還元するのでなければ、その企業が存在し発展してゆく意味そのものが失われてしまう——。

最初の会社説明会で、前方に映し出されたビデオの中からまっすぐこちらに目線を合わせて力強く話す山岡誠一郎を見た時、健介は、ここだ、と強く思ったものだ。そのへんの政治家のように原稿ばかり読みあげるのではなく、自身のことばで滔々と熱弁をふるうリーダーの姿。俺は、この会社に入ろう。学べる限りのことをここで学んでやる。いつか先で辞めるにせよ、それが決して裏切りにならないように、せめて働いている間は会社のために自分ができることを全部してみせる。

居酒屋とも創作料理の店ともつかない、広島の小さな飲食店を自分が継いだところで、『山背』のような大企業に育てあげることはできるわけがない。どれほどの時間と労力を費やしたとしても無理なものは無理だ。せいぜい広島近郊に二号店、三号店を出して、やがて関西圏にもう一店舗くらい進出できたなら上出来だろう。それでもせめて、ひとつでもいい、たとえば「地産地消」の理想を掲げ、その日の食材の出どころをはっきりさせて周囲との差別化を図ることなどはできるはずだ。料理と酒が旨いことは大前提だから、そのためにはあの頑固親父を師匠と仰ぎ、この二本の腕に一から技術を叩き込んでもらわなくてはならない。

それがたとえどんなに大変な毎日だろうと——健介は、改めて思った。自分の隣に千秋がいてくれたなら頑張れる。頑張る意味が、生まれる。

以前、広島の実家に連れて帰った時、千秋が両親ともちゃんとうまくやってくれたことが、彼は誇らしかった。

〈いやあ、可愛らしい、気持ちのええ娘さんじゃったねえ〉

後になって母親はしみじみと言った。

〈ねえ、お父ちゃん。あんな子が健介のお嫁さんに来てくれたら、私ら何にも文句はないのにねえ〉

気が早過ぎだよ、おふくろ、と、素っ気なく返しながらも、健介は嬉しかった。あれだけ点の辛い母親のチェックも、千秋は軽々と飛び越えてのけたのだ。俺の目は確かだ。

「健ちゃん」

ふと、肩を強く揺さぶられた。

「ねえ……健ちゃんってば。お願いだから、起きて」

千秋が嫁に来てくれた夢を見ているのだろうか。俺のほうこそ、ずいぶん気が早いじゃないか。

鉄の門扉のように重たいまぶたを無理やり押し開けて目を瞬くと、えらく高いところに見慣れた天井があった。腰から下がやけに熱い。どうやら、炬燵に脚を突っ込んだ状態で寝入ってしまったらしい。

「ごめんね、起こしちゃって」真上から覗きこむようにして、千秋が言った。「寝るなら、ちゃんとお布団に入らないと風邪ひいちゃうから」

ぼんやりと痺れていた脳に、言われた意味がやっと届き、健介は飛び起きるように半身を起こした。炬燵板の上には、千秋の作った心づくしの料理が並んでいる。

「うそ。俺、どんだけ寝てた？」

千秋は答えない。

ふり向いて壁の時計を見上げたとたん、思わず「げっ」と声が出た。十一時を回っていた。

「ごめん、チィ！　もっと早く起こしてくれてよかったのに」

「起こしたんだよ、何回か。けど、疲れきってるみたいだったから」

健介は唇を嚙んだ。「マジかよ……。ほんとごめん。独りにしてごめんな」

「ううん。健ちゃんの寝顔眺めてるのも、けっこう悪くなかったし」

なんてことを言うのだ。押し倒したくなる。

「チィは、飯は？　まだ食ってないんだろ？　一緒に食お」

千秋は微笑み、首を横に振った。「ごめんね。明日は私も早いから、もう帰らないと」

「どうしても？」

こくんと頷く。

「そっか……。わかった、無理は言えないよな。じゃあ、車で送るから」

「大丈夫だってば。この時間ならまだ電車あるし」

一日じゅう運転をさせたのにこれ以上の無理はさせられない、少しでも睡眠をとって欲しいのだと千秋は言った。

「なら、せめて駅までだけ。暗いとこ、危ないしさ」

頼むから送らせてくれ、でないと気になって眠るどころではないからと言って拝んでみせると、千秋は、ようやく頷いてくれた。

春とはいえ、これくらいの時間になるとさすがに冷える。吹きつける風に、千秋が薄手のコートの襟元をかき合わせる。その細い肩を、健介はそっと抱き寄せた。

「ほんとにごめんな。せっかくいろいろ作ってくれたのにさ」

「後であっためて、ちゃんと食べてよね」

「もちろんありがたく食べるよ。……なあ」

「なに？」

「怒ってない？」

千秋がくすりと笑う。こちらを見上げる白眼(しろめ)の部分に、街灯の明かりが反射して光る。

「ぜんぜん怒ってなんかいないよ。でも、健ちゃん」

「うん？」

「何度も言うけど、お願いだから身体だけは大事にしてよね。忙しいのはわかるけど、もっとちゃんと休まないと」

「わかってる」

「どうしても寝不足が続く時は、せめて沢山食べてよね」

「うん。そうするよ」

改札口で、手を振って別れた。ホームへの階段をのぼってゆく細くて小さな背中を、息を詰めるようにして見送る。

ほんとうは、一緒にビールで乾杯して、千秋の手料理を食べて、そのあとは一つの布団にもぐり込んで抱き合いたかった。久しぶりに逢えた千秋と、この世でいちばん親密な方法で時間を過ごしたかった。絶対にそうしようと思っていたのだ。そう、ついさっき、うっかり意識を手放してしまうまでは。

深いため息が漏れる。せっかくの一日だったのに、今朝は遅刻するわ、帰ってきたらきたで一人眠りこけるわ……。

舌打ちをし、小声で呟いた。

「おどりゃあ、何しちょるんじゃボケが」

きびすを返し、歩きだす。吹きつける風に首を縮め、ポケットに手をつっこむと、指の先がイヤフォンのコードに触れた。

何か聴かなければ風が寒過ぎる。うつむいて携帯の尻にジャックを差し込み、両耳には丸いのを差し込んで、曲を選ぶ。すぐに、馴染んだ声がギターに乗って流れだした。

今日一日への後悔と、千秋への申し訳なさと、自分への情けなさと。すべてを刻みつけるように小さく頭を振りながら、サビの部分を口ずさむ。

明日へ突っ走れ　未来へ突っ走れ　魂で走れ
明日はもっといいぜ　未来はずっといいぜ　魂でいこうぜ

今日の午後、大きく湾曲した海辺の道を飛ばしながら、この曲に合わせて二人それぞれが窓から腕を突き出し、拳を空に突きあげた。もう一回聴こうよ、と何度もくり返しかけて、一緒に歌って、わけもなく笑い転げた。水平線は蒼く、海風が文句なしに気持ちよかった。手にした携帯で、時間を確かめる。

23：32

おそろしく眠い。が、まだ当分は寝るわけにいかない。部屋に戻って千秋の作ってくれた夕飯を食べたら、明日行われる穴埋め筆記テストに備えて、社長の理念が詳細に記された著書『帆を高く掲げよ』を丸暗記し直さなくてはならない。それが終わったら、今週の業務についてのレポートも書かなければ……。

大丈夫だ、と自分に言い聞かせる。

明日はもっと良くなる。未来はずっと良くなる。――俺が、良くしてみせる。

3

ベッドの枕元に置かれたサイドテーブルの上で、携帯がぶるぶると震えながら歌いだす。

虹は見えても渡れない
雲をつかむようなうかれた話

まだ夢の奥深くにいた千秋が、それをアラームだと思いだすのにはしばらくかかった。

ああ、そうだった。ゆうべ寝るときに、これまでアラーム代わりにしていたタミオの別の曲を、この歌に変えたのだった。昨日、健介と海辺をドライブしながら聴いたのがあんまり楽しかったから。

虹を渡って雲をつかんで
君にあげるよ　ほんとの話
笑う人には笑っといてもらおう
風は西から強くなっていく

二人で観たことのあるプロモーションビデオのように、曲に合わせて窓から拳を突きあげたり、空へとてのひらを広げて風を受けたり、眩しい太陽をぎゅっとつかんだりしながら、一緒に声を張りあげて歌った。

〈明日へ突っ走ーれ、未来へ突っ走しーれ、魂で走ぃーれぇー！〉

こんなに朝早くから大きな音で鳴り続けていては、隣の部屋の住人に迷惑だ。もそもそと寝返りをうち、ようやく携帯に手をのばしたとたんに、取り落とした。ゴトン、と床が鳴る。

タミオは、落っこちても平気で歌っている。半分くっついたままのまぶたをこじ開け、千秋は床から携帯を拾いあげた。音を止め、しばしばとかすむ目をこらして画面を確かめる。新着メールはなさそうだ。

再びまぶたを閉じ、楽しかった昨日を思い起こす。海沿いの道路には他の車が見えなかった。湾曲しながら下ってゆく坂道の片側にココヤシの木。眼前には空の青と海の碧(あお)、バックミラーにはいま下ってきた道だけが映っていた。

〈この景色ぜーんぶ、ふたりじめだね〉

と千秋が言うと、

〈ふたりじめ？　ふたりじめって何それ、ふつう言う？〉

ハンドルを握る健介はおかしそうに笑っていた。

潮の香りを思いだす。昨日嗅いだばかりなのに、もう懐かしい。全開にした車の窓から海風が吹き込み、ふたりの髪や頬をしっとりと湿らせていた。

——ああ、いけない。遅刻しちゃう。

布団の中でずっとまどろんでいたい気持ちを断ち切って起きあがり、千秋はベランダに面したカーテンを勢いよく引き開けた。昨日とは打って変わっての曇天。がっかりだ。

今日は、会社へ行く前に寄るところがある。せめて晴れてくれていたら、昨日の昼間の愉しさを持続できたかもしれないのに。

クローゼットを開け、一日の行動予定を考えてパンツスーツにカットソー素材のトップスを選ぶ。頭の中では、歌の続きがまだ流れている。愉しい気分でもないのに、鼻歌が漏れる。

「明日へ突っ走ーれ、未来へ突っ走しーれ、魂で走ぃーれぇー……」

この歌を聴くたびに、なんて健介にぴったりなんだろうと思う。まっすぐで強い眼差し。自分の信じた何かを信じ続けるひたむきさ。まるで彼のためにある歌みたいだ。

明日はきっといいぜ、未来はきっといいぜ、と口ずさみながら、千秋は鏡に向かった。肩より少し長く伸ばした髪を梳かし、大きなバレッタで一つにきっちりまとめる。化粧はあえて最小限、身だしなみといった程度に留める。食品を扱うメーカーの営業がやたらと濃い顔で何を勧めても、せっかくの商品が不味そうに見えるだけだ。同じ理由で、指先の荒れを防ぐためにハンドクリームをすりこみながら、鏡に顔を近づけ、覗きこんだ。

疲れが抜けていない。目の下にはうっすらとクマが浮き出て、なんだか顔色も悪い。薄く塗ったファンデーションと頰に刷いたチーク程度では隠しようもなかった。

昨日、たった一日きりの休みに遠出をした上に、夜は夜で健介が起きてくれるのを待っていて遅くなったせいだろう。これがもし、彼と夢中で抱き合って、その離れがたさに遅くなったのなら、同じ疲れでもきっとここまで重だるい感じは残らなかっただろうに……。

転勤のない一般職であっても、女性も男性と同じように営業を任される――それが、数多ある食品メーカーの中から千秋があえて『銀のさじ』を志望した理由の一つだった。

その朝、家を出た千秋はまず、今年度から担当することになった二階建てのスーパーマーケットへと向かった。急行が停まる駅の商店街にあり、売り場面積はそれほど広くないが、競合他店に比べるとワンランク上の品揃えに定評がある。

開店の何時間も前とあって、店舗正面の自動ドアは開いていなかった。裏口へ回り、明かりの点いている事務所の入口から声をかける。

「おはようございます！」

室内には店長ともう一人、男性の店員がいた。千秋が会釈すると、

「ああ、どうも、ご苦労さん」

いささか面倒そうに立ちあがった店長が戸口まで出てきた。四十代半ば、痩せた顔に銀ぶち眼鏡、スタッフ共通の緑色のポロシャツを着て〈串田〉と名札のついたエプロンをしている。

「商品は昨日のうちに届いたよ」

千秋は丁寧に頭を下げた。

「ありがとうございます。お世話をおかけしています」

「いやあ、なんか朝早くから悪いね、無理を頼んじゃって」

口で言うほど悪いとも無理だとも思っている様子はない。笑みを浮かべても、唇の両端と頬が上がるばかりで、目は笑わない。感じがいいとはお世辞にも言えないが、初対面の時から誰に対してもそうだとわかったので、早々に気にしないことに決めた。

「いえいえ、私でお手伝いできるならいつでも」

千秋は微笑んだ。ちゃんと目もとから、いや目の奥から明るく笑ってみせる。

「場所はどちらですか？」

「届いてるやつは隣の倉庫。並べてもらうのは……」

こっち、と串田が先に立ち、売り場へと向かう。開店準備中の店内は、蛍光灯が一列おきにしか点いていないせいで、まるで夕立が降る間際のように薄暗い。

何人もの店員が、あちこちで棚替え作業にあたっていた。今日は朝刊にこのスーパーの折り込みチラシが入る日だ。特売品を目当てに客が押し寄せても品薄にならないよう、通路内の定番ゴンドラ、つまり通常の売り場である棚以外にも、エンドと呼ばれる通路の端にワゴンや陳列台を用意して商品を並べなくてはならない。

千秋はつまり、この手伝いに駆り出されたのだった。

『銀のさじ』の売れ筋商品であるパスタソース三種に、最近、新しい味が二種類加わった。

本場イタリアの新鮮なトマトやバジル、厳選されたチーズやオリーブオイルなどをふんだんに使って煮込んだソースは、どれも本格的な味わいで、一度でも試してもらえれば必ずリピート客がつくはずの自信作だが、それにはまず、最初の「一度」をクリアしなくてはならない。そのために、今回は従来品と併せての特売に同意したのだ。

契約そのものはこのスーパーの本社と交わしているが、細かい仕入れなどに関しては現場の判断に委ねられる部分が多い。今日に関しては、直接の販売店舗である串田の側が強気に出た。

新商品と併せて従来品も多く仕入れるし、場所も良いところを提供する。そのかわり、品物はおたくのほうで責任を持って並べて欲しい。

そう言われてしまえば、営業担当の千秋としては、イエスと言わざるを得ない。これもお得意様との間の信頼関係を築くためと割り切り、目覚ましをいつもより二時間も早くかけてめりめりと起きだしてきたわけだ。

串田店長が千秋を案内していった先は、各種パスタ類やトマト缶、レトルトのパスタソースなどが並んでいる通路のエンドだった。精肉売り場の冷蔵ケースの向かい側で、右隣の通路のエンドには特売のビールやワイン、干しいちじくやナッツ類が並び、左隣のエンドには米の袋の他にうどん、蕎麦、だしなどがすでに並べてある。

千秋は目を戻した。三段になった台はまだ、上板のベニヤがむき出しになったままだ。

「どうかな」

と串田が言う。

「ありがとうございます。こんな一等地を用意して下さって」

「ま、どうしても手伝いが必要なら、そのへんのスタッフに声をかけてみて。それじゃ、後はよろしく」

さっさと立ち去ろうとする串田を、慌てて呼び止めた。「あの、すみません。お願いが」

首だけふり向いた串田をまっすぐに見て、千秋は言った。

「このうえ厚かましいお願いなのは承知の上なんですが、できれば定番ゴンドラの売り場のほうも、ふだんより少し面積を広げて頂けないでしょうか」

串田の眉が寄る。「そこだけじゃ足りないってこと?」

「いえ。というか……はい」

串田が、ゆっくり体ごと向き直った。薄い唇に、曖昧な笑いが浮かぶ。

「へーえ。そんな可愛い顔して、ずいぶん欲ばりだね」

立派なセクハラだが、今は聞き流す。よくいるタイプだ。いちいち反応していると肝腎の話が進まず、こちらが損をする。千秋は、にこりと笑って言った。

「すみません。でもこれは、弊社ばかりでなく、お店のお客様のためでもあると思うんです」

「客のため？」

胡散臭そうな顔で串田がこちらを見る。

「ええ。特売のチラシを見て来店されるお客様の多くは、地元の方で、ふだんからすでにこちらのお店のお得意様ですよね」

「そうだけど？」

「とすると当然、それぞれの品物に関しても、何がどこにあるかを良くご存じのはずです。そういう方たちは、チラシの中に買いたい特売品を見つけたらおそらく、いつもその商品が並んでいる通路の棚へ直行すると思うんです。わざわざ最初からエンドの棚を探す人は少ないんじゃないでしょうか」

「ふん。だから？」

「ですから、定番ゴンドラのほうのフェイスもふだんより広げて、いつもより多めに対象商品を並べさせて頂きたいんです。お客様の中には、いつも並んでいるはずの棚の商品がなくなっていたら、もう全部売り切れたと思ってあきらめて帰ってしまう方もいらっしゃるでしょうし、こちらのスタッフの方たちも、何度も何度もお客様をエンドの台へとご案内したり、商品を移動して補充しなくてはならなかったりしたら、お手間でしょう？」

そうして真剣に話している間じゅう、串田店長はまるで野菜の値踏みでもするように千秋をじろじろと眺めていた。（よくいるタイプ、よくいるタイプ）と、胸の裡でくり返して我慢する。

「ふん。なるほどね」

ようやく応じた串田が、薄い唇をひん曲げて何か考えている。千秋は、もうひと押し、と言ってみた。

「こちらのお店側としても、お客様にはエンドをかすめて特売品だけ買って帰られるよりは、ゴンドラの列の中に入っていろいろ見ながら買い回って頂けたほうが、他の商品の売れ行きにもつながるんじゃないかと思うんですけれど」

「そんなことまで、きみに心配してもらわなくていいよ」

ひやりとして、

「ごめんなさい」

出過ぎたことを、と謝ったが、相手もそこまで本気でへそを曲げたわけではなさそうだ。

「ま、いいんじゃないの」串田店長は言った。「そのかわり、定番の棚のほうは、責任者と相談しながらやってよね。あとでこっちへ来るように言っとくから」

「ありがとうございます！」

去ってゆく痩せぎすの背中を見送りながら、千秋は、腰のあたりで「よし」と小さく拳を握った。

さっそく、むき出しのベニヤの台に、家から用意してきた大きな布をかける。赤と白のギンガムチェックは、イタリア料理に似合う。まずは目から食欲に訴えかける戦法だ。

それから倉庫へとって返し、台車に商品を山と載せては運び、脚立を使って全五種類のパスタソースを陳列していった。通路の定番ゴンドラのほうも、担当の女性スタッフと相談の上、競合商品を引っこめてもらうかわりにいつもの五割増しで陳列スペースを広げることができた。

紙パックのパスタソースの箱一つが三百グラム入り。十個もまとまればかなりの重さだが、それでも缶よりはずっと軽いし、四角いから積み上げやすい。ついでに家庭でも空き箱は燃えるゴミとして処分しやすい――と、味以外にもいいことずくめのはずだ。

最後に千秋は、エンドの台の隅に、本物そっくりのトマトやバジルの枝を籠に盛りつけてディスプレイした。これもまた、あらかじめ用意してきたものだ。

「あらあ、きれい。ここだけ高級百貨店の食品売り場みたいじゃない」

担当スタッフが目を細める。五十代だろうか、しっかり者のお母さんといった感じのふくよかな女性だ。

「たくさん売れるといいわね。っていうか、頑張って売らせてもらいます。このソースが美味しいってことは私もよく知ってるから、胸を張ってお客さんに勧められるわ」

何より嬉しい言葉に、今日初めて、心の底からの笑みがこぼれた。

こういう喜びがあるから、仕事を続けられる。現場の人と直接に顔を合わせることはほんとうに大事だ、とあらためて思う。

「ありがとうございます。どうかよろしくお願いします」

千秋は、深々と頭を下げた。


天職——などと言うつもりはない。社会人になって五年、まだ経験も考えも浅い自分がそんな偉そうなことを言えるほど、営業という仕事はきっと甘くない。

それでも千秋は、就職活動を始める前から思っていた。人と接するのが好きで、知らない人と話すことも苦にならず、さらに話し合いの中で相手を説得するのが得意な自分は、きっと営業に向いている、と。

大学時代のゼミでの発表で、誰かと議論になった時でも、千秋はたいてい相手をきちんと論破できた。あるいは、健介も一緒だったサークル内で何か問題が持ちあがった時なども、千秋が交通整理をすると、もつれた糸はほどけ、話は早くまとまった。

　健介自身との付き合いでもそうだ。彼は経済学部で千秋のほうは文学部だったが、たとえばニュースになっているような経済関連の出来事が話題に上り、お互いの意見が食い違った時でも、最後には千秋のほうが健介を納得させてしまうことが多かった。

〈チィはやっぱすげえなあ。ほんとに人をよく見てるし、ふだんからちゃんと物事を考えてるよな〉

　と、健介はよく、眩しそうな顔をして言っていた。

　実際、千秋は考えていた。どんな場合でも、言い合いや喧嘩にはまずならず、相手側も機嫌よく「なるほどね、確かにそうかも」といった具合に譲って話を終えることができていたのは、多分に千秋の心配りによるものだったろう。

〈あんたはね、それでなくても気が強いんだから、ものの言い方くらいは強くならないように気をつけなさい〉

　亡くなった母親は、昔から折にふれて千秋にそう言っていた。

〈でないと、せっかくの味方まで敵に回すことになっちゃうわよ〉

　暮らしの上での不自由はほとんどなかったけれど、だからといって父親不在の寂しさを感じなかったわけではない。口さがない人たちも中にはいたし、友だちから心ない言葉をぶつけられることだってあった。もちろん、いっぽうでは親身になって助けてくれる人たちもいた。

〈――せっかくの味方まで敵に……〉

子どもの頃は今ひとつ意味がわからなかったが、そのうちに千秋は、いやでも理解するようになっていった。痛い経験を積み重ねて思い知らされていった、と言い換えてもいいだろう。

そうして少しずつ学んだのだ。生まれつき勝ち気な性格は今さらどうにもならないけれど、かといってそれを前面に押し出していては反感を買うばかりで何もいいことはない、ということ。相手に喧嘩を売ったり不快にさせたりすることが目的でないのなら、別のやり方を身につけるしかない、ということ。

千秋の十代とはつまり、その〈別のやり方〉を、心と身体を通して会得していく十年間だった。言葉尻がきつくならないように。何かを頭から決めつけるような語彙(ごい)をできるだけ使わないように……。初めのうちは、一言一句、気をつけながら話さなくてはならなかった。怖くて言葉が出てこなくなった時期もあったほどだ。

相手が男性だったり目上だったりする場合はなおさら注意が必要となる。プライドをへし折ってしまっては意固地にさせるばかりだから、向こうの言い分をゆっくりと聴き、一つひとつ丁寧に受けとめて認めつつ、その上で、自分の意見を出してゆく。できるだけ柔らかい調子で根気よくそれを続けてゆくと、先方が途中でへそを曲げてしまうという最悪の穴に陥ることなしに、最終的にこちらの意見を認めてもらえる率が高くなる――。それらは千秋が、かつて周囲とたくさんぶつかってきた中で体得した、ひとつの〈技術〉だった。

就職面接では、だから、その経験について自分の言葉で語ろうと努めた。

人生のまだ早い段階で、大事な助言を与えてくれた亡き母には本当に感謝していますし、子どもの頃からさんざん痛い思いも味わい、心と身体で覚えたことだからこそ身になっています。人と相対する時には自分の主張ばかりを振りかざして突き進むのではなくて、まずは先方の言い分を受けとめるだけの柔軟さと、相手の望みを知りたいという好奇心、そして、気持ちを慮るための想像力を持って接する。それこそが、自分とは異なる価値観を持つ他者とコミュニケーションを取る上でいちばん大事なことだと思います……。

そうして千秋は、『銀のさじ』に入社した。本命と思っていた食品メーカー二社のどちらからも内定通知を受け取った上での決断だった。悩んだ末に決め手となったのはやはり、総合職と一般職の別なく、そして男性と女性の区別もなしに、営業を任せてもらえるかどうかだった。

もちろん、配属に関してこちらの希望が通るとは限らない。総務や経理など、望まない部署に配属される場合もあり得た。けれどありがたいことに、入社してから五年間、千秋はずっと営業の仕事をさせてもらっている。多少の担当替えはあったが、そのどれもが勉強であり経験であり、つまりはこれから先の財産だった。

今ふり返ると、つくづく思うのだ。就職活動をしていた頃の自分の考えは、なんと甘かったことだろう。

人と接するのが苦にならない——そんなものはあくまでも大前提に過ぎない。

相手を説得するのが得意——思い上がりも甚だしい。

『銀のさじ』の商品が大好きで、長所ならいくらでも挙げられる——だからどうした。たとえてみれば、このブランドのバッグが大好きだから自分が店員になったら沢山売れる、と言っているようなものだ。

営業という仕事は、そんな甘いものではなかった。

今朝の串田店長などまだまだ可愛いほうで、若い女だからと甘く見られることも多いし、正論をぶつければ生意気だと受け取られる。時代が変わり女性が強くなったなどと言っても、現場はいまだに変わってなどいない。クライアントに対して強く出られないこちらの立場をいいことに、とうてい受けとめがたい言葉や行為を当たり前のようにぶつけてくる相手はいくらでもいるのだ。

　言うべきことは（言い方を考えながらも）言うし、呑めないことは呑めない。それでも、聞き流したり目をつぶったりしなくてはならない場面が多々あって、そんな時、千秋はつくづく思うのだった。

（健ちゃんが今ここにいなくて良かった……）

　彼がこの場にいたら必ずや、相手の襟首を掴んで殴りかかっているだろう、と。そう、何も営業という仕事に限った話ではない。女性が社会に出て、働いて、お金を稼ぐというのは、決して楽ではないのだ。社会のほうこそ変わるべきだし、変えるための努力も続けなくてはならないけれど、一朝一夕には望めない。

　その日、千秋が出社したのは、定時を一時間ほど過ぎてからだった。

「おはよ。お疲れ」

　向かいの席の中村さと美が、パソコン画面からろくに目も上げずに労ってくれる。同期で入社して以来五年間、ずっと一緒の部署にいるだけに、お互い何も遠慮がない。

「ん、おはよ」

　ほっとするなり、思わず深々とため息が漏れた。

「どうだった？　あそこの店長」

　ベリーショートの似合う小さな顔を皮肉な感じに歪めて、さと美が訊く。

「うーん……まあ疲れたわ、かなり」

「けっこう、クセあるらしいもんね」

「え、知ってるの？」

「島田さんが言ってたもん」

前任者の男性だ。

「なんか、男にはやたらと意地悪らしくて、島田さんもうんざりしてたみたい。それもあって後任は女性でいこうってことになったんだろうけど……。で、どうだったのよ」

千秋は、バッグを足で机の下に押しこみながら、キャスター付きの椅子にようやく腰をおろした。

「まだ、よくわかんない。ちょっとセクハラっぽいことは言われたけど、今のところすれすれって感じかな」

「気をつけなよ。だんだんつけ上がるタイプだったら厄介(やっかい)だよ」

「たぶんそれだわ。気をつけるよ」

「ま、気をつけようもないんだろうけどね」

まったくその通りだった。

「あっと、そういえば……」さと美が、初めてパソコンから目を上げる。「鷹田(たかだ)課長が呼んでたよ。『伊東くんが出社したら来るように伝えてくれ』って」

4

正社員として採用した新卒には、最初の数年間のうちに様々な部署に配属して業務の大半を経験させる——居酒屋チェーン『山背』のその方針は、健介にとっては願ってもないことだった。何もかもが郷里で店を継ぐための勉強と思えば、短期間のうちにひととおりの業務を経験できるシステムはありがたい限りだ。給料をもらいながら勉強までさせてもらうなど、むしろ申し訳ないほどだった。日々の仕事がいくらハードでも、寝不足に次ぐ寝不足で毎日ふらふらでも、文句を言ってはバチが当たる。

営業や広告部を経て、健介がこの春から店長見習いとして配属されたのは、都内でも有数の売上を誇る店舗だった。営業時間は午前十一時から、途中アイドルタイムをはさんで翌朝の午前二時までだが、あらゆる客層が入れ替わり立ち替わり訪れるおかげで店が暇になることはまずない。ターミナル駅前のロータリーに面していて、並びには大きな百貨店や複合施設があり、たくさんの企業の本社や支社も集まっている。おまけにすぐ近くに私立大学のキャンパスがある。

どれだけ忙しいかは覚悟しなくてはならないが、客寄せに必死になる必要がない点はありがたいと健介は思った。売上の低い店舗の店長は、アルバイトたちを総動員してドリンクサービス券のついたビラを駅前で配るなどして、ひたすら集客に努めなくてはならないと聞く。利益を上げられなければ、本社に呼ばれて上層部から叱責を喰らうのは自分なのだ。その点、客が向こうから来てくれる店舗は何よりありがたい——はずだった。

配属初日に、これまでの店長である大嶋に鼻で嗤われた。

「なにを甘っちょろいこと言ってんだか。そんなんで藤井くん、ほんとにこの店やっていけんのかなあ。不安だなあ、まったく。ま、俺はじきにいなくなるんだし、後は知ったことじゃないけどさ」

大嶋は、来月には他店舗への異動が決まっており、それまでの間にこの店の業務全般を引き継ぐことになっている。健介よりも二つ年上の二十九歳。小太りで、背が低く、それを気にしているせいか上目遣いとつま先立ちが癖で、歩く時は前のめりになる。言葉はそう荒くないのだが話し方に独特なものがあり、相手に圧迫感を与えずにはおかない男だった。

「あのさあ。売上がいい店ってのは、それでなくても会社の中で目立つわけよ。わかる?」大嶋は、まるで優しく脅しをかけるような口調で言った。「この店の動向は、上からずーっと監視されてるわけ。想像してごらんよ。今のこのラインよりも売上が下回ったらどうなるか。たちまちその週末には呼びつけられて、めちゃくちゃ叱り飛ばされるんだから。俺なんか、この店舗に配属されて二年以上たってるけど、いまだに毎晩のように夢に見てうなされるよ。ひたすら頑張ったのにどうしても〈テンプク〉しちまって、上に呼ばれる夢をさ」

　健介自身、本社勤務の間にもしょっちゅう耳にしてきたはずのその言葉が、ここまで切羽詰まって聞こえたのは初めてだった。

　――テンプク。

　それは『山背』においては、店舗の売上に対する人件費が、あらかじめ決められたラインをオーバーしてしまうことを指す。要するに、店長の経営管理、とくに人件費コントロールが不充分であるという意味だ。山岡誠一郎社長が何かといっては会社を船に喩(たと)えることから生まれた呼び名であり、決して犯してはいけない過ち、最低の悪として蛇蝎(だかつ)のごとくに扱われているのだった。

「ですけど……正直なとこ、飲食の売上なんか水物ですよね」

　閉店後の片付け作業に手を動かしながら、健介は言ってみた。椅子の座面と背もたれを拭いては、テーブルの上へ逆さに載せていく。

「だって、そうでしょ。いくらこっちが予測を立てたって、明日何人の客が入るかなんて正確にわかるわけがないんだし」

「そりゃそうさ」と、大嶋は言った。「天気によっても変わる。そこらの大学とか会社で、誰かがふっとコンパを思いつくかどうかでも変わる」

雨なら客足が落ちるかと思えば、傘を持っていない客が雨宿りがわりに入ってくることもある。また逆に、晴れていれば売上がいいかと言えば、街には留まらず行楽に出かけてしまう場合もありうる。嬉しい出来事があった時に飲みたくなる者もいれば、落ち込んだ時にやけ酒へと走る者もいる。つまるところ売上予測については、考慮に入れなければならない要素が多過ぎて、むしろどれだけ考えても意味がないと言ってもいいほどなのだ。

「今日の売上がどれくらいになるかなんて、正直、営業時間の終わり近くならないとわかんないよ。当たり前じゃん」

椅子の最後の一脚をテーブルに上げ終わると、大嶋は、ちょっと付き合えよ、と健介に言った。「奥で飲もうぜ。どうせ、もう帰れないんだしさ」

遅番のアルバイトたちを終電よりも前に片端から帰したせいで、閉店作業を二人でしなくてはならなくなった。その結果がこれだ。

「しょうがないだろ。このままあいつらにいられたら、時給が嵩んで今日もテンプクしちまうところだったんだ」

「じゃあ、バイトにはこっちから頼んで帰ってもらったってことですか」

「当たり前じゃんか。他にどうやって人件費を削るっていうんだよ」

そういう自分たちも、始発電車が動きだすまでは家に帰れない。歩いて帰れる距離でもないし、もちろんタクシーなどに乗れる身分でもない。この先、大嶋がいなくなって自分が店長になれば、こういうことはさらに増えていくのだろうと思うと健介はげんなりした。

本当は、今夜も帰ってからレポートを書くつもりだったのだ。先週の休みの日に出席した研修についてのレポートを、まだ提出していなくて部長に咎められたばかりだった。出席は強制でなくても、課題をちゃんとこなさないと士気の低下と見なされてしまう。家には帰れないまでもせめて一人になれたなら、深夜営業のファミレスか漫画喫茶で、書きものをするなり仮眠を取るなりできるのに……。とはいえ、これも付き合いだし、一応は勉強だ。健介は仕方なく大嶋と一緒に近くのコンビニへ行き、缶チューハイとつまみ、それに夜食の弁当を買ってきた。

よく誤解されることだが、飲食店の従業員だからといって、店のメニューを自由に飲み食いできるわけではない。仕入れる食材もすべて、売上と合わせて厳しくコントロールされているから、勝手に使ってしまうわけにはいかないのだ。終業後、同じく電車がなくて家に帰れない連中ばかり集まって飲むような時は、だからこんな具合にコンビニで何か買って持ち寄るのが常だった。

スタッフルームの小さなテーブルに、酒とつまみを広げる。ハードな一日を終えて向かいに座る大嶋は、顔の毛穴も髪も脂ぎっている。自分もきっと傍（はた）からは同じように見えているのだろうと健介は思った。早番で上がった後にそのまま千秋と外で待ち合わせようだなんてことは、この先も考えないほうがいい。一度はシャワーを浴びてからでないと、こんな姿はとうてい恋人には見せられない。

「そもそもの話を訊いちゃうけどさ」裂きイカの袋に手をつっこみ、あらかたをテーブルの上に引き出しながら大嶋は言った。「藤井くんは、なんでこの会社に入ろうと思ったの？」

実家の店を継ぐ計画については、軽々しく話さないほうがいいだろう。こういう男に漏らせば、明日にはたちまち店の全員が知るところとなる。健介は、用心深く言った。

「もともと、外食産業には興味があったんです」

「なんだってまた？　こんな浮き沈みの激しい業界なのにさ」

「そうかもしれませんけど、それでも人は、食べるってことからは離れられないじゃないですか。生きてく上で絶対にはずせないことっていうか。だから、結局のところは強いだろうなと思ったんです」

「そりゃまあ、強いと言えば強いかなあ、うーん。けどさ、他にだって同じような会社はいくらもあるわけじゃん。どうしてわざわざ『山背』なんか選んだのさ」

「〈なんか〉って……」健介は苦笑した。「だったら、大嶋さんこそ、どうしてこの会社に入ったんですか」

「俺？　俺は単に、親父のコネ」しれっとした顔で、大嶋は言ってのけた。「やりたいことが具体的にあったわけじゃないからさ。就職先なんかにこだわりはなかったんだわ。給料さえくれるなら別にどこだってよかった」

「……はあ」

「で、どこでもいいなら就活なんかまっぴらじゃん。楽をしてやれと思って、親父の言うままにここに入ったんだけど、その結果がこれだもんさ。ったく、思い知らされたね。後悔先に立たずってのはこのことだって」

　くっちゃくっちゃとイカを咀嚼（そしゃく）する音が、静かなスタッフルームに響く。口を開けて物を噛むな、と思いながら、健介は缶チューハイをそっと飲んだ。そういうことがやたらと気になるのは、やはり親が飲食の店を経営していたせいだろうか。とくに母親は、健介がまだ幼かった頃から、食事の作法にだけはうるさかった。

「もしかしてさ」と、大嶋が続ける。「藤井くんも、例の社長の演説にしびれちゃったクチ？」

　どう聞いても、冷笑的なニュアンスなのは明らかだった。

「だったらどうなんですか」

「え、うそ。マジでそうなの？」

健介が黙っていると、大嶋は、ふひっ、と息を引くようにして笑った。

「いるんだよなあ、あの社長の熱血ぶりにコロッとまいっちゃうやつがさあ。藤井くんみたいな真面目なタイプはとくにそうみたいだけど、何でかねえ。俺なんかは、物事ってのはもうちょっとこう、醒めた目で見といたほうがいいと思うんだけど」

大嶋のチューハイは、すでに二缶目が空になりかけていた。他人の酔いを目にしてしまうと、健介のほうは酔えなくなってくる。損な性分だ。

「もう一つ訊くけどさ」大嶋が、しつこくからんでくる。「藤井くんは、『山背』が陰で何て言われてるか、知ってる？」

含みのある訊き方だが、何が言いたいかははっきりしている。健介は、ため息をついた。

「知ってますよ」

「ふうん。いつから？」

「入社前からです」

「え、うそ。じゃ、それでもいいと思って入ったわけ？」

信じられないとでも言いたげに、わざとらしく目を瞠る大嶋に腹が立った。

「だって、自分の目で実際に確かめてみない限り、ほんとにブラックかどうかなんてわからないでしょう」思わずムキになって、健介は言った。「勤務時間が長いとか賃金が安いとかって取り沙汰されているようなことは、べつに『山背』だけの問題じゃないし。飲食の世界では多かれ少なかれあることだし、それ以上に、自分で仕事にやり甲斐が感じられればいいと思ったし……」

ふひっ、とまた笑われる。

さすがにむっとして、何が言いたいんですか、と気色ばむ健介を、

「ああいや、まあまあ」大嶋は片手を挙げてなだめた。「ごめんごめん、悪かったよ。夢か目標があるのは、いいことなんじゃないの？　いや、べつに皮肉とかじゃなくてさ。ただまあ、あれかな。俺としては、お宅が実際に店長になってこの店を、そうだなあ、三ヵ月くらい切り盛りした後でも、今と同じことを言ってるかどうかをぜひ知りたいかな」

脂の浮いた顔で、じっと健介を見つめる。真顔だった。

「藤井くんにも、今日一日を見ててわかったと思うけどさ。忙しいんだよ、この店は、本当に。決められてる人件費率じゃ、どうしても人手が足りなくて店が回らなくなる。厨房に最低何人、ホールには最低何人、このぎりぎりの人数で回そうと思うと、何をどうやったって無理が出るわけ」

黒目の縁がどんより濁っている。

「そうかといって、バイトを増やせばたちまち利益を圧迫してテンプクする。そうなると上がうるさいわけさ。なんで前もって予測しなかったのか、お前の見通しが甘かったせいじゃないのかって。それも、一対一で叱責されるならまだしも、土曜の朝にドック入りさせられて、会議に出席してるその他大勢の目の前で赤っ恥をかかされるんだ」

たまったもんじゃないよ、と皮肉な口調で大嶋は顔を歪めた。

ドックとは本来、船を造ったり修理したりする場所をいう。が、『山背』における〈ドック入り〉とは、毎週土曜の定例会議に呼び出されることだった。その週にテンプクしてしまった店舗から店長が呼ばれて出頭し、役員らの前で事細かに、なぜそうなったかの報告をするのだ。

なるほど、誤りを正すための助言がなされる、という意味では修理にも通じるかもしれないが、

「中身はといえば要するに、吊るし上げだよ。あれはもう、大人のいじめっていうか、言葉のリンチだね」

「そういう言い方は……」

「ひど過ぎるってか？」大嶋は、肩をすくめた。「どう思ってくれてもいいよ。俺なんかか

らしてみると、会社側もまあ、じつにうまいこと考えたもんだなって感心するけどね」

健介が怪訝な顔をしたのを見て、苦笑いする。

「つまりさ、呼び出しが土曜の朝ってとこが絶妙なわけよ。土曜と日曜は、それでなくても売上が上がる。そのぶん、下準備も忙しくなる。仕込みにも時間がかかるし、夜はまた終電過ぎてまで働かなくちゃならないことを思うと、今のうちに少しでも寝ておきたい。週末のうちになんとか頑張って挽回しておきたいけど、こっちだって機械じゃないんだから、休まなきゃ身体がまいっちまう。つまり上はさ、それをよくわかってるからこそ、わざわざこの日を選んで俺らを呼びつけるわけよ。こんなに不名誉で面倒で、体力的にもとことんキツい目に二度と遭いたくなけりゃ、自分の無様なテンプクぶりを反省しろよってことだよな。ははは、見せしめもいいとこだよ」

「大嶋さんは、じゃあ、どうやって対処してたんですか」黙って聞いていられなくなった健介は遮った。「今夜みたいに、客はそれなりに入ってるのに人件費が嵩むからってバイトをどんどん先に帰したんじゃ、それこそホールが回らなくなるでしょうが」

するとと大嶋は、じわじわと嫌な笑みを浮かべた。

「どうするかは、まあ、〈藤井店長〉自ら考えたらいいさ。ほんとにどうしようもなくなれば、いやでも思いつくよ」

それを知る機会はしかし、健介が大嶋の代わりに店長に就任するよりも先にやってきた。

その日、客が入らなかった理由ははっきりしない。何の変哲もない水曜日だった。午後から雨が降り出した。夜になっても雨は降り続き、冬へと逆戻りしたかのように冷えこんできた。

だからといってそれが原因とは思えない。厳寒の冬に雨や雪が降っても、面白いほど客が入る日だってあるのだ。

店の営業終了時刻は、二十六時、つまり午前二時。大嶋店長は、二十二時を過ぎる頃にはアルバイトに声をかけ、早めの上がりを指示し始めていた。このままいけばどうしてもテンプクすることがわかっていたからだ。とはいえ、それにも限界がある。厨房に三人、ホールに自分たちを勘定に入れて三人。これ以下にまで人手を減らしてしまうと営業そのものが成り立たない。

「もうこれ以上、どうしようもないじゃないですか」苛立って(いらだって)はスタッフに当たってばかりの大嶋に、健介は言った。「バイトにだってそれぞれ、その日その日でこれだけ稼ぐっていう心づもりがあるでしょうに、毎回こんなふうに無理やり帰されたら……」

「じゃあ、これ以上どこを削れって言うんだよ」

　大嶋は声を荒らげた。わずかなりとも入っている客が、何ごとかと目を上げる。慌てて声を潜め、大嶋は続けた。

「このままじゃ、ただ店を開けてるだけで赤字になっちまう。これ以上、俺にどうしろって言うんだよう、ええ？」

　子どもが駄々をこねるような口調になっている。今にも地団駄を踏みそうだ。

「だから、もうどこも削るとこなんかありませんよ」健介は、懸命になだめた。「しょうがないじゃないですか、客商売なんだからたまにはテンプクする日があったって。一週間とか一ヵ月単位での収支が黒字だったらそれで良しとするしか……」

　すると、大嶋店長は例によって、引き攣ったような短い笑いをもらした。ただし今回は声をたてなかった。

「藤井くんさあ。営業部にいた時も、今と同じこと言ってた？」

　ぐっと詰まった。

「『いい日もあれば悪い日だってあるんだから、大丈夫、長い目で見ていきましょう！』なんつってさ。売上の悪い店に向かって、そんな悠長なこと言ってた？」

　言葉が出ない。

　営業部にいた頃の自分はむしろ、しょっちゅうテンプクしてばかりの店舗に対して憤りを覚えていた。頭を使い、身体を使えばいくらだって他にやりようがあるだろうに、現状を打破するだけの努力もやる気も感じられない店長たちを、ひたすら無能だと思い、心の中で舌打ちさえもらしていた。

「本社の営業部長とかがみんなそろって、藤井くんくらい物分かりのいい人たちばっかりだったら何にも問題はないんだけどねえ」皮肉をてんこ盛りにした口調で大嶋は言った。「俺、土曜のドック入りとか、もう金輪際かんべんして欲しいんだわ。あれ、ほんとマジで死にたくなるから」

言いながら大嶋はホールと厨房へちらりと目を走らせると、健介を伴ってスタッフルームへ行き、自分のタイムカードを押した。

「えっ？」

思わず声をあげた健介を、

「何だよ」

ばかにしたような顔でふり返る。

「だって、店終わりまであと三時間も……」

「ああ。つまりこれで、三時間分の人件費が浮いたってわけさ」

「そ……そんなことまでして削ったって、しょせん焼け石に水っていうか」

「ま、そうかもね。俺一人のぶんだけなら、確かにそうかもしれない」

タイムカードをひらひらさせながら、荒んだ笑みを健介に向ける。

その意図をさとるなり、いやだ、と反射的に思った。自分はもう、削れるものはぎりぎりまで削り、差しだせるものはとことん差しだしているはずだ。

毎週のように課されるレポート、社長の著書から出題される抜き打ちの小テスト。睡眠時間は四当五落の受験生よりもはるかに短い。しょっちゅう行われる研修に出席するのに、たまの休日さえ返上している。そこまでしているのに、こうして日々の労働時間までタイムカードから削られるなどとうてい承服できない。だって、おかしいだろう。そんな細かいところを数字の上だけごまかしたって、根本的な解決にはならない。そもそも、実際の売上はよくないのに何も問題がないかのようにごまかさなくてはならないという、この状況自体が大きく間違っている。

けれど——言えなかった。健介自身も、おかしいことに目をつぶって曲げたくない部分を曲げている。たとえば〈任意参加〉のはずの休日研修。出席しなければ上司から「昨日はどうして来なかったんだ」と咎められる、それを避けたいと思うあまり、どんなに疲れていても、あるいは千秋とのデートを我慢してでも、黙って参加し続けているのだ。偉そうなことは言えない。

思いきるしかなかった。それもこれも全部、大嶋が隣県の店舗へ異動するまでの辛抱だ。自分がここの店長になったなら、せっかく働く気のあるバイトを早く帰したり、ましてや自身の労働時間を偽ったりする必要のないやり方を考え出そう。

黙って手をのばし、タイムカードを押す。

22：57、退店。

大嶋が、ふうっと息を吐いた。

「悪いな。サンキュ」

彼に礼を言われたのは初めてだった。

5

よほどのことがない限り、電話でお互いの声を聴くのは週に二回だけと決めている。健介と二人、話し合った末に選んだことだ。

そう決めたきっかけは、健介がそれまでの本社勤務から店舗へと異動したことだが、最初に提案したのは千秋からだった。彼のほうは難色を示した。

「それでなくても忙しくて、なかなか逢えないんだからさ。声ぐらい、聴きたいと思ったその時にすぐ聴きたいよ。チィはそうじゃないわけ？」

まるで愛情を疑うかのように言われて、腹が立ったし悲しかった。

「何でそんなふうに言うの？　そんなはずないじゃない。私だって同じだよ。きまってるでしょ、そんなこと」

仕事の時なら感情をコントロールして抑えることができるのに、恋人が相手だとつい、きつい言い方になってしまう。何とか呑み込んで、続けた。

「だけどね、これまでみたいに毎日でも電話をかけ合うには、私たち、仕事の時間帯に差があり過ぎると思うの。だって健ちゃんは、もうすぐ店長になるんだから、閉店の時にはお店にいて、その日の売上の計算とかしなきゃいけないわけでしょ」

「まあ、それはそうだろうけど」健介は口を尖らせた。「そのうちの何日かは、副店長と交代になるだろうしさ」

「だったらよけいに、早く上がれる日にだけ電話で話すって考えれば、ちょうど週に二回くらいになるんじゃない？」

むすっと黙りこくっている恋人を前に、千秋は、なんとかして本当の想いを伝えようと一生懸命に言った。

「ねえ、考えてみてよ。健ちゃんはどうしても帰りが遅くなるし、逆に私のほうは、朝早くから駆り出されちゃうことが多いんだよ。それだけ時間がすれ違ってるのに、どっちかがどっちかに合わせようとして寝る時間を削ったりしたら、きっといつか無理がくる。苛々したり、八つ当たりしたりしたり。私、健ちゃんとつまんないことで喧嘩するなんていやだよ。仲直りだって、電話だと逢ってる時みたいにはうまくできないのに」

新人と呼ばれるような時期はとっくに過ぎたものの、それでもお互い、まだまだ半人前の身だ。日々あらたな問題は持ち上がり、ほんとうは自分のことでいっぱいいっぱいなのに、後輩の面倒まで見なくてはならない。その現状を考えれば、持てる時間をすべて恋愛につぎ込んでいては、きっとどこかがおろそかになる。そうでなくても、少ない休息の時間がどんどん失われて体のほうがまいってしまう。

そんなふうに千秋が諄々(じゅんじゅん)と説得した末に、健介はしぶしぶ同意したのだった。

「ごめん、チィ。ほんとは俺だってさ、頭では全部わかってるんだよ」浮かない顔で、彼は言った。「だけど、いろんなことを本音で話せるのって、俺、チィしかいなくてさ。そりゃ、仕事のことを先輩に相談するとか、後輩の悩みを聞くとかはあるし、もちろんそのつど本音と本気でぶつかってるつもりだけど……俺自身の弱いところをさらけ出したり、言ったってどうしようもないような愚痴までこぼして甘えたりできる相手は、ほんとに、この世でチィだけなんだ」

恋人として晴れがましく思うより先に、母性本能をくすぐられてしまった。

「ありがと。すごく嬉しいよ」千秋は心から言った。「私だってそうだよ。健ちゃんにしか話せないこと、いっぱいあるもん」

「ほんとに？」

「知ってるくせに」

健介はようやく、仕方なさそうな笑みをもらした。

「そうだよな。電話のことに関しては、確かにチィの言う通りだと思う。そういうの、ほんとは俺のほうがちゃんと考えなきゃいけなかったのに、言いにくいこと言わせちゃって——ごめんな」

とはいえ千秋自身、そんな取り決めを後悔したことは何度もある。

ＳＮＳメッセージのやり取りなどでは、込み入った話まではなかなかできない。他の人は知らないが、千秋はそうだし、健介も同じタイプだった。文字の羅列だけでは気持ちのすべてを的確に表せない。他愛のない話題やスタンプひとつで表現できるような単純な感情ならともかく、真剣な話をする気にはとてもなれなかった。

それだけに、会社や出先でとんでもなく嫌な思いをした時など、今すぐ健介に電話をかけ、洗いざらい打ち明けてしまいたくなる。

〈何だよそれ、ひどい話だな！〉

と一緒になって怒ってもらって、それから優しく慰めて欲しい。

〈チィは悪くないよ。誰より頑張ってるってこと、俺は知ってる。大丈夫、見ててくれる人はちゃんといるから。ほら、明日はきっといいぜ、だよ〉

いつものようにあの歌を引き合いに出して、無責任なくらい明るく請け合ってもらえたら……。

唇をきつく噛みしめながら我慢した夜がいくつもある。健介の声は低くて、少しだけ掠れていて、聴くだけで胸の深いところが安らぐのだ。

しかしその一方で、限られた電話の時間が以前よりずっと特別なものとなったのもまた事実だった。声を聴かずにいる数日間、今どうしているだろう、きっと向こうも頑張っているんだろうな、などと何度も頭に浮かべるせいか、相手に対する想いそのものも、深く、切実になった気がする。

「それ、まったくおんなじ」と、ついこの間、健介も言っていた。「俺なんかは変わりばえのしない毎日だけど、チィのほうは、あれだろ？　いろんな人と会って、バリバリ営業とかしてるわけじゃん。そのぶん、キツいことも多いんだろうなと思って、声聴くまでは心配でしょうがないよ。また辛い思いなんかしてないかな、なんてさ」

「健ちゃあん」

はいはい、何だよ、と電話の向こうの健介が照れたように笑う。

「不思議なもんでさ。次の時はこれも話そう、あれも聞いてもらおうって思ってたはずなのに、いざこうしてチィの声聴くと、自分のこと話すよりも、チィのこと知りたくなる」

心臓が、絞りあげられるように痛くなった。

「そんな切ないこと言わないで。私なんかより、健ちゃんのほうが今はずっと大変な時なんだから」

「いや、俺なんんか、」

と言いかけるのを遮る。

「健ちゃんが今、どんなにハードな毎日かは、わからないなりに想像つくよ。しんどいことがあったら何でも話してよね。役に立つことは言えないかもしれないけど、聴くことはできるから。ね？」

「わかってる。サンキュ」健介は苦笑交じりに付け足した。「俺さ……俺、今、チィの声を聴くのだけが唯一の楽しみなんだ」

それなのに——ゆうべは健介から約束の電話がなかったのだった。

どうしたのだろう、何かトラブルでもあったのだろうかと心配しながらも、千秋は、あえて自分から電話をかけることはしなかった。もしかしたら、疲れて眠ってしまったのかもしれない。配属された店舗の忙しさは聞いているし、帰宅したとたんに張りつめた糸が切れたように寝入ってしまった経験なら自分にだってある。携帯の呼び出し音で起こしてしまってはかわいそうだ。

寂しさをこらえながら、短いＬＩＮＥを送った。

〈健ちゃん、身体は大丈夫？　時間ができたら、いつでもまた電話して下さい。お願いだから、無理だけはしないでよね〉

我ながら、自分のいい子ぶりっこが情けなくなる。よくできた彼女を気取っているけれど、本心はまるで遠い。

そして同時に、言葉とは時になんと虚しく響くものなのだろうと思った。

――無理だけはしないでよね。

寝る時間や休日さえ削って働きどおしの恋人に対して、そう伝えずにいられない気持ちには嘘など一ミリグラムも含まれていないのに、いざ言葉にしたとたん、まるで時候の挨拶のような形だけのものに変わってしまう気がする。そもそも、無理をしない、などということそのものが無理なのだ。無理の上にも無理を重ねなければ、明日が巡って来ない。わかりきっていて、それでも自分に言える言葉がそれしかないということに、千秋は焦れた。

まだ二人が付き合っていない頃……つまり同じサークルに所属するただの友人同士だった頃は、相手が、仲間の中にあって自分に課せられた役割を果たしきれずに悩んでいる時など、すぐに横から助け舟を出すことができた。寝不足が続いて疲れが溜まっているようであれば、ひととき替わって休ませてあげることも可能だった。

今だって、気持ちはあの頃と同じだ。もっともっと健介の役に立ちたいと思うし、彼を苦しめるあらゆるものから何とかして守ってあげたいとさえ思っている。それなのに、具体的には何一つとしてできることがない。彼の代わりを務めることは不可能なのだ。それが、学生の頃との大きな違いだった。

(でもそれも、今だけのことだから)

千秋は自分に言い聞かせた。

(健ちゃんはずっと勤めるわけじゃない。あと何年か頑張ったら、あの会社を辞めてお店を継ぐんだから)

今はそのための勉強期間だ。修行中の弟子の歩む道のりが、険しく厳しいのはきっと当たり前のことだ。よほど強い気持ちを持ってその山を乗り越えなくては、向こう側の世界などを見ることはできないんだ。——そんなふうに無理にでも割り切る以外に、好きな相手とろくに逢えない日々を耐えるすべはなかったし、何より千秋自身、まずは自分の役目を果たすだけで精一杯だった。

「伊東くん」

出社して席に着くなり名前を呼ばれた。怠け者に厳しいことで有名な上司の声に、千秋の背筋はたちまちピンと伸びた。

はい、と緊張しながらふり返ると、課長の鷹田弘之はすぐ後ろに立ち、長身から千秋を見下ろしていた。

淡いブルーのシャツに桜色のネクタイ。濃紺のスーツ生地には、目をこらしてようやくわかるほど細いピンクのピンストライプが織り込まれている。胸にはタイとそろいのチーフ、足もとはウィングチップの靴。四十代半ばを過ぎたはずだが、営業部、いや会社じゅう見回してもおそらくいちばんの洒落者だ。

「例の件」と、鷹田課長は言った。「今、どんな感じ?」

「はい、他社のデータとの比較表は今夜にもできあがります。その他の資料についても、並行して進めています」

先日、千秋が、早朝のスーパーマーケットで新商品の陳列を済ませてから会社に出た日のことだ。鷹田課長にわざわざ呼ばれて指示を受けたのは、ざっくり言えば、新規取引先の開拓についてだった。

目を引く新商品が発売になった直後などは、さほどの苦労はない。卸売業者も、小売り販売店も、客はとにかく新しいものに飛びつくものと知っているから、テレビCMなどで話題の新商品をとりあえず一度は仕入れようとする。

しかし、新しい商品を一から作り出すには莫大な費用がかかる。次から次へというわけにはいかない。だからこそ重要になってくるのが、他社の競合類似製品を押しのけて自社の定番商品を仕入れてもらうための働きかけだ。新たな元手をかけずに利益を生み出せるなら、それに越したことはない。鷹田課長が千秋に命じたのはつまり、これまで取引のなかった大手の卸売業者に営業をかける際、自分に随行することと、それに伴うプレゼンテーションのために準備を整えておくこと。その二つだった。

今回、力を入れて押し出してゆく予定の商品は、『銀のさじ』が最近マイナーチェンジをしたばかりの風味調味料、一般に言う〈だしの素〉だった。競合する某社の商品がよく知られており、かなり思いきった低価格で売り出されているだけに、食い込んでゆくのは簡単ではない。こう言っては何だがあまり新味のない商品の長所を売り込むのに、いったいどんな資料をそろえれば足りるのか、千秋も試行錯誤していた。

「明日までにはある程度かたちにして、お見せするようにします」

言いながら、週末までと言っておけばよかったかと後悔しかけた時だ。

「それじゃ間に合わない」鷹田課長は言った。「先方の都合で、今日の十五時に会うことになったから。資料、準備しといて。十四時過ぎにはここを出よう」

さっさと背中を向ける課長を、

「えっ、あの、待って下さい！」

千秋は慌てて呼び止めた。当初、先方と会うのは来週半ばの予定だと聞かされていたのだ。それをいきなり今日に〈なったから〉と、まるで後出しジャンケンのように言われても困る。

「午後は私、百貨店で店頭販売の予定が入ってて」

「別の日にしてくれ」

「無理です。お店側ももうすっかりそのつもりで準備してくれてますし」

「じゃあ誰かに替わってもらえ」

「でも、」

なおも抗議しかけたのだが、鷹田課長から強い目で遮られた。

「ぐだぐだ言ってないで、さっさと資料をまとめたほうがいいんじゃないか？　もう、いくらも時間がないぞ」

「そんな……」

口ごもり、立ちつくす千秋を見て、

「いいか。先方に、『わざわざ時間を割いたのはこの程度の説明を聞かされるためか』と思わせたら負けだからな」課長は追い打ちをかけるように言った。「俺は、別件でこれから出なくちゃならない。十三時には戻ってくるから、それまでにある程度は形にしといてくれよ」

言いたいことだけ言って去っていく鷹田課長を、千秋は茫然と見送った。

（どうしよう……ああ、どうしよう！）

壁の時計を見上げる。あと四時間も残されていない。頭ががんがんする。脳内の回路がショートしたかのように真っ白になって、何も考えられない。

こんなことは今まで一度もなかった。無理難題に直面したことはあっても、もう少しくらい時間の余裕があったし、プレゼンテーションの場で交渉相手からわざと意地悪な質問を向けられた時だっていつも冷静に対処できていたはずだ。

「……秋。……ちょっと、ねえ千秋ってば！」

はっと我に返って見やると、さと美が向かいの席からこちらを見ていた。

「どうしたの、大丈夫？」

「……ぜんぜん大丈夫じゃないよ」

思わず、情けない声がもれる。

同じ営業部内のあちこちからも、だいたいの事情を察した同情的な視線がちらほらと注がれているのを感じる。なおさら焦りがこみ上げる。

「なんか、細かいことまではよくわかんないけど、かなりヤバいってことだけはわかるわ」さと美は言った。「しっかりしなよ、千秋らしくもない。私にできることがあったら言って、手伝うから」

「でも、さと美のほうは？」

「今んとこは大丈夫。私のは正真正銘、明日までだから」ベリーショートの形良い頭をふりたてて、さと美はきびきびと言った。「ほら、やれることから何かやんなきゃ。泣いてたってどうにもなんないじゃん」

彼女の言うとおりだ。

「だ、誰が泣いてるって？」

「よし、その調子」

千秋は、急いで今の状況をさと美に説明した。同僚の頭の回転の速さ、理解のスピードが、こんなにありがたく思えたことはない。

まずは、そろえるべき資料のうち、すでに準備できていたいくつかのプリントアウトをさと美に頼む。鷹田課長と自分と、それに訪問先の人数ぶん、各資料に表紙をつけた上でホッチキスで綴じ、社の封筒に入れてゆくだけでも、千秋一人ではかなりの時間を取られてしまう。さと美にそちらを任せられれば、その間に別の、作りかけだった資料のほうに専念できる。

「ほんとに助かる。地獄で仏ってこのことだよ」

腕まくりでパソコンに向かいながら言うと、

「いっこ貸しね。Cランチ三日分でいいよ」

笑って返された。

けれど、こんなことでいいのだろうか。とりあえず商品そのもののデータや、他社の競合品との比較資料は用意できても、それだけで相手を説得することができるようには思えない。ただ紙の上に数字を並べて訴えても、商品の持ち味や魅力がいったいどれだけ伝わるだろう。しかも今回アピールしなければならないのは、鳴り物入りで発売される新商品などではない。いくらパッケージが変わり、味わいもマイナーチェンジして以前より美味しくなったとはいえ、商品名は以前と同じ『銀の和風だし』のまま変わっていないのだ。

このままでは、鷹田課長からの課題をクリアできない。

〈先方に、『わざわざ時間を割いたのはこの程度の説明を聞かされるためか』と思わせたら負けだからな〉

それなら自分だって何か考えてよ！　とは、どんなに言いたくても言えない。パソコンのキーボードに走らせる指がふるえ、ミスタッチばかり多くなる。どうしよう、いいアイディアなんか何も考えつかないよ。ああ、本当にどうしたら……！

と、その時、ふっと脳裏に浮かんだ顔があった。いや、顔より先に声だ。

〈たくさん売れるといいわね〉

開店前のだだっ広い売り場の情景がひろがる。

〈っていうか、頑張って売らせてもらいます。このソースが美味しいってことは私もよく知ってるから、胸を張ってお客さんに勧められるわ〉

デスクに置いていた携帯を手に取ると、千秋は名前を検索し、通話ボタンを押した。あの皮肉な笑いを思い出すとまったく気は進まないが、背に腹はかえられない。

デスク越し、さと美と目が合う。怪訝そうな顔の彼女に、とりあえず頷いてみせる。

ようやく電話が繋がった。

「……あ、おはようございます、『銀のさじ』の伊東です」

今、ちょっとだけよろしいですか、と訊くと、串田店長は面倒くさそうに言った。

「手短にならね」

　無理もない。あのスーパーが店を開けるのは朝九時半。今はちょうど、開店して間もない慌ただしい時間帯だ。

「すみません、ありがとうございます」携帯を耳に当てながら頭を下げる。「先日は、便宜を図って頂いて本当に助かりました。それでですね、あの時にご紹介頂いた、売り場の女性責任者の、田丸(たまる)さん……あの方は、今日はお店にいらっしゃってますでしょうか」

「えーと、どうだったかな」何かを確認する様子の間があって、再び声がした。「来てるようだけど、それが何か？」

　思わず安堵(あんど)の息がもれる。

「ええ、じつはちょっとまた別件で、現場を詳しく見てらっしゃる方のご意見をお聞きしたかったものですから」

「え、なに。つまり、彼女を探して呼んでこいってこと？」

「いえ、まさか。私のほうから伺います。お忙しいのは存じておりますので、お邪魔しない程度に少しだけ」

「来るって、いつ」

「今からすぐ出ます。三十分後には伺いますので」

すみません、よろしくお願いします！　とまた頭を下げながら、千秋はデスクの下に押し込んであったバッグに手を伸ばし、同時に社内用の楽な靴から、外回り用のヒール靴へと急いで履き替えた。

売り場の女性責任者の名前をはっきり覚えていたのは、先日、パスタソースを陳列する際に手伝ってくれたその人が別れぎわに名乗ってくれたせいばかりではない。店のスタッフお揃いのエプロンの胸に大きな名札がついていて、作業の間じゅう何度もそれを目にしていたからだ。田丸恵美子。几帳面な手書き文字だった。

「おはようございます。先日はお世話になりました」

千秋が頭を下げるのを見ると、彼女はふくよかな顔にぱっと笑みを浮かべた。

「あらまあ、来てたの？　この間の商品、しっかり売れてますよ。美味しかったって言って、もう一度買っていくお客さんもいらっしゃるくらい」

「ほんとですか？」

「ほんとほんと」

どちらからともなく、笑いながら両手でハイタッチをした。千秋自身、売上データは毎日追っているが、こうして売り場の生の声を聞くとほっとする。

「ありがとうございます。田丸さんが勧めて下さってるからですよね」

「私だけじゃないのよ。他のスタッフにも〈布教活動〉したらね、みんな美味しい美味しいって、家族にも好評だったって言って。自分で試して気に入ったものはやっぱり、お客さんにも勧めたくなるじゃない？」

ふくふくと柔らかな笑顔に、芯の感じられる眼差しが頼もしい。ちょうど千秋自身の母親が生きていたら同じくらいの年だろうか。先方は先方で、うちの子と同じくらいかしら、などと思っているかもしれない。

「今日も陳列のお仕事なの？」

「いえ、今日は違うんです」

どうやら串田店長は、先ほど千秋から電話があったことを彼女に伝えていないらしい。べつにかまわない。話に割り込んでこられるよりはかえって好都合だ。

「今日は、田丸さんに会いに来たんです。ちょっとご意見を伺いたくて」

「え？　私でわかることかしら、店長も呼んできましょうか？」

「いえ、田丸さんでないと駄目なんです」

思わず、前のめりの早口になった。田丸恵美子が真顔になる。千秋は言った。

「うちの商品の、『銀の和風だし』。ご存じですか？」

「もちろん。シリーズのどれも全部、毎日のように棚に並べてるもの」

手招きをして、千秋をゴンドラの陳列棚へと案内する。シルバーカラーのプラスチックボトルに入った『銀の和風だし』は、他社のだしの素がいくつも並ぶ中で、目立つことは目立っていた。パッケージの色味だけでなく、ほかの多くが箱入りか袋入りで売られているのに対して、塩こしょうなどと同じようにボトルから逆さに振り入れるタイプのだしの素は珍しいからだ。

「売れ行きは、田丸さんが見た感じ、いかがですか？」

「どうって、それ、数のことじゃないのよね」

話が早い。数だけのことなら、データを追えば一個単位でわかる。

「他社のだしの素と比べて、どういうお客さんが買っていくとか、どういう客層には敬遠されてるとか、どんな小さなことでもいいんです。教えて頂けませんか」

うーん、と恵美子は唸(うな)った。ちらりと上目遣いに千秋の顔を見る。「もしかして、何か困ってる？」

千秋は慌てた。

「ごめんなさい、お忙しい時間帯なのに、こちらの事情で勝手に押しかけてしまって」

「それだけ切羽詰まってるってことよね？」

じつは、はい、と正直に認める。

「今回、改めてというか、新たに『銀の和風だし』を売り込まなくてはならなくなったんですけど……ここだけの話、商品としては地味じゃないですか」

恵美子が吹き出した。「まあ、確かにね」

「この間のパスタソースみたいに、それ一つあればパッと料理ができあがるわけじゃないし、いったいどうアピールすればいいのか行き詰まってしまって」

それで、現場の田丸さんの感触をぜひとも伺ってみたくて、と千秋は言った。

真剣な顔で考え込んでいた恵美子が、ちょっと来てくれる？　と再び千秋を手招きする。

案内された先は、各種調味料の並ぶゴンドラだ。ずらりと種類の揃ったスパイスや、ハーブソルトなどと混じって、洋風料理のだしが並んでいる。『銀のコンソメ』も『銀のフォンドボー』もその棚にあった。恵美子は、えくぼのような窪(くぼ)みのある福々しい手をのばし、『銀のコンソメ』を棚から取った。

「ほんと言うとね、いつも思ってたの。せっかく容れもののデザインがお揃いなのに、『銀の和風だし』だけ別の棚に並べるのはもったいないなあって」

「え」

「洋風料理と和風料理、うちのお店のゴンドラの配置がそういうふうに分かれてるから、仕方ないと言えば仕方ないのよ。コンソメの隣には、ハーブやスパイスや月桂樹の葉っぱ。和風だしの隣には、昆布や鰹節や乾物類。そのほうが買い物はしやすいからね。だけど、いざ買って帰ったら、家庭のキッチンでは洋風だしも和風だしもだいたい一緒の棚に並べとくのが普通よね？　少なくとも、うちはそうよ」

千秋の脈が、勝手に奔り始めた。「私もそうです」

恵美子はにっこりした。

「お料理、自分でするの？」

「簡単なものだけですけど」

「えらいわねえ。うちの娘なんか、教えようとしてもなかなか覚えやしない。お嫁に行った時に困るわよって言ったら、『料理の上手な旦那をつかまえるからいい』って、こうよ」

時代が変わったっていうか、私がもう古いのかしらねえ、と、ため息まじりに肩をすくめる。

「まあとにかく、我が家ではね。この銀色のボトルが三つ並べて棚に置いてあるの。コンソメとフォンドボーと、ちょっと手抜きしたい時のために和風だしもね」

「ありがとうございます！」

「いえいえ。だって、一日働いて帰って、晩ご飯の支度ってなると、鰹節や昆布から丁寧にだしを引くのが億劫な時ってない？」

「あります。っていうか、いつもそうです」

あはは、と恵美子は笑った。

「そういう時のための救世主。三つお揃いで並べると、なかなかおしゃれで悪くない感じなのよ。こういうの、気分が上がるっていうの？」エプロンの紐（ひも）を肩にかけ直しながら、恵美子がきびきびと続ける。「あと、よくあるタイプの、細い袋とかキューブとかの個包装になってるものは、たしかに分量はわかりやすくて便利なんだけど、そのつど要らないゴミが出ちゃうでしょう。手の感覚で振り入れられるもののほうが、私は好きだわ。……やだ、メモ取るほどのことじゃないわよう」

途中から千秋は、バッグから手帳を取り出してペンを走らせていた。

「いえ。ほんとに勉強になります」

その手元を、恵美子は苦笑とともに眺めながら言った。

「あとは、そうね。和風だしの素の中には、塩分の含まれてる商品も多いけど、『銀の』には入ってないでしょ。それが良くて買っていくお客さん、かなりいると思う。だってほら、お味噌汁でも煮物でも、だしの素の塩分が邪魔することってあるじゃない。鰹や昆布の香りを引き立たせようと思っていちばん最後に加える時なんか特にそうよ。せっかくぴたりと味つけがきまってたのに、最後の最後にしょっぱくなっちゃったりしたら、ほんとがっかりするもの」

「田丸さん、お料理、そうとうお好きなんですね」

「好きっていうか、必要に迫られてやってるだけだけれどね」

主婦なんてみんなそうだわよ、と恵美子は言った。

千秋は、手帳の陰でちらりと腕時計に目を走らせた。もうすでに十時半を回ってしまった。急がなくては間に合わない。

「あの、ごめんなさい。あともう少しだけ、お時間頂いていいですか？」

「はいはいどうぞ。……なんだかそうしてメモ取ってると、若い女刑事さんみたいね」

「ええ、大事な聞き込み調査です」千秋は笑ってみせた。「『銀の和風だし』ですけど、塩分以外のお味についてはいかがですか？」

「そうねえ。上品で味わい深くて、私はとても気に入ってます。あと、シリーズ揃って言えることだけど、化学調味料が無添加っていうのもポイント高いと思うの。こんな時代だから、お客さんはそういうところすごく敏感よ。安いだけのものには飛びつかない」

「でも、現実には……」千秋は棚を見回し、すぐ隣に並んでいる他社の類似商品を指さした。「たとえばこちらを選ぶ人のほうが、やっぱり多かったりしませんか？　昔からあるぶんポピュラーだし、しょっちゅう特売をしているでしょう？　毎日使うものだけに、少しでも安上がりなほうが、みたいな」

「そりゃ、お宅によって経済事情はそれぞれでしょうけど……」田丸恵美子は考え考え言った。「客層という意味で言うなら、ここのお店のお客さんは、わりとお財布に余裕のある人が多いようなのね。比べてみて、どっちかがむやみに高ければ迷うけど、わずかな値段の差だったら、子どものために少しでも安心できるもののほうがとか、見た目におしゃれなもののほうがとか、そういう部分ってけっこう大きく作用してると思うわよ。商品を選ぶ上で」

「なるほど」

「もちろん、お味もね。ふだんから化学調味料に慣れてしまうと感じないけど、しばらく無添加のものだけ使っていると、もう戻れないのよ。やっぱり自然のものがいちばん」

うなずきながら手帳に、〈価格差わずか↓子どもに安心、おしゃれなほう、無添加〉と書きつける。

注がれる視線を感じ、ふと顔を上げると、田丸恵美子と目が合った。慈愛に満ちあふれた眼差しだ。

「……あの、何か？」

戸惑いながら訊く千秋に、彼女はふふふ、と微笑んだ。

「よく頑張ってるなあ、って思って」

「え」

「失礼な言い方してごめんなさい。でもきっと、あっちからもこっちからも勝手なこと言われて、無理難題押しつけられて、さぞかし大変なんだろうなって」

びっくりした。思わず、どうしてわかるんですかと訊くと、ころころと笑われた。

「そりゃわかるわよう。私の若い頃も似たようなものだったもの。昔、食品じゃないけど営業の仕事をしていたことがあってね」

「そうだったんですか！」

ああ、だからか、と思った。恵美子の観察眼の鋭さや、こちらの知りたいことに答えてくれる言葉の的確さは、過去に営業の経験があってこそのものだったのか。いっぺんに、胸に落ちるものがあった。だからこそ自分は、追い詰められた時にこのひとの顔を思い浮かべたのだ。

「しんどかったわよう」昔を懐かしむようにふと遠くへ目を投げて、恵美子は言った。「ほら、会社の損得と、お客さんの損得って、しょっちゅうすれ違うじゃない？　お客さんに対して親身になり過ぎると上司からお説教くらうし、かといって目先の損得だけ考えてるとお客さんは離れていくし」

「ほんとにそうですね」

「でも、大丈夫」目尻にあたたかな皺を刻んで千秋を見上げてくる。「自信持っていいわよ。お宅の商品はどれも、味では一番だから。わかる人にはちゃーんとわかる」

「……ありがとうございます」

心から頭を下げる。『銀のさじ』を選んで入社した初心を、今ここへ来て肯定してもらえた気がした。

「頑張ってね。きっともう、充分過ぎるくらい頑張ってると思うけど」

うなずいて、千秋は手帳を閉じた。

長い、ながい一日だった。上司よりも先にレストランを出ると、千秋は大きく息を吸い込んだ。

ひと頃よりもずいぶん日が延びたことに気づかされる。街の上には今、とけ落ちるような夕暮れの空がいっぱいに広がっていた。

透きとおった水色と、まばゆい山吹色の入り混じる雲を見上げながら、あの夕陽が沈む方角に健介の実家があるのだと思ってみる。一度だけ訪ねたことのある恋人のふるさと、広島。温かく迎えてくれた彼の両親は元気だろうか。街を吹き抜ける風も、緑の豊かさも潮の香りも、みんな懐かしくて、泣きたいほど愛しく思える。

急に、こみ上げてくるものがあった。健介の声が聴きたくてたまらなくなる。

週に二回、と決めた約束の晩に、健介からの電話がかかってこなかったことは、あれからもまたあった。昨夜がそうだ。

一度目の時はLINEで平謝りだった。

〈うっかり寝落ちしちゃって……気がついたら朝で、遅刻しそうでさ。ほんとごめん。もう絶対、こんなこと無いようにするから〉

こちらがどんな想いでずっと待っていたか。山ほど文句を言ってやりたかったが、千秋は、あえて呑み込んだ。たまにしか逢えない恋人と喧嘩などしたくない。彼のためという以上に、自分のためだ。

〈そんなの全然、気にしないで。よくわかるよ、私だって疲れきって寝ちゃったことくらい何度もあるもの。健ちゃんはさ、仕事でもさんざん無理してるんだから、私に対してまで無理なんかしなくていいんだよ。ね?〉

気持ちとは逆のことを言っているようでいながら、それもまた本心ではあるのだった。

都内に数ある『山背』の店舗の中でも、健介が配属された店がどれほど忙しいかは理解しているつもりだ。前店長からの引き継ぎを済ませ、いよいよ店長となった彼は、毎晩アルバイトを帰した後まで残って、売上の計算や在庫のチェック、翌日のための注文作業までこなさなくてはならない。睡眠時間を確保するだけで大変だろう。ふだんから「頑丈なだけが取り柄」などと笑っているけれど、何しろ根が真面目で一本気な健介だから、ついつい無理をして、いつか身体を壊してしまうのではないだろうか。それを思うと、わがままなど言う気持ちになれなかった。まさか、寝る時間を削ってまで電話をして欲しいわけではない。

でも……どうせ無理なのだったら、〈絶対〉なんて言わないでくれればいいのに、とも思ってしまう。

〈もう絶対、こんなこと無いようにするから〉

そう言われたら、つい期待してしまうじゃないか。今夜はきっとかかってくると思って、いつまでも寝ないで待ってしまうじゃないか。ほんの一、二分でもいい。ただ「おやすみ」のひとことだっていい。声を聴かせてくれるだけで、どんなにか慰められるのに。こちらにだって会社で辛いことはいっぱいあって、それでも何とか一人で頑張っているのに……。

「おう、待たせたな」

はっと我に返る。ふり向けば、店から上司の鷹田課長が出てきたところだった。

肩からさげていたバッグを下ろして両手で持つと、千秋は頭を下げた。

「ご馳走さまでした」

「慌ただしくて悪かったな」

「いえ、とても美味しかったです」

「おう。けっこうまともなものを出すんで、俺も驚いた」

店内では話せなかったことを、鷹田課長は言った。

「ちゃんとした飯は、また今度ゆっくりな」

「ありがとうございます。充分です」

このほど新しく営業をかけた卸売業者との面談を、どうにか終えたのが午後四時半。課長と二人して乗りこんだ下りのエレベーターで、千秋の胃袋が大きな音をたてて鳴った。計ったようなタイミングだった。

もしかして昼飯食ってないのか、と訊かれ、うなずくと、ちゃんと飯を食うのも仕事のうちだろうと叱られた。

今朝からの怒濤のごとき数時間を思い返し、いったいどこにそんな暇があったのだと思いながらも、すみません、と謝った千秋を、鷹田課長は近くのレストランへと連れていってくれた。

最近巷でも話題になっているチェーン展開のイタリア料理店は、『銀のさじ』のクライアントの一つだ。スパイスや調味料をはじめ、冷凍の食材なども卸している。

これからまだ会社へ戻らなくてはならない以上、もちろんワインもコースメニューもお預けだったが、運ばれてきた料理はなかなか美味しかった。空腹こそが最高のスパイスとなった点を差し引いて考えても、なるほどこれなら流行るのも無理はないと納得できる水準だった。

「課長は、外食なさる時はいつも取引先のお店を選ばれるんですか？」

駅へ向かって歩きながら尋ねると、

「さすがに毎回ってわけじゃないさ」上司は苦笑いをもらした。「けどまあ、将来の取引先になる可能性を考えた上で選ぶ、って部分はあるな」

外の光のもとでは、濃紺のスーツにさりげなく入った細いストライプがきれいに浮きあがって見える。早足で歩く足もとで、靴もぴかぴか光っている。着るものや持ちものにこだわる鷹田課長に対して、常日頃あまり良い感じを抱いていなかった千秋だが、この二、三時間でかなり印象が変わった。見てくれだけでなく、やる時はやる人なのだと知ったせいだろう。自身が傍からどう見えるかを計算することも、営業職には必要かもしれない。

ふいに、鷹田課長が腕時計を覗いて立ち止まった。

「おっと……ちょっと時間が押したな。伊東くん、タクシーつかまえてくれる」

「はい」

急いで車道を見渡し、ちょうど交差点を曲がってきた黄色い車へ向かって手を挙げる。課長を先に乗せ、後から千秋が乗った。発進の反動で、柔らかなシートに背中がぐっと押しつけられる。とたんに疲れが襲ってきた。けさ出社して以来ずっと張りつめたままだった糸が、ふっとゆるんだ瞬間だった。

隣で何かを感じ取ったのだろうか。

「ご苦労さんだったな、改めて」鷹田課長が言った。「きみに頼んでよかったよ。そうじゃなかったら、まずこういうふうにはなってなかっただろう」

「いえ、そんな。資料の準備とか全然間に合わなくて、中村さんにもたくさん手伝ってもらえたから……そのおかげです」

さと美の仕事ぶりは完璧だった。千秋が作ってあったデータを打ち出し、きっちりと綴じたばかりか、別の視点からもわかりやすい資料を独自に作って添付してくれた。社を出る前には手短にその補足説明までしてくれたおかげで、千秋は、先方からの問いに一度も言葉に詰まることなく、すらすらと答えることができたのだ。

田丸恵美子のふくよかな顔も浮かぶ。そのことも鷹田課長に話そうかと思ったが、なんだか自分の手柄話に聞こえてしまいそうで、やめた。あとで何か御礼をしなくては、と思う。彼女に話を聞けないままプレゼンに臨んでいたなら、今ごろはどうなっていたかわからない。

上司に食事をおごってもらうどころか、外に出るなり黙って背中を向けられていたかもしれないのだ。

「伊東くんはいつも、ああいうプレゼンをしてるわけ？」

と、鷹田課長が訊く。

「さすがに毎回ってわけじゃないですけど」

さっきの上司の口ぶりを真似てみせると、声をあげて笑われた。

「たまたまですよ」と、千秋は言った。「今日は皆さん、理解のある方たちだったので助かりました」

「いや、それもきみの持っていき方が巧かったからだろう」

「そうでしょうか」

「それ以外に何がある？」

決死の覚悟で臨んだ会合に、携帯用の保温ポットを二つと、小さな紙コップを多めに持っていったのは、恵美子の言葉が頭にあったからだ。

〈ふだんから化学調味料に慣れてしまうと感じないけど、しばらく無添加のものだけ使っていると、もう戻れないのよ。やっぱり自然のものがいちばん〉

〈こんな時代だから、お客さんはそういうところすごく敏感よ。安いだけのものには飛びつ

かない〉

保温ポットの中身はそれぞれ、二種類のだしの素を熱湯に溶かしたものだった。自社の『銀の和風だし』と、他社の競合品だ。

それらを少しずつ紙コップに注ぎ、それぞれ利き酒のように飲み比べてもらった。もちろん、自社製品のほうは化学調味料が無添加であり、塩分さえ加えていないことが料理の上でどれだけ役立つかについても説明した上でのことだ。

現場をよく見ている売り場担当者の話として、恵美子から聞いた〈客層〉のことも話した。顧客が何を判断基準にして商品を選ぶかということ——その流れで、和風だしばかりでなくコンソメとフォンドボーを合わせた『銀の』シリーズを三点並べ、ボトルのデザインが美しく揃うところも実践してみせた。

〈ですので、卸して頂く先については、それぞれの店舗がかかえる顧客の傾向次第で考えて頂ければ、きっと売上につながっていくはずです。こんな時代ですから、顧客は安全という点にとても敏感ですし、目も舌も肥えています。ただ安いだけのものには飛びつきません〉

あえて力説はせず、にこやかにさらりと伝えるように努めたところ、先方も押しつけられた感じを抱かずにそのまま受けとめてくれたようだ。判断を先延ばしにすることなく、とりあえず三ヵ月試してみましょうと、その場で返事を取り付けることができた。

「きみのは、ただ説得上手っていうのじゃないな」タクシーの運転席の後ろで脚を組み替えながら、鷹田課長は言った。「かなりの知能犯だ」

「あの、それはどういう……」

「味比べをさせるのでも、たとえばクイズみたいに『どうですか？　違いがわかりますか？』なんて賢しらに訊かれたら、相手は、たとえわかってても、こっちの望む答えとは逆のことを言いたくなる。でも、きみが今日やってみせたみたいに何の衒いもなく、『こちらが弊社の商品で、こちらはいちばん売れている他社のものです』とことわった上で、『ことさらに舌が敏感な方でなくても、違いはすぐにわかって頂けるかと思います』……そんなふうに言われて出されたら、そりゃ誰だって、『なるほど確かにね』ってなっちゃうさ。愚直さの勝利だな」

「……………」

「あのね、褒めてるんだよ、手放しで。素直に喜びなさいよ」

そっちの褒め方が素直じゃないから迷うんじゃないか、と思ったが、上司からの称賛はやはり嬉しい。

「ありがとうございます」

と、千秋は頭を下げた。

窓の外を見やる。会社はもうすぐそこだ。街路樹を透かして、夕陽が落ちてゆく。春先に健介と海辺をドライブした頃に比べると、緑の色も格段に濃くなった。

再び、切ない想いが胸のうちにせり上がってくる。

(ああ、健ちゃんと話したい)

こみ上げるというより、衝き上げるように強い感情だった。

健介からの連絡を待っていたら、次はいつ話せるかわからない。週に二度と決めた約束の日ではないけれど、今夜は思いきってこちらから電話してみよう、と千秋は思った。

6

大嶋のもとで店長見習いとして働く間、健介はずっと思っていた。

自分が店長になった暁には、もっとましなやり方を見つけてやる。人件費を浮かすためだからといって、せっかく働く意欲のあるアルバイトをわざわざ早く帰らせたり、自分もまだ勤務中なのにタイムカードを押して退店したことにしたりと、そんなセコい手をいくら使ったところで何ひとつ根本的な解決にはならない。もしそれで利益が上げられずに本部に呼ばれたなら、じゃあどうすれば利益が上げられるのかと逆に問いかけてやるし、答えが返せないようなら、あんたたちにもわからないんじゃないかと言ってやる。そうして根本に立ち返り、一緒に考えればいいのだ。この会社に夢を抱いて入った社員や未来のあるアルバイトに、無理な負担を強いることなく業績を上げてゆく方法を。

「……ってなこと考えてるんだろ、どうせ」

引き継ぎの終わる半月ほど前のことだったろうか。大嶋店長は、例によって、ふひっと息を引くように笑いながら言った。

「いやもう、あきれちゃうくらいの正義漢だからなあ、藤井くんは」

「ばかにしないで下さいよ」

「これでも褒めてるつもりなんだけどな。俺なんかには絶対真似できないことだからさ。けど、物事何でも、あんまり真っ正直に考えてるだけじゃ駄目だと思うなあ。もうちょっと適当に肩の力抜かないと、あっという間に潰れちゃうよ？　てか、潰されちゃうよ？」

嫌なやつだが、まるきり情が無いわけではない。好きにはなれないが、彼だけを責める気にもなれない。それまでのひと月半ほどの付き合いで、いくらかの相互理解は深まり、健介は大嶋のことをそんなふうに思うようになっていた。

「言っとくけどさ。俺たちレベルがどれだけ真剣に考えようが進言しようが、上は何にも変わりゃしないんだ。だってさ、見てみなよ、うちのメニュー。どうやったらあんな安い値段で、どれもこれもそこそこ美味いもんが提供できるってのよ。普通にやってたら、あんなメニュー、絶対赤字に決まってる。どっかを大きく削らないと無理ってもんでしょ」

その「どっか」こそは人件費なのだと、大嶋は言うのだった。食材をあまりに安くあげようとすれば、すぐさま品質や味に響いて客が減る。けれど人件費ならば、いくらケチろうが客の目からは見えない。見えないところを削るしかないのだ、と。

「人は辞めてくよ、そりゃあ。辞めたらまた採りゃいい。バイトの代わりはいくらだっているんだしな」

「だけど、俺ら社員はどうなるんですか」

健介は食い下がった。祈るような気持ちだった。

アルバイトには、現状がいやなら辞めて他を探すという自由がある。けれど社員ともなれば、なかなかそう簡単にはいかない。このご時世、ようやく就職できた会社、それも曲がりなりにも上場している会社を、さっさと辞めるにはかなりの勇気がいる。

「だからさ、それもまた上のほうのやり口の一つなんだってばさ」大嶋は、胡乱な目つきで健介を眺めながら言った。「朝早くから夜中まで、これだけ長時間やたらめったら働かせてりゃ、転職活動なんか、しようと思ったっていつできる？　実際のところ、自分のことで動きまわれる時間なんか全然ないじゃん。給料だってさ、貯金へ回せるほどには高くないし、ってことはつまり、次の仕事を決めないで辞めたら即、生活に困るってことだよ。だろ？　結局、上はさ、全部わかってやってるんだよ。社員は生かさず殺さず使えるだけ使え、ってなもんさ」

「そんな……」

「ま、それでもやけっぱちみたいに突然辞めてくやつはいるんだけどね。今だから言っちゃうけどさ、藤井くんの前にこの店に配属されてきた店長見習いなんか、あと一週間で店長に昇進ってとこでいきなり辞めてったよ」

「えっ。そんなの初めて聞きましたけど」

「そりゃそうだよ。藤井くんがそういう無責任なタイプじゃないってわかったから言えることであってさ」大嶋は、ふう、と大きなため息をついた。「そいつに辞められたおかげで、店長の代わりはいなくなって、俺はあえなくここに残留だよ。ほんとだったらもっと早く別のもっと楽な店へ移ることができてたはずなのに、迷惑もいいとこ。残される側のことも考えろっての。そう思わない？」

「いや、思いますけど……」健介は言葉を探した。「でもまあ、その人にもその人なりの理由はあったはずで」

「知らねえよ、そんなの」

「こないだの件だってそうですよ。どうして大嶋さんは、辞めてった人のことをあんなに悪く言うんですか。誰にだって事情ってものがあるでしょう」

ひと月ほど前に、一人の社員が辞めていった。今年入ったばかりの新入社員で、無断欠勤が二日続いたかと思ったらもう辞めていた。繁忙を極める時間帯にはアルバイトにさえ舌打ちされるほど要領の悪い男だったが、それはたまたま現場が向いていなかっただけで、内勤ならば別の能力を発揮できたかもしれない。どうしてもう少しここで踏ん張ってみようとは思えなかったのだろうと、健介などは歯痒(はがゆ)かった。

しかしそれ以上に驚いたのは、大嶋店長が、代わりに配属されてきた二年目の女性社員や、あるいは他のアルバイトたちの前で、辞めていった男のことをボロクソに言ったことだ。曰(いわ)く、根性がない、責任感がない、あんなやつは他のどこへ行っても働けるわけがない、人として何かが欠落している、頭がまともじゃない……。

新入社員が一人辞めるたび、その上司は責任を問われ、叱責を受ける。この場合は店長の大嶋だ。しかし、それを差し引いてもひどかった。批判などという甘いものではなかった。熾烈(しれつ)なまでの人格否定だった。

大嶋ばかりではない。いやなもので、疲れている時の人間というのは、誰かを褒めるよりは腐したくなるものらしい。閉店後に集まって飲んでいる時など、終電を逃したアルバイトまでが一緒になって、辞めた男のことをよってたかって悪く言いだすことがあった。

「人間なんかさあ、藤井くんが思ってるほどきれいなもんじゃないわけよ」何かをあきらめたように、大嶋は言った。「特定の誰かをあげつらって悪口言ってる時ほど、一致団結できる時ってないんだよな」

「だけど、何も店長が率先して彼らを煽らなくても」

「ばか、必要だからやってんだよ」

「必要？」

「そうさ。しょうがないだろ、辞めてったやつのことを、今いるやつらに羨ましいとか賢いとか思わせたら終わりなんだ。みんな後に続いて辞めちゃって、使えるやつなんか誰もいなくなっちまう。だからこそまだ残ってるやつの頭に、〈辞めることは無責任で傍迷惑で最低最悪の選択なんだ〉っていうふうにとことん刷り込んでおかなきゃならないのさ。たまにおごってやって誰かの悪口言わせてりゃ、いい具合のガス抜きにもなるしな」

聞けば聞くほど、健介は暗澹たる気持ちになっていった。

大嶋の言う「上の人間」の思惑通りに動くのは癪に障るものの、かといって、店で働く「下の人間」の思いを斟酌し過ぎていては利益につながらない。サービス業とは非情なものだ。どれだけ努力をしようが報われるとは限らず、数字に表れた売上以外のものを「上の人間」は認めてくれない。

そうこうするうちに、大嶋がようやく別店舗へと異動する期日がやってきた。季節はいつのまにか初夏へと移り変わっていた。

「しばらくしたら、ひょっこり様子見に来てみるよ」

「そうですか。期待してて下さい」

健介が半ば無理やりそう返すと、大嶋はふひひっと笑った。

「嘘だよ、来ないよ。ま、頑張ってくれよな。潰れないように、適当にね」

大嶋さえいなくなれば、風通しは相当よくなるだろうし、気分的に楽になるだろう。健介は正直、そう思っていた。

いざいなくなってみると、たしかに頭の上の鬱陶しい膜がなくなったような感じはあったものの、予想に反して少しも楽にはならなかった。むしろ、店長という名の責任がじかにのしかかってきて息が詰まりそうだった。

〈夢とか目標があるのは、いいことなんじゃないの？　いや、べつに皮肉とかじゃなくてさ。ただまあ、あれかな。俺としては、お宅が実際に店長になってこの店を、そうだなあ、三ヵ月くらい切り盛りした後でも、今と同じことを言ってるかどうかをぜひ知りたいかな〉

ずいぶん前に、大嶋から言われた言葉を思いだす。あの時の彼の脂が浮いた顔も。

あんな男でも、それなりの役目は果たしていたのだ。と言うより、大嶋は大嶋なりに重圧を背負い、下の者にはその重さが伝わらないように頑張っていたのだ。そう思うと、少しだけやるせない気分になった。

ある日曜日のことだ。健介は、営業時間の三時間前に店に行き、着替えを済ませて下準備に取りかかった。

前日の土曜には例によって研修会があり、帰宅しても遅くまでレポートを書いていたので、朝起きても頭がぼんやりしていた。研修は無給で、一応は自由参加ということになっているが、出席しない場合は上司からその理由をしつこく問いただされる。黙って出席したほうがましとはいえ、翌朝はやはり辛い。ほんとうに辛い。

昨夜のことを思い起こす。せっかく恋人の千秋と電話で話せたというのに——それも、前回は自分がまた寝落ちして電話をかけそびれたせいで、ほとんど一週間ぶりの会話だったというのに——途中からの内容を、よく覚えていない。がばっと飛び起きればもう朝で、通話は、当たり前だがとっくに終了していた。

泡を食って覗いたＬＩＮＥには、千秋からのメッセージが残っていた。

ゆっくり休んでね。
大丈夫、怒ってないよ（笑）

嘘だ、と思った。いや、嘘というのは言い過ぎかもしれないが、これは千秋の本心ではない。どれだけ無理をしてくれていることか。こんなにも大切な相手に、我慢を強いてしまっているのは他ならぬ自分なのだ。そう思うと、なんだかもう情けなくてたまらなかった。

以前、雑誌の記事だったか、もう数十年にもわたっていっさい睡眠を取っていない人物について読んだことがある。眠れずに苦しんでいるわけではなく、眠りを必要としないのだそうだ。今思うと、心の底から羨ましい。眠らずに済む躯（からだ）と頭が欲しい、と切実に思う。

――眠い。頭がふらふらして、ともすれば天井がぐるんと回る。重たいまぶたを無理やりこじ開けながらスタッフルームの机に向かい、健介がこの先のシフト表を睨んでいると、

「おはようございます……」

しおたれた声に驚いて目を上げれば、学生アルバイトの鈴木由梨（ゆり）が入ってきたところだった。うつむいたまま自分のロッカーを開け、バッグを入れたところで動きが止まる。ずいぶん長い間があった後、ため息が聞こえた。口から魂が抜けていったかと思うくらい、深くて長いため息だ。

　こういう時は、知らんふりをしたほうがいいのだろうか。それとも一応、訊いてやるのが礼儀だろうか。迷った末に、

「どうしたの」

　健介が訊くと、由梨は肩越しにちらりとふり向き、またうつむいた。

「いや、話したくなければ無理には訊かないけど」

「……しが……」

「え？」

「彼氏が……その、二股を」

　うわあ、と思った。うっかり訊いてしまった自分の判断を後悔したが、もう遅い。さすがに、あっそう、で済ませるわけにもいかず、健介は仕方なく言った。

「それ、確かなの？」

「……はい。見ちゃったから」

「えっと、何を」

「彼の部屋に行ったら、その子と裸で……」

　それ以上は訊かずにおくことにした。

「そっか」できるだけ明るく声を張って続ける。「まあさ、そういう男とは、別れて正解だ

と思うよ。辛いとは思うけど、本性が早くわかってよかったんだよ。な？」

「……でも」

鈴木由梨が、どんよりと呟く。

「なに」

「彼のこと……まだ、好きなんです……」

「いや、そんなことを俺に訴えられてもさ」

「……ですよね。すみません」

うつむいた由梨の目から、ぼたぼたっと涙が床に落ちる。

「ちょっ、待って。ここで泣かないでよ、ちょっとさ、困るよ」

狼狽える健介に、すみません、と由梨はくり返した。

「なんか、店長だったら聞いてくれそうな気がして。他の人には、言えなくて……っていうか、誰にも言わないで下さい。すみません」

げんなりしながらも、これも役目の一つかと自分に言い聞かせる。

「とにかくさ、そんな時でも、きみは頑張って仕事しに来たわけだろ。偉いよ。っていうか、いい判断だと思うよ。こういう時は、他のことに没頭して忘れるに限るって」

なんとか励まし、由梨を残してスタッフルームを出た。自前のTシャツの上に作務衣に似た制服を着るだけと言っても、女性の着替えの場にいるのは適切ではないと思ったからだ。事情を聞けば確かに可哀想ではあるけれど、今日は日曜なのだ。客の数はおそらく平日の五割増しにもなる。バイトに来たからには、彼女にも時給分の働きはしてもらわなくてはならない。

しかし、店を開けても、鈴木由梨はやはりしおたれたままだった。ホール係にいちばん必要な笑顔も出なければ、声も出ない。客が注文しようとしているのにそばを素通りし、いざ注文を取れば間違える。いいところなしだった。

夜の部の開店後、二時間が過ぎた時だ。

「すいません、店長」同じ学生アルバイトの田代晃司が健介を呼び止めた。「あの、鈴木さん、どこ行ったか知りませんか？」

「どうした」

「彼女のテーブルのお客さんが怒っちゃって。注文したのに全然運ばれてこないって。探しても姿が見えないし」

考えてみるまでもない。由梨はおそらく、自分の持ち場を放り出してどこかでめそめそしているのだ。

「ああ、もう……。勘弁してくれよ」

健介は思わず呻いた。それでなくとも忙しい晩に限って、どうしてこんな。

二十歳そこそこの女の子にとって、どれだけショックなことだったかはわかるが、だからといって持ち場を放棄していいわけがない。報酬を受け取る以上、社員でもアルバイトでもそれは同じだ。

「悪いけど、田代くん。彼女の担当のテーブル、きみが見といて」

「ええっ、無理ですよ」田代は慌てた。「もういっぱいいっぱいです。あと六テーブルも増えたら俺、あたまパンクします」

「いや、わかってる。僕もできるだけフォローするし、鈴木さんを見つけたらすぐ戻ってもらうようにするから、とりあえず今だけ」

まずはクレームの入った客のオーダーを急いで作るよう厨房へ指示をしてから、テーブルへ行く。帽子を取って頭を下げた。

「店長の藤井です。お待たせして申し訳ございません」

健介よりいくらか年嵩だろうか、三十代半ばの男性の三人連れだった。

「ちょっとさあ、どうなってんの、この店。頼んでから、もうどんだけ経ってると思ってんの？」

「はい、本当にすみません。すぐにお持ちいたしますので」

「当たり前だよ、さっさと持ってきてよ。ったくもう、つまみも無しにビール一杯空けちゃったじゃん」

平謝りに謝って、生ビールを人数ぶんサービスするように田代に耳打ちした。

他のテーブルの客にはそれぞれオーダーが通っているかどうか確かめてまわり、頭を下げまくる。まだ運ばれていなかった幾つものオーダーを再び厨房に通してから、女性のアルバイトに言って、女子トイレを覗いてもらった。

「いないです、どこにも」

まさかと思いつつ、健介はスタッフルームへ行ってみた。

いた。店のユニフォーム姿のまま、由梨は、うつろな目でぼうっと椅子に座り込んでいた。

「何やってんの！」

思わず声を荒らげてしまった。

由梨の反応は鈍い。わずかに身じろぎして顔を上げたが、すぐに目を伏せる。

「オーダーも通さないで持ち場を離れちゃダメだろ。せめて、誰か他のスタッフに言っといてくれないと」

「……気分が……悪くて」

「貧血とか、そういうこと？」

由梨は、微妙な首のかしげ方をしてから、小さくかぶりをふった。

「あのさ。気持ちはわかるけどさ。きみが急に消えたらどういうことになるかぐらい、ふつうに想像つくでしょ」

「でも、なんか……言い出せなくて」

そりゃそうだろうと思ってしまった。日曜の夜の書き入れ時、殺気立っている他のスタッフに、こんなにのろのろとしたトーンで話しかけられるはずがない。

「それでもね、ちゃんと言っといてくれないと困るんだよ。急にいなくなられたら、周りだってフォローのしようがないんだからさ」

由梨は黙ってうつむいている。背後のフロアのほうからは、満席のテーブルの喧噪と、次々に入るオーダーを復唱するスタッフたちの声が聞こえてくる。後ろから追い立てられる思いで、健介は声を張って言った。

「あのね、鈴木さん。僕らは、きみを信じて仕事を任せてるんだ。ここにいる以上、きみはそれに応える義務がある。どんな事情があっても、持ち場を離れるなら、後を誰かに引き継ぐところまでが責任ってものでしょ。子どもじゃないんだから、いきなり勝手にいなくなってどうするの」

「……すみません」

「わかったなら、ほら、頑張ってしゃんとする！」

いっぺん冷たい水で顔洗っといで、と健介は言った。

「できるだけ早く戻ってね。きみのいない穴を埋めるのに、田代くんたちがいま、必死にもちこたえてくれてるんだから」

「……はい、すみません」

ゆらりと立ち上がり、由梨はトイレのほうへと向かった。

頼りなげなその背中を見送り、自分は急いでフロアへ戻りながら、健介の脳裏にはふと、恋人の千秋の顔が浮かんだ。どうしてこんなにも切羽詰まった時に、と思う。いや、逆に、切羽詰まった時だからこそだろうか。

千秋だったら、たとえプライベートでどんなに辛いことがあろうと、仕事だけはきちんと全うしてのけるに違いない。いっさい周囲に気づかれることもなく、完璧にその日の業務をやり遂げるだろう。自分の部屋でひとりきりになってからどんなにたくさん泣いたとしても、翌日は、泣きはらした目を氷で冷やしてから出勤し、周りには決して心配をかけまいとするだろう。

そういう千秋だからこそ、こんなに好きになったのだと思う一方で、自分ははたして彼女の辛さをどれだけくみとってやれているだろうと心配になる。

健介自身、仕事のしんどさや人間関係の鬱屈を、恋人にこそ打ち明けて慰めてもらいたいという気持ちはある。その半面、彼女にだけは心配をかけたくないという気持ちもまたほんとうで、電話で話していてもできるだけ明るい話題を選んでしまい、胸の裡には話せなかったもやもやがどんどん溜まっていってしまうのだ。もやもやは固いしこりとなって、もうずいぶんの量、堆積している。もしかするとそれは千秋のほうも同じなのではないだろうか。

(健ちゃんだってきっと辛いんだから)

そう考えて遠慮してしまうのが千秋だ。話したいのに話せないことがたくさん溜まり、今もきつい思いをしているのでは……。

千秋に、逢いたい。逢わなくては、と強く思った。今度の休みには、何をおいても千秋の顔を見に行こう。彼女が溜めこんでいるものをぜんぶ引っぱりだして、楽にしてやらなくちゃいけない。いちばん大事なひとのためにそんな役割すら果たせないのでは、男として情けなさ過ぎる。

フロアへ戻ると、田代がこちらへ、助けを求める視線を向けてきた。溺(おぼ)れかけた犬のような目だった。

その日、鈴木由梨は戻ってこなかった。顔を洗いにトイレへ行ったはずが、いつまでたっても戻ってこず、気がつくとタイムカードさえ押さないまま帰ってしまっていた。

翌日も現れないので心配になって携帯にかけてみると、「すみません、やめます」と言った。それっきりだった。

「俺の言い方がキツかったのかな」

いつものように、終電に間に合わなかった面子(メンツ)で飲んでいる時、健介が反省をこめて言うと、

「違いますよ」誰よりも長くこの店舗で働いているアルバイトの宮下麻紀(みやしたまき)が言った。「ああいうことやる子は、何をどう言ったってやるんです」

「そうですよ」と田代も言う。「それでいて、バイト代だけはちゃっかり受け取りに来るんだもんなあ」

口の端をゆがめながら、田代は続けた。

「今だから言っちゃいますけどね。鈴木さん、彼氏に二股かけられてたんだそうですよ」

「え」

健介が思わずもらした声を、初めて聞いたせいと受け取ったのだろう、田代は一つ頷いて続けた。

「彼氏の部屋のドア開けたら、女の子とちょうど真っ最中だったたって」

「あ、それ、あたしも聞いたわ」麻紀が横から言う。「しかもそれ、鈴木さんの友だちだったんだって」

「うっわ。そりゃ凹むわ」

「まあ、気持ちはわかるけどね。それにしたって無責任過ぎるよ」

ですよねえ、と田代が頷く。

「……なるほどね。そうだったんだ」

呟きながら健介は、いったい何なのだと思った。

〈店長だったら聞いてくれそうな気がして。他の人には、言えなくて……〉

誰にも言わないで欲しいというあの言葉を真に受けて、あれでもできるだけ周囲からはかばってやったつもりだったのだ。それなのに、蓋を開けてみれば誰彼かまわず喋っていたとは。

疲れが、倍になった気がした。

由梨がやめた後の穴は、すぐにでもふさがなくてはならなかった。よけいな経費はかけられない。店の外にアルバイト募集の貼り紙をしたがなかなか決まらず、当面は今いるスタッフのシフトを都合することで無理やりつじつまを合わせるしかなかった。

とはいえ、誰にも事情というものがある。最初から曜日と時間帯を決めた上で入ってきたアルバイトに他の日まで働けと言っても無理な話で、結局のところ、いちばん手っ取り早い解決法は、健介自身が休みなく働いてあちこちに空いた穴をふさぐことなのだった。

「いいかげんにして下さいよ、店長。いくらなんでも無理のし過ぎです」

麻紀は腕組みをして言った。

鹿児島出身だという彼女は、彫りの深い顔に黒目がちの瞳を持つ大柄な女の子だ。今年で二十一になると聞いている。太くて濃い両眉をきつく寄せた表情を見て、

「そんなおっかない顔しないでよ」

冗談めかして苦笑してみせると、

「この顔は生まれつきですから」

ますます怒ったように言われ、健介は首をすくめた。

毎日の開店準備のために、社員は遅くとも二時間前に来ていなくてはならない。しかし昨夜は閉店後の片付けに手間取り、売上の計算はなかなか合わず、と無駄な時間ばかり取られ、始発を待って部屋に帰っていたのではろくに眠れないとわかったので、禁止されていると知りつつスタッフルームのソファで泊まってしまった。それを、ランチタイムのシフトで出勤してきた麻紀に見つかったのだった。もっと早く起きようと思っていたのに、どうしても目が開かなかった。

「あのね、これ真面目に言ってるんですよ」

「いや、わかってる。泊まったりして悪かったって」

「そんなこと責めてるんじゃないです。そんなのどうだっていいっていうか、逆にほっとしてるくらいですよ。とにかく少しでも寝られたってことでしょ？」

「まあ……うん、確かにそれはそうなんだけどさ」

「あたしが言ってるのは、どうして店長だけがそんなに無茶して、一人で何もかも背負い込もうとするのかってことです。これが店長の出したお店だって言うならわかりますよ？　そうじゃないでしょ？」

ぐうの音も出ない。

「そりゃ、前の大嶋店長のやり方が正しかったとは言いませんけど、藤井店長のやり方だって相当おかしいです」

麻紀は、腕組みをして健介をにらんだ。女の子にしては上背があるぶん、なかなかの威圧感だ。

「機械じゃなくて生身なんですから、ろくに寝ないで働き続けられるわけないじゃないですか。前にお休み取ったのいつでしたっけ」

「いや、ほんとにもう、きみの言う通りなんだけどさ」健介ははっきり答えずにごまかした。

「だからって、バイトの子たちに無理やり働いてもらうわけにはいかないじゃない。そんなことさせて、また鈴木さんみたいにいきなり辞められでもしたら、今度こそほんとに店が回らなくなっちゃう」

麻紀の眉根の皺がますます深くなる。「本部とかに言って何とかしてもらえないんですか？」

「一応、報告もしたし、誰か回してもらえるように頼んでもみてるんだけどね。どの店舗もやっぱり、ギリギリのところで何とかやってるわけでさ。そんなにすぐには対応できないみたいで」

「じゃあどうしろって言うんですか。このまま見殺しですか」

「うーん」

健介は唸った。見殺し、とはよく言ったものだと思った。

だが、この店で最古参の彼女にも、あんまり心配はかけたくない。どんなに心配してもらおうと、現実を変えようがないのならばなおさら。

「まあ、あれだよね」できるだけ何でもないことのように言ってみせる。「応援が来るまでは、なんとかこのまま持ちこたえるしかないよね。けっこう大変だとは思うけど、なるようになるでしょ」

「そんな、他人事みたいに……」

麻紀は、黒目をぎょろりとさせて天を仰ぎ、大きなため息をついた。

居酒屋チェーン『山背』の店舗は、今現在、同一地区内に合わせて六軒ある。いずれかの店舗が人手不足となった時、互いに助っ人のスタッフを派遣し合って急場を凌ぐといったケースはよくあった。店長見習いとして働いていた間にも、健介自身、別の店舗に手伝いに行ったことが二度ほどある。それはそれで、他店のやり方や雰囲気を垣間見ることができて勉強になったものだ。

けれど、今回はそううまくいかなかった。他の店舗もまた、それぞれ手が足りなかったり経営不振だったりして、人員をよそへ派遣しているどころではなかったのだ。本部に言っても埒があかないと、前に自分が手伝いに行った店舗へ電話をかけて直接頼みこんだ健介に、先方の店長は言った。

「申し訳ないけど、うちも今ギリギリで、それこそお宅に応援頼もうかと思ってたとこなんだよ。今この状態で誰か一人でも欠けたら、あっというまに売上ガタ落ちになって、うちがテンプクしちまう」

ごめんな、悪く思わないでくれな、と言われて、もちろん文句など言えるはずがなかった。明日は我が身——互いの窮状は、店長同士、骨身に染みてよくわかるのだ。

しかし、悪い時には悪いことが重なるものだ。この日、夜の部の営業が始まってしばらくすると、本社の営業本部長がやってきた。何の連絡もなしの抜き打ち訪問だった。

「なに、気にしないでくれ。ちょっと近くまで来たついでに、様子を見に寄ってみただけだから」

五十がらみの斎木という営業本部長と連れの若い社員は、二人して真ん中へんの席に陣取り、今日は忙しくて昼を少ししか食べられなかったからなどと言って、腹にたまるメニューをいくつかとノンアルコール・ビールを注文した。

「勘弁してよ、このクソ忙しい時にさあ」田代は、厨房へ注文を通すなり文句を言った。「こういう場合、どうすりゃいいんスか、店長。あの人たちの注文を優先したほうがいいんスか、それとも逆ですか」

健介は答えに詰まった。

さっさと料理を出すことができなければ、「遅い、どれだけかかってるんだ」と指導が入るだろう。しかしまた、先に入店していた他のテーブルを待たせて彼らを優先すれば、客のほうからクレームがつくかもしれない。

迷ったのは数秒だった。健介は、厨房スタッフにも聞こえるように言った。

「できるだけ早く、丁寧に作って出して。でも、いざとなったら客のほうを優先しよう。内輪の目より、周りを大事にしないと」

厨房のチーフはすぐさま二人のスタッフに指示を出してくれたのだが、いかんせん、この日のシフトで入っていた一人は、まだ新人の学生だった。メインの注文を料理する厨房のチーフは、新人の彼にまず前菜を用意するよう言った。だが、緊張して焦った彼は、エビやイカなどの具材が野菜の下にすっかり埋もれてしまった海鮮サラダにドレッシングをかけるのを忘れ、あるいはまた、急いで油から引き上げた色の薄い唐揚げには櫛切りのレモンを添えるのを忘れた。

両方ともホール係の麻紀が、

「何これ。とても出せない」

その場で突っ返した。無理もない。提供する料理は、各テーブルに用意されたメニュー表の写真に限りなく近いかたちで盛り付けられなくてはならない。それが、基本中の基本ともいうべきルールなのだ。

チーフ自らが急いで作り直したものがようやく運ばれていった頃には、案の定、斎木営業本部長の表情は険しかった。

「特別に手のかかる料理を頼んだとかいうならまだしも」帰り際、痩せぎすの本部長はわざわざ健介を呼びつけて言った。「サラダと唐揚げ、チヂミに焼うどんにパスタ……そんなオーソドックスなメニューにあれだけ手間取るっていうのはおかしいだろう。いったいどういうことなんだね。スタッフの教育がなってないんじゃないのか？」

確かにスタッフの一人は未熟だったにせよ、そのせいだけじゃないだろう、と健介は思った。これだけの規模の店舗なのに、こんなぎりぎりの人員で回さなければ売上をプラスへ持っていくことができない。そのこと自体がおかしいのだ。文句をつける暇があったら、応援をよこしてくれ。それさえ叶えてくれないなら、思いつきで立ち寄ったりするな、足を引っぱりたいのか。

もちろん、口には出せなかった。納得いかない思いのまま、

「たいへん申し訳ありませんでした。何とかすぐに改善いたします」

頭をさげて本部長たちを見送ると、田代が配膳トレイを手に、急ぎ足でそばをすり抜けながら小声で言った。

「店長が謝ることないっしょ。ったく、営業妨害もいいとこじゃないスか。競合他店の回し者かっての」

無言の苦笑いで応え、健介もすぐに仕事に戻った。

店にはルーティンがあって、どんなに忙しい時でもスタッフ全員がその流れに集中してさえいれば、業務はどうにか回ってゆく。しかし、たとえば今夜の抜き打ち視察のように、通

常のルーティンを大きく滞らせる要素が飛びこんでくると、流れ全体が乱れてなかなか元に戻せなくなり、そこで〈渋滞〉が起きる。もともと対処できる人員に限りがあるせいで、〈渋滞〉はそう簡単には解消されない。その日の入りが良ければ良いほど、注文の処理は滞り、客もスタッフも皆が苛立ち、魔を呼び寄せる羽目になる。

夜九時をまわった頃、座敷のテーブルに飲みものを運んできた若い女子アルバイトの坂本(さかもと)美智(みち)は、

「おい、ちょっと」

隣のテーブルから初老の男性客に話しかけられた。

「下駄箱のカギが無いんだけどな」

「少々お待ち下さい」

先にカシスオレンジのグラスを置こうとした彼女は、あっと声をあげた。折り重なるように客たちからも、「きゃっ」「やだ、大丈夫？」「拭くもの、拭くもの！」と悲鳴があがる。

赤い液体の半分近くがテーブルの上にこぼれ、端から畳や座布団に滴り落ちて、客の服までを濡らしていた。最初に話しかけた酔客が、いきなり美智の肘をつかんでこちらを向かせようとしたせいだ。

騒ぎに気づいた宮下麻紀に呼ばれ、健介は慌てて飛んでいった。

「みっちゃんのせいじゃないです。隣の酔っぱらいのジジイがいきなり腕つかんだとこ、あたし見ましたから」

呼びにきた麻紀からそう聞かされていたものの、健介がいざ目にした惨状は想像以上だった。

狼狽えてそれぞれ立ちあがったり腰を浮かせたりしている男女に囲まれて、女性客が一人、一生懸命におしぼりで自分の服を拭いている。こぼれた赤いカクテルが白っぽいワンピースの下半分を染め、まるでサスペンスドラマで腹部を刺された被害者みたいな有り様だ。五人分のおしぼりがどれもびしょびしょなのは、慌てた誰かが追加で水でも倒したせいだろうか。

「お客様」

大丈夫ですか、と訊きかけて、危うく呑みこむ。どう見ても大丈夫ではないこの状況で、そんな訊き方をすれば火に油を注ぐことになる。焦る気持ちを仕切り直して、健介は言った。

「たいへん申し訳ありません、店長の藤井と申します。お怪我はありませんでしたか」

すると、

「ちょっとさあ、見てよ、これ！」

いちばん年嵩の男が居丈高に言って、濡れた服の女性を指さした。当の女性のほうが何だかすまなそうに、「係長、あの、大丈夫ですから」と身を縮こまらせている。意に反して店じゅうの注目を集めている状況が恥ずかしくていたたまれないらしい。

健介はちらりと目を走らせ、騒ぎの原因を作った隣のテーブルの男を窺った。ごま塩頭の大柄な男だ。とりあえず田代に対処を頼んであるが、どうやらまだ揉めているらしい。

麻紀が奥から新しいおしぼりを持って走ってくると、座敷に上がり、「すみません、こちらをどうぞ」と客のそれぞれに手渡した。カクテルをこぼしてしまった当の美智も、悲愴な顔でおしぼりを幾つか受け取り、まだ濡れているテーブルと畳を拭く。

様子を窺って妙な感じにざわついていた店の中が、ようやく通常の喧噪を取り戻し始めた。

「まことにご迷惑をおかけしました」健介はくり返し、畳に正座をして深々と頭をさげてから、服を濡らしてしまった女性客に向き直った。「こちらの不手際でご不便をおかけして申し訳ありません」

「いえ、そんな。そちらのスタッフさんのせいじゃありませんから。わかってますから」

仏様かと思った。

「お召しもの、冷たいですよね。とりあえず奥のスタッフルームで乾かして頂くのはいかがでしょうか。よろしければ、今のうちに少しでも洗って頂いたほうがいいかもしれません。かわりの着替えは何かしらお貸しできますし……」

と、またしても横から係長が息巻いた。

「ちょっと洗ったくらいで落ちるわけないだろう。どうしてくれんだよ、これ」

「もちろん、クリーニングの費用はこちらで持たせて頂きますので」

「クリーニング？　ふつう弁償だろ、弁償」

言いつのる上司を、

「いえあの、本当に大丈夫ですから。これくらい、たぶん染み抜きで落ちますから」

女性客が微苦笑でなだめようとした時だ。

「てめえ、いいかげんにしろよッ。俺は早く帰りたいんだよおッ！」

隣のテーブルから怒号が響いた。驚いたこちらの客たちも、全員がそちらを凝視する。

「いいからほら、カギ出せよ、カギ！」

「いえ、ですから下駄箱のカギはですね、お客様ご自身でお持ち頂いてるはずなんです」

「てめえ、俺がなくしたって言いたいのか？　俺の責任だって？」

「いえ、そういうことではなくてですね」まさにそういうこと以外の何ものでもないのだが、
田代は辛抱強く言った。「ただいま他のスタッフにもトイレなどを探させていますので、もう少々お待ち下さい」

努めて冷静に対応しようとする田代の態度が、かえって気に障るらしい。したたかに酔っ

ぱらったごま塩頭は、苛立ちをますます露わにして絡んだ。

「おう、どうすんだよ、俺の靴。家まで裸足で帰れってか、ええ？　お前なんかじゃ話にならねえんだよ。さっさと店長を呼べ、店長を！」

唐突に、健介はすべてを投げだしてしまいたくなった。自分がこぼしたわけでもないカクテル、自分が濡らしたわけでもない客の服、自分がなくしたわけでもない下駄箱のカギ、自分が怒らせたわけでもない酔っぱらい。それらのすべてに対して、どうしてこの俺が責任を取らなくてはならないのか。

〈店長を呼べ、店長を！〉

そう、どうしてかと言えば、この店の店長だからだ。それが店長の役目だからだ。

――と、頭ではわかっているのに、納得がいかない。心が、身体が、拒絶する。

「店長は、私ですが」

言いながら、誰か他人が喋っているような気がした。自分の声とは思えない。

「はあ？　お前なんか呼んでない、もっと上のもんを出せと言ったろう」

ごま塩頭が、腕を振りまわしながらわめく。

「お言葉ですが、私がこの店の責任者です。お話でしたら私が伺いますので」

「お話ぃ？　だからさっきから言ってるだろう、俺の靴をどこへ隠した」

うんざりする。実家の商売もずっと居酒屋だったのだから、酔っぱらいなど子どもの頃からさんざん見てきたはずなのに、今この時、健介は心の底から嫌気がさしていた。

ここから逃げ出したい。義務も、責任も、何もかも放りだし、さっさと部屋に戻って布団をひっかぶってしまいたい。いったい何だってこんなことをしているんだろう。俺はただ、実家の店を継ぎたかっただけなのに。今よりもっと大きくして、親父やおふくろを喜ばせてやるのが夢だっただけなのに。

ふと、その〈夢〉が、色褪せて感じられた。俺、本当にそんなことがしたかったんだっけ？

「お履き物でしたら、」声が掠れ、健介は咳払いして言い直した。「お履き物でしたら、ご来店の際にお客様ご自身で下駄箱に入れて頂いて、カギはお帰りまでお持ち頂くようにお願いしています」

「だから、そんなもの無いって言ってるだろう！　何べん言えばわかるんだ！」

「失礼ですが、たとえばそちらの座布団の下ですとか、お召しもののポケットや、かばんなどに入れられたということは……」

「ふざけんな、てめえ！　この俺を疑おうってのか！」

「いえ、そうではありませんが……」

あたりが妙に静かだ。店内の客たちが再び、それぞれの会話をやめてこちらを注視している。その様子が、見なくても感じ取れる。ある者は眉をひそめ、ある者は薄笑いを浮かべながら、ことの成り行きを興味津々で見守っているのだろう。あんな青二才の店長に、この騒ぎを収めることができるのか。そのうち手に余って警察でも呼ぶんじゃないか。いい機会だ、とくと見届けてやれ。――味方なんか、どこにもいない。

「恐れ入りますが」と、健介は言った。「他のお客様のご迷惑となりますので、もう少しお静かにお願いできませんでしょうか」

ふだんなら、そんな言い方はしなかったかもしれない。それこそ、さっき服を汚してしまった客たちに声をかけた時のように、口に出す前に踏みとどまっていただろう。たとえどんなに正しい言い分であろうとも、事態を収束させるどころか、なおさら酷くしてしまう言葉というのはある。わかっていたのに、正直、どうにでもなれという気分だった。このまま下手にばかり出ていては周囲の客たちにも馬鹿にされてしまう。そんなふうな、どこか見栄に似た感情も手伝っていた気がする。

言葉は、口にした健介自身の耳にもひどく冷たく響いた。案の定、ごま塩頭は表情を変えた。赤かった顔が、みるみるうちに、どす黒くなっていく。

「てめえ……」

片膝を立てて健介に凄んだ、その時だ。

「おーい、こりゃまた何の騒ぎだあ？」

背後から、呑気(のんき)な声がかかった。ふり向くと、太った赤ら顔の男性客が、上がりがまちに店の備品のサンダルを脱ぎ捨てたところだった。

それなりに酔ってはいるようだが、目は据わっていない。畳を踏みしめ、健介の脇を通り抜けてテーブルまでやってくると、ごま塩頭の向かい側の座布団にどっかりと腰をおろす。

どうやら、連れらしい。

「どこ行ってたんだ、お前」

ごま塩頭が息巻く。すると赤ら顔の男はやれやれと首を振り、苦笑まじりに言った。

「便所へ行ってくるって、ちゃんと言ったろう。何聞いてんだ」

改めてあたりを見回す。自分たちのテーブルが、座敷だけでなく、声が届く範囲の客たち皆の注目を集めていることに気づき、いかにも迷惑そうな顔になった。

「おい、お前、また何かやったのか」

「やったのは俺じゃない、そいつらだ」ごま塩頭が言い張る。「ひとの靴をどっかへ隠しやがって」

「靴？　下駄箱に入ってるだろう」

「だからそのカギをこいつらがどっかへ、」

「カギならお前、ここへ来た時、お前のぶんも俺が預かっとくって言っただろうが」

周囲の全員が、えっ、という顔になった。

「え？」

と、ごま塩頭も言った。

「だってお前、酒飲むと何でもなくすじゃんか。こないだは携帯、その前は財布。あの時は、こともあろうに俺が盗ったって疑いやがったよなあ？」

ぶかぶかのパーカの両ポケットに手を突っ込んでまさぐると、

「ほら、ここにある」

赤ら顔は両手をひろげてみせた。それぞれ、櫛形をした大きな木製の番号札が載っている。さんざん探していた下駄箱のカギだ。

「ああ、よろしゅうございました」すかさず、というより思わず、健介の口からその言葉がこぼれた。「おかげさまでこちらもホッといたしました。ありがとうございます」

「なんだよ、こいつ、またそんなくだらないことでぐじゃぐじゃ言ってたの？」

赤ら顔が、チッと舌打ちをして、聞こえよがしのため息をつく。引きつった笑いを浮かべながら、何となくそのへんの周囲へ向けて謝った。

「いやあ、すいませんでしたね。連れが、とんだバカバカしいご迷惑をおかけして」

「バカとは何だ！」

さんざん騒いだ手前、引っ込みがつかないのだろう。ごま塩頭はこの期に及んでなおも息巻いたが、声にはさすがに力がなかった。

ようやっと、二人の酔客が下駄箱から靴を取り出して帰ってゆくのを見送ると、健介は周囲の客全員に謝ってまわった。

「お騒がせして申し訳ございませんでした」

服を汚してしまった女性客には、というよりその居丈高な上司には、店がクリーニング代を肩代わりすることを約束した上で、唐揚げとフライドポテトの盛り合わせをサービスし、どうにか怒りを収めてもらった。いつまでもカギが見つからないままなら、あるいは服にシミができてしまった女性が怒り狂っていたなら、もっと大ごとになっていたかもしれない。そういう意味では、事態がそれなりに丸く収まったことを感謝しなくてはならないのだろう。

しかし、終わりよければすべてよし、とまでは言いがたかった。とりあえずの始末をつけて、厨房のほうへと戻った健介に、

「すみません、店長」

言いにくそうに言葉をかけたのは麻紀だった。すぐ後ろに、さっきカクテルをこぼしてし

まった美智もいて、青白い顔で首をすくめている。

「どうした？」

「オーダー前のお客さんと、順番待ちのお客さんが何組か、続けて帰っちゃいました」

「え、なんで？」

「奥が騒がしいのを見て、たぶん長くかかりそうだと思って待ってられなくなったんだと思います。テーブルに着いたお客さんが一組立ち上がって出て行ったら、待ってる人たちも次々とあとに続いて……。『大丈夫ですから』って慌てて引き留めはしたんですけど、駄目で」

麻紀は悔しそうに唇を噛んだ。

「すみません！　もとはといえば私が……」

半泣きの美智を、みっちゃんのせいじゃないよ、と麻紀が慰める。ぶっきらぼうな口調だが、背中をぽんと軽く叩く手には後輩への思いやりが詰まっている。

新米の美智には荷の重い出来事だったのがわかるだけに、一緒に慰めてケアしてやりたいのはやまやまだが、その時間がない。健介は言った。

「わかった。とにかく、今いるお客さんからの不満ができるだけ出ないように頑張って。ここ、正念場だから」

7

目が覚めるなり、千秋は、いつもよりずっと気分がいいことに気づいた。

窓の外、夏空が澄み渡って見える。いくつか浮かんだ雲との境目がくっきりとしていて、子どもの頃、祖母の家の縁側から見上げた空を思い出す。

起き上がり、グラスに氷を入れて水を汲(く)んでも、その水しぶきや、透きとおった青いガラスの外側にみるみる現れる水滴の一つひとつまでが信じられないほどきらきらと輝いて目に映る。カラン、と氷の鳴る音が耳に心地よく響きわたり、冷たい水をひと息に飲み干すと、身体の中に一本の糸がぴんと張られた心地がした。

あまりの現金さに、千秋は思わず笑ってしまった。昨夜、久々に健介と逢えたというだけで、自分はこんなにも満たされ潤うのか。そう思うと何だかおかしくて、同時にそんな自分が愛(いと)おしい。

だって、本当に、ほんとうに久しぶりだったのだ。前回二人でゆっくり過ごしたのがいつだったか覚えてもいないくらいに。いや、昨夜にしてもとうてい〈ゆっくり〉とは言いがたい。この部屋に彼がいたのは四時間足らずだ。その四時間のほとんどすべてを、二人はベッドの上で抱き合って過ごした。お互いに相手が自分にとって誰より大切な存在であることを――他の何ものをもってしても替えのきかない唯一であることを、あらためて確かめ合うための時間だった。

健介がどんなに優しく自分を扱い、そして肝心なところでは有無を言わせなかったかを思い起こすと、千秋は、ふたたび身体の芯がじんわり熱くなるのを感じた。

(やだもう、こんな朝っぱらから……)

慌てて顔を洗いに行く。鏡に映った顔を見て、自分でもびっくりした。目もとが潤んで眉尻が下がり、唇は赤みを帯びてぷっくりふくらんでいる。

(だって健ちゃんがあんなに……)

だめだ。考えると、よけいに頬が火照(ほて)る。冷たい水で顔を洗い、汗ばんだ首筋やうなじまで冷やしてやると、ようやく目つきもしゃんとして、人前に出られる程度の顔つきになった。

おそろしく空腹であることに気づいて、千秋は時計を見上げた。まだ大丈夫だ。早く目が覚めたおかげで、出勤まで時間はある。お湯を沸かしている間にあり合わせのもので手早くサラダを作り、グラノーラの上にフルーツヨーグルトを載せ、コーヒーは時間節約のために『銀のさじ』のインスタントを淹(い)れ、パンを一枚トースターに放り込んでレバーを押し下げる。

狭いダイニングに置いた小さなテーブルにバターやジャムを並べていると、唐突に衝き上げてくる想いがあった。

「……一緒に暮らせたらなあ」

無意識のうちに、声に出てしまっていた。すとん、と椅子に腰を下ろし、テーブルの上を眺める。

こういう何でもない朝食を、健介と一緒に食べたい。というより、食べさせてあげたい。彼と二人の食事なら、ちゃんと卵やベーコンなんかも焼いて、コーヒーはハンドドリップで美味しく淹れてあげたい。

しばらく見ないうちにずいぶん痩せてしまった健介の顔を思い起こし、千秋はため息をついた。食べもの屋さんで働いているのにどうして、と思ってしまう。ろくに食事を摂る時間もないのではないかと心配になって訊いてみたのだが、

「大丈夫、メシだけはちゃんと食ってるから」昨夜の健介はこともなげに言った。「いやさ、本来の俺はこれくらいスリムなんだって。高校まではずっと痩せっぽちでひょろひょろしてたくらいでさ。それが、上京して一人暮らしを始めたら、食べるものは偏るし生活は不規則になるしで、マジで急激に太っちゃったの。おまけに就職したら今度は外食が多くなって、よけいに体重が……」

ぎゅうん、などと言いながら空中に人差し指で右肩上がりのグラフの線を描いてみせ、健介は白い歯を覗かせた。

「だからチィは心配しないでいいの。いま俺、ベスト体重だと思うよ。身体が軽くなったおかげで、動いても前より疲れなくなったし」

本当だろうかと、なおも気にしながら顔を覗きこむと、健介は千秋の頭をくしゃくしゃにかき混ぜた。と、そのままいきなり抱きすくめられた。

「えっ、な、なに？」

戸惑う千秋の背中を、赤ん坊をあやすかのようにそっと撫でながら、

「俺ってさ、ほんと幸せ者だよな」

しみじみと彼は言った。

「どうしたの、急に」

「マジでそう思うんだもん。いくら叶えたい夢があって、そのための勉強だからなんて思ってても、それだけじゃ、頑張りにも限度があるじゃん。けど、こうやってチィがそばにいてさ。俺がちょっと痩せたってだけでも本気で心配してくれてさ」

「そんなの当たり前じゃない。いちばん大事なひとのことだもの、心配くらいするよ」

「……いちばん？」

「え？」

「ほんとに俺が、チィの『いちばん』？」

「そうだよ。どうしてそんなこと訊くの？」

「俺なんて、けっこう情けないとこいっぱいあるしさ。チィのほうがずっと優秀で頭もいいのに、俺なんかでほんとにいいのかなって」

思わず、身体を離して彼の顔をもう一度、覗きこんでしまった。さっきの眩しいような笑顔は夕暮れの光のように薄れ、どこか心細そうな目をしていた。

「健ちゃんてば、何言ってるの？　意味わかんないよ」

「……だよな。ごめん」

苦笑でごまかそうとする彼の頰に手をあて、こちらを向かせる。

「ごめん、じゃなくて。ねえ、じゃあたとえばだよ？　私がほんとに優秀で頭も良かったとして、健ちゃんは、だから私と付き合ってるの？」

「そういうわけじゃ、ないけど」

「でしょ？　私だって、そんなふうな箇条書きで健ちゃんのこと好きになったわけじゃないよ。条件並べて誰かと比べたことなんか一度もない。だからこその『いちばん』なんだよ？」

「チィ……」

「ねえ、教えてよ。健ちゃんにとって私は、誰とも比べられない『いちばん』じゃないの？」

間近に見上げながら千秋が問いかけると、健介は、まるで疼痛をこらえるような表情を浮かべ、低く呻いた。

「……俺も」

「え？」

「俺も、チィがいちばん……ってか、チィしかいない」

たまらなくなって、千秋は、自分から彼を抱き寄せた。健介が渾身の力で抱きしめ返してくる。千秋を仰向かせて唇を重ね、思わず漏れてしまう吐息までもすべて貪ろうとする。両の腕できつく、きつく締めあげられてゆく、その痛みまでが千秋には愛おしかった。せつなさのあまり心臓が軋み、きゅうきゅうと鳴くようだった。

「健ちゃん、好き。大好き」

「ん。俺も」

想いが募ると、言葉はどこまでも単純になるのだと知った。心に追いつける言葉など無い。だからこそ、ひとは抱き合う。言葉では伝えられないものを手渡すにはもう、その方法しか残されていないから。

「心配なの。健ちゃんてば、ついつい無茶して頑張り過ぎちゃうでしょ。このごろ、笑ってみせてくれるたびにかえって不安になる。ほんとはめちゃくちゃ無理してるんじゃないかって」

「考え過ぎだよ。俺、チィほど頭は良くないし優秀でもないけど、今の仕事は向いてるみたいでさ。確かに毎日、忙しいよ。忙しいけど、そのぶんすごく充実してる。バイトの子たちは慕ってくれるし、店も今すごくうまくいってて、営業成績だって悪くないんだ」

「え、じゃあ、さっき言ってた、今度の土曜日に本社に呼ばれてるっていうのは……」

ああ、と健介は苦笑した。

「あれは……。うん、どうだろうな」

「もしかして、表彰されちゃったりするんじゃない？」

「ははは。だといいな」

「きっとそうだよ」

はいはい、わかったたから、と組み伏せられ、すぐさま何もわからなくなりながら、千秋は幸せだった。こんなふうに、しんどくても何年かが過ぎてゆくうち、積みあげた苦労と経験のすべてが糧（かて）になり、そうしていつか――。

カシャン、とトースターが音をたて、我に返った。熱々のパンを取り出し、バターとジャムをたっぷりと塗る。サラダもグラノーラも、よく嚙んできちんと食べた。

ほんとうはまだ、ものすごく眠い。

〈でも、健ちゃんに元気をもらったから〉

自分も、彼を力づけることができただろうか。こちらがこれだけ寝不足なら、あれから帰って会社に出すレポートを書かなくてはならなかった健介のほうは輪をかけて眠いはずなのだ。

健介との間で望むことを数えあげればキリがない。寂しくて叫びだしたくなる夜だってある。しょっちゅうある。けれど、ほかのすべてを我慢してもいいと思うくらいに、今は彼の体調が心配でならない。

なかなか逢えなくても、昨夜のような時間が少しでも持てれば、寂しさはちゃんと乗り越えられる。だから、と千秋は思った。だからどうか、無理をし過ぎて倒れないで欲しい。何とかして身体を労って欲しい。そうしてほんの時々、逢ってお互いを確かめ合うことができたなら……。

翌日の金曜日の夜中、健介から着信があった。二人で決めた〈電話の日〉ではなかった。深夜、千秋がちょうど眠りに落ちかけていたところにかかってきて、しかも二回と半分鳴っただけで切れたので、初めはてっきり間違い電話か悪質ないたずらだと思った。うんざりしながら起きあがり、閉じそうなまぶたをこじ開けて履歴を見た千秋は、こんな時間に何ごとかと驚いてすぐさまかけ直した。

なかなか出ない。五回、六回と呼び出し音が鳴る。たった今、向こうからかけてきたはずなのに、と眉根を寄せながら八回数えたところで、ようやく呼び出し音がやんだ。

「もしもし、健ちゃん？　どうしたの？」

思わず詰問するような口調になってしまった。答えが返ってくるのに、またずいぶんと間が空く。

「あれ、聞こえてる？　ねえ、健ちゃんてば。もしもし？」

「……聞こえてるよ」

と、健介が言った。

ほっとしながらも、その声の低さに戸惑う。

「どうかしたの？　何かあった？」

「……いや。別に」

「だって、もうこんな時間だよ？」

「ごめんな」

「いいんだけど、ただ、何かあったのかと思って」

送話口に、ふうっと健介の息がかかった。今のは、苦笑い？　それとも、ため息？　顔が見えないと、そんなことさえわからない。

「悪い悪い。何でもないんだ」やっぱり低い声のまま、健介はくり返した。「じつはさ、携帯いじってて、間違えてボタン押したら、チィんとこにかかっちゃって」

「え？」

「慌てて切ったけど、やっぱ音鳴っちゃったか。ごめんな、もうとっくに寝てたんだろ」

——もうとっくに、って……。

ちくりと引っかかるような苛立ちを覚え、千秋は枕元のデジタル時計を見やった。夜中の一時を回っている。

「まあ、寝てはいたけど……」気持ちを抑え、言葉を継いだ。「それはいいの。そんなことより健ちゃん、元気ないよ？　なんだか疲れてる感じ」

「……れてるんだよ」

「え、なに？　いま何て言ったの？」

「いや。……何でもないんだ、ほんとに。俺、さっきちょっとみんなと飲んで帰ってきたからさ。いまいち呂律回ってないとしたら、そのせいだと思う」

安堵するのと入れ替わりに、すうっと胸の裡が醒めた。要するに、酔っぱらいに起こされたわけか。一緒に飲んで発散できる仲間がいるというのはきっと彼のために良いことなのだろうけれど、なんて人騒がせな、と少し腹が立つ。

「ごめんな、チィ。もっかい寝てくれな」

「そりゃ、寝るよ。明日は土曜日だけど会社行かなきゃだもん」

「……そっか。うん、頑張れな」

おやすみ、と言い合って通話を切ったものの、千秋の中にはどこか釈然としない思いが残った。

再び布団にもぐり込みながら、千秋は、水曜日の健介との逢瀬を初めから思い起こしてみた。久しぶりの早番だった健介から急に連絡があって逢えることになり、帰りに駅で待ち合わせたあの夜——久しぶりに部屋で二人きりになると、彼は千秋の淹れたコーヒーを旨い旨いと飲みながら言った。

〈いっぱい抱き合いたいけど、その前に、いっぱい話をしようよ。俺、チィの話が聞きたい〉

いま千秋が取り組んでいる仕事の内容や、関わっている人々とのやり取り。対処しなくてはならなかったトラブル、その時々の気持ち。仕事関係の話だけではない。逢えなかった間のささいな出来事の一つひとつを、沢山の質問を差し挟みながら聞き出そうとした。

途中で何度か気持ちが高まって、抱きしめ合ったり、キスを交わし合ったりすることもあった。千秋が、〈健ちゃんにとって私は、誰とも比べられない『いちばん』じゃないの？〉と訊いたあの時もそうだ。

けれど彼は、こちらが内心焦れてしまうくらい、なかなか〈本題〉には入ろうとしなかった。

〈うーん、じゃあさ。いちばん最近買ったものって、何？〉

もういいじゃない、と半ばあきれながら、千秋は答えた。

〈アイス。ガリガリ君のソーダ味〉

部屋まで手をつないで帰ってくる途中、すぐそこのコンビニで一人ひとつずつ選んで買ったのがそれだった。

〈そういうのじゃなくて〉と、健介はため息をついた。〈何かもうちょっとこう、ないの？ 洋服とか、アクセサリーとかさ。チィが欲しいと思って買ったものがあるでしょ。教えてよ〉

適当な嘘なんかつくなよ。ちゃんと正直に言うこと。冗談めかしていながらも、めずらしく押さえつけるように言われたせいか、千秋はふと、逆にほんとうのことを言ってしまいたくなった。恥ずかしいのにどこか挑戦的な、反抗したいのにどこか甘えたくもあるような、そんな不思議な気持ちだった。

〈知りたいの？　ほんとに？〉

口調や表情から何かを感じ取ったのだろうか。健介が真顔になり、頷く。千秋はそっと彼の手を取り、思いきって自分のスカートの裾から中へと導いた。シルクの下着の滑らかな手触りに、健介のまなざしが激しく揺れる。

〈急に逢えるって言うから……待ち合わせの前に、慌てて買ったの。でないと今日穿いてた下着、小学生みたいだったんだもの〉

〈……チィ〉

〈逢えなかった間のことより、今の私を知ってよ〉

そんな芝居がかった言葉にさえ、互いの気持ちは風に煽られた火のように燃えて、そこから先は止め処がなかった。明け方に健介が帰ってゆくまでの間、ずっと。

いくつもの波に呑まれ、息も絶えだえになった身体は重たくて、彼が身支度をしている間、目を開けているのがやっとだった。起きあがろうとすると彼は、いいから寝てな、と言って布団を掛け、頭を撫でてくれた。玄関を出ていったのを、不覚にも覚えていない。

こうして思い返してみると、今さらながら、健介の側の話をほとんど聞かなかったことに気づかされる。交代で彼の話を聞いてあげるより先に、我慢できなくなってしまったのはこちらのほうだ。言い訳のようだが、なにも快楽が欲しかったわけではない。自分から誘うかのようなあんな大胆な行動を起こしたのだって、今思えば健介がいつもに比べてどこか遠くにいる気がして、互いの間に不透明な膜が張っているような感じが不安でたまらなくて、もっと近くに、誰より近くに、彼を感じたくなってしまったせいだ。

次に逢えた時は、こちらのことなんかどうでもいいから、今度こそ健ちゃんの話をたっぷり聞こう。幸い明日の、というかもう今日だけれど、土曜日は〈電話の日〉だ。彼からかかってきたら、とにかくいっぱい質問をしよう。この間の彼がそうしてくれたみたいに。

土曜の朝は本社に呼ばれている、と健介は言っていた。もうあと数時間で朝だ。

現在の店舗に配属されるまでは毎日通っていた本社だが、顔を出すのは久しぶりのはずだ。懐かしい同僚たちと会ったら、話に花も咲くだろう。互いに刺激にもなるだろう。今夜の電話ではきっと、そんな話も聞かせてくれるに違いない。

とりあえず、ますますやる気に火がついて、お店へ戻ってからまた無理し過ぎないといいな、と千秋は思った。

8

背中から落ちてゆく夢に、健介ははっとなって目を覚ました。喉元にも背中にも、ぐっしょりと汗をかいている。悪夢を見るからには一応眠っていたのだろうが、心も身体もかえって疲れていた。

先ほど千秋に電話をしたのは、自分の部屋からではなく、この店からだった。終業後にアルバイトの皆と飲んだあと、良くないことと知りつつ、またしても店のスタッフルームに戻って泊まってしまったのだ。

発信ボタンを間違えて押したわけではない。ほんとうは彼女の声が聴きたくて聴きたくて、どうしても我慢できなくなっただけだ。真夜中なのはわかっていた。ふつうに会社勤めをしている千秋が、もうとっくに寝ているであろうことも。

それでも今夜だけは千秋の声が聴きたかった。張りがあってよく通る彼女の声を、心地よい音楽のように耳もとで聴けば、ほんの少しの時間でも深く眠れる気がしたのに……。

水曜の晩だってそうだ。わずかでも時間があるなら眠ったほうがいい、でなければ身体がまいってしまうとわかっているのに、千秋に会いたい、彼女に触れたいと、一度思ったらもう我慢などできるものではなかった。いったいどれだけ、彼女によりかかれば気が済むというのか。情けない。

これから寝直したなら、もう二度と起きあがれる気がしない。始発を待って電車に揺られて帰るだけの気力すら、どこをどう振り絞っても出てこない。頭の芯が冷たく感じられるほどの眠気に、横になっていても眩暈（めまい）がする。今週は、合わせて何時間寝ただろう。

　最初のうちは、睡眠時間を返上して動き回れば何らかの成果を出すことができたのだ。せめて五時間、それが無理でも四時間は寝たいところを、たった二時間眠っただけで起き出し、営業時間の三時間前に店に出た。そうすることによって、バイトを使わなくても一人で開店準備を終えられた。すなわち人件費をおさえることができた。もちろん、タイムカードなどは他のスタッフが来るまで押さなかった。

　けれど、最近はその方法も危ういのだ。ろくに睡眠をとっていないと、仕事中に手を動かしていても途中のどこからか思考がストップして、ふと我に返った時には野菜を信じがたいほど大量に刻んでしまっていたり、半解凍にしておくべき肉に熱が通り過ぎていたりということがままある。あるいは、注文と異なる品物が届いたのでクレームの電話をかけると、先方の手違いではなく、こちらの発注そのものが間違っていたことも……。

　健介は、固く目を閉じた。

　寝なければ。でないと、頭が働かない。身体が動かない。

　だが、おそらくこのまま再び浅い眠りに落ちても、今度は何ものかに追われる夢を見て飛び起きるだけだ。なおもしばらく呻吟（しんぎん）した後、健介はとうとう、眠りをあきらめた。

身動きするたびにみしみしと軋む関節をなだめすかして起きあがる。開かないまぶたをこじ開け、壁の時計を見やると午前四時過ぎだった。思わず、呻き声が漏れる。あとほんの数時間で、『山背』の本社へ出向かなくてはならない。

千秋に対しては、まるで何もかもうまくいっているかのような嘘をついてきたが、じつのところ健介が店長を務める店は今週、とうとう初めての〈テンプク〉をしてしまったのだった。営業本部長が抜き打ちで現れ、バイトが客の服に酒をこぼし、酔っぱらいが絡んできて、順番待ちをしていた客が次々に帰ってしまったあの夜だ。

しかしどんな事情があろうと、居酒屋チェーン『山背』においてテンプクは、店を預かる者の経営管理能力が根底から問われる最悪の事態だ。前店長の大嶋が言っていたとおり、健介はたちまち土曜の朝っぱらから本社に呼び出されることとなった。

週のうちでも特別に忙しい土曜日の朝を、わざわざ選んだかのように行われる〈ドック入り〉。その内容が具体的にどんなものか、健介には想像も付かない。

誰も、損を出そうと思って働いてなどいない。たまに責任感のない学生アルバイトもいるにはいるが、ほとんどのスタッフは真面目に懸命に働いて、何とか少しでも利益を上げようと努力してくれている。何が原因でかたまたま売上の良くない日があったとしても、たった一日の不慮の結果を厳しく責めたて締めあげて、いったい何になるというのか。上に立つ者が物事をある程度長いスパンで見ようとしなかったら、下で働く者はただ萎縮するばかりではないのか——。

いくらそんな具合に心の中で息巻いてみたところで、今から数時間の後、本社のお歴々の前で同じ演説をぶつ勇気など、もちろんないのだった。

〈もう金輪際かんべんして欲しいんだわ。あれ、ほんとマジで死にたくなるから〉

そう口にする時、大嶋の顔が心なしか青ざめていたのを思いだすと、暗澹たる気持ちになる。どんなことを訊かれるのだろう。こちらが事情を説明したとして、上の連中は納得してくれるものだろうか。

正直なところ、もうくたくただ。何も考えたくない。健介は、スタッフルームのソファから立ちあがろうとした。

とたんに膝が萎えて崩れ落ち、すんでのところでテーブルの角に顔面を打ちつけそうになる。腰が抜けてしまったかのように、しばらく立てなかった。

眩暈がする。吐き気もだ。ソファにすがるようにして、どうにか立ちあがる。何か悪い病気ではないかと思うほど、身体のパーツの一つひとつが鉛のように重い。

「んなわけ、ないんじゃやけえ」声に出して自分に言い聞かせる。「たかが寝不足じゃろ。なに弱音、吐いとんじゃ」

冷たいスチールロッカーに額を押しあてているうちに、だんだんと眩暈がおさまってきた。胸はまだむかむかしているが、これはさっきまで仲間と飲んでいた酒のせいに違いない。無理やりそう思いこむ。

学生の頃、それも上京したての最初の頃など、毎日のように夜中まで遊びまわって飲んでばかりいたがいっこうに疲れなかった。どれだけ徹夜をくり返しても倒れたりはしなかった。遊びなら愉しくて、労働となると辛い、というのは要するに、甘えでしかないということだ。もっとやれる。やれる、はずだ。

ロッカーを開け、かばんの中から歯ブラシのセットとタオルを取りだした。最近はいつでも用意してある。トイレへ行き、用を足し、洗面台で顔を洗って歯を磨く。と、鏡に映る自分のあまりの顔色の悪さにぎょっとなった。青白いというより、青黒い。時代劇などで川から引きあげられる土左衛門が、ちょうどこんな顔色をしている。

この顔で本社へ行くのか。女と違って化粧でごまかすこともできない。

「ああ……ブチたいぎぃわ」

疲れた、しんどい、だるい。そんな言葉では追いつかなかった。ひたすら、たいぎぃ。

「けど、やらにゃあいけんもんね。広島帰るまでは、この会社でやっちゃる、思うて入ったんじゃやけえ」

独りごと、それも故郷の言葉でのつぶやきが、最近増えてきた気がする。いや、よくわからない。他人から自分がいったいどう見えているかを意識することが、日に日に難しくなっている。〈自分〉という人間の輪郭が、どんどん溶けてぼやけて曖昧になっていくようだ。トイレの石鹸（せっけん）で頭を洗い、ぎしぎし軋む髪をあえて冷たい水で洗い流し、タオルで拭って撫でつける。同じタオルを濡らして絞り、悪夢のせいで汗だくになった喉元やうなじ、脇や腕などを拭うと、いくらかはしゃんとした。

　スタッフルームに戻り、ロッカーから濃紺のスーツを取りだす。店長ともなると、ユニフォームや私服では失礼にあたるような場へ、急に出向かなくてはならない時もある。そういう場合のために、ふだんからYシャツとともに常備してある一着だ。襟元や背中についていた毛埃（けぼこり）を、丸めたガムテープで丁寧に取ると、健介はもう一度、壁の時計を確かめた。

　午前四時四十分。あと五時間足らずで、ここを出なくてはならない。それまでに少しでも、今日のための開店準備を進めておいたほうがいいだろう。本社でのドック入りが終わったら、再びここに帰ってきて、くそ忙しい土曜の営業を晩まで休みなくこなさなくてはならないのだから。

　本社の上のほうの連中からどれだけ理不尽な叱責を受けようが、とにかく耐えて、謝りまくろうと健介は思った。どんな事情があったにせよ、テンプクしたことは事実なのだし、その結果が覆せない以上、へたに弁解などして長引くより一刻も早く店へ戻ってきたい。

タオルでよく拭いたはずなのに、襟足の髪からしずくが滴り、健介の背筋は勝手にぴくっと震えた。温んだ水滴が、ゆっくりと背中を伝い落ちてゆく。鳥肌が立つほど気持ち悪い。

「藤井くん、といったか。つまりきみは、その日のいくつかのトラブルに関して、前もって予測するなど無理だったと――そういう認識でいるわけだね？」

痩せぎすの斎木営業本部長は、健介一人を立たせ、自分は座ったままで言った。

「避けて通ることは、どう考えても不可能であったと」

「事情は先ほどお話しした通りです」健介は、懸命に声を張った。「スタッフが女性のお客様の服に飲みものをこぼしてしまったのも、ぐでんぐでんに酔っぱらった男性客が無茶を言って騒ぎだしたのも、ほんとうにたまたま、同時多発的に起こってしまったトラブルだったんです。そんな事態を、前もって回避することなど、できるものでしょうか」

「ふざけるな。訊いているのはこちらだ」

「……すみません」

会議室に、各部署の係長や部長クラスがずらりと顔を揃えている。総勢二十人ほど――その中で、健介から事情を聞き出しているのは、おもに斎木だった。

正直、あんたにだけはいろいろ言われたくない、と思った。あの日、あんたがいきなり抜き打ちで訪れたりしなければ、店のリズムはあそこまで崩れたりしなかったはずだ。

「いいから質問に答えなさい。きみ自身はつまり、そのトラブルを予測することは無理だったと。不可能であったと。そういう認識でいるわけだね？」

やけにしつこい。

「……そうですね」

「曖昧な答え方はやめてもらおう。『はい』か『いいえ』のどちらかだ」

「はい」

「はあ？　今のはいったい、何についての『はい』のつもりなんだ？」

「え……ですから、自分はそういう認識……つまり、前もって対処するのは不可能だった、という認識でいます、という意味での『はい』ですけど」

「何なんだそれは。のらりくらりと、いいかげんなやつだな。だったらなぜ、最初からはっきりそう答えない？　何かごまかそうとしてるのか？」

「違っ……。『いいえ』！」

何なんだそれは、と言いたいのはこっちだ。いったい何なのだ、これは。軍法会議か。

いま背中を伝い落ちているのは、冷や汗だった。前の店長の大嶋が〈吊るし上げ〉と言った意味がようやくわかってきた。

　ここ数日間、健介は、独りになるたび、秘かにシミュレーションをくり返してきた。テンプク、という最悪の失敗がもとで本社に呼び出されるからには、その背景となった事情をきちんと筋道立てて説明し、考え得る限りの改善策を示さなくてはならない。たとえその原因が偶発的なものであったとしても、だ。それが店長として求められる責任の取り方だろうと思うからこそ、どんなに頭を悩ませたかしれない。

　しかし、どうやらすべては無駄だったようだ。今こうしてこちらを問い詰めている営業本部長は、事の経緯になど興味がないらしい。いや、もしかすると周りの部長や係長たちも全員がそうなのかもしれない。健介は、額を手の甲で拭った。

「ずいぶん汗をかいているようだね」

　斎木が言った。目の前の長テーブルにひろげた報告書類を、痩せた指がとんとんと叩く。

「そんなに暑いかねえ、ここは」

　暑い。暑くてたまらない。頼むから、エアコンを強くするか窓を開けるかしてほしい。

「……いいえ」

「だろう？　ここにいる誰一人、汗なんかかいてない。きみだけだよ、藤井くん」

　何が言いたいのだ。責め立てられて、頭がぼうっとしてくる。

「すみません」汗をかいたくらいでどうして咎められなくてはならないのかわからないままに、とにかく謝っておく。「こういう場は慣れないもので、緊張してしまって」

「当たり前だ」いきなり叱責が飛んできた。「慣れてもらっては困る」

「……はい」

悔し涙であればきっと我慢できるのに、と健介は思った。どうして汗は、自分の意思でこらえることができないのだろう。額から噴き出した汗がこめかみを伝ってゆくのを、営業本部長にじっと見られているのがわかる。

「何か、疚（やま）しいことでもあるのかね？」

まただ。またそういう、含みのある訊き方をする。健介は、憮然（ぶぜん）として言った。

「……どういう意味ですか」

「訊いているのはこちらだと言ったはずだ」

「ないですよ、そんなもの」

「おーやおや。ずいぶんと反抗的な態度だな」

すみません、とは、もう意地でも言いたくなかった。口をつぐみ、目を落とす。

空気が薄い。頼む、座らせてくれ。

再び額の汗を拭う健介を、じろじろと値踏みしながら、斎木は続けた。

「あれはたしか、去年だったかな。ここにいる皆さんも覚えておいでだと思うが……ある店舗の店長が、二度、三度とテンプクをくり返してね。もちろん、土曜には性懲りもなくドック入りしてくるわけだよ。そうすると、ちょうど今のきみみたいに脂汗を流しながら、そりゃあ悲愴な顔をして謝るんだが、またしばらくすると同じことをくり返す。どうも様子がおかしいと思ってね。いったいどういうことなのか、よくよく調べてみたら……」言葉を切り、斎木は、思わせぶりな間をおいてから言った。「その男は、売上を操作して着服していたんだ。なかなかに巧妙な手口だった。具体的にどういうふうにやったかは、きみにはちょっと言えないがね」

健介は、顔を上げた。斎木の目をまっすぐに睨み返す。

「何がおっしゃりたいのか、わかりません」

「わからない？　それは困ったな」

「私を疑っているってことですか」

「まさか。そんなこと、こちらはひとことも言ってないだろう。先回りしたように言い出されると、かえって疑いたくなってしまうな。もしかして本当にそうなのかね？」

おどりゃあ……！

と、思わず怒鳴り出してしまいそうになり、すんでのところでこらえる。こらえられたのが奇跡だ。かわりに吐き出した息が、ほとんど呻き声のようになる。怒りが限度を超えると、身体が勝手にぶるぶる震え出すことを、健介は初めて知った。押さえこもうとすると、震えはかえって大きくなる。

「疚しいこ……」

声まで激しく震えてしまう。怖(お)じ気(け)づいているかのように受け取られたくなくて、健介は必死に感情を抑えた。

コの字に配置された長テーブルに着く二十人ほどの顔ぶれを、あえて順繰りに見やる。目が合うと見つめ返してくる者もいたが、視線を曖昧にそらす者もいる。前者は、健介が本社にいた時にあまり関わりを持たなかった相手であり、後者は、多くが直属の上司たちだ。

こんな時、かつて深く関わった上司たちにこそ味方になって欲しいのに、と歯(は)嚙(が)みする。みんな、俺の性格はわかってるはずだろう。曲がったことがどれほど嫌いか。いいかげんなことができるかできないか。彼らの目はそらされたままだ。なおさら絶望的な気持ちになってゆく。

健介は、斎木に視線を戻した。二度と声が震えないよう、息を整えてから言葉を押し出す。

「疚しいことなんか、誓って、何ひとつありません。いくらでも調べて下さい。調べれば、ごまかしがないってことくらいすぐにわかるはずですよね。店を任された者として、テンプクという結果そのものはもちろん反省しますが、だからって、ここまで理不尽なことを言われる覚えはありません！」

相手は、すぐには返事をしなかった。ギシッと椅子の背にもたれかかり、腕組みをして、各部署の部長や係長の顔を見まわす。聞こえよがしのため息とともに浮かべた表情は、薄笑いと苦笑いの中間くらいに位置する嫌な笑みだった。

この人たちに、言葉は通じないのか。これ以上、まだ吊るし上げが続くというのか。後ろへ倒れそうな気分に陥った時だ。ドアが、ノックもなしに開き、壮年の男が入ってきた。

健介は、思わず息を呑んだ。

居並ぶ部長はじめ管理職たちが慌てて腰を浮かそうとするのを、

「いや、そのままで」

男はてのひらで押し止めると、あたりに風を起こすような勢いで大股に歩き、ひとつだけ空いていた席にどっかりと座った。居酒屋チェーン『山背』を率いる社長・山岡誠一郎そのひとだった。

それでなくとも緊迫していた場の空気が、それまで以上に張りつめる。うかつに身じろぎでもすれば皮膚が切れそうだ。

「遅くなってすまなかった」

山岡誠一郎は、会議室に集まる全員を見渡して言った。ずんぐりとした体軀から発せられる、低いがよく響く声——まぎれもなく、『山背』を代表するカリスマ社長の、あのおなじみの声だ。

一人立ったままの健介をちらりと見て、

「今日は、彼だけかね」

斎木に向かって訊く。

「そうです」

「ふむ」

胸ポケットから出した銀縁の眼鏡をかけ、山岡は長テーブルにあらかじめ置かれていた資料を手に取った。

何枚かにわたる資料には、健介が店長を務めている店舗の立地条件や従業員の平均的なシフト表、これまでの営業実績、そしてテンプクした日の詳しいデータなどが含まれている。それらのすべてに、山岡が思いのほかじっくりと目を通す間、健介は、身体じゅうを硬くして立ちつくしていた。

社長の姿など見慣れている。社員はしょっちゅう、御大からのメッセージをビデオレターのように見せられる。映像だけではない。健介自身、本社勤めだった頃はしばしば社内ですれ違ったし、同じエレベーターに乗り合わせたことだってあった。しかし、相手の意識が直接こちらに向けられたのは、過去にただ一度――入社試験の社長面接の時だけだったのだ。何かつかまるものが欲しい、と切実に思った。頭が、二日酔いの時のようにがんがんして眩暈がする。

やがて山岡が眼鏡をはずし、色黒の顔を上げた。互いの視線が、細長い会議室の端と端からぶつかり合う。健介は、耐えた。業界のトップを走り続けるカリスマ社長の視線の圧は、じかに受けとめてみると、ビデオメッセージなどから感じられるそれの比ではなかった。

「ドック入りは、初めてかね」

山岡は言った。

「はい」

声がみっともなく掠れたが、咳払いすら憚られる。空気の入り混じった唾液を、鋭利な固形物のように飲み下す。

「いつからだね。店長になったのは」

「せ……先月からです」

「それでいきなり、この結果か。きみはいったい前の店長から何を引き継いだんだ？」

胃が、ぎゅうっと収縮してすくみ上がる。淡々とした口調でありながら、山岡社長の言葉は氷のナイフのようだ。

「申し訳ありません」

「謝るだけなら子どもでもできる」

容赦のない物言いに、健介は思わず目を伏せた。一旦そうしてしまうと、二度と視線を合わせられる気がしなくなった。

「……本当に、すみません」

「ああ、そうとも。きみは、文字どおり、すまないことをしでかしたんだ。申し訳ないではすまされないことをね」

静まり返った会議室に、コトッと硬い音が響く。山岡が、手にしていた眼鏡を置く音だった。

「藤井くん。きみも、本社の営業にいたなら知ってるだろう。各店舗ごとの売上目標は、あらかじめ詳細な調査をした上で設定されている。ちゃんと頭を働かせて真面目にやっていれば、達成などそう難しくないはずだ。違うか」

違う、と思ったが、言えなかった。以前は自分もそう思っていた。

「正確なデータもなしに、何でもいいから成績を上げろなどという無茶は言っていない。常識的なラインに、あと少しの挑戦や努力があれば達成できる範囲のプラスアルファを加味して、無理なく設定された売上目標……要するに会社が各店舗のリーダーに対して望むのは、ある程度の強固な意志さえあれば余裕で実現可能な目標を毎日、着実にクリアしなさいということだけだ。じつに簡単な話だろう？　それが、きみにとってはそんなに難しいことなのかね」

鈍器でみぞおちを突かれたかのような衝撃があった。今のは何だ？　と茫然とした後にようやく、言われた意味が脳にまで届く。

〈きみにとってはそんなに難しいことなのかね〉

――きみにとっては。

ただ単に、そんなに難しいことかと問いただされるのと比べると、何十倍もの破壊力があった。社長じきじきに、お前は見込みのないダメな社員だと通告された気がした。

「まあ、とはいえ、きみにもそれなりの事情があるんだろう。それについての報告は、もう済んでいるんだろうね？」

会議室をぐるりと見渡した山岡社長の目が、一ヵ所で止まる。斎木営業本部長が、軽く挙手していた。

「先ほど、本人から説明がありました。幾つかのトラブルが重なって、そちらに手を取られている間にオーダーが滞ったり、待たせていた客たちが帰ってしまったりした、それでテンプクという結果になった、と言うのですが……。一つ、私見を申し述べてもよろしいでしょうか」

「ああ、どうぞ」

「偶然ですがこの日の午後、私は部下と二人で彼の店に立ち寄っているんです」斎木は言葉を切り、じろりと健介を見た。「はっきり言って、目を覆うような有り様でした。ホールも厨房もばたついていて、スタッフの焦りが客にまで露骨に伝わる。簡単なメニューでさえ、規定時間をオーバーして運ばれてくる。盛り付けは雑、接客も雑。それら改善すべき点については、この藤井に厳しく伝えて帰りました」

「その日にさっそくテンプクというわけか」

「そうです。いちばんの問題は、店長である彼がスタッフをろくに動かせていないことです。指示が伝わっていない。全員が、店長をなめてかかっている」

「それはないです！」

健介は思わず言った。自分を否定されるだけならまだしも、スタッフたちが寄せてくれる信頼まで否定されるのは我慢ならない。

「それはない、だと？　何を根拠に。だいたいきみは……」

斎木を片手で制し、山岡社長が再び口を開いた。

「言いたいことがあるなら言ってみなさい。聞こうじゃないか」

健介は、再び唾を飲み下そうとしたがかなわなかった。口の中がからからに干上がり、舌が喉をふさぐ。

「どうした？　まともに申し開きもできないのかね」

「申し開きなど、できるはずがないですよ」と、斎木が割って入る。「先ほどは、我々の前で堂々と、トラブルの予測なんか不可能だったと言ってのけましたからね」

「不可能？　彼自身がそう言ったのか」

「そうです。テンプクくらい、たまには仕方ない、不可抗力だと言わんばかりですよ」

苦しい。息が詰まる。健介は、目を瞬いた。視界のあちこちに、まるで蚊のように黄色い斑点が飛び交う。

「藤井くん」

山岡社長の声に、健介はのろのろと顔を上げた。

「いいかね。トラブルというものは、日々どうしようもなく起こる。どの店舗でも条件は同じだ。店長たちは皆、懸命の努力と覚悟でそれらをクリアして結果を出しているんだ。この際はっきり言っておくがね、藤井くん。私は、『不可能』という言葉がこの世でいちばん嫌いだ」

淡々とした冷静な口調だった。しかし、ふだんはいっそ暑苦しいくらいの情熱をこめて理想を語るその声が、いっさいの感情を排して発せられると、これほどまでに冷たく響くものだとは——。

「自分で不可能と思った瞬間、不可能になるんだ。弱音なんぞ吐いているうちはまだ余裕があるってことだ。私がきみぐらいの年の頃は、食べる暇も、寝る時間さえも惜しんでぶっ倒れるまで働いていたぞ。どんなトラブルに見舞われようが、不可能なんて言葉は意地でも口にしなかった。口にしたが最後、負けを認めることになるからな。いいから、よけいなことは何も考えず、とにかくがむしゃらにやってみろ。人間、寝なくたって食べなくたって、そう簡単に死にはしない」

「きみら社員がどれだけ恵まれているか、考えたことがあるかね」横合いから営業本部長も口をはさむ。「こうして呼び出されるほどの失態を犯そうが、クビにならない限りは黙ってても給料が支払われるんだぞ。いーい御身分じゃないか、うん？　だがね、会社だって慈善事業できみを雇っているんじゃないんだ。給料泥棒と言われたくないなら、努力を形にして見せてもらいたいものだな」

給料泥棒。渦巻く怒りに声も出ない。自分のタイムカードを操作して何時間もタダ働きをし、それこそ寝る時間を削り、蓄積する疲労のせいでろくに食べられず、恋人から心配されいうのか。

るほど急激に痩せ細ってなお、そう呼ばれるのか。これでもまだ、努力や覚悟が足りないというのか。

「聞いてるのか、藤井！」

斎木の叱責が飛んでくる。

何か、言わなくてはならない。でも、何を言っても通じる気がしない。せめて顔を上げようとした拍子に、それまで以上に激しい眩暈が健介を襲った。

天井がぐるりと一回転する。大きくふらつき、慌てて長テーブルに手をついて身体を支えたが、肘がかくんと折れて危うく額を打ちつけそうになった。今朝のスタッフルームの時と同じだ。どうやら、自分で思っているよりもずっと疲れているらしい。これ以上、何をどう努力すればいいのかわからない。せめてもう少し眠れたなら、脳が痺れたようなこの感じを振り払うことができるのに。

周囲がざわめいている。

健介ははっとなった。今の体勢が、周りにはまるで謝罪のために手をついているかのように映っているのだとようやく気づく。

冗談ではない。歯を食いしばって身体を起こす。会議室の向こう端にいる社長が、果てしなく遠い。

（ああ、なるほど……）

他人事のように思った。

（心が折れるって、こういう感じなんだな）

会社説明会に初めて訪れた際、スクリーン越しに熱く語りかけてきた山岡誠一郎を思いだす。就職するならこの会社しかない。いつか郷里に帰る日まで、この人の掲げる理想のもとで自分にできる限りのことをしなければ。そう心に決めてから、まだ五年ほどしか経っていないのが嘘のようだ。

地肌から噴き出し、額を伝って目の中に流れこむ汗のせいだろうか。社長の姿がぼんやりとかすむ。

生まれて初めて心の底から尊敬し、憧れ、心酔した相手は、何も言ってくれなかった。

ざあっと水の流れる音に、ようやく意識が戻ってくる。焦点の合わない目に映ったのは、四方に迫る白い壁――。

ああ、そうだった。トイレにまでは、なんとかたどり着いたのだった。

並びの個室で用を済ませた誰かが、手も洗わずに出てゆく。腰が抜けたように便器にへたりこんだまま、健介は、再び頭（こうべ）を垂れ、目をつぶった。

後頭部ががんがんする。足腰がだるくて、痺れて、力が入らない。吐くものさえ何もないのに嘔吐したせいで、胃がぎりぎりと絞りあげられるように痛む。いま胃カメラを飲んだらあちこちから鮮血が滲んでいるかもしれない。

あの場で、最後に自分が何を言い、どうやって会議室を出たものか、そして長い廊下をどう歩いて男子トイレまでたどり着いたのか、その間の記憶がまるでない。よくもまあ途中で倒れなかったものだ。

全身から噴き出した嫌な汗で、スーツやシャツの内側がぐっしょりと冷たく濡れ、肌に張りつくのが気持ち悪い。薄目を開けて見ると、ネクタイがだらんとゆるんで垂れ下がっている。それでもまだ息苦しく、シャツの喉元を開けようと手をやれば、すでにはだけられているばかりか、いちばん上のボタンが一つ飛んでいた。

浅い呼吸をくり返す。吐き気はおさまってきたが、頭痛はかえってひどくなるばかりだ。トイレットペーパーをたぐり寄せ、顔や胸もとを拭う。発汗のせいで体温が奪われたのか、寒くてたまらない。早くここを出なくては。こんなところで本当に倒れて救急車でも呼ばれようものなら、本社全体に噂が広がってしまう。あの営業本部長の耳に入ればどう思われるだろう。ドック入りくらいでぶっ倒れるような店長ではスタッフになめられるのも道理だな、とでも言われるかもしれない。

あの男にだけは、嗤われたくなかった。身体を起こし、つるつるとした壁に爪を立てるようにしてどうにか立ちあがる。このまま部屋に帰って横になりたいところだが、そうはいかない。もうすぐ昼だ。早く店に戻らないと、土曜はランチタイムから客がどっと押し寄せる。トイレの個室を出て、洗面台で手と顔を洗った。覗き込んだ鏡には、土気色のゾンビが映っていた。数時間前よりもさらに酷い有り様だ。両手で頰を強く叩く。相撲取りのように、何度も。

今ごろスタッフの田代晃司や宮下麻紀は、はらはらしながら待っているに違いない。開店準備は滞りなく進めてくれているだろうが、業者との連絡業務や仕入れの調整はやはり、店長の自分がしなくてはならない。

それだけではない。今日、なぜ本社に呼ばれているかは彼らにもわかっていて、特に古株の麻紀などはずいぶん心配してくれていた。

「店長ってば、ちょっと真面目過ぎるからなあ」

昨日の晩、皆で飲んだ時、彼女は気遣わしそうに眉根を寄せて言った。

「本社の偉い人たちに何か言われたら、ぜーんぶまともに受け止めて参っちゃいそう」

「そんなことないって」と、健介は苦笑してみせた。「あの人たちだって立場上、仕方なく言ってる部分もきっとあってさ。そのあたり、ちゃんと差し引いて聞くから大丈夫だよ」

「えー、そうかなあ」そう言ったのは田代だった。「そんな器用なこと、店長にできます?」

「おいおい、ひどいな。これでもちょっと前までは本社勤めだったんだし、報告会には世話になった上司だって出席してる。こっちがきっちり事情を話せば、そこまでめちゃくちゃな話にはならないよ」

「だといいですけどね」

「そもそも、こっちがテンプクしたことだけは事実で、それは咎められても仕方のないことなんだから。謝るしかないって」

「だからね、店長。そんな真面目に謝ることないんですってば」麻紀はじれったそうだった。「あたしはこのバイトっていうかこの店、店長よりずっと長いですけど、こんなに真剣にお店のことやあたしたちのことをいろいろ考えてくれる店長、これまでいなかったですよ。それでもテンプクしちゃったってことは、あの日はもう、他の誰が何をしたってどうにもできなかったってことです」

他の誰に慰められるより、あの麻紀の言葉は胸に響いた。恋人の千秋から励まされるのとはまた違って、同僚からの信頼というものは理屈抜きで嬉しいものだった。

「なーんかもう、心配。ほんと心配」それほど酒を過ごしたわけでもないのに、麻紀は同じ言葉をしつこくくり返した。「だって、あれだけ図々しくてがめつかった大嶋店長でさえ、ドック入りの後は今にも死にそうな顔して帰ってきたんですよ。ほら、ボクシングの試合とかであるじゃないですか。一方的に殴られ続けて、フラフラのヨレヨレのボロボロになっちゃうの。もろ、ああいう感じ？」

（ほんとマジで死にたくなるから）

大嶋のあの言葉は、誇張でも何でもなかったのだと、健介は今になって思い知らされていた。

責任追及、注意、叱責。働く身で大きな失敗をしでかせば、それらは受け止めるしかない当然のことだろう。けれど、先ほどのあれは——。

小刻みに震える指で、乱れた髪を撫でつけ、よれたネクタイを締め直す。どこかへ飛んでしまったシャツのボタンは、次に逢った時にでも千秋に頼んで付け直してもらうしかない。次がいつになるかなんて、さっぱりわからないけれど。

腐って落ちそうなほどだるい足腰に力を入れ、そっとトイレを出る。さっきの会議のメンバーにだけはどうか出くわしませんようにと願いながら、急いでエレベーターで下まで降り、玄関ロビーを横切り、ようやく外の空気を吸い込む。わずかな風にでも紙のように飛ばされてしまいそうだ。

早く店に戻らなくてはの一心で、タクシーを止める。車なら十五分もあれば着くだろう。

早番のスタッフたちの出勤時間には遅れてしまいそうだが、そんなこともあろうかと、通用口の鍵を麻紀に預けてきてよかった。運転手に行き先を告げ、ぐったりとシートにもたれかかる。

「……くさん！　起きて下さいよ、お客さん！」

大声にはっとなって目を開けると、もう着いていた。百貨店の脇を入る道は一方通行で、タクシーはその入口に止まっていた。

「ああ、びっくりした」初老の運転手が、身体をねじってこちらをふり向いていた。「おどかさないで下さいよ。ほんとに死んでんのかと思いましたよ」

「……すいません」

目をつぶった覚えもなければ、眠った実感もなかった。口の中が変に苦くて酸っぱい。朦朧とかすむ目で、どうにか小銭を数えて支払う。降りかけると、

「あ、待って、お客さん！　ほら、かばん、かばん！」

健介は、のろのろとふり返った。初老の運転手が、後部座席に向かって人さし指を振り立てている。

すいません、とくり返し、手をのばそうと身体をかがめた拍子に、ドア枠で額を強打した。あまりの激痛に声も出ない。額を押さえて歯を食いしばっている健介に、

「ちょっともう、大丈夫かい。しっかりしなさいよ、あんた」運転手はとうとうタメ口で言った。「具合、かなり悪いんじゃないの?」

「だ……いじょうぶです。すいません」

「ほんとに? 医者行ったほうがいいよ。乗っけてってやろうか? 顔がさあ、こう言っちゃ悪いけど、蠟でも塗ったみたいな感じだよ」

生返事をしただけで、歩道に降り立つ。なおも物言いたげに首をふり向けていた運転手が、ようやくドアを閉めて走り去ってゆく。

医者なんか、と健介は思った。行ってる暇が、いったいどこにあるというのだ。たった十分か十五分の居眠りからも叩き起こされる身だというのに。

たいした書類も入っていないナイロンの黒いバッグが、泥でも詰まっているかのように重い。見慣れたはずの商店街の通りがぐにゃぐにゃと歪んで溶けている。足を引きずって歩きだす。すぐそこに看板の見えている『居酒屋　山背』までの道のりがやけに遠い。

通用口は、すでに開いていた。スタッフルームへ向かうと、複数の話し声と笑い声が聞こえてきた。麻紀に田代、それにどうやら坂本美智もすでに来ているらしい。まだ新米の彼女も、今日は早番だったたか。

若い彼らによけいな心配をかけるわけにはいかない。それこそ、殴られてボロボロになったボクサーみたいな顔を見せてはならない。ネクタイの曲がりを直し、無理にでも背筋をぴんと伸ばそうとした時だ。ひときわよく響く麻紀の声が言った。

「要するにさあ。向いてないってことじゃないの、店長に」

健介の足が止まった。心臓が奔りだす。

今、何と言った？

「いい人だとは思うんだよね。でも、はっきり言って、いい人にやらせたんじゃ無理なんだよ、店長って役目は」

「『いい人』っていうより、『人がいい』って感じじゃないですか？」

と、美智が言う。

「ああ、それは言えてる。正直、もうちょっとやってくれるかと期待してたんだけどなあ」

一人だけ低い声は田代だ。

「うん、あたしもだよ」

「けど、結局たいして変わってないじゃん。大嶋店長の頃に比べたら、無理やりバイトを早く上がらせられることは減ったけど、入るはずじゃなかった日に『頼むから』ってシフト入れられることは増えたしさ。人手が足りてないのは結局おんなじっていうか……」

ベキベキッと響いた乾いた音に、健介は廊下で飛びあがった。飲み終えたペットボトルを潰した音らしい。

「ま、人が定着しないのも当たり前だよな」と、田代が続ける。「こんな店、俺だってそろそろ辞めたいもん」

「ええ？　ちょっと待ってよ。田代くんが辞めたら、ほんとにお店回んなくなっちゃう」

「よく言うよ」

「ほんとだってば。はっきり言って、藤井さんがいなくなっても代わりの店長はすぐ本社から配属されてくるだろうけど、ちゃんと働けるバイトを確保するのはめっちゃ大変なんだよ？　田代くんが辞めてくほうがよっぽど困る」

「ああ、それはそうですよね」

と、美智が同意する。

満更（まんざら）でもない感じの沈黙があった。

「なに、宮下さんってさ、ずっと『山背』で働いてく気なの？」

これまでと少し違う声で、田代が言う。

「ずっとってわけでもないけど……一応、自分で全部わかった上で仕事できるのって、あたしにとってはここだけだし」

「俺だって今んとこはそうだけど、大学出てまでここに就職する気にはなれないなあ。藤井さんも大嶋さんも、よくもまあこんなブラック企業に就職したと思うよ。よっぽど他んとこ全部ダメだったのかな」

健介は、一歩、後ろへ下がった。

まるで猛獣の棲む穴から遠ざかるかのように、一歩ずつ、一歩ずつ、何かにつまずくことのないように、足音を立てることのないように、廊下の壁にそってスタッフルームから遠ざかり、やがてきびすを返す。ついさっき入ってきたばかりの通用口までたどり着くと、ノブをそっと回して押し開け、外へ出た。湿気をたっぷりと含んだ空気が皮膚を覆い、毛穴をふさぐ。噴き出すのは脂汗ばかりで、こんなに暑いのに、ぞくぞくと寒気がする。

陰口を叩かれている側が、どうしてこんな気遣いをしなくてはならないのかわからない。けれど、今はとうてい彼らの顔を見ることなどできなかった。昨日の夜、あんなにも気遣ってくれた言葉はみんな嘘だったのだろうか。またしても眩暈に襲われ、近くの電柱にすがって身体を支える。

いや――いや、そうではない。きっと、本当に心配してくれてはいたのだろう。ただそれは、信頼を寄せる店長に対してのものではなかった。能力以上のことを求められて足搔いている者に対する、同情と憐れみの眼差しから生まれた心配だったに違いない。

「……くっそ」

声に出して呟き、荒い息をつく。これほど身を粉にして働いても、いちばん身近なスタッフからさえ、わかってもらえないのか。

「なんかもう……泣きそうだわ、俺」

情けない。たった一度のテンプクとドック入り、それだけで身も心もここまでボロボロになってしまう自分が、情けなくてたまらない。前の大嶋店長だって、何度か同じ思いを味わい、それでも乗り越えてきたはずではないか。スタッフから好かれていないことなどわかっていても、彼は彼で、考え得る限りの手段を尽くして店を守ってきたのだ。俺にだって同じことができないはずは……。

再び通用口のノブに手をかけるのに、おそろしいほどの努力が必要だった。渾身の力をこめて引き開ける。

そうして健介は、喉から絞り出すようにして、明るい声を張りあげた。

「ただいま！　いやあ、まいったまいった！」

9

土曜の朝の電車は気持ちがいい。いつもの出勤時間帯よりぐっと空(す)いているから、満員電車に揺られる時のように、異様に汗臭い男性や異様に香水臭い女性と肌をべったり密着させずに済む。車内の空気も澱んでいないし、何といっても余裕で座れる。休日出勤、という現実以外はいいことずくめだ。

けれど夕方の電車は――。

千秋はドアの横の手すりにつかまって立ち、すぐそばの席に座っている二組の親子連れを見やった。

若い母親が二人と、就学前の子どもが三人。千秋とほとんど年の変わらない母親たちはお喋りに夢中で、子どもらは野放しのままだ。時折思いだしたように「やめなさい」「静かにして」と叱ってはすぐにまたお喋りに戻る母親の言いつけなど、子どもの側も聞くわけがない。車内のその一角は、無邪気という名の無法地帯と化していた。

座席の上に立ちあがった子どもがよろけ、肘がドスンと千秋のみぞおちにあたる。

もしも今、自分が注意したならどうなるんだろう、と思ってみる。お母さんたちから逆に睨まれたりするのだろうか。

おもちゃを横取りされそうになった子が、甲高い悲鳴をあげて抵抗する。千秋は思わず眉をひそめ、首をすくめた。黒板を爪でこするような金切り声が、一日働いて疲れきった頭に響く。周囲の乗客も、口には出さないがいいかげんうんざりしているようだ。

（健ちゃんだったら……）

そう、この場に健介がいたら、きっとあっという間に子どもたちを手なずけ、ついでにお母さんたちや周囲の乗客まで上機嫌にさせてしまうくらいの魔法を見せてくれるのに、と思う。

人と人との間に当たり前に存在するはずの溝を、健介が、まるで最初から無かったかのように平然と飛び越えるところを、千秋はもう何度も見てきた。どうしてそんな真似ができるのか不思議でしょうがないと伝えると、健介は、そんなことを言われるほうがよほど不思議だとでもいうふうに、首をかしげて笑った。

〈どうしてって訊かれても、俺の生まれ育ったとこはそういうとこじゃけえ〉

広島という土地は、東京などに比べると、もともと人と人との距離がずっと近いのだと思う、と彼は言った。他人行儀に遠慮ばかりしていても良いことなど何もない。そのせいで互いに誤解を生むくらいなら、思いきって踏みこんでぶつかって、結果として少しでもわかり合えたほうが遥かにいい。

〈ちょっと考えてみりゃわかることじゃろ〉

そんな時、健介はわざとお国言葉を使って胸を張ってみせるのだった。

わかりはするけれど、母一人子一人で生まれ育った自分には、なかなか真似できない。千秋はとうとうあきらめ、心の耳と目を閉じて、親子連れの乱暴狼藉の数々を意識から消し去ろうと努めた。

大手の食品メーカーに勤めているからといって、土曜、日曜の週末を必ずしもまるまる休めるとは限らなかった。

ふだん、会社のオフィスフロアは夜八時には消灯となる。得意先回りや商品陳列の手伝いなどで外に出て、遅くまで社に戻れなかった日などは、書類作りの途中で消灯時間になってしまうといったこともしょっちゅう起こる。やり残した仕事があると、その日は家に帰っても落ち着かない。金曜ならなおさらだ。前の週に〈借金〉を残したまま、また月曜から素知らぬ顔で新しい週を始めるなんてできない。そう思うせいで、ついこうして休日にまで出勤し、机に向かってしまう。誰に強要されたわけでもないのに、損な性分だ。

とはいえ、健介もまた、今朝は早くから本社に呼ばれ、その後も一日じゅうきりきりと働いていたはずだ。彼を思うと、こちらだって負けたくないという気持ちと、彼に対して恥ずかしくない自分でいたいという想いとで背筋が伸びた。

それに今日は〈電話の日〉だ。夜、早番の仕事が終わり次第、健介のほうから連絡してくれることになっている。

もしかして奇跡的に早く上がれて、また突然逢いに来てくれたりはしないだろうか。一週間に二度の奇跡など絶対にあり得ないと知りながら、妄想の中でくらい自由でいたかった。

つい数日前の僥倖（ぎょうこう）のような逢瀬が、自分にとってどれほどの驚きであり喜びであったか、今さらながらに思い知らされる。

（私、何だかんだ言って好きなんだなあ――健ちゃんのこと）

今夜、ちゃんと伝えよう。もうお互いに了解済みのことだからと、安心や油断で言葉を省略してしまわずに、たとえわかりきっていることであっても何度でも口に出して伝えなくては。


ふと我に返ると、電車の座席の上で子どもが飛び跳ねている。さすがに母親が肘を引いて座らせたが、あらかじめ意識から締め出していたせいか、それとも健介のことを考えていたせいか、それほど腹も立たなかった。こちらもけっこう勝手だとおかしくなる。

電車を降りたら駅前のスーパーで何か美味しそうなものを買って帰ろう。逢えなくても、今夜は健介の好きそうなものを作って一人で食べよう。そうして今夜、もしも会話の流れで自然に話せそうな機会が訪れたら――。

〈ねえ、一緒に暮らさない？〉

思いきってそう切り出してみるのもいいかもしれない。せつなく満ち足りた気持ちで、暮れなずむ窓へと視線を投げた。

待っている間の時計は、進みがのろい。テレビの音量を絞り、いつもはまず観ることのない深夜番組の音声だけを聞きながら、ぼんやりと雑誌をめくる。どれも中途半端で、少しも頭に入ってこない。千秋は途中でテレビを消した。

電話がかかってきたのは、日付が変わっておおかた二時間もたった頃だった。今夜は早番だったはずではないのか。待ち続けているのにも正直疲れ、文句のひとつも言いたかったけれど、こんな真夜中まで働いていた健介はきっとくたくただろうと思うと、わがままも言えない。これもまた、損な性分だ。

「お疲れさま」

いたわりの気持ちを精一杯こめて言ったつもりだったのだが、

「ああ……うん」

健介の返事は冴えなかった。ひと言ぐらい、遅くなったことを謝ってくれてもよさそうなものだ。

「どうだった？　今日」

「どうって……何が」

「本社へ呼ばれて行ってきたんでしょ？　用件は何だったの？」

つい、つっけんどんな物言いになる。

少しの間が空いた。迷っているような、あるいは全然別のことを言おうとしているような不思議な沈黙の後、

「まあ、業務連絡のちょっとめんどくさいやつっていうか」

ひどくのろくさい口調で、健介は言った。

千秋は、スマホを耳に強く押しあてた。電話の向こう側、健介のそのまた後ろに広がっている空間が、あまりにも静か過ぎる。不吉に思えるほどだ。

「そこ、どこ？」

と訊くと、

「どこって……何で」

さっきと同じような答えが返ってきた。なんだかいちいちはぐらかされているようで、気分が良くない。というか、まったく健介らしくない。

「もしかして、今日もみんなと飲んできたの？」

「飲んだら、いけないわけ？」

「そんなこと言ってないけど」びっくりして口ごもる。「ただ、ちゃんと家に帰って休めてるのかなって思っただけ。飲んじゃいけないなんて誰も言ってないよ。そんなふうに取らな

いで」

「ああ。ごめん、悪かったよ」

謝る口調もひどく投げやりで、千秋は悲しくなった。

いくら〈電話の日〉だからといって、相手に対して普通に優しくすることもできないほど疲れきっているのなら、別の日にしよう、とひとことＬＩＮＥでもくれればそれでいいのに。それも、できればもっと早い時間のうちに連絡をくれたら、眠いのを懸命に我慢しながら長々と待った末にこんな寂しい思いをしなくて済んだのに。

「飲んでないよ」

と、ふいに健介が言った。

「え？」

「今日は一滴も飲んでない。バイトのみんなを帰して、売上の確認とか済ませて……。シフト表をまだ作ってないから、これからやんないと」

「これからって、うそ、今夜これから？」

「そうだよ。これがけっこう面倒でさ。それぞれ曜日の都合とかがあるのはしょうがないけど、仲の悪い人同士を同じ時間に入れると、すごい文句言われたりするし。なんかもう、絶対にすっきり答えの出ないパズルみたいなんだよ。なのに、うまくシフト組めないと、店長無能扱いされるし」

ははは、と乾いた笑いをもらす。

「っていうことは、じゃあ今それ、お店なのね？」千秋は言った。「早番だったのに？　なのにまた、始発が動くまで帰れそうにないってこと？」

「ま、そういうことになるかな」健介は言って、これまで聞いたことがないくらい長々しいため息をついた。「たいしたことない。もう、慣れたよ」

聞いたとたん、ずん、と背骨が重たくなった。健介の疲れが、耳を伝わってじわじわと沁みてくるようだ。

店長というポジションが、責任を伴うものであることはわかる。人に任せるわけにいかない業務が沢山あることも、それに人を動かすということがどれだけ大変かも。けれどそれにしたって、いったいどれだけ心身を酷使しなければならないのだろう。まず身体あっての仕事ではないのか。

「ねえ、健ちゃん。これでもう何日休んでないの？」

「さあ……」声に苦笑が混じる。「わかんない。数えないようにしてるから」

健介が店長見習いとして今の店舗に配属されてから、三ヵ月が過ぎようとしている。その間に彼がきちんと休みを取れたのは、千秋の知る限りではわずか二日間だけだ。他の日はずっと働きづめで、健介自身ははっきり言おうとしないが、一日あたりの勤務時間は十三時間を超えている。しかもその中に開店前の準備や閉店後の後片付けにかかる時間は含まれていないはずだし、それらが終わった後でさえ、店長の彼だけはすぐには帰れない。売上を管理したり、仕入れのスケジュールを調整したりといった日々の作業以外にも、今日のようにスタッフ同士の人間関係を考慮しつつシフト表を組むとか、終電で帰れなくなった彼らを労うために飲みに連れていくなど、全体に目を配りつつも、自分は自分で本社へ提出すべき報告書や計画書を作り、休日となるはずの週末に無給で行われる研修会に参加したり、それについてのレポートを作成したりと、どこまでも追われっぱなしなのだ。

いま、電話の向こう側に広がる、疲労と嘆息を合わせて煮詰めたような沈黙に耳をすませながら、千秋はふいに激しい憤りを感じた。せっかく二人で話せる貴重な時間に、疲れきって黙っている恋人に対して、ではない。いつも朗らかで元気なはずの彼を、ここまでとことん疲れさせた会社に対してだ。

「ねえ」溜めておけなくなって、千秋は言った。「ねえ健ちゃん、聞いて。今のそれ、どう考えてもおかしいよ」

「それって、何が」

「だから、健ちゃんのここ最近の働き方。そりゃ、早出とか残業とか、たまには仕方ない場合だってあるだろうけど、ほとんど毎日じゃない。いったいいつ寝て、いつ食べてるの？　だいたい店長一人にそこまで負担のかかる状態でお店を回させるなんて、どう考えても変だよ」

「いや……俺一人ってわけじゃないって」のろくさい口調で健介が答える。「バイトの子たちにも、ずいぶん無理を聞いてもらってる」

「だからー！」千秋は焦れた。「そうやってバイトに無理を言わなくちゃならないくらい、根本的に人が足りてないってことでしょ？　どうして『山背』の本社は何とかしてくれないの？　なんで健ちゃんばっかりが、そんなにふらふらになってまで全部を背負い込まなくちゃいけないのよ。おかしいよ、そんなの」

健介からの答えはなかなか返ってこなかった。

もしや電波が途切れて声が届かなかったのだろうか、と訝（いぶか）った千秋が、

「ねえってば、もしもし？　聞こえてる？」

そう問いかけた時だ。

ふいに、チッ、と舌打ちが聞こえた。耳を疑ったそばから、聞こえよがしのため息が追い打ちをかける。驚きを通り越してすくんでしまっている千秋に、

「あのさあ」健介は、苛立ちを隠そうともせずに言った。「そういうことみんな、俺がわか

ってないとでも思ってんの？　チィの目から見ると、俺ってそんなに無能？」

「け……健ちゃん？　やだ、どうしたの？」

　声の震えを抑えられなかった。健介の言葉はそれほどに、こちらを斬って捨てるような冷たい響きを帯びていた。

「だからさあ、何でいつもそうやって上から目線なわけ？　いちいちチィから物の道理を教えてもらわなきゃ何にも考えられないほど、俺って馬鹿に見えてんの？」

「ちょ……上から目線って何よ。何言ってるかわかんないよ」

「わかんないって？　俺はよーくわかってるよ。今、チィが言ったようなことは、俺だって最初から、いやっていうほどわかってんだよ。何度も何度も考えたさ。なんで寝る時間も惜しんでこんなことやってんだろう、なんでもっと楽に仕事できないんだろう、俺がよっぽど無能なんだろうか、もしかして俺だけ損してんじゃないか……。さんざん考えたけど、それでも毎日毎日、目の前には今すぐ何とかしなくちゃならないことが山積みで、なんで俺だけがこんな目にとか嘆いてる暇さえないんだよ。俺がやらなかったら、たちまち周りの誰かが困るんだからさ。とにかく、代わりがいないんだ。ほんとにいないんだ。本社にだって、頼むから応援よこして欲しいって、何回も何回も、何回も言ったさ、だけど他の店舗だって人手が足りないのは同じで、どこも人なんか回してもらえない、その状態で他にどうすりゃいいわけ？　なあ。頭のいいチィにはわかるんだろ？　教えてくれよ、俺にこれ以上どうしろって？」

声が、出なかった。上から目線とか、物の道理を教えるとか、そんなつもりで言ったのではもちろんない。身体を壊さないかとただただ心配でかけた言葉を、まさか健介がそんなふうに受け取っただなんて信じたくない。

「……なんでそんなこと言うの？」震える声のまま、千秋は言った。「いくら疲れてるからって、そんな言い方はないんじゃないの？」

答えはない。電話の向こうから、彼の息遣いが聞こえる。

さっきまでの疲れきった沈黙もそれはそれで不安だったが、今のこれよりましだ。まるで言葉さえ通じないけもののような、荒々しい呼吸音。

「ねえ、私の言い方が気に障ったなら、ごめんね。だけど、そんなに怒ることないじゃない。ほんとに、心配だから言ってるだけなのに」

健介は黙っている。

ここでやめておいたほうがいいのかもしれない。これ以上、踏みこんだ話をしようと思うなら、せめて顔を合わせて話したほうがまっすぐ伝わるのはわかっている。でも、いつ？　いったいいつになったら、彼とまたゆっくり話ができる日がくるのだろう。またずっと先のことではないのか。

思いきって、千秋は言葉を継いだ。

「あのね、お願いだから怒らないで聞いて。毎日そうやって頑張ってる健ちゃんのことは、ほんとに尊敬してるの。周りの誰かに迷惑をかけるわけにはいかないって、そういうふうに考えるところも好きだよ。だけど……こんなこと言ったらまた怒らせちゃうかもしれないけど、おかしいのは健ちゃんじゃなくて、会社のほうだと思うの。正直言って『山背』っていう会社そのものが、傍から見るとおかしいところいっぱいあり過ぎる。ブラック企業だって噂もやっぱり嘘じゃないっていうか、」

「聞きたくない」

「健ちゃん！　ねえ、お願いだからちゃんと聞いてよ。健ちゃんの本当の目的は、広島へ帰ってお父さんのお店を継ぐことでしょ？　他に就職するところがどこにもなくて困るっていうわけじゃないんだから、ほんとうに身体を壊しちゃう前に、」

「うるさいなあ！」

思わず飛びあがり、千秋は耳からスマホを離した。

「聞きたくないって言ってるだろ！」

健介の大声が、千秋の心臓を撃ち抜く。

「いちいちいちいち、わかりきったことばっか偉そうにさあ」

「け……んちゃ……」

「俺に、途中で何もかも投げだせって？　他のやつらと違って俺なんか、実家に帰って店を継げばいいんだから気楽な身分だってか？　逃げ場所があるんならさっさと逃げろって？」

「……そういうふうには、言ってないけど」

「けど、要するにそういう意味だろ？　チィが言ってるのは、そんな会社なんか辞めちゃえってことなんだろ、え？」

千秋は唾を飲み込んだ。喉に、石ころを飲み下したような痛みが走る。どう答えようかと激しく迷う。

今この時、口に出せなかったら、二度と機会はないかもしれない。相手がたとえ腹を立てたとしても言わなくてはいけないことだとは思うけれど、だからといって、怒らせるのが目的ではない。いちばんの目的は、真意を伝えることだ。

「辞めちゃえだなんて、私からは言えないよ」慎重に言葉を選びながら、おそるおそる口に出した。「ただ……健ちゃんにとって、今の会社だけが自分を活かせる場所だっていうふうには、思い込まないで欲しいだけ。こういうふうに言うとまた、上から目線だって言われちゃうかもしれないけど、そうじゃなくてね。『山背』っていう会社の外側にいる人間だからこそ見えることだって少しはあると思うの」

「俺が、井の中の蛙だって言いたいわけ？」

「だから、どうしてそうやって曲げて取るかなあ。そんなこと言ってるんじゃないんだってば。私はただ、私のいる場所から健ちゃんの今置かれてる状況を見ると、こういうふうに見えるよ、っていうことを正直に話してるだけ。ねえ、いちいち揚げ足を取るのはやめて。どうしていつもみたいにまっすぐ受け取ってくれないの？」

「俺はいつだってこうだよ」

「そんなことないって。いつもだったら、たとえ喧嘩してる時でも、私の言おうとすることは何とかわかろうとしてくれるじゃない」

千秋は、息を吸い込んだ。相手を落ち着かせたいなら、まずは自分が落ち着かなくてはならない。

「健ちゃんさ。ほんとのとこ、今はあまりにも疲れ過ぎてて、話すのが面倒になってるだけなんじゃない？」

ふっと、微妙な感じの間が空いた。それまで絶え間なく続いていた不協和音が、ふいに途切れたかのような。

「……そうかもな。確かに」

　声に含まれていた険が薄らいだ気がして、千秋はようやく少しだけほっとした。

「あのね」と、あえて小さい声で語りかける。「私だって、すごく迷ったんだよ。疲れてる時にこんな話をされてもしんどいだけだろうし、今はやめたほうがいいのかもって……でも、今の健ちゃん、はっきり言って、ちょっと判断が普通じゃなくなっちゃってるとこあるよ。自分で気がついてる？」

「さあ」困惑したように、健介は言った。「どうだろう。普通じゃ、ないかな」

「ないでしょうよ！」

「どこが」

「どこって、どこもかしこもだよ。そんなになるまで働きづめに働いてるのに、まだ努力が足りないとかって自分を責めたりしてるじゃない。寝る時間がなくても、お休みが全然取れなくても、会社のことといっさい悪く言おうとしないじゃない」

「いや、それはさ。言えば愚痴になるのが嫌っていうか」

「それがもう間違ってるんだってば。愚痴どころか、会社を訴えてもいいレベルじゃないの？」

「いや、いくらなんでも」

「ねえ、これがもし、私がそういう目に遭ってるとしたら、健ちゃん、そんなのおかしいって言うでしょ。どうして自分のことだとそう思わないの？」

健介は黙っている。何とかしてわかってもらいたくて、千秋は懸命に続けた。

「努力が足りないとか、思わないでよ。それってもう、健ちゃん個人の努力でどうこうできるような問題じゃないよ。一社員にそこまでひどい負担をかけなきゃやっていけないような会社っていったい、何なの？」

『山背』という会社そのものに対する疑念をようやく口に出したとたん、誰よりも千秋自身が安堵した。

ずっと、ずっと言いたくて、けれど言えずにいたことだった。ひたすら一心に頑張っている健介のやる気を削ぐようなことになってはと我慢していたのだ。

電話の向こうで彼は今、黙って聴いてくれている。さっきの感情の暴発はやはり、溜まりに溜まった疲れが誘引したものだったに違いない。

「ね、お願いだから、もうちょっと客観的になって考えてみてよ」

健介のプライドを傷つけないように、意固地にだけはさせないようにと、言葉や物言いに気を配る。今は、恋人に対しての情や甘えなど邪魔だ。むしろ商談の相手を説得する時のような冷静さで対処しなくてはならない。

「店長だっていうだけで、何から何まで責任を負わされて、ほとんど眠らないまま、次の日もまた次の日も出勤してさ。お休みも全然なくて、遠くに住んでるわけでもないのになかなか逢えなくてさ。これって、普通とは言えなくない？　今だって健ちゃん、そんなにふらふらになってるのに、これからまだ仕事だなんて……」

返事はない。息遣いだけが聞こえる。

「全部わかった上で、それでも『山背』で働きたいって思うなら、私には何も言えないよ。だけど健ちゃん、ほんとに今の状況に納得してるの？　会社がおかしいんじゃないかって、ほんとに全然思わない？」

答えが返ってこない。千秋は焦れた。

「辞めたほうがいいとまでは言わないよ。だけど、これだけは言わせて。もし健ちゃんが会社を辞めたからって、途中で逃げ出したとか、責任を放り出したなんて、私は絶対思わない。ううん、私だけじゃない、周りの誰もそんなこと思わないよ。だから、そういう選択肢も考えに入れ……」

ツーーー、という突然の信号音に、千秋はびっくりしてスマホを耳から離した。

画面を確かめる。電波が不安定になって切れてしまったのかと思ったのだが、そうではない。健介が、自分で通話を切ったのだ。

あまりの出来事に、数秒の間、身動きどころか息を吸うことすらできなかった。

「……え？」

今ごろ、声に出る。

——どうして。

手の中のスマホの画面を茫然と見おろす。

これまで付き合ってきた中で、たとえどんなに喧嘩をしても、どちらかが一方的に電話を切るなどということはなかった。そう、お互いにだ。自分は、それほどいけないことを言ったのだろうか。彼は、何にそこまで苛立ったのだろう。

少し迷ったものの、千秋は画面の暗くなったスマホをもう一度起動させ、こちらから彼にかけ直してみた。

出ない。何度鳴らしても、健介は電話を取ってくれない。留守番電話に切り替わり、メッセージをどうぞ、とのアナウンスが流れる。千秋は、黙って切った。

一瞬、スマホを壁に投げつけたい衝動が突き上げてきた。どうにかやり過ごし、かわりに、LINEで送りつけてやった。

切ることないじゃない！

疲れてるのはわかるけど、ちょっとひどくない？

送信ボタンを押す。抑えておけずに、目の前のクッションを思いきり叩く。ああ、自分も疲れている、と思う。なかなか来ない電話を待ち、消耗しきった恋人の声を受け止める日々に。

「……ひどいよ、健ちゃん」ぽつりと呟いた。「私、何か間違ったこと言った？」

鼻の奥がつんときな臭くなる。こみ上げてくるものを懸命にこらえる。

こんなにも心配で、こんなにも逢いたいだけなのに、たったそれだけのことがどうしてまっすぐ伝わらないのだろう。健介がどれほどの無理を重ね、その果てにもしも倒れたとしても、彼が心酔している『山背』の社長はきっと、感激も感謝もしてくれない。千秋には手に取るように予想できるそのことが、どうして彼にはわからないのか。

届いたはずのメッセージは、いくら待ってみても〈既読〉にはならない。携帯から離れてしまったのか、それとも無視しているのか……。

やがて千秋は、ベッドにごろりと転がった。白い天井を見上げる。そういえば明日はお休みだ。

少しも嬉しくなかった。逢えなくても気持ちがつながっているという実感さえあったなら、ひとりで料理するにも洗濯物を干すにもどこか張り合いがあるのに、今は、全身どこにも力が入らない。手も足も重く、息を吸うことさえ億劫だった。

いつ眠ったのかもよくわからない。ふと目を覚ますと、窓の外はもう薄明るく、時計は午前四時半を示していた。

最初に千秋の意識に浮かんだのはやはり健介の顔と声で、その次に、押しつぶされるような不安が押し寄せてきた。スマホを覗き込む。〈既読〉はまだついていない。さっきの電話では、これからまだシフト表を作らなくてはいけないと言っていたけれど、無事に終わっただろうか。始発電車で部屋に帰ったら、せめて少しくらいは眠れるといいのだけれど。

早く目が覚め過ぎたこと以外、いつもと変わらない日曜日だった。ただ、気持ちはまったく違っていた。

千秋は一日じゅうスマホを離さなかった。近くのスーパーへ買い物に行くにも、郵便受けを覗きに一階へ下りるにも、トイレに入る間でさえ握っていたし、着信の音量はもちろん最大にして、それでも知らないうちに着信があったのではないかと何度も何度も画面を覗いた。

健介からの連絡はなかった。

夜になっても鳴らないスマホを、千秋はとうとう手から離し、充電器につないだ。バッテリーが空(から)に近くなっていたのは、あまりにも頻繁に覗いて見たせいもあるけれど、もう一つには、ＬＩＮＥでの健介との過去のやり取りをずっとさかのぼって読み返していたせいだ。

自分でも驚くくらい、交わされたやり取りは膨大な量にのぼっていた。これほどたくさんの言葉を互いに手渡し合いながら、はたして、ほんとうに伝えるべきことをちゃんと伝えてきただろうかと思うと不安になる。

見るからに脳天気なＬＩＮＥスタンプの数々。くだらない冗談の応酬や、その日観たテレビ番組の話題、あるいはまた犬も食わない痴話喧嘩。

何も、ただ仲むつまじかっただけの昔を懐かしみたかったからではない。確かめたかったからだ。健介が今のように、毎日ふらふらになるまで働かなくてはならない状態に陥ったのがいつ頃からか——それを、知りたかった。

いざ読み終えて、千秋は驚いた。どこの時点で思い違いをしてしまったのだろう。健介の現状はてっきり、店長見習いとなって今の店舗に配属された時からだとばかり思っていたのだが、改めて読み返してみると、必ずしもそうではないのだった。本社勤務だった頃から、彼はもうすでに、度重なる寝不足や疲労の蓄積について、控えめにではあるけれど訴えていたのだ。

〈うちの社長、いっぱい本出してるけど、その中の名言ばっかりを集めた一冊が社員全員に配られててさ。明日、そのテストなんだ。そう、丸暗記。たった一問間違えても上司から呼

び出し食らって、この先の査定とかにも響くらしいから、今夜も徹夜で頑張るしかないや〉

〈こないだの土曜、研修だったじゃん。あれのレポートがまだ書けてなくて……。前の分と合わせるともう二回分も溜まってて、今日、上からかなりマジで怒られた。もちろん、要領よくできない俺が悪いんだけどさ。ごめんチィ、この週末はちょっと逢えそうにない。ほんとごめん〉

〈今月は俺、営業の成績がイマイチだったんだわ。自業自得だからしょうがないんだけど、上からあんまりボロクソに言われると、やっぱ凹むよな。そこまで言うかな、みたいな〉

〈年に一度の集中研修、この夏もまた例の山奥の道場みたいな施設でやることになった。去年もそうだったけど、上から言われたこと全部こなそうとすると、睡眠時間なんか実質ほとんどなくなるんだよ。三日三晩にわたって、ふだんだったらあり得ないようなところまで言葉で追い詰められて、ひたすら精神論をたたき込まれてさ。ほんと道場って感じ。まあ、会社側も、俺たち若手の甘ったれた根性を直すためには必要なことだからやってるんだろうけど……今年は何人の社員が泣きだすかと思うと正直、気が重い〉

――健介だけを責められはしない。こちらもまた、どうかしていたのだと千秋は思った。

この国にありがちな体育会的、いや軍隊的な精神論に対して、自分もすっかり感覚が麻痺していた。そのせいで、これまでにも健介の置かれた境遇についてはさんざん聞かされていたにもかかわらず、それほどおかしいと思わずに聞き流してしまっていたのだ。

企業に勤め、それなりの責任を負って働く以上、何から何までギヴアンドテイクというわけにはいかない、とか。会社の一員である以上、ある程度の体力的な無理、あるいは無償の奉仕が課されてしまうのは仕方がない、とか。

けれど、果たして本当にそうだろうか？

千秋自身のことに置き換えてみても、改めて考えれば違和感はつのる。たとえば時間外労働のすべてに対して、それに値するだけの報酬を要求できているかといえばそうではない。関わっている仕事が、つきつめれば自分の不手際と考えられなくもない回り道で少々遅れた場合など、たとえ休日に出勤してもタイムカードは押さないでおく……といったような〈配慮〉はちょくちょくしている。会社のための労働は、あくまでも労働であって社会奉仕活動ではないのだから、それに見合う賃金を要求する権利はあるはずだ——そう思ってみても、やはりまた日本人的な何かが邪魔をして堂々と主張しにくい。自分だけでなく上司や先輩たちもそうしていると知ればなおさらだ。

これまではただ漠然と、〈そういうものなのだ〉と思って、根本的なことを疑った例しなどなかった。

ただ、幸いなことに千秋の勤める『銀のさじ』は、就職先として常に人気の高い優良企業とされているだけあって、実際に中で働いていても、労働環境や賃金など、待遇面での不満はほとんど聞こえてこない。株式会社であるから社長は株主の総意で選ばれるし、一応は労働組合もある。

　が、健介の入った『山背』は違う。カリスマ起業家と呼ばれる社長・山岡誠一郎が、ほぼ独りきりで牽引（けんいん）し大きくしてきたワンマン会社だ。

　ふと、ある記憶がよみがえった。いつだったか千秋が健介に、『山背』には労働組合はないのかと訊いた時のことだ。

〈労働組合なんてものは必要ないっていうのが、うちの会社の考え方なんだ。不平不満は、どんな小さいことでもすぐに上へ伝達されるから〉

　たとえそうだとしても、直接は上に言えないことだってあるはずだ。これまで組合を作ろうという動きが起こることは一度もなかったのか、と重ねて訊くと、健介は苦笑した。

〈そんなもの、もし言い出すヤツがいたとしたら、すぐさま社長に呼ばれて、直々にこう言われるだろうな。不満があるなら今ここで遠慮なく言ってくれ、会社のためになることであればどんなことでも耳を傾ける用意はある、って〉

　少し考えたものの、千秋にはよくわからなかった。疑問をそのまま口にした。

〈だけど、会社のためになることと、社員のためになることって、また別じゃないかな？〉

あの時、健介は何と答えたのだったか——。

10

週が明け、月曜の朝。千秋が出社すると、中村さと美がパニックに陥っていた。

担当の百貨店で半月後に行われる、「盛夏の味覚フェア」での販売を予定していた商品が、このままでは納入日に間に合わないかもしれないというのだ。

生産は主に台湾の工場で行われているのだが、数日前の落雷事故による電力ストップのため、予定の数量を確保できそうにないのが原因だった。

「どうしよう、千秋。営業をかけた時、この商品ならただ陳列してくれるだけで絶対売れるからって、そうとう強気の啖呵切っちゃったんだよ」

南国のフルーツを、もぎたてそのままの食感で楽しめるところが売りの高級ゼリー。見た目は涼やか、ガラス製の容器も美しく、それでいて思うほどには高価でもない。昨年以来の、夏の人気商品だ。

「今さら『製造が間に合いませんでした』なんて言えないよ」

いつも強気なさと美が、悲愴な顔で泣きついてくる。

「大丈夫、何とかなる」千秋は言った。「何とかしよう」

「どうやって？」

「だから、何とかして、だよ」

さと美に対しては、いつかの大きな借りがある。Cランチ三日分で返せたとは思っていない。千秋は、その日の自分の仕事をできるだけ翌日以降に振り分け、彼女に協力した。

問題の商品はふだんから、シンガポールでも生産されている。台湾と比べれば小規模ではあるが、今はそこを頼るしかない。シンガポール工場の担当者を社内でつかまえ、現地の工場長に連絡を取ってもらい、頼み込んで生産ラインを昼夜フルタイムで稼働させてもらうことでどうにか対処できそうなところまでこぎ着けたが、そうなると今度は、海外からの仕入れルートや、国内での卸の経路も変わってくる。それぞれ、すでに手配してあったところへ事情を説明して断り、さらに新しく手配し直さなくてはならない。

時差もあれば、先方の事情もある。時間と焦燥に追いたてられるあまり昼食も摂れず、ようやっと二人して安堵の息をつき、退社のタイムカードを押した時には夜の十時をとっくに過ぎていた。

「晩ごはん、おごる」

と、さと美が疲れた顔で言った。

「いいよそんなの、気にしなくて。お互いさまじゃない」

「ううん、おごらせて。っていうか、お疲れさま会、しようよ。このまま帰ってもうまく眠れそうにないし」

たしかに、さと美の言うとおりだ。身体はぐったり疲れているのに脳ばかりが興奮していてばたばたと落ち着かない。まるで、ゼンマイを巻き上げ過ぎたブリキのおもちゃみたいに。

「わかった。じゃあ、山下食堂」

「いいけど、あんたも欲がないね」

「次にまた私がおごる羽目になった時が怖いもん」

会社の近くの創作料理店で向かい合い、女二人、とりあえずビールで乾杯をする。食品メーカーの女子社員がまさかこんなにハードな日々を送ってるだなんて、知らない人が聞いたらびっくりするだろうね、信じてくれないかもしれないね、などと苦笑し合う。美味しそうな前菜や料理をいくつか頼み、分け合って食べるうち、だんだんと緊張がゆるんでくる。

「で？　最近はどうなのよ」

ビールから酎ハイに進んで、すでにほんのり赤い顔をしたさと美が、和え物を口に運びながら言った。鰻（うなぎ）と胡瓜（きゅうり）と茗荷（みょうが）を甘辛いたれで和えた一鉢は、日本酒が恋しくなる美味しさだ。

「どうって、何が？」

「例の彼氏とはうまくいってるの?」

「うーん……」千秋は唸った。「うまくいってるっていうか、何ていうか……」

「何それ。喧嘩でもしてるとか? あ、そろそろ倦怠期? それか彼氏の浮気? うそ、もしかして千秋のほうが浮、」

「違うってば、もう」

ほうっておくと止まらない友人の憶測(おくそく)に、苦笑しながらストップをかける。

「そんなんじゃないの。ただ、向こうが忙し過ぎて……ほんとに半端じゃなく忙し過ぎて、逢う時間どころか電話で話す時間もあんまり取れないってだけ。いざ話してもいまいちうまく嚙み合わなくて、電話を切ったあとも何だかなあって感じが残っちゃってね。声を聞くだけかえって寂しいっていうかさ」

問われるままに、千秋は最近の健介とのあれこれを話した。同期入社して以来、同じ部署でずっと一緒にやってきたさと美とは、たいがいのことを打ち明け合っている。ある部分では恋人以上に互いのことをよく知っているかもしれない。それだけに、こうして一対一で、最近ずっとかかえている湿った花火のような気持ちをまとめて話せたのは救いだった。

時折、質問を差しはさみながらもひととおり聞き終えたあと、さと美は、しばらく黙って何か考え込んでいた。やがて、ふと手を挙げ、通りかかった店員に追加の一杯を頼んでから呟いた。

「なんかちょっとなあ……」

え？　と目を向けると、さと美は眉根に深い皺を刻んでいた。

「会社でそれだけしんどい思いをしてて、千秋にはさんざん心配されて、なのになんで自分のやり方を変えようとしないのよ。喧嘩でもないのに電話切るとか、信じられないよ」

千秋自身よりも、さと美のほうが怒っているように見える。

「もともと『山背』の黒い噂はけっこう有名だし、こうして聞けば聞くほど、やっぱりおかしいじゃない。誰が聞いたってそう思うじゃない。なのにさ、なんで彼はそこにしがみついて離れようとしないわけ？」おしぼりで口元を拭って続ける。「ずばり訊くけど、千秋はさ、その〈健ちゃん〉との結婚とか、真面目に考えてたりすんの？」

千秋はたじろいだ。テーブル越しのさと美の目はまっすぐだ。アルコールのせいで絡んでいるわけではなく、真剣に訊いてくれているらしい。

「……そうだね。うん。私は、できることならそうなったらいいなって思ってるけど」

あたりの喧噪がありがたい。耳たぶが火照る。自分の中にある純情っぷりが面倒くさい。

ふうっと、さと美が長いため息をついた。

「そっか。そうなんだ」

「どうして？　何か、問題？」

うーん、と、さと美が唸る。

「はっきり言っちゃってもいいの？　友だちやめたりしない？」

「やめないよ。言ってみて」

「その、〈健ちゃん〉だけどさ、私に言わせれば、ちょっとどうかと思うな。千秋の話を信じるとすれば、けっこう能力だってあるんだろうにさ、なんで、ここが駄目なら他の道っていう可能性を考えようとしないの？　周りもろくに見ないで、俺にはここしかないんだって思い込むあたり、会社から洗脳されちゃってるも同じじゃん。いわゆる社畜より、もっとやばいじゃん。そこに自分の判断ってものはないわけ？」

いつになく厳しい友人の言葉に、けれど千秋は、何も反論できなかった。ここ最近の健介に対して、千秋自身がうすうす感じていたことだからだ。

実現するだけの価値がある物事のために努力するのはいい。あるいはまた、努力を重ねさえすれば打破できる壁であるなら、時に無理をするのも仕方がない。

けれどこのところ、千秋の目には、健介が必死になって積み上げている努力や無理が、どれもただの無駄にしか見えないのだ。あまりにも親身になって心配し過ぎるからそう見えるのだろうかと、彼にはできるだけ言葉を選んで控えめに伝えるようにしてきたけれど、そうか、一度も彼に会ったことのないさと美の目から客観的に見てもやはりおかしいと思うのか……。

改めて、ずしりと腹にこたえる。

「これまでは彼、そういうふうじゃなかったんだよ」

千秋は言ってみた。自分でも情けないほど弱々しい声になった。

「確かに、今はちょっと凝り固まってる気はするけど」

「今だけじゃないかもよ。そういう男はさ、テンパるとすぐ自分のことでいっぱいいっぱいになっちゃって、結婚しても家族のことなんかろくに顧みない仕事人間になっちゃう可能性大だよ。会社にいたら、会社に使われるだけの人生。実家を継いだら継いだで、お店を大きくすることだけが目標みたいな人生。そんなんで千秋、我慢できんの？」

言葉が出ない。

「だいたい、一方的に電話を切るって何よ」

話がそこまで戻ったことに驚いて目を上げると、さと美はぷりぷりした顔をしていた。

「男なんて、みんなそう。苦しいのは自分ばっかりだと思ってんの。必死に働いて、世間の荒波に揉まれて、しんどい思いをしながら頑張ってるのは俺ばっかり、みたいな顔してさ、女は楽だよなー、いざとなりゃ結婚して逃げりゃいいんだし、みたいなさ。冗談じゃないよ。

私たちだって同じだし、女だからこそもっと大変なことがいっぱいあるっての。男みたいに愚痴とかうじうじ言わないだけでね。今日のあれだって、千秋が協力してくれたから何とかなったけど、そうやって必死になって頑張ってさ、何とか切り抜けてさ、正直もうくったくたじゃない。彼氏の顔なんか見るよりは、一人で早く帰って熱いシャワー浴びて爆睡したいってのが本音だよ。そういう仕事の上での苦労みたいな話、千秋は、彼氏に会った時にする？」

言われてみればたしかに、会った時も電話でも、健介にはあまり詳しく打ち明けたことがないかもしれない。仕事の上でどうしてそんな問題が勃発したかについて、この業界を知らない人間にもわかるように話して聞かせようとすれば、そもそもの細かい部分から全部語り起こさなくてはならなくなる。そんなややこしい話は、説明するほうも面倒くさいし、聞くほうだって面白くないだろう。

せっかくなら恋人にはもっと楽しい話を聞かせたいと思うから、深刻な話題はあらかじめ避ける。かといって、まったく何も言わなくても角が立つのが難しいところで、だからせいぜい、このあいだ上司にイヤミを言われたとか、取引先の店長がいけすかないとか……結局のところ健介に話すのは、べつに話さなくても一晩眠れば忘れてしまえるようなことばかりだ。

千秋がそう言ってみると、さと美は深くふかく頷いた。
「でしょ？　私もそうだよ。ほんとに聞いてもらいたいことなんか話せやしない」残ってい
た枝豆を口に放り込む。「っていうかさ、女が仕事を本気で頑張ってる話とか、ましてや、
めでたく窮地を切り抜けた話なんか始めたら、男ってたちまち機嫌が悪くなるじゃん。常に
自分のことを頼ってて欲しい、すごいねすごいねって褒めてもらいたい、あなたにはとうて
いかなわないわ～って下から仰ぎ見てて欲しい、みたいな。自分よりデキる女なんかお呼び
じゃないんだよね」
「まあ、中にはそういう男の人もいるかもしれないけど……」千秋はおずおずと反論を試み
た。「健ちゃんは、そういうわけじゃないと思う」
「えー、わっかんないよ？」
さと美は口を尖らせて言った。さっきまでより、ちょっとばかり意地悪な顔つきになって
いる。
「あのさ、千秋、よく考えなよ。べつに〈健ちゃん〉がどうとは言わないけどさ。いざって
いうときに優柔不断な男と一緒になったら、先で苦労するよ。ずっと先のことまで冷静に考
えて、ちゃんと幸せにしてくれる男を選ばないと」
そのとき、千秋の心の中で、あ、と引っかかるものがあった。

「ごめん、さと美」

「え、何？」

「今、わかった」

「だから何よ」

「私ね。……私、彼に幸せにしてもらいたいわけじゃないの」と、千秋は言った。「彼を、幸せにしてあげたいの」

さと美が、ぽかんと口を開く。そのまましばらく無言でいた彼女はやがて、やれやれといったふうに嘆息し、向こうのほうにいる店のスタッフを手招きして、空になった自分のグラスを指さした。

そうして、妙に老成した感じの苦笑いをもらして言った。

「あっほくさ。愚痴も全部ノロケだったってわけね、はいはい」


翌日の火曜日。千秋は出社前に例のスーパーマーケットに顔を出し、田丸恵美子としばらく話をした。秋からの商品展開に合わせて、売り場もまたぐんと目立つように工夫したい。そのための相談だ。

店長の串田は、自分の頭の上を飛び越えて女同士が話し込むことに特段文句はないようで、千秋の顔を見ても「どうも」としか言わない。相手をするのが面倒だからか、売り場の細かいことはよくわからないのか、あるいはまた、自分より年長のベテランである恵美子に対していささかの遠慮があるのかもしれない。

実際、恵美子の観察眼は突出していて、千秋にとってはもはや頼れるブレインと呼んでもいいほどだ。開店準備の邪魔をしないようにと思いながらもついつい話し込んでしまい、ごめんなさい、と慌てて暇（いとま）を告げようとすると、

「ちょっとちょっと」

呼び止められた。ふくふくとした丸い顔に、心配そうな表情が浮かんでいた。

「ねえ伊東さん、あなた、ちゃんと食べてしっかり寝てる？　頑張り過ぎて無理ばっかりしてない？」

「え？……あの、顔色とか、悪いですか？」

「ううん、そこまではいかないけど、いつもよりなんとなく元気ないんじゃないかなって思って。笑顔に張りがないっていうか、声に覇気がないっていうか」

ぐっと詰まった。どちらも最悪だ。

「口うるさいおばちゃんみたいなこと言ってごめんなさいね。っていうか、口うるさいおばちゃんなんだけど」

千秋は笑って、こちらこそごめんなさい、と謝った。

「昨日がけっこうハードな一日で……。おかげさまで無事に片付いたんですけど、帰りにちょっと同僚と飲み過ぎたかな。でも、さすが。田丸さんにはばれちゃうんですね」

「そりゃそうよ。ま、だてに長く母親業はやってないってことかしら」

また寄らせて頂きます、と店を辞する。外の商店街に出てから、がっくりきた。

自分がこれまでさんざん健介に言ってきたのと同じ言葉をかけられたのがショックだった。周りに心配をかけるようでは、社会人として一人前とは言えない気がする。

結局その日も、健介からの連絡はなかった。千秋は、日曜、月曜とそうしてきたとおり、また短い文面をＬＩＮＥで送った。

〈今日もお疲れさま。おやすみなさい〉

そんな当たり前の言葉でさえ、ふつうに読んでもらえるだろうかと心配になる。もしも健介が、今夜も残業や何かの事情で眠れずにいた場合、〈おやすみなさい〉の言葉が神経を逆なですることになりはしないだろうか。

この三日間に送ったメッセージは、わりあいすぐに既読となる時もあれば何時間もほったらかしの時もあったが、彼からの返事は、相変わらずなかった。

翌る水曜日、千秋は午後から鷹田課長に呼ばれ、商品のプレゼンを頼まれた。いつかのように先方の会社へ出かけていくのではなく、こちらの社内に相手を招いての商談だという。

試食を兼ねての商品説明に、鷹田課長は最近、千秋を指名することが多くなっている。数ヵ月前に営業へ異動してきた女性社員を、勉強のためだからとひそかに言い含めてわざわざ同席させたこともあるほどだ。

〈食べものってのはさ、ちゃんとした所作もできない男が無骨な手で差し出すより、ぶきっちょでもいいから、女の人の指でそっと勧められたほうが旨そうに見えるものでね。押しつけがましく勧めてもいけない。かといって、自信を持って勧められるのでなきゃお話にならない。伊東くんは、そのあたりの呼吸がなかなか絶妙なんだ〉

二人訪れるという担当者の片方がかなり年配と聞いていたので、千秋は、自前で用意してあるいくつかの湯呑みの中から志野焼のものを選んだ。給湯室でいちばん上等のお茶を淹れ、自社商品である和菓子とともに素朴な木挽きの丸盆に載せ、くろもじを添えて勧める。味はもちろんのこと、日持ちも良い一品だ。

返答は保留のまま客人たちは帰っていったのだが、鷹田課長は上機嫌だった。

「伊東くん。今日、晩は何か用事があるかな」

「いえ、特にはありませんけど……何か」

「飯でも行かないか。中村くんや他の連中も誘って、たまにはみんなでぱあっとさ」

一瞬、（え、困る）と思ってしまった。

上司や同僚との付き合いがいやなのではない。人間関係を円滑にする上でも、またこの先の自分の成長のためにも必要な、貴重な時間だと思う。それこそ、タイムカードには反映されなくても。ただ、健介が——先週、彼が突然逢おうと言ってきてくれたのが、今日と同じ水曜日だった。土曜の電話からずっとぎくしゃくしているだけに、今夜あたり無理をして逢いに来ないとも限らない。

迷ったのは、けれど一、二秒だった。胸の裡の逡巡を振り捨てるように、千秋は言った。

「ありがとうございます。みんなに話してみます」

課長から誘いがかかるのは久しぶりだったせいもあって、千秋の声がけで集まることになったのは、さと美を含めた営業部の同僚たち四人だった。全部で六人が座れる席を確保するには、やはり予約を入れておいたほうが無難だろう。課長からは学生など若い連中で混み合う店は避けるように言われていたが、だからといってあまりに値段の張るところも遠慮しなくてはならない。

千秋は残務処理に追われながらも、ネットで会社の近くの店を検索し、口コミなどを参考にしながらようやく一軒に予約を入れた。会社からタクシーに乗ってワンメーター、頑張れば歩いても行けないことはない小洒落た居酒屋だ。

今どきの若い社員の多くは、上司からの食事や飲みの誘いには応じたがらない。それでいくと『銀のさじ』はまだまだ、昔ながらの上司と部下の付き合いが残っているほうだろう。特に、営業部の結束は固い。課長からたまの誘いがかかればまず流れたことはなく、誰かしら数名は応じてついていく。

夜七時半頃から、六人は居酒屋のテーブルを囲んだ。それこそ『山背』のようなチェーン展開の店などと比べると、一品一品の価格設定はほぼ二割増しといったところだろうか。さと美が率先して皆の注文を取りまとめ、フロアスタッフに伝える。

仄暗い店内は、和洋折衷というよりは無国籍のモダンな造りだった。見回して、鷹田課長が言った。

「ここは、誰が知ってたの？」

いや、僕らは、と首を横に振る男たちに代わって、

「伊東さんが探してくれたんですよ」

さと美が、和綴じのメニューを畳んでスタッフに返しながら答えた。

「ほう。なかなか感じのいい店じゃないか」

「あとは美味しいといいんですけど」

千秋は、控えめに答えた。

「酒も揃ってるし、メニューも一つひとつが心憎いというか」

「ですよねえ、俺なんか、説明されないと想像もつかないものばっかりでしたよ」

いささかお調子者の武田という社員が横から言うと、鷹田課長は、それは食品メーカーの社員としてどうなんだ、と苦笑いをした。

中ジョッキの生ビールでとりあえずの乾杯を済ませた後は、それぞれ焼酎や冷酒など好みの酒に移っていった。

「遠慮なんかしないで、どんどん頼めよ」言いながら鷹田課長は、隣に座る千秋に耳打ちをした。「いい店を選んでくれたんで助かる」

安過ぎず、高過ぎず、そのバランスがちょうどいい店、という意味なのだろう。千秋は微笑で応えた。

携帯が一度だけ振動したのは、皆にすっかり酔いが回り、頼んだメニューもあらかた食べ終わった頃だ。メールなどの着信があったらすぐわかるように、とはいえ、待っていることが同僚たちにはわからないようにと、こっそり腿の下に敷いていたスマホを急いで取りだす。

画面に浮かびあがる文面の差出人は、予想した通りだった。

「ごめんなさい、ちょっと失礼してもいいですか」

通路側に座っている課長にそう断ると、テーブルの向かい側の席から武田が聞き咎めて言った。

「えー、なに伊東ちゃん、電話？　誰から、彼氏から？」

「いえ……ちょっと、取引先の」

「こんな時間に？　うっそだあ、伊東ちゃんてば顔赤いよ」

「お前はもっと赤いよ」

すかさず鷹田課長が言い、皆が笑う。課長は、千秋が出やすいようにと自分も立ちあがって避けてくれた。

「すみません」

「いや。こっちは気にせずに、ゆっくりどうぞ」

何気ないひと言に、なぜか不意に涙ぐみそうになる。

店の外へ出ると、いつの間にか雨が降っていた。ひどい降りではないのだが、風向きによって服や肌がしっとりと濡れるような霧雨だ。

それひとつだけ握ってきたスマホを、千秋は急いで覗き込んだ。四日ぶりに健介から届いたＬＩＮＥの文面には、たったひと言、こうあった。


疲れた。

小さな吹き出しの中の文字を、黙って見つめる。

日中の陽射しに熱せられたアスファルトの上で、霧雨は降る端から蒸発してゆくのだろう、あたりには息苦しいほどの湿気が充満している。

（疲れた、って……そんなこと、今ごろ改めて言われても）

あれほど心配して、どうか無理し過ぎないでとさんざん言ってきた。それを、どんなに疲れていても休めないのだと言い張り、意地になってこちらの気遣いを拒んできたのは健介のほうだ。

でも、と千秋は思った。こうして弱いところを見せてくれただけで、進歩かもしれない。

お疲れさま。大丈夫？

仕事、まだ終わらないんだよね？

送信するなり、すぐさま既読になったので驚いた。ふだん健介は、就業中にスマホを見ない。

と、店の軒下で見下ろす画面に、吹き出しがひとつ増えた。

疲れた。

千秋は困惑した。いつもの健介とは、なんだか様子が違う。

画面上部に表示された時刻は、21：42。どこの居酒屋も書き入れ時のはずだが、こうしてメッセージを送れるところを見ると、今夜は奇跡的に早く上がれたのだろうか。

返信しようかとも考えたが、思い直し、ＬＩＮＥ電話の発信ボタンを押してみた。健介から「今、忙しいから無理」と切られるならそれでもいい。後になって、「仕事中に電話してきちゃ駄目でしょ」と叱られてもいい。声を聞かないことには落ち着かない。

呼び出し音が二回、三回と鳴る。

千秋は腕時計を覗いた。席を離れてから、そろそろ五分近く経つ。あまり長くなると座がしらけてしまうし、せっかくご馳走してくれる課長にも失礼だ。

五回、六回。

やはり電話に出られる状況ではないのかと、あきらめて切ろうとした時だ。呼び出し音が途切れた。留守番電話、ではなさそうだ。アナウンスが始まらないし、向こう側に別の空間の広がった気配がする。

「健ちゃん？」

返事はない。

「もしもし？　健ちゃん、聞こえる？」

ちょうど今から店へ入っていこうとする数人の客が、千秋をふり返った。酔った一人が大声で、

「どした、お姉ちゃん、彼氏とケンカかあ？」

呑気な野次を飛ばしてくる。

かまわずそちらに背中を向け、千秋は画面を確かめた。〈通話中〉の表示の下で、通話時間を示す時計が進んでゆく。たぶん、つながっているのだ。もう一度耳にあて、呼んだ。

「ねえってば、聞こえてる？　お願いだから返事してよ」

すると、ようやく、ふうっと吐息らしきものが聞こえた。

「健ちゃん？」

「……うん」

掠れた声が答える。

「やだもう、なんで返事してくれないの？」

思わず咎めると、

「……ごめん」

健介は呟いた。くぐもった声だ。

「仕事は？　もう終わったの？」

「……いや。ちょっと、休憩」

それもめずらしい、と千秋は思った。店長自らこんな忙しい時間帯に休憩が取れるなんて。水曜の夜は、もしかしてお店が暇なのだろうか。

「晩ごはんは？　ちゃんと食べた？」

「いや、うん」

どうやら食べていないらしい。今のうちに何か少しでも口に入れて……と、言いたくてたまらない気持ちを、千秋はぐっとこらえた。この間の土曜日も、それで失敗したのだ。

「この間はごめんね」

下手に出ることにして、そっと言ってみたのだが、答えが返ってこない。

「健ちゃんのコンディションとか、私、考えてるつもりで考えてなかったかも」

そこまで言うとようやく、

「うん。いや」

健介は答えた。今ひとつ意味の取れない返事だった。

「今ね、まだ出先なの」千秋は言った。「食事しながらの打ち合わせなんだけど」

飲み会だとは、どうにも気が引けて言えなかった。

「そっか。じゃあ、すぐ戻らなきゃな」

ようやく意味のある言葉が返ってくる。安堵のあまり鼻の奥がきゅうっと絞られるように痛むのをこらえながら、千秋は懸命に言った。

「もうちょっとくらいなら大丈夫だよ。話してられるよ」

「いや。駄目だよ、戻んなよ」

「だって健ちゃん、あんなこと、二度も書いてくるから心配で」

ごめん、と健介は言った。さっきよりもさらにくぐもった声だ。

「なんか、頭に浮かんだことそのまま送っちゃっただけだから。気にすんな」

「ほんとに？　ほんとに大丈夫なの？」

「うん。ほんと、なんも気にすんな。チィは、なんにも悪くないから」

土曜の電話のことを、彼なりに謝ってくれているのだろう。

「ううん、健ちゃんがうんざりするのも当たり前だと思う。私あの時、自分の気持ちばっかり並べちゃったもの」

「そうじゃないよ。チィは、ほんとに悪くないんだ。俺が……」

健介が、そのまま口をつぐむ。やっと真意が通じた。千秋は、本当に泣きそうになった。目の奥が煮えるように熱くなり、鼻の粘膜がひりひりする。

けれど、疲れきっている健介に、洟（はな）をする音など聞かせたくはない。今すぐそばに行って抱きしめ合うことができない以上、できる限り凛（りん）としていなくては。だってそうじゃないか。どれだけ体調を気遣われようが、彼には休んでいる時間などないし、休むつもりもないのだ。そういう相手に対して自分ができるのはもう、ひたすら励ますことだけだ。

「あのね、健ちゃん」

ややあって、

「……うん？」

と返事が聞こえた。

「今さらだけど……健ちゃんの仕事がどんなに大変か、わかってるつもりだよ。伝わってくるもの。だけど、ね、今はなんとか頑張って。お店のことなんて何にもわかってない私が言っても説得力ないかもしれないけど、健ちゃんだったら大丈夫。絶対、自分の壁を乗り越えられるよ」

「……自分の、壁？」

「そうだよ。前に私がさ、営業のテリトリーとか急に変わっちゃってしんどかった時、健ちゃん言ってくれたじゃない。『その人が乗り越えられない壁なんか巡ってこないんだ』って。はなから力のない人は、そびえる壁が見えただけであきらめて辞めてく。だけど、力があるからこそ正面から壁にぶつかって、それをしんどいと感じたりもするんだから、そういう人は負けずに頑張ってればいつか絶対越えられるよ、って」

「……俺、そんなこと言ったっけ」

「言ったよ。私、あの時、その言葉のおかげで何とか頑張れたんだもん」

少し長過ぎるくらいの間があって、ふっと耳元に息がかかったように感じたのは、健介の苦笑いだったのだろうか。

「そっか。そんなこと言ったか」

「言ったんだよ。だから今度は、健ちゃんが頑張ってみせてよ」

不思議な間が空いた後で、健介は言った。

「ごめんな、引き留めて。いいかげん、打ち合わせに戻らないとだろ？」

はっとなって、千秋は腕時計を見た。ずいぶん時間が経ってしまったことに驚く。

「ほんとだ、行かなくちゃ。ごめんね」

「いや」

「また電話して。いつでもかまわないから。ほんとに、真夜中でも明け方でも全然かまわないから」

うん、じゃあな、と切ろうとした健介に合わせて、じゃあね、とスマホを耳から離す。と、

「チィ」

急な大声に、千秋は慌ててスマホを再び耳に押し当てた。

「なに、どうしたの？」

「……いや。何でもない」

「なによ、言って」

「いや、その……。ありがとうな。ほんとに、どうもありがとう」

あまりにも情のこもった物言いに、千秋は思わず、ふふっと笑ってしまった。今の健介の胸に届くような言葉を、自分がようやく差し出すことができたのかと思うと、身体の内側に幸せな感情が満ちる。しばらくぶりの感覚だった。

「どういたしまして」と、千秋は言った。「またね」

スマホを耳から離す。席に戻らなければと気は急くのに、名残惜しさに自分から通話を切る気持ちになれない。画面を見つめていると、やがて、向こうから切れた。

大きく深呼吸をし、気持ちを入れ替えて店に入る。席に戻った千秋を見ると、鷹田課長は黙って立ち上がり、また通路側に避けて通してくれた。

仕事の連絡だと言ってあったにもかかわらず、

「なっがい電話ー」

案の定、武田がつっこんでくる。あからさまな揶揄の口調を無言の微笑で躱し、千秋は、失礼しました、と他のメンバーに軽く頭を下げた。

「大丈夫？　問題はなさそうか？」

鷹田課長が訊く。何食わぬ顔だが、おそらく私用の電話だったことを察しているのだろう。

「はい、大丈夫です。すみません」千秋は言った。「ちょっと連絡の行き違いがあったんですけど……。おかげさまで、解決しました」


その晩、千秋は部屋に戻ってから、健介にメッセージを送った。


さっきは声が聴けて嬉しかったよ。

少しでもぐっすり寝て、明日も頑張って！


一時間くらい経って既読にはなったものの、返事はなかった。ほんの数時間前に電話で話したばかりだし、おそらく明日の朝にでもおはようのメッセージを送ってくれるだろう。

むやみに気を揉んでも仕方がない。千秋は自分に言い聞かせた。

これまで健介に対して、心配だ、心配だと口にしてしまったのは、彼の身を案じると同時に、漠然とした不安を自分一人では抱えておけなかったからだ。でも、言われる彼にしてみれば、信用されていないかのように感じてしまったかもしれない。すぐにはどうにも改善しようのないことをいちいち口に出して健介のやる気に水を差すよりも、今はとにかくどっしり構えて、いつか彼のほうからＳＯＳがあった時にはすぐに対応できるよう心の準備をしておく——それが、自分にできる精一杯のことだ。

「……そうだよ。それしかないって」

声に出して言ってみる。まったく、こんなに物わかりのいい彼女なんか他には絶対いないんだからね。自分で言うのも何だけど。っていうか、誰も言ってくれないから自分で言うけど。

千秋はベッドに潜りこみ、小さく丸まった。枕の右端のほうに鼻先を埋め、もう残っているかどうかもわからない匂いをそうっと嗅ぐ。自分の鼻ではもう感じ取れないけれど、消えてしまったわけではない。たとえば警察犬の嗅覚をもってすれば、先週ここに頭を乗せて眠っていたひとの匂いを嗅ぎわけることができるはずだ。

あのまま寝かせておいてあげたかった。

そう思うと、胸が痛んだ。中村さと美も言っていたけれど、きっと健介にとっても今の一番の望みはきっと、恋人に逢うことでも何でもなくて、誰にも起こされず自然に目が覚めるまで眠りを貪ることであるに違いないのだ。

翌朝、千秋は、まぶたを開くと同時にスマホを覗いてみた。健介からのＬＩＮＥは届いていない。

ちょっとしつこいだろうか、と思いながらも、部屋を出がけにメッセージを送る。彼の眠りは、まさか短い着信音で目覚めてしまうほど浅くないだろう。

おはよ。行ってくるね。
今日も暑そうだけど、頑張って。
忙しくても水分だけはちゃんと摂ってね！

担当しているスーパーや企業などの得意先をまわり、売れ行きや客層についてリサーチをする一日だった。重なる時は重なるものらしく、行く先々で作業を手伝わされて汗だくになる。

昼になっても、夕方になっても、健介に送ったメッセージは未読のままだった。心配し過ぎない、と自分に誓った千秋だが、晩になると、さすがに気がかりでたまらなくなってきた。

会社を一歩出ると同時に思いきって電話をかけてみたのだが、出ない。仕方なく、代わりにＬＩＮＥを送った。

忙しいのに、うるさく鳴らしてごめん。

無事ならいいの。気にしないで。

自分の文面を読み返し、何となく割り切れない気持ちになった。まるでひと昔前の日陰の女みたいだ、と苦笑がもれる。

健介が今、相当しんどいところで踏ん張っているのがわかるだけに、つい、何を伝えるにも腫(は)れ物に触るような気持ちになってしまう。ましてや、自分の側の仕事が充実していることなど、とても言えない。

健介からようやくＬＩＮＥの返信が届いたのは、小一時間ほど後、夜八時をまわり、千秋が駅から自宅への夜道を歩いている時だった。着信音が鳴り、待ち受け画面にメッセージの一行が浮かび上がる。

ごめん。

急いで続きを読もうと開いてみると、ただそれだけだった。歩きながらしばらく待ったが、それきり届かない。

どうしたの？

ごめんって、何のこと？

送り返しても既読にすらならず、もう一度電話をかけてみてもやはり通じない。

千秋はとうとう立ち止まり、時刻表示を確かめた。

20：07

唇を結ぶ。

次の瞬間、駅へときびすを返していた。

健介の部屋を訪ねてゆくのは久しぶりだった。合鍵で中に入るのはもっと久しぶりだし、彼に前もって了解を取らずにそうするに至っては、今夜が初めてだ。

もちろん、今から訪ねる旨のメッセージを送りはしたけれど、いつまで経っても既読にならない以上、不意打ちも同じことになってしまう。

〈いつでも来ていいよ。チィが来たくなったらほんとにいつでも〉

鍵を渡してくれた時、健介は確かにそう言っていたが、普通に考えてどうだろう。丸一日働き、ぼろ雑巾のようにへとへとになってようやく自分の部屋に帰り着いてみると、べつだん一緒に暮らしているわけでもない相手が勝手に中に入って待っていたなら……。逆だったらものすごく嬉しいだろうけれど、と千秋は思った。健介は自分ではない。どんなに好き合っていても、二人は別々の人間なのだ。

激しく迷いながらも、一緒に行ったことのある深夜営業のスーパーで日持ちのする食料品を少しだけ買い、なおも迷いながら歩く。風のない晩だった。湿度は高く、気温はほとんど下がらず、ここまで歩いてくる間に汗が何度も背筋を伝い落ちた。

ふだんなら、こんな汗臭い身体で恋人に逢いたいわけがない。けれど今は、どうか部屋に健介がいてくれますように、そうでなくとも一刻も早く帰ってきてくれますようにと祈るような思いだった。こちらが送ったメッセージや電話の着信に気づかなかったのは、たまたま早く帰れたので爆睡していたからとか、ヘッドフォンで映画を観ていたからとか、そんな他愛ない理由であってほしい。顔を見たら、ばかだなあ、何しに来たんだよ、と呆(あき)れて笑って、それから、心配かけてごめんな、と抱きしめてほしい。

そうこうするうちに、アパートの下に着いてしまった。

握りしめていたスマホを覗き、ＬＩＮＥを確かめる。やはり、未読のままだ。もう一度電話を鳴らしてみたけれど、出ない。

千秋はあきらめ、思いきってエントランスを入ると、エレベーターに乗りこんだ。セキュリティといえばドアの鍵一本きりの、古いアパートだった。

訪れるたび、どうして借り上げ〈社宅〉が勤務先からこんなに遠いところにあるんだろうと思ってしまう。居酒屋『山背』の、健介が店長を務める店舗からここまでは、スムーズにいっても電車で四十分以上かかるのだ。

以前、健介も言っていた。

〈一応、規定では通勤時間三十分以内のところに用意してもらえることになってるはずなんだけどね。現実には、そうじゃない人が俺以外にもいっぱいいるらしいよ〉

まあしょうがないさ、いつでも物件が空いてるわけじゃないんだから、と、例によって会社をかばう物言いをした。

営業時間はそれでなくとも深夜にまで及ぶのだから、社宅を用意するならせめて自転車で通える範囲にしてくれればいいのに、と千秋は思う。業務終了後、帰宅の手段がなくて始発電車まで無為に待つなどということがなくなれば、体力的にどれだけ助かるか知れない。ちょっと考えれば誰だってわかるはずなのに。

ごとごとと振動する古いエレベーターを、四階で下りた。狭いホールには外階段もあり、下の階への踊り場を見下ろしながら横切ると、行く手に廊下がのび、各戸のドアへと続いている。五つ並んだドアのうち、健介の部屋は手前から二つめだ。

ヒールの音がうつろに響く。廊下の柵の下には夜の駐車場がひろがっている。ここの取り柄は静かさだけだ、と思った時、キッチンの窓が細く開いて、明かりがもれているのに気づいた。

いっぺんに動悸（どうき）が速くなる。もう帰っているのだろうか。

呼び鈴を鳴らして待ってみたが応答はなく、伸び上がって窓格子越しに覗こうとしても鍋やふきんが邪魔になって中がよく見えない。

千秋は、思いきって鍵を差し込んでひねり、玄関ドアを引き開けた。とたんに、ひゅうっと音がして奥へと風が通る。ベランダ側のサッシも開けたまま出かけたのだろうか。

「こんばんは」

念のために声をかけたものの、人の気配がないのは明らかだった。

「お邪魔します」

留守中の健介に向かって呟きながら、そっと靴を脱いで上がる。狭いキッチンを横切って奥の六畳間に入り、明かりをつけるなり、千秋はぎょっと立ちすくんだ。

しばらく来ない間に、部屋はおそろしく散らかっていた。敷きっぱなしの布団はぐちゃぐちゃで、シーツや枕カバーはいつ洗ったとも知れない。畳の隅に積み上げられた服の山は、洗濯したものの畳んでいないだけなのか、それとも脱ぎ捨てた汚れものなのかわからない。

炬燵布団はさすがに片付けられていたが、テーブル板の上にはスナック菓子や酒のつまみなどの空き袋、それに食べ終わったカップ麺の容器が散乱していた。たいして匂いがこもっていないのは、やはり、ベランダに面した引き違いのサッシが二十センチくらい開けてあるからだろう。

それら食べものの残骸に混じって、炬燵テーブルの上にも、すぐ下の畳にも、仕事関係の本や書類が山積みになっている。ページの間からおびただしい数の付箋が突き出しているのは、どれも『山背』の社長・山岡誠一郎の著書だ。ハードカバーや新書判など、合わせると十冊近くあるだろうか。

また、しょっちゅう行われる研修会で配布されたのであろうホッチキス止めのテキストの類いや、ルーズリーフのファイル。提出すべきレポートの草案なのか、文字や線や矢印が殴り書きされたメモもある。

テーブルの端から転げ落ちかけている、まるで雪つぶてのように丸められたA４の用紙を手にとっておそるおそる広げてみれば、どうやらシフト表のようだった。もしかすると、この中のスタッフの誰かが急に辞めたか、あるいは誰かの猛反発を受けたかしてボツになってしまったのかもしれない。あまりに乱暴な丸め方が健介の気分を表しているようで、うっすらと怖くなる。

きつく皺の寄った紙を手にしたまま、千秋は、茫然と部屋を見回した。本来ならば几帳面なはずの健介が、こんな惨状をそのままにして寝起きしているのが信じられない。背中の汗が冷え、ぶるっと震えが来た。

壁の時計を見上げる。九時をわずかに過ぎている。千秋はとうとう心を決め、肩にかけていたバッグを下ろして部屋の隅に置いた。

今夜はもう、帰れなくなってもいい。この部屋で健介を待とう。とにかく彼の顔を見て、声を聴くまでは、このまま帰れるわけがない。明日の朝、それこそ始発が動いたら自分の部屋に戻り、急いで着替えてから出勤すればいい。一晩くらい寝なくたって死にはしない。

決めてしまうと、少しだけ気持ちが落ち着いた。

そうとなれば、まずは掃除からだ。ベランダのサッシを全開にし、キッチンへ行って外廊下側の窓も開け、風を通す。

ぷん、と腐臭がしたので見下ろすと、流しの中は汚れた食器で満杯だった。こびりついているくらいならまだしも、カビの生えたものまである。

「ちょっ、健ちゃん……何なのこれ」

呆れるとか、怒るとか、そんなものを通り越して、とてつもなく悲しくなってしまった。広島で創作料理の店を出している彼の両親が、息子のこんな台所を見たらどう思うだろう。両手で口元を覆ったまま、千秋は天井を仰いだ。

美味しいものが好きで、食べることが好きで、もとはといえばそれが縁で話が合い、付き合い始めた二人だった。この部屋では千秋が料理を作ることが多かったが、そんな時、片付けは必ず健介がした。

〈チィはもういいから、ゆっくり座ってテレビでも観てな〉

そう言って、皿やグラスを一つひとつ綺麗に洗い、包丁は水気を拭い、鉄鍋には油を引いてからしまっていた。それなのに——。

無理やり気を取り直し、千秋はまず、流しの洗いものに取りかかった。前に来た時、戸棚に片付けてあった自分のエプロンをかけ、ゴム手袋をはめ、こびりつきのひどいものは湯に浸し、カビの付着していたものは何度もくり返し洗い流し、最後に熱湯をかけて消毒する。

その間も、何度となくスマホを確かめるのだが、健介に送ったメッセージはいっこうに既読にならない。きっとまだ仕事中なのだろう。例によって忙し過ぎて休憩も取れずにいるのかもしれない。

流しが片付くと、今度は分別ゴミの袋を手に六畳間へ行き、仕事関係の本や書類以外の、明らかに要らないものをどんどん放り込んだ。畳に積み上げられたり、そのへんに散乱している服は、一つひとつ匂いを嗅いで仕分けし、結局のところほとんどを洗濯機に放り込んで回す。

シーツと枕カバーもはがし、押し入れにしまわれたままだった洗濯済みのものと取り替えようとしてふと気になり、布団を持ち上げてみると案の定、畳にも黒いカビが生えていた。もう、驚かない。固く絞った雑巾で畳を拭き、除菌スプレーをかけてまた拭きあげる。布団のほうは近々、晴れた日中にもう一度来て、ベランダに干すしかない。

夜遅いので掃除機はあきらめ、見えるゴミや埃だけをほうきで掃き集めて雑巾がけをする。ようやく千秋が人心地ついた時には、壁の時計は十一時を回っていた。

汗だくの、ふらふらだった。シャワーを浴びたくてたまらなかったが、万一、その間に健介が帰ってきたりしたらと思うと踏ん切りが付かない。だいぶ綺麗になったキッチンで、お茶を淹れてすすり、痛む腰を伸ばそうと畳に仰向けになる。

次に彼から連絡があったなら、その一瞬を絶対に逃してはいけない——そう思ってしまうのはなぜなのだろう。強迫観念からか、何度か着信音を聞いたように思い、確かめるたびに空耳であったとわかってがっかりすることをくり返すうち、張り詰めていたようでもいつのまにかふっと睡魔に持って行かれたらしい。

飛び起きると、時計は十二時を指していた。目が覚めたのは、外が騒がしくなったせいだ。廊下の外、というより下の駐車場で、誰かが大声でやり取りしているのが聞こえる。喧嘩だろうか。見に行くのも怖くて耳を澄ませていると、やがて救急車のサイレンが近づいてきて、すぐ外で止まった。

まさか、健介が下の道で交通事故に遭ったなんてことは……。

もどかしさに蹴躓きそうになりながら玄関を出ると、隣のドアの前に中年の男がいて、廊下から首を突き出し、下の駐車場を見下ろしていた。

救急車の赤いライトがぐるぐると回り、近所から集まった野次馬たちを照らしている。どの顔も、返り血で染まったかのようだ。

「なーんか、落っこちたみたいなんだよねー」

もっさりとした中年男が、千秋のほうを見もせずに言った。

「落っこちた……？」

「うん。だからほら、要するに、飛び降り？」

千秋は息を呑んだ。

「そこの外階段を上ってって、柵を乗り越えちゃったみたいでさ。わかんねえなあ。自殺なんかするヤツってさ、どういう気でいるんだろうね。おたく、わかる？」

「……いえ」

「だよなあ。死んじゃったら何もかもおしまいだもんなあ。ほーんと、やめて欲しいよ。死ぬのは勝手だけど、どっかよそでやってくれっての、気色悪い」

聞いていられなかった。文字通りの高みの見物を決めこむ男の口ぶりが、回転する救急車の赤色灯と相まってあまりにも禍々しく響く。何も言わずに再び玄関を入り、内鍵をかけた。

自殺。こみ上げてくる嫌な想像を、懸命に打ち消し、ふり払う。自分にとっても、きっと健介にとっても、〈死〉などどこまでも遠い、はずだ。隣室の男が言っていたことにもひとつだけ真実がある。何があろうと、死んでしまったらおしまいではないか。

一人が心細くてたまらない。どうして健介はなかなか帰って来てくれないのだ。

送ったＬＩＮＥのメッセージは、いまだに既読にならない。どうせ電話には出ないだろうとわかっていたが、後で着信に気づいてくれればと、もう一度かけてみた。

と、すぐ近くから着信音が鳴り響き、千秋は悲鳴をあげそうになった。

　　明日はもっといーいぜ
　　未来はずっといーいぜ

一瞬、自分の携帯が鳴っているのだと勘違いした。もちろん、そうではない。部屋のどこかから響くメロディは、千秋が今かけている電話に応える呼び出し音だ。

「うそ……健ちゃん、携帯持ってってないの？」

音を頼りに這いずり回って探し、間もなく見つけた。炬燵テーブルのそばに積み重ねられた本の陰に、見慣れた健介のスマホが転がっていて、着信画面には「チィ」の文字が浮かび上がっている。千秋が電話を切ると、メロディも止む。

なんだ、そうだったのか。スマホを忘れて仕事に出かけたなら、メッセージが未読のままなのも電話に出ないのも当……然……。

いや、そんなはずはない。違う、そうじゃない。だって、夜八時過ぎには彼から、〈ごめん〉とＬＩＮＥが届いていた。ということは、もしかして彼は、仕事の後で一旦この部屋に帰ってきて、それからまたどこかへ出かけたのだろうか。スマホを忘れて？　あるいは、あえて持たずに？

頭が混乱して、何が何だかわからない。拾い上げた健介のスマホを手に、途方に暮れていた時だ。

大音量で玄関の呼び鈴が鳴り、千秋は今度こそ悲鳴をあげて飛び上がり、スマホを取り落とした。

「け……健ちゃん!?」

つんのめるように立ち上がり、玄関へと走りながら、

(おかしい、健ちゃんなら鍵を開けて入ってくる)

そう思った気がする。それでも開けずにはいられなかった。

ドアの外に立っていたのは、二人の警官だった。若いのを後ろに従えて、いくらか年配のほうが、険しい顔で切りだす。

「夜分、すみません。藤井健介さんのお宅でしょうか」

全身の毛穴がぎゅっと収縮し、またどっと開く。心臓が痛いほど暴れだし、引き攣れる。

「……そうですけど」

「失礼ですが、お宅さまは？」

「い……伊東と申しますが」

「藤井さんのお身内ですか？　それともご友人か何か？」

きぃーんと耳鳴りがしてきた。相手の声も、外の物音も遠くなる。警官たちの後ろから覗き込もうとしている顔は、さっきの隣の男だ。

「友人、です」

「もしかして、お身内の方の連絡先などはご存じないですかね」

「どうし……あの、どういうことなんでしょうか」

訊く声がひゅうひゅうと掠れて、自分の耳にも聞こえない。

千秋の様子をじっと窺っていた警官が、ようやく言った。

「じつは先ほど、このアパートの六階付近から、飛び降りがありまして。残念ながら発見された時にはもう亡くなられていたんですが、所持品や、それに近所の人の証言からおそらく、こちらの藤井健介さんではないかと。こんな時にたいへん恐縮ですが、もし近しい間柄でいらっしゃるなら、少しご事情をお伺いして、できればご本人かどうかの確認にもご協力頂けると助かるんですが……」

そのほとんどは、耳に届かなかった。

最後まで聞くよりも前に、千秋は気を失っていた。

11

〈チィ……〉

　呼ぶ声がする。

〈起きろって、チィ。終電に遅れるぞ〉

　大好きなひとの声は、いつも耳に優しい。揺り起こそうとしながらも、本当は彼だって帰したくはないのだ。

　よかった、と目を閉じたまま千秋は思った。さっきまで、とても怖い夢を見ていた。彼が遠くへ行ってしまう夢だ。追いかけようとしても広い背中は闇の中をどんどん遠ざかるばかりで、呼んでも、呼んでも、ふり向いてくれない。必死に走っているのに脚は重くてちっとも前へ出ず、ぜいぜいと息ばかり切れる。そうしてやがて、ふっと彼の姿がかき消えた。名前を呼びながらようやくその場所までたどり着いてみると、足もとでいきなり地面が終わっていた。眼下には、底なしの、真っ暗なクレバス。まさか、彼はここから落ちたのだろうか？

〈け……、健ちゃん！　健ちゃあああん！〉

絶叫はしかし、言葉にならなかった。自分のものとも思えない、まるで男のような唸り声をあげて目覚め、ああ、よかった、夢だった、と安堵した——はずだ。

おかしい。そのとき目が覚めたのなら、いま自分がいるここはいったいどこなのだろう？

「千秋さん」

聞いたことのある声がする。控えめに肩をつかんで揺り起こされる。

「千秋さん、しっかりして」

ゆっくりと、まぶたを押し開ける。眩しい。

「ああ、よかった、気がついて」

間近にある顔にようやく焦点が合う。記憶にあるよりも化粧が薄いせいで、一瞬、誰かと思ってしまった。

覗き込んでいたのは、健介の母親の比佐子(ひさこ)だった。抜けるように白い肌に、喪服の黒がくっきりと残酷に映える。かがみ込む彼女の後ろからは、同じく喪服の父親・武雄が心配そうに見下ろしている。

「……ごめんなさい！」

慌てて身体を起こしたが、たちまちくらりと眩暈に襲われ、手近なものにすがる。長椅子の背もたれだ。合成皮革の手触りがべたべたする。無機質な床の白っぽさが目に刺さる。

「すぐ起き上がっちゃいけんよ」

比佐子が優しい声で言う。

「いえ、大丈夫です」

嘘だ。少しも大丈夫ではなかった。健介は、ついさっき、煙になってしまったのだ。

いや、煙ですらない。最近の炉はあまりに高性能で、煙突の先から空高くのぼってゆくはずのものさえ見えなかった。せめて立ちのぼる熱の揺らめきだけでも、と目をこらすうちに、ふうっと気が遠くなった。二日前、警察官たちの前で倒れてからは懸命に気を張っていたのに、これで二度目だ。

眼窩の奥が引き攣れるように痛い。ぎゅっと目をつぶる。

両親と、千秋と。たった三人だけの寂しい葬儀だった。故郷広島の親戚はともかく、友人知人に報せれば、健介が飛び降り自殺で亡くなったという事情を伏せることはできないだろう。大勢を呼んでの葬儀でなければ、わざわざ遠くまで遺体を運ぶ必要もない、東京でいい。父・武雄の判断だった。

「すみません。私……」

「いいのいいの、そんなこと気にせんと。こっちこそ、こんな辛い思いさしてごめんなあ」

逆にいたわられ、涙が噴きこぼれそうになるのをぐっとこらえる。誰より辛いはずの両親がこうして気丈にしているというのに、自分が倒れてどうしようというのだ。たまらなく恥ずかしい。

「大丈夫かい。私らだけでやってこようか」

武雄が、低い声で問う。

「いえ。ご一緒させて下さい」

脚に精一杯の力を入れて立ちあがる。焼きあがった灰の中から健介のお骨を拾うのを、二人は待っていてくれたのだった。

二日前、八月五日の未明。

警察署で千秋は独り、もの言わぬ健介と対面した。

〈六階からの飛び降りでしたので、正直、辛いお姿かとは思いますが〉

白い布を取りのける前に、大丈夫ですかとしつこく念を押され、できるかぎり心の準備をしてから顔を見たのに、衝撃で膝が砕けた。

広島から武雄と比佐子が駆けつけるのは、どんなに早くとも昼になる。それまでの間は、だから千秋が事情をあれこれ訊かれることとなった。

最近、何かに悩んでいるような様子はあったか。死にたいとほのめかしたことはなかったか。最後に連絡を取ったのはいつだったたか。会ったり話したりした時、ふだんと違う様子には気づかなかったか。

責められている——気がした。訊くほうにそんな意図などないことはわかっていても、どうしてもっと早く異変に気づかなかったのだ、いちばん近くにいたお前さえちゃんとしていればこんなことは避けられたのではないのかと、暗にそう言われているように思えてしまってたまらなかった。

広島の実家の連絡先も訊かれた。まさか両親に報せないわけにはいかない。深夜に鳴り響く電話で突然この事実を聞かされる二人の気持ちを想像すると、心臓を引きちぎられる思いがした。頑固で寡黙な父親と、いつも明るい母親の顔を思い浮かべて、千秋は泣いた。

変わり果てた健介との対面がどれだけの衝撃をもたらすかは、身をもって知っている。

「もう、本人だってことははっきりわかってるじゃないですか」

両親が到着したらもう一度確認してもらうと言う係の警官に、千秋は懇願した。

「私がこの目で確認したんですから……藤井健介であることに間違いはないですから、もういいじゃないですか。この上、どうしてご両親にまでこんな思いを味わわせなくちゃいけないんですか」

正直なところ、健介の姿を見るなり、うっと呻いて目を背けてしまったのだった。誰より愛しい、誰より逢いたかったひとのはずなのに、そういう自分が許せなかった。同じ思いをあの両親に味わわせるのは、あまりにむご過ぎる。

お気持ちはお察ししますが、と警官は言った。身内による確認はやはりどうしても必要なのだと言う。

「ご両親もおそらく、ご自分の目で確かめないことには受け容れられないでしょう」

そう言われてしまえば、その通りなのかもしれないと思った。

いずれにしても、彼らが来るまで健介をひとりにしておくことはできない。自分がついていなくては、と思う以上に、千秋自身がとうていそばを離れることなどできなくて、朝一番で会社にとりあえず病欠の連絡を入れた。

健介のもういない世界で、そんな事務的な電話をしている自分、つかの間でも平静を装えている自分が信じられなかった。わずかな刺激がいちいち針になって突き刺さるかと思えば、白い繭にくるまれているように何もかもが遠い感じもする。世界との距離の取り方がわからない。

休むとなれば、どうしても同僚に皺寄せが行く。必要なことを伝えるのに、中村さと美にも電話をかけた。いつもと変わらぬ明るい声を聞いたとたん、張りつめていた気持ちがゆるんで思わず涙声になってしまい、問い詰められて、彼女にだけは事情を打ち明けた。

「嘘、でしょ」

言うなり、さと美は絶句した。

「ごめんね。他のみんなや鷹田課長には内緒にしておいて」

そう頼むと、さと美はようやく気を取り直して言った。

「詳しいことは落ち着くまで訊かないでおくけど……一応、課長にだけは話しといたほうがよくない？　だって千秋、明日からすぐまた会社に出て来られんの？　まともに仕事できるはずないじゃん。だいたい、昼には向こうの両親が上京して来るとしたって、さっさとバトンタッチして後は知らん顔ってわけにいく？　いかないでしょうが」

さと美の言う通りではある。けれど、近親者ならともかく、ただの交際相手が亡くなったからという理由で忌引きなどは取れない。血の近さは考慮されても、心の近さはなかったことにされてしまうのだ。

「千秋さ、いま何か緊急の案件とか抱えてる？」

ここ数日はふだん通りの営業回り程度だが、来週半ばにデパ地下の〈秋の食品フェア〉の打ち合わせを控えている。そう伝えると、

「わかった。とりあえず任せて。鷹田課長には私から事情を話して相談してみるから。口止めもしとくし、その結果もまた連絡するよ」さと美はきっぱりと請け合った。「それより千

秋、大丈夫？　頼むから、あんたまで変なことにならないでよ。この際、取れるようなら溜まってる有休取ってさ、ちゃんと休んで、態勢立て直してから来なよ。でないと今度はあんたがまいっちゃう」

警察署に二人の訪問者があったのは、そのすぐ後だ。当然ながら『山背』にも連絡が行ったらしく、営業本部と人材教育部、それぞれの部長が青い顔で駆けつけてきたのだった。

言ってやりたいことは山のようにあるが、自分はその立場にない。食ってかかりそうになるのを奥歯を噛みしめるようにしてこらえながら、千秋は、彼の両親が昼過ぎには上京して来るはずなのでもう一度来てもらえますか、と伝えた。

さと美からの電話は、それから一時間ほど経ってかかってきた。

「鷹田課長がね、『とりあえず親戚の子どもから麻疹（はしか）をうつされたことにしておくから、一週間くらいは必ず休みを取るように』って。麻疹、ってとこがかえってリアルでしょ。さすがにインフルエンザは季節外れだと思ったみたい」

心配してたよ、課長。さと美はそう言って、慰めるように続けた。

「だからさ、後のことは気にしないで、とにかくゆっくり休みな。自分が抜けたら何も回らないとか思っちゃ駄目なんだからね。逆に、自分が抜けても何も変わらないのか、とか思うのもナシ。もともと同僚なんてもんはさ、こういう時にお互いカバーし合うためにいるんだから、どうしようもない時は遠慮しないで甘えればいいんだよ」

ありがとう、と千秋は言った。こらえきれずに泣きながら、心の底から言った。親身に言ってくれる言葉の一つひとつが、どれだけ嬉しかったかしれない。

健介の職場には、こんなふうにそばで力強く支えてくれる同僚や友人がいなかったのだろうか。きっと、そうだ。スタッフが何人いようが、本音をさらけだして悩みを打ち明けたり、助けを求めたりできる相手は誰もいなかったのだ。

だったらよけいに、自分こそが彼にとってのそういう存在にならなくてはいけなかったのに。どれほど後悔しようと、健介はもう二度と戻ってこない。

広島から今こちらへ向かっているはずの彼の両親に、どう詫びていいのかわからなかった。あなたがついていながらどうして、と詰られたとしても、返す言葉はない。

千秋にはとうてい想像できなかった。警察から電話で報せを受けた後、健介の両親はどうやってその事実を呑みこんだのだろう。自分など、部屋のすぐ外で死なれ、遺体を確認した後でさえ、まだ受け止められていないのだ。言葉だけで聞かされたところで、すぐに信じられるわけがない。たった一人の息子、それも、親父の店を継いで大きくするのだと張りきって、そのために東京で頑張っていたはずの息子が、いったいなぜ飛び降り自殺などという道を選んだのか。取るものも取りあえず、朝一番の飛行機に乗ってこちらへ向かう間も、二人は、どうか何かの間違いであって欲しいとひたすら祈っているに違いない。

　しかし、昼過ぎにようやく到着した健介の両親は、千秋を追い詰めるような言葉など何ひとつ口にしなかった。ただ、千秋の蒼白（そうはく）な顔を見た瞬間、武雄は悲痛なあきらめの表情を浮かべて頷き、比佐子の頰は引き攣って歪んだ。

　担当の警察官に案内され、安置されている遺体と対面する。外の廊下で待つ千秋の耳に、悲鳴のような比佐子の泣き声が聞こえてきた。

「け……んすけぇ！　け、んすけぇ！　どうして……どうしてこんなことぉ！」

　やがて、泣き崩れて歩けない妻を支えるようにしながら部屋から出てきた父親の武雄は、口を真一文字に結んで何かをぐっとこらえ、千秋に向かって言った。

「あんた一人、辛い思いさせて、すまんかったなあ。健介に付いててやってくれて、ありがとう」

　こらえきれなかった。千秋は、とうとう、声をあげて泣いた。比佐子と抱き合い、お互いにすがりつくようにしてごうごう泣いた。

　薄く細い比佐子の肩を抱くうちに、こんなにもひどい思いをご両親に味わわせるなんて、と、初めて健介に対する強い怒りがこみ上げてきた。

　どうしてよ、健ちゃん。どうして思いとどまってくれなかったの。なんでもう一度、相談してくれなかったの。そんなに辛かったのなら、私が言ったとおり会社なんか辞めちゃえばよかったじゃない。死ぬ気になったら他に何だってできたはずじゃない。

しかし、どんな言葉も願いも、すでに死者には届かないのだった。遺された者は、この暴力的なまでの理不尽さに、ただただ耐えるしかない。突然もたらされた現実を、黙って呑み下す以外に何の術もないのだ。

ようやく女たちがいくらか落ち着きを取り戻すのを待って、武雄は、なぜこんなことになったのか、何か心当たりがあるなら教えて欲しいと言った。

千秋が、とりあえず自分の知っている限りのことを打ち明けると、二人は絶句して顔を見合わせた。

「じゃあ……あの子は、会社に殺されたってことかい」

比佐子が呟く。

「それは、まだはっきりとはわからないですけど……」千秋は言った。「でも正直、私にはそうとしか思えないんです。ほんとに働きづめで、お休みなんか全然なくて……。彼、お二人には、仕事のこととか何も話してなかったですか？」

「そんなもん、なーんにも」

唇が震えている。息子を思い起こすたびにこみ上げてくるものを必死にこらえているのだ。

「先週末に私から電話かけた時、あの子の返事があんまり薄ぼんやりしとるけん、あんた身体は大丈夫かいって訊いたのよ。そしたら、心配いりゃーせんって言いよるし……ここんとこ忙しゅうてろくに寝られてないけぇ、眠たいだけじゃ、って」

そうして、自分のほうからすぐに電話を切ってしまったという。これまではまず無かったことで、ふだんなら母親のくだらない長話にも苦笑しながら付き合ってくれる息子だけに、おかしいとは思ったのだ、と比佐子は言った。思ったけれど、寝られていないならとにかく休ませなければと、それ以上は電話をしなかった。それが最後になった。

「あの時、もっぺん電話して無理にでも話を聞いてやっとりゃあ……それか、黙ってこっちに様子見に来とったら、こんなことにはならんかったかも……」

夫の腕をきつく握りしめる比佐子に、

「それはきっと、違うと思います」千秋は言った。「おばさまがたとえ不意打ちでこっちにいらしてても、健ちゃんのことだもの、無理にでも元気なふりをして、心配かけまいとしたはずです。私に対しても、もうずっとそうでしたから」

比佐子の後悔は、そのまま自分の後悔だと千秋は思った。

いや――そうではない。自分のほうが、はるかに罪が重い。

〈疲れた〉

ＬＩＮＥでそうくり返し、憔悴しきって、ついには自ら死を選ぶほどにまで追い詰められていた健介に向かって、自分はあの時、何を言った？

〈健ちゃんだったら大丈夫。絶対、自分の壁を乗り越えられるよ〉

〈今度は、健ちゃんが頑張ってみせてよ〉

返事をしない彼に宛てて、ＬＩＮＥでまで書き送った。

〈明日も頑張って！〉

〈今日も暑そうだけど、頑張って〉

どんなに本気で心配していようが、所詮は他人事としか思えないようなそんな軽い言葉で、なおさら彼から逃げ場を奪い、追い詰めたのは自分ではなかったか。それどころか、もしかして——最後に六階から地面を見下ろす健介の、もうこれ以上何をどうやっても頑張れなくなってしまった背中を後ろから押したのは、いちばん近しい恋人であるはずの自分からの、ああいう言葉だったのではないのか。

最後に逢った日を思い起こす。布団をかけて、頭を撫でてくれた健介。彼のほうが何十倍も、何百倍も、疲れきっていたというのに。こんな別れになるとわかっていたなら、他にできることがいくらもあったかもしれないのに。

健介の両親と千秋、三人が黙ってしまった時だ。まるで見計らったかのようなタイミングで声をかけてきた者がいた。

目を上げると、午前中に一度やってきた『山背』の営業本部長と人材教育部長だった。

斎木と名乗る営業本部長は、武雄と比佐子に向かって頭を下げて言った。

「今朝ほど、我が社のほうにも報せがまいりまして……このたびは、息子さんが大変残念なことに」

どうやら一旦会社へは戻らず、近くのどこかで時間をつぶしていたらしい。斎木の口から微かに漂ったニンニクの匂いに、千秋はカッと身体が熱くなった。

よくもまあ、昼食などが喉を通ったものだ。健介をあそこまで追い詰めたのはあんたたちのくせに。さんざん、使うだけこき使って、見殺しにしたくせに。

「ご愁傷様でございます」

紋切り型の挨拶を口にした沼田という人材教育部長が、千秋と目が合ったとたん、狼狽えたように顔をそむける。自分で思う以上に、激しく睨みつけていたようだ。

なんとかして感情を抑えようと、千秋は奥歯を嚙みしめ、唇を固く結んで、鼻から息を吸い込んだ。口を開けるわけにはいかない。開けたとたん、ありったけの非難と呪詛がほとばしり出て止まらなくなりそうだ。

二人の部長が、それぞれ胸ポケットから名刺入れを取り出す。ことさらに沈痛な面持ちを浮かべる彼らは、千秋の目には三文芝居を演じているようにしか見えなかった。

名刺を受け取ろうとした父親の武雄が、わずかに顔を後ろへ引き、眉をひそめながら斎木と沼田を凝視する。おじさまも気づいたんだ、と千秋が直感するより早く、

「ほう。昼は餃子（ギョーザ）ですか」

ギクッとした斎木が、「いや、これは」と言いかけたものの慌てて口をつぐみ、一歩後ろへ下がる。さすがは料理人の鼻だ。そう言われてみればたしかに、ニンニクのほかに肉やネギや搾菜（ザーサイ）の匂いも入り混じっている。

「ま、部下の一人が勝手に自分で死によったからというて、昼飯を食っちゃいかんという法はなかろうし、それが餃子でもしょうがない」

まるで拾った紙くずのように名刺を眺めながら、武雄はゆっくりと言った。非難の色などまるで感じられない、静かで平板な物言いだ。

「じゃけどね」

目を上げ、武雄は斎木をまっすぐに見た。すぐ隣に立つ比佐子が、夫の上着の裾をぎゅっと握りしめる。彼女の横顔も蒼白だ。

「じゃけど、あともうちょっとでも、あんたがたが人の心を思う気持ちを持っとりんさったら、せめて今日ぐらい餃子は遠慮するじゃろうね」

「いや、それについてはおっしゃるとおりです。ご気分を害してしまいまして、大変申し訳ございません」

人材教育部長の沼田がせわしなく言って、不自然な髪型の頭を下げる。千秋は、眩暈がした。ずれている。かつらが、ではなく物言いがだ。

同じことを感じたのか、比佐子が食ってかかった。

「そんなことを謝ってもらいたいんじゃないです。どうしてあの子がこんなことになったんか、それを教えて下さい。今この人から聞いたら、お休みもろくにもらってなかったそうじゃないですか」

この人、といきなり指を差され、千秋は身を硬くした。斎木と沼田の怪訝そうな視線が自分に集まる。

「……失礼ですが？」

探るように斎木に訊かれ、ほかに答えようもなくて、〈健介さんの友人です〉と言いかけた時だ。一瞬早く、比佐子が答えた。

「息子の婚約者です」

息を呑んだ。顔を上げたとたん、比佐子と視線が絡む。

「そうでいらっしゃいましたか。それは大変失礼いたしました」

二人は、千秋にも名刺をよこした。性懲りもなくくり返される、学芸会めいた悲痛ぶりっこ、遺憾ぶりっこ。こちらもバッグから会社の名刺を出して渡しながら、とうとう我慢できなくなってしまった。

「私、亡くなった健介さんからいつも聞かされていました」

斎木が黙って眉を上げる。後には引けない。千秋は言った。

「おたくの会社が、ふだんから社員にどれだけ無理なことを強制してるか。あと、彼の配属された店舗が、どんなに過酷でめちゃくちゃな労働環境のままやらされてるか。そういうこと全部、彼の口からはっきり聞いてます」

いくらかの脅しも込めて、あえて強い言葉をぶつけたのだが、はたして斎木は動じもしなかった。

「お辛いお気持ちはお察しします」相変わらず芝居がかった同情の面持ちで、斎木は言った。「しかしですね、こう申しあげては何ですが、藤井くんと同じような環境や条件で働いている他の社員は大勢いましてですね。今のところ彼らから、特に深刻な不満の声は上がってきていないんですよ。何か思うところがあればすぐ、上司なり同僚なりに相談するよう、ふだんから徹底指導しているからかと思、」

「待たんかい」

遮ったのは、武雄だった。いちだんと低い声だ。

「なんねぇ、その言いぐさは。つまり、こういうことかね。自殺するようなやつのことは知らん、と。会社のために身を粉にして働いて、疲れきってぼろぼろになって死んでも、それはたまたまそいつの心が弱かったからで、他の社員は今のところ死んどらんのだから会社には何の責任もない、と。あんたがたが言いたいのはそういうことかね」

「いや、そういうふうには申しあげておりません」

沼田部長がまた慌てたように言う。そうではありません、とは言わないところが姑息きわまりない。

「私どもとしましても、今回のことは心から残念に思っております。ご子息が、まさかその、自殺してしまうほど精神的に追い詰められていたとはまったく認識しておりませんで……」

「追い詰めたのは誰ね！」比佐子が叩きつけるように叫んだ。「あんたがたでしょうが！よくも他人事みたいに言いんさるわ」

「や、しかしですね」

「あの子はねえ、昔っから、どんな時でもまっすぐ前を向いとるタイプじゃったですよ。どうしようもないことでくよくよ悩んだりなんか、いっぺんもせんかった子じゃけえね」

自分もまっすぐに相手を睨みつけながら、比佐子が続ける。

「その健介が、自殺？　絶対ありえんと思うたですよ。何かの間違いじゃ、間違いに決まっとると思いながらここへ来て、もの言わんあの子を目の前にしてもまだ信じられんかったですよ。こんなことしたら私らがどんだけ悲しむかわかっとって、それでも高いとこから飛び降りるなんて馬鹿げた真似……よっぽどぎりぎりまで追い詰められて何もわからんようになった末に、ふらふらーっと魔が差したとしか思えん。私らが訊きたいのはね、そんなことになるまで、あんたがたの会社はいったい何をしとったのか、いうことです」

「いやまあ、お気持ちはわかりますが」と、斎木がくり返す。「そう一方的に決めつけられましてもね、お母さん」

「誰があんたのお母さんじゃ、気安く呼ばんとって！」

食ってかかる比佐子を、武雄が制した。

「とにかく、こうなった以上、会社には説明責任というもんがあるはずじゃろう。あんたがたの言い訳や憶測なんぞ聞いとらん。せがれが死なにゃならんかった理由について、きっちりと納得のいく説明のできる人間を連れて、もういっぺん出直してもらおうか。あんたらじゃあ、話にならんけぇのう」

そうして、両部長が帰っていった後、両親は初めて、健介の暮らしていた社宅を千秋とともに訪れた。

すでに警官たちは部屋の検分を済ませ、遺書の類いはないが事件性は薄いことを確認していた。健介の死はやはり自殺として処理され、このままいけばこれ以上、警察の介入はないとのことだった。

「あの子は、毎日こっから通っとったの？」

ゴトゴトと揺れる古いエレベーターを四階で下りると、あたりを見回しながら比佐子は訊いた。空は晴れ、外廊下の向こう、うっそうと茂った並木越しに入道雲が湧き上がっているのが見える。

「こっからお店まではどれくらい？」

「すんなり行けたとしても、四十分以上はかかります。会社の決まりでは、社宅は三十分以内のところろっていう約束みたいなんですけど」

武雄が立ち止まり、外階段のほうをじっと見ている。比佐子もそちらへ目をやり、とたんに細い喉元を引き攣らせた。

六階といえば、この建物の最上階だ。自分の部屋がある四階ではなく、わざわざ一番高いところまで上がっていった健介の心中を思うと、千秋は冷静ではいられなかった。目を背け、彼の部屋のほうへと二人を促す。

「問題は、仕事が終わったあとの帰りで……たとえ早番の時でも、後始末とかが長引いて終電がなくなってしまうと、次に始発が動くまでの間、お店で無駄に時間をつぶさなくちゃいけなかったんです」

「そんな……それでのうても、くたくたに疲れきっとるじゃろうに」

「ええ。たまのことだろうと思ってましたけど、今になって考えたら、健ちゃんが私に言わないようにしてただけで、実際には頻繁にあったんじゃないかって。こんなの、今さらですけど」

合鍵を取り出し、鍵穴に差し入れて回す。なじんだ感触に、手が震えた。

部屋に入った健介の両親は、しばらくの間、ただ無言で立ち尽くしていた。千秋も同じだった。前夜遅くまでここにいたはずなのに、まるで何十年も昔のことのように思える。

手前のキッチンスペースに立ちすくんだまま、見えない影を追い、聞こえない声に耳を澄ませていると、やがて母親の比佐子がぽつりと言った。

「まだ、あの子の匂いがしよるねえ」

たちまち、喉が笛のような音をたてそうになった。千秋は、口に手を当ててこらえた。自分が泣いたりしたら、二人はきっと立っていられなくなる。泣くのは後からだってできる。

今だけはしっかりしろ。

「思っとったよりは、きれいにしとるな」

と武雄が呟く。

どうするべきかと迷ったが、必要なことのような気がして、千秋は言った。

「それが……昨夜私が来た時は、こうじゃなかったんです。あの、べつに私が掃除しておきましたなんて言いたいわけじゃなくて」

「わかっとるよ、それは」比佐子がうっすら微笑する。「どんなふうじゃったの？」

「何ていうか、ちょっと信じがたいような有り様でした。ふだんから几帳面なひとのはずなのに……言葉はよくないですけど、正直、ゴミ溜め、みたいな」

二人ともが揃って眉根を寄せ、顔を見合わせる。

「いつもは、違ったんよね？」

「ええ。掃除も洗濯も、溜め込んだりしないでちゃんとする人でした。料理だってたいていは自分でしてたし、洗いものだって……。カップ麺やコンビニ弁当ばっかり食べてると舌がバカになるからって、あんなに嫌ってたのに」

昨夜ここへ来た時の状態を、千秋は二人に話して聞かせた。

これが突然の事故死や病死だったなら、故人の恥とも言えることは自分の胸だけに納め、両親には伏せておいただろう。けれど、事が事だ。健介が自ら死ぬことを選んだ原因がもし、積もり積もった過労なのだとしたら、昨夜のあの部屋の惨状はひとつの〈証拠〉ともなるのではないか。

「ありえんじゃろ」

怒ったように言った武雄が、びくっとなった千秋を見て慌てて言葉を継ぐ。

「あ、いや、千秋さんを信じられんと言うとるんじゃないですけえ。ただ、健介のやつがスナック菓子やらカップ麺やらを食い散らかしとったというのが、本来ならありえん話じゃと思えてならんのです」

ほんとにねえ、と比佐子も言った。

「ちっちゃい頃からあの子、合成調味料の味が好かんみたいで、おやついうたら私の作った大学いもやら、せいぜいお煎餅しか食べんかったんよ」

「わかります。今だってそうですよ」

思わず言ってしまってから、千秋ははっとなって口をつぐんだ。

後を続けられずにいる千秋の背中を、比佐子がぽんぽんと撫でる。

「ありがとうねえ、千秋さん」

「そんな。私は何も……」

「ううん。今日、こうして私らが来た時に、この部屋がそんなひどい有り様じゃったら、きっともっと辛かったじゃろうと思うんよ。あんたがあの子を想うて、一生懸命に掃除してくれたおかげじゃ。あンの馬鹿息子……ゆうべ、まっすぐここへ戻ってさえ来とったら……」

千秋は、結んだ唇の両端にあらん限りの力をこめて嗚咽をこらえた。

昨夜、汗だくになって掃除や洗濯をしていたあの時はまだ、健介が生きてこの部屋に帰ってくると当たり前のように思っていた。まさか、すぐそこの階段から彼が飛び降りたなどとは、あるいは今この時にも飛び降りようとしているなどとは、ただのひとかけらも想像しなかったのだ。

あの時、健介のだらしなさに腹を立てながら雑巾なんか絞っていないで、もっと早く携帯を鳴らしていたら……そうしたら、すぐにおかしいと気づいて部屋を飛び出し、彼を探していただろう。運が良ければ、アパートの下で彼と鉢合わせしていたかもしれない。あるいは四階よりも上へと階段を上がってゆく彼の背中に、健ちゃん、と声をかけることができていたかもしれないのに。

「ごめんなさい」呟くと同時に、抑えようもなく嗚咽がもれた。「私が、もっとちゃんとしていたら、こんなことには……」

「そうやない、そんなこととないよ」比佐子が一生懸命に言ってくれる。「千秋さん、気にせんでええ。あんたは何にも悪うないよ。さっきあんた、警察で言うとったじゃろ。健介のこと、心配して何べんも止めたって。無理して身体まで悪うする必要はない、もうそんなに頑張らんといて、って言うてくれたんじゃろ？　それを、あの子が勝手に……」

「違うんです」

千秋は激しく首を横に振った。確かに健介のことを気遣ってきた。無理をしないで欲しいと、何度も止めた。けれど、

「私……」

声が、みっともないほど震える。でも、言わなければならない。この二人に隠しておくのはいやだ。

「私、最後の最後に、健ちゃんに言ってしまったんです」

「何て」

「が……頑張って、って。健ちゃんなら、壁を乗り越えられるよ、って」

比佐子が、開きかけた口をつぐむ。

武雄が、奥歯を噛みしめ、天井を仰ぐ。

千秋は目を閉じた。煮えるような涙があふれた。

そう、自分は判断を誤ったのだ。今からふり返れば、健介はとっくにおかしかった。正常な判断ができる精神状態ではなかった。だからこそ、たとえ無駄に思えようと何度だって彼を止めて、引きずってでも医者へ連れて行くか、さもなければいっそ両親を呼ぶかしなくて

はいけなかったのだ。それなのに、誰より彼の近くにいた自分が、最後の最後にさらなる負荷をかけてしまった。

　そうして健介は、乗り越えた。目の前に立ちはだかる壁ではなく、別のものを乗り越えて、そして――。

「いいや。それは違う」武雄が、ぎょろりとした眼をめぐらせ、部屋の中をひとわたり眺め回す。「わしら、間違えんようにせんといかん」

「……何を？」

　訊き返す比佐子に目を移し、武雄はきっぱりと言った。

「闘う相手をじゃ」

　女二人は、はっとなった。

「見たじゃろう。さっき会社の使いで来た、あいつらの態度」思い起こすと改めて怒りがこみ上げてきたとみえて、武雄は低く唸りながら言葉を継いだ。「ひとの痛みを痛みとも思わんやつらじゃ。あの連中がたまたまそうじゃったとは思えん」

　ふっとニンニクの匂いが鼻先をかすめた気がして、千秋は思わず息を止めた。慇懃無礼を絵に描いたような斎木と沼田の態度を思い返す。腹立たしさに手が震え、抑えようとすると身体が震える。

「どっちも揃って、何ちゃら部長の名刺を出しようた。つまりは、ああいう鼻持ちならん血の冷たい人間が、ことごとく出世しよるような会社っちゅうことじゃろ」

夫の言葉に、比佐子が口を結んで頷く。

「健介の阿呆には、それが見抜けんかった。じゃけど、それがあいつのええとこでもあったんじゃ。まっすぐで、人を疑わん」

「ほんまにそうじゃ。あの子はそういう子じゃった」

その通りだと千秋も思った。たとえ相手への疑いが兆そうと、それでもまだ全身全霊で信じようと努めるのが健介だった。

「あいつは悪うない。よーう頑張った」武雄は言った。「もちろん、千秋さんも悪うない。何もあんた、もうこれ以上はどうもならん、もう動けんと弱音を吐いとる人間に向かって、無理矢理に頑張れ頑張れ言うて鞭打ったわけやなかろう？　他にどうしようものうて、ただ励ましただけじゃろ？」

「そうじゃ、ほんまにそうじゃ」

と、横から比佐子が言う。

もう、涙で前が見えない。こういう人たちに育てられたから、健介は健介だったのだと、ただ思う。

「ええか、間違えたらいかん」武雄がくり返す。「悪いんは誰じゃ？」

「あの会社じゃ」比佐子が、悔しくてたまらない口ぶりで言う。「あの人ら、健介を弱いモン扱いしようた」

「そういう『山背』のやり方と、わしらはこれから闘わなぁいかんのじゃ」

獣のように唸り、武雄はきっぱりと言った。

「あいつらに、間違いを間違いと認めさせちゃる」

三人で拾い集めた健介のお骨は、小さな骨壺におさまって、今は母親の手の中にある。焼き場の係の人は、ここが喉仏、これは腰の骨、背骨、指の骨、などと静かに教えてくれた。喉仏。

千秋は、ほんの数ヵ月前のあの春の日を思い起こした。

健介と房総をドライブしたあの日、輝く海を見渡すゆるやかなカーブで、タミオの「風は西から」を聴きながら大声で歌った。車の窓をいっぱいに開け、拳を空に突きあげた。笑い転げた拍子に車線をはみ出しかけた彼が、慌ててブレーキを踏んだのを覚えている。少し湿気のある海風に髪がなびくのが気持ちよかった。

明日はもっといいぜ
未来はずっといいぜ
魂でいこうぜ……

あの時、少し調子外れな声を張りあげていたのが、この喉仏。突きあげる拳を形づくっていたのが、この指の骨。腰の骨はといえば、ついこの間まで千秋の上でたくましく動いていたものだ。息も絶え絶えになった千秋がしがみつき、指先でなぞった隆起がこの背骨……。

あらためて現実の理不尽さに打ちのめされる。彼の死をどう飲み下せばいいのかわからない。自分もそうだが、彼の両親もまた途方に暮れているのがわかった。

それでも――。

〈わしら、闘う相手を間違えんようにせんといかん〉

〈あいつらに、間違いを間違いと認めさせちゃる〉

いま自分を立たせてくれているのは、二日前の武雄の言葉だ。

あいつら、すなわち居酒屋チェーン『山背』の社長、山岡誠一郎と経営陣。相手は見上げるような怪物だけれど、こうして遺された自分たち三人が泣き寝入りをしてしまったら、健介はとうてい浮かばれない。それだけでなく、今も健介と同じ境遇にあって辛い思いをしている人たちがまた新たに命を落とすことになるかもしれない。

まだ、具体的に何をすればいいかはわからない。けれど、たとえどんなに厳しく長い闘いになったとしても、途中で引き下がったりするものかと千秋は思った。

失うものなんか何もない。いちばん大事なものは、すでに失ってしまったのだから。

12

あの日、健介の両親は、『山背』本社からやってきた二人の部長を相手に一つの要求をした。どうして息子が自ら死ななければならなかったか、彼を追い詰めたそもそもの原因はどこにあるのか、そしてなぜ、会社はこんなことになるまで何も気づかなかったのか——。それらをきっちり説明できる人間を連れて、もう一度出直してきてもらいたい。たじろぐ部長たちを相手に、父・武雄ははっきりそう言った。

しかし、一週間が経っても『山背』からはまだ何の返事もないままだった。

「このままじゃあんまり宙ぶらりんで、何をどう納得すりゃええのかわからん。わしらはただ、きっちり謝ってもらいたいだけじゃ。筋を通して、間違いを認めて、悪いところを改善してもらいたいだけなんじゃ。それだけのことに、どうしてこんなに時間がかかるんかのう」

世間の多くの会社がそうであるように、『山背』でもこの時期、社員たちはお盆休暇を取っているのだろうが、まさかそのせいでこういった案件まで先送りにされているのだろうか。

武雄と比佐子は、広島の店を閉めて上京して来ている。いつまでも居るわけにはいかないが、せめてあと一度は先方と会ってからでないと、帰るに帰れない。その一心で、二人は健介の部屋に寝泊まりしていた。

千秋もできるだけ顔を出し、今後のことを話し合っていたが、いかんせん、自分にも勤めがある。鷹田課長は便宜を図ってくれたが、その猶予も一週間。さすがにこれ以上だらだらと休んで、同僚たちに迷惑をかけ続けるわけにはいかなかった。

「私らのことは大丈夫じゃけん。どうせ、待っとることぐらいしかできんしね」

そう言う比佐子は、この数日で、はっきりわかるほど頬の肉が落ちてしまっていた。

「ごめんなさい。じゃあ、明日からは会社へ行きますね。できるだけ早く帰りますから」

「気にせんでええ。あんたはあんたで、自分のこともちゃんとせにゃあ」

と武雄が言う。

「そうじゃ。無理して今度は千秋さんが倒れでもしたら、私らもう、どうしたらええかわからん。頼むから、無茶だけはせんとってね。約束してね」

　はい、約束します、と千秋は言った。

　健介の両親が、息子の恋人だった自分、言い換えれば恋人でしかなかった自分を、仲間はずれにしないでくれることがありがたかった。あの腹の立つ二人の部長を前にして、〈息子の婚約者です〉と、はったりにせよそう言い切ってくれた比佐子の気持ちがほんとうに嬉しかった。

　自分も一緒に闘っていいのだ。三人で、一つのチームなのだ。

　そう思えるだけで、いま生きている理由を与えられる気がする。そうでなかったら今ごろは、哀しみの重さに押し潰されてまっすぐ立っていることもできなかったろう。

　三人で得た収穫も、すでにある。少しも嬉しくはない収穫だけれど、知っておかなくてはならないことだった。

　あの晩、健介は、店長を務める店を早く上がった。こちらから訪ねて行き、古株の女性スタッフに聞いてわかったことだが、彼は急に気分が悪くなった様子で、後を皆に任せて帰ったのだという。

〈ものすごく責任感の強い店長でしたから、そんなことは、これまで一度もありませんでした。いつだって、最後まで残って仕事してるのは店長だったのに〉

宮下麻紀という名のその女性スタッフは、打ちひしがれた面持ちで言った。
〈でも、私たちが心配したら店長は笑って、一晩寝れば治るからって。明日は早く来るようにするから、ごめん、今日だけ何とか頼むって。それが、まさかあんなことになるなんて……〉

店を出てから亡くなる直前までの健介の行動を、はっきりと物語っているものがある。彼の財布に入っていた、何枚かのレシートだ。

財布そのものは、警察によれば、飛び降りた健介がうつぶせに倒れている、そのすぐそばの植え込みに落ちていたそうだ。黒い革の長財布は二年ほど前のクリスマスに千秋が贈ったもので、健介はそれを常日頃からデニムの後ろのポケットに入れていた。

母親の比佐子は、すっかり癖がついて反り返った財布をそっと撫でながら、寂しい笑みを浮かべた。

「このまんま、大事に残しとこ。あの子のお尻の形じゃけえね」

中を覗いて見ると、所持金は一万二千円と小銭が少し、ほかにクレジットカードと運転免許証。レシートの類いは、お札の隣の仕切りに数日分まとめて入っていた。

老眼で細かい字はよく見えないという二人にかわり、千秋が日付や時刻を整理した。

あの日――八月四日の夜。

気分がすぐれないと言って店をいつもよりずっと早く（麻紀がタイムカードの記録を確かめてくれたところによれば十九時過ぎに）上がった健介は、自宅の最寄り駅まで帰ってくると、まず、駅前のドラッグストアでいくつかの買い物をした。レシートに記されていた明細は、頭痛薬と胃薬、三本パックの滋養強壮ドリンク剤、歯ブラシ、単三の乾電池、それにアラームクロックだった。

「え、なんで？」

千秋が思わずもらしたつぶやきを聞きとがめ、「どしたん？」と比佐子が訊く。

「ちょっと待って下さいね」

部屋を探すと、ドラッグストアの袋は洗面所の足もとに置いてあった。中のものは薬を含めて何ひとつ開封されておらず、小さな黒いプラスチック製の置き時計もパッケージのままだった。

「どうして健ちゃん、またこんなもの」

「目覚ましが、どうかしたん？」

千秋は、部屋の隅にあるカラーボックスの棚から、同じようなタイプの白い目覚まし時計を取ってきて比佐子と武雄に見せた。

「彼、いつもこれ一つでちゃんと起きてたんです。アラームの音が鳴り始めたとほとんど同時にぱっと消して、そのまま二度寝なんてことはまずなくて」

「そうそう、昔っからあの子は寝覚めのいいほうじゃったけえ、起こすのに苦労したことなんかなかった」

「ですよね。それなのに……」

それなのにどうして、と言いかけて、千秋はふっと思い出した。

春の海辺をドライブした日。健介は寝坊をし、待ち合わせの時間に一時間も遅れてきた。それ以外にも、部屋でごろごろして一日が無駄に過ぎてしまったり、一緒にいてもふと気がつくとぐっすり眠り込んでいたり……。

今ふり返るとわかる。あの頃からすでに、健介の身体には負担がかかっていたのだ。心まではまだ侵されていなかったかもしれないが、肉体的な疲労は確実に蓄積され始めていた。

それでも彼は、遅刻をずいぶん反省したらしく、目覚まし時計ばかりでなくスマホのアラームまでセットして気をつけてくれたから、その後はめったに千秋を待たせることはなくなった。それだけ無理をさせていたのかと思うと、逢っていた時間のすべてが悔やまれて哀しさが増す。そこへ、この新しい目覚まし時計だ。

「これってつまり、今までの時計とスマホのアラームだけじゃ、まだ足りなかったってことですよね」

千秋のつぶやきに、武雄は低く唸った。

「じゃけど、逆に考えたら、あいつは明日もちゃんと起きて勤めに行く気じゃった、と。そうでもなけりゃ、目覚ましなんか買いやせんじゃろ」

「あんたの言う通りじゃ。それでなくても具合の悪い時に、わざわざ店へ寄ってまで買いよったんじゃけえ」

さらに、健介の財布の中には、コンビニのレシートも入っていた。買ったのは海苔(のり)弁当が一つと、ビールが二缶だ。

ドラッグストアのレシートに記された時間は、19:51。

コンビニのほうは、20:57。

打刻の時間を突き合わせると、一時間以上の間が空いている。おそらく健介は、ドラッグストアを出て一旦帰宅し、部屋の洗面所に購入品の袋を置き、しばらくしてから再び出かけたものらしい。携帯を持たずに出たのがこの時だろう。

ちなみにコンビニの袋のほうは、彼が飛び降りた六階の階段踊り場に残されていた。中には手つかずの海苔弁当と、ビールの空き缶が一缶。もう一缶は、階段の手すりの上に飲みかけのまま置いてあった。

健介の、最後の姿を見た人がいる。六階の住人であるその人が、記憶では二十二時頃、五階に住む友人を訪ねようと階段を降りていく途中、踊り場の柵から外を眺めながら佇む男がいた。ビールを飲んでいたので涼んでいるのだろうと思った。床に投げ出すように置いていたコンビニの袋を、健介は「すみません」と低く謝ってどけたという。目は、合わせなかった。

警察によれば、ビールからは何も検出されなかった。健介はそれを一缶ともう半分くらい飲み、やがて柵を乗り越えて落ち、十五メートル以上も下のコンクリートに叩きつけられた。おそらくは即死。推定時刻は、住人や通行人などの証言を考え合わせると、二十二時半から二十三時半の間くらいだろうということだった。

千秋は、自分のスマホの履歴を調べてみた。

健介から、最後に〈ごめん〉とＬＩＮＥのメッセージが届いたのが、20：04。偶然にも、八月四日の夜、八時四分だ。

ということは、ドラッグストアから部屋まで帰る道筋か、部屋に入ってすぐにメッセージを送ったのだろう。その後は千秋からのＬＩＮＥを開いて読むことなく、電話にも応えることなしに、やがてスマホを置き去りにしたまま部屋を出た。

千秋にとって最大の衝撃は、自分が健介の部屋に着いて合鍵でドアを開けたあの時、つまり夜九時をわずかに過ぎた頃——彼が、ほんの百メートルほど先のコンビニにいて、まだ息をしていたという事実だった。

　あの時、自分がスーパーではなくコンビニに寄っていたら、そこにいる彼と会えていたかもしれない。ＬＩＮＥのメッセージや電話などでは通じなかった想いも、あの晩、もし顔を見て、じかに話して、抱きしめ合うことができていればきっと伝わっただろう。問題そのものの解決にはならなくても、彼を慰め、眠らせてあげることはできた。少なくとも、あの晩のうちに彼が柵を乗り越えることだけはなかったはずだ。

　今のような結果にだけはならなかった他のすべての場合を想像すればするほど、千秋はやりきれなかった。どうやって悲しんだらいいのかさえわからない。内臓を片端から引きずり出され、どこか手の届かないところに棄てられてしまったような気がした。

　警察で、一応ご確認下さい、と見せられた〈所持品〉と〈遺留品〉の中の、ビールの空き缶と海苔弁当を思い出す。その透明なプラスチック蓋の隅に貼られたラベルが、電子レンジの熱で黒く変色しているのを見た時はもう、たまらなかった。少なくともその時点での健介には、死ぬつもりなんかなかったのだ。これから死のうと考えている人間は、コンビニで海苔弁当を温めてもらったりしない。ドラッグストアでわざわざ目覚まし時計なんか買うわけがない。健介はあの晩、温かい海苔弁当を食べてビールを少し飲んだら、買ってきた薬とドリンク剤を飲んで眠り、翌朝にはスマホを含めた三つのアラームで目を覚まして働きに行くつもりだった。どんなに辛くても、ちゃんと生きるつもりでいたのだ。

「馬鹿が」と武雄は呟いた。「まっすぐ部屋に戻っとりゃあ……」

「まったくじゃ」と比佐子も言う。「せっかく千秋さんが待っててくれようたのに。なんであんなとこで飲みよったんじゃろう。夜風にでもあたりたかったんかねえ」

「あの晩は東京も、えろう暑かったっちゅうからのう」

自分の部屋があるのは四階なのに、どうして最上階の六階まで階段を上がっていったりしたのか。そこだけ考えれば彼に死ぬつもりがあったかのようだが、千秋にはどうしてもそう思えなかった。

「もしかして……下を見て、踏みとどまるためだったんじゃないでしょうか」

「え？　どういう意味？」

と比佐子が訊く。

「健介さんって、そういうところなかったですか？　すごく極端なことを試しておいて、もう一回それをするよりはましだからって何かを決心したり、あきらめたり……」

さあ、と首をかしげる武雄の横で、比佐子が、ああ！　と声をあげる。

「わかるわ。そういうとこ、小さい頃からあったあった」

「そうかのう」

「あったよ、ほれ、痛いのをぎりぎりどこまで我慢できるもんか自分をつねって試してみたり……中学生の時も急におらんようなって心配しとったら呉のほうで見つかって、自転車で一日走ったらどこまで行けるか試しとうなったんじゃ言うてみたり」

ようやく武雄も、ああ確かに、と頷く。

「なんでわざわざそんなこと、いうてこっちは不思議に思うじゃろ？　じゃが、訊くたびにあの子、言いようた。限界を知っといたら、いつかの時の役に立つんじゃ、いうて」

胸が熱くなる。健介は、小さい頃から健介だった。

「もしかしたらですけど」千秋は、考え考え言った。「高いところから下を見おろして、まさかこんな馬鹿なことはできないって確認できれば、明日も頑張れる。そんなふうに思って、あえて上まで上がったのかもしれないな、って。……でも、もともとそれほどお酒に強いほうじゃなかったでしょう？　ビールを飲んでるうちに、ふらふらっとそんな気持ちになってしまったのかもしれません。体調も悪かったわけだし」

「じゃけえ、最初っからおとなしゅう部屋に帰っとりゃあよかったんじゃ」

武雄は悔しそうに言った。今となってはどうあってても巻き戻せない時間を、誰もが巻き戻したくてたまらないのだった。

八月十七日の午後、健介の葬儀から十日が過ぎてようやく、『山背』の役員たちが社宅に両親を訪ねてきた。

前日のうちに連絡があったので、千秋も半休を取って同席していた。できればそうしてほしいと、二人から頼まれたのだ。

五日に警察署で会った営業本部長の斎木と、人材教育部長の沼田、それに初めて会う副社長の波多野。ダークスーツを着たその三人が、靴を脱いで狭い部屋に上がりこみ、健介の骨壺と真新しい白木の野位牌を前に線香を上げ、神妙に手を合わせる。

暑い夏の午後だった。エアコンのない部屋は、窓という窓を開け放ち、扇風機を最強にして回しても、なまぬるく湿った空気をただかき混ぜるばかりで少しも涼しくならない。

ややあって、斎木がファイルから一枚の文書をぺらりと取り出し、こちら向きにして畳の上を滑らせてよこした。

A4の用紙に印刷された文章は、あっけにとられるほど短い。無言で見下ろしていた父親の武雄が、やがて口をひらいた。

「わしがこないだ言うたことが、どうやらわかっとらんようじゃのう」腕組みをしたまま、目を上げて三人を順繰りに睨みつける。「うちのせがれが死なにゃならんかった理由について、きっちり説明のできる人間を連れた上で来てくれ、と言うといたはずじゃが」

今日も一目でかつらとわかる沼田部長が、ハンカチを取り出して額の汗を拭うそばで、黒々とした髪をポマードで固めた斎木本部長は表情を崩さずに言った。

「お言葉ですが、本社の誰を呼んで訊きましても、何か思い当たるところのある者はおりませんでした。藤井くんが本社にいた頃に親しかった同僚らも、本人の口から『眠い』と聞いたことはあったけれども、『疲れた』とか『辞めたい』などと言うのを聞いたことは一度もない、と。まさかああいうことになってしまうほど追い詰められているとはまったく思わなかったと、皆が申しますもので……」ため息をつき、言葉を継ぐ。「私自身、店長としての藤井くんを本社での会議に呼び寄せた時、いろいろと話を聞きましたが、その時もとくに変わった様子はありませんでしたし、引き続き店舗の営業成績を上げてゆくよう努力するということで、彼自身の同意も得られました。そんなわけで、そちらの書類にありますようなご返答となっておる次第です」

武雄が、黙りこくったまま、左隣に正座する比佐子と千秋の膝の前へ書類を滑らせる。読んでみれば、ほとんど、いま斎木本部長が言った言葉を書面にして体裁を整えただけといったしろものだった。

千秋は、怒りで手が震えた。前途ある社員の一人が亡くなったというのに、それも、自分で命を絶ってしまったというのに、よくもまあこんな無味乾燥な文章が作れるものだと逆に感動を覚えるほどだ。しかもそれを、ぬけぬけと本人の両親に突きつけてよこそうとは。

「副社長さんでしたかね」

比佐子が端然と背筋を伸ばし、波多野のほうへ目を向ける。

「あ、はい。このたびは、本当に残念なことになりまして」

五十代半ばだろうか。とりあえず、見た目は人の好さそうな男だ。白髪混じりというよりグレーに近い髪は、ついさっき床屋に行ったかのようにぴしりと整えられている。もしかすると本当についさっき行ったばかりなのかもしれない。

「藤井くんはじつに優秀な若者でした。最終面接の時のことも、私自身よく覚えております。我が社に対する夢を熱く語っておられました。それだけに、その、こんなことになってしまった今、ご両親のお気持ちを思いますと何と申し上げていいか……」

「ありがとうございます」

比佐子は淡々と言った。一つ、ふう、とため息をつく。

「じゃけど、そのお気持ちが本当にほんものじゃったら、いったいなんで今日ここに社長さんはおいでになっとらんのじゃろうね」

同じ側に座っている千秋まで、一瞬ひやりと心臓が冷たくなるほどの、きつく、容赦のない物言いだった。

「いや、それがですね」と、波多野が慌てて弁解する。「社長の山岡は、ただいま視察で海外に出張中でありまして、」

「今日どんな用事があったかなんて訊いとりゃあせん」と、横から再び武雄が引き取る。「せがれが死んでから、これで半月ほども待たされたんじゃけえ、あと一日二日と遅くなろうが構やぁせんわ。こんな梨のつぶてじゃのうて、いつ来るかの連絡さえきっちり入れてくれんさったら、こっちだって無茶な文句は言わん。お忙しい社長さんのお帰りを待って、ご都合のええ日を選んで来てくれんさったら、それでよかったんじゃありませんかのう。ちゅうか、それが人としての礼儀いうもんと違いますかのう」

「は……はあ、それにつきましては、たいへん申し訳ございません」

「それとも、うちのせがれが死んだくらいで、社長までは出てこんでええ、副社長さんで充分じゃと」

「いや、いやいやいや」

「そういうご判断じゃった、ちゅうことなんかのう？」

「いえ、ご勘弁下さい。そんなつもりはまったくございませんので」

副社長がだらだらと冷や汗をかいて頭を下げる。横合いから斎木が言った。

「お言葉ですが……山岡社長からは、ご子息のご葬儀の折に、電報でお悔やみの言葉をお送り申し上げました。ご両親のお気持ちはお察ししますし、我々『山背』としましても、心から残念に思っておりますが、かといって会社としての責任を言われてしまいますとやはり、こちらの書面にございますようなご返答をする以外にない、ということになりまして」

「つまり、あんたらの会社としては、自分とこに責任はまったくないと」

「落ち度があったとは、考えておりません」

武雄が、そして比佐子や千秋までが加わって真っ向から睨みつけても、斎木は表情を動かさなかった。

「なるほど。つまりそれが、御社の公式の見解というふうに、受け取ってよろしいわけですかのう」

「いや、あの、お待ち下さい」額と喉元の汗を拭った副社長が、早口に言葉をはさむ。「お腹立ちはごもっともです。ただ、いま斎木が申し上げましたように、私どもといたしましては、弊社に何らかの落ち度があったという認識はしておりません。とはいえ、心が痛むことに変わりはないのです。今回のご子息の一件については心から残念に思っていますし、将来ある若者の苦しみに最後まで寄り添うことができなかったという事実に関しましては忸怩たるものがあります。このたびのことをこれからの教訓にさせて頂いて、改めるべきところは改めていかなくてはいけないと、かように考えておりますので……。ご両親のお立場から、おっしゃりたいことや呑むに呑めないことも多々おありでしょうが、無駄に争って物事を大きくしてしまうよりは、できることならここは穏便にと申しますか、その……」

後はお察し下さい、といったふうに、副社長が上目遣いにこちらを見る。

武雄や比佐子があえて答えを返さずにいると、しびれを切らしたのか、再び斎木が口を出した。

「要するに、副社長が申し上げましたのはこういうことです。決して、ご子息の命に換えられるものではございませんが、弊社から相応の額の補償はさせて頂く用意があるという……ま、その、額面などにつきましてはこれから弁護士などにも諮った上でのことになってゆくと思いますが、」

「あんたら」

武雄が遮る。おそろしく低い声だ。

「何を言いだすかと思やあ、いきなり金の話か」

「いえ、お怒りはごもっともです。が、どうかここは冷静にお聞き頂けませんか。私どもとしても、何も命の問題を金銭で解決しようなどと考えているわけではありません。ただ、誠意を形にさせて頂くのに、どうしてもこれ以外の方法がないというのが現実でございますのでね」

ている。

「なんねえ、その言いぐさは」

比佐子も言った。隣に正座する千秋の肘に触れているその身体が、怒りでぶるぶると震えている。

「私らがそんなことを望んでると、あんたがた、本気で考えとるんね？　お金の話なんか持ち出すより先に、するべきことが山ほどあるじゃろが。こっちの訊いてることにひとつも答えようとせんくせに、何が誠意を形に、じゃ。あんたらの誠意っちゅうのは札束の形をしとるんか」

声の震えがひどくなり、息が乱れて、比佐子が黙る。怒りの感情があまりにも強いせいだろうか、武雄まで言葉が出ないようだ。千秋の位置からは、膝をきつく握りしめているために筋が浮き出た手の甲しか見えない。

あの手が、数々の料理を生み出してきたのだ、と千秋は思った。健介はそんな父親を尊敬し、両親の営む店を自分が継いでもっと大きくするのだという夢を抱いて東京に出てきた。大学では経営学を学び、実地の勉強のためにと居酒屋チェーン『山背』に就職してからは、誰よりも努力し、会社のために身を粉にして働いていた。

いったい誰が、こんな悲しい結末を予想しただろうか。人ひとりが追い詰められて命を落とさなくてはならないほどの状況に、どうして会社側の誰も手をさしのべられなかったのか。

ゆっくりと、息を吸い込む。

「言わせて頂いていいですか」

千秋が切り出すと、相手方の三人が驚いたようにこちらを見た。彼らだけではない。比佐子と武雄もだ。

「あなたがた、まさかとは思いますけど、お金を渡してこのままうやむやにしてしまわれるおつもりじゃありませんよね」

斎木がいちばん露骨に、鼻白んだ顔を向けてきた。負けるものかとまっすぐに見つめ返す。心臓がばくばくと暴れ、内側から背中に体当たりをくり返している。恐れや緊張のせいではない。義憤としか言いようのない激しい感情のせいだ。今まで生きてきた中で、千秋は、これほど強い感情を抱いた経験が一度もなかった。

「補償の話なんか持ち出される前に、そちらサイドできちんと調べて頂きたい問題がいくつもあります。おそらく今後も芋づる式に出てくることと思いますけど、今日のところはまず、現時点でこちらが強く疑問に思っていることから順に申し上げます」

斎木はもとより、さっきからろくに言葉を発しない沼田も、そして副社長も、訝しげな面持ちでこちらを見ている。若い女が急にえらそうに喋りだした、いったい何を言う気だ。そう思っているのがありありと伝わってくる。

「まず、一つめ。藤井健介さんが店長を務めていた店舗での、シフトの記録。これは私自身が当人からじかに聞いていたことですけど、彼は本社に対して、こんな少ない人員では店を回せないから応援をよこしてほしいと、何度も要請していたはずです。それなのに、会社側は一切応えようとしませんでしたよね。それがどうしてなのか。はっきりとした理由がもしも無いのなら、責任を怠っていたのが誰なのかを調べて下さい。それから、二つめ。健介さん自身の毎日の勤務状況についての正確な記録。店長見習いとして配属されて以降のそれが一分単位でわかるものを用意して、こちらに提出して下さい。もちろん、一切のごまかしがないようにお願いします。改竄などが後で発覚した時には、それ相応の法的な措置を執らせて頂きますので。そして、三つめ。今のこのアパートを社宅とするという判断を下した人が誰なのか。勤務地から三十分以内という規定があったにもかかわらず、いったいどういう経緯でこんなに遠いところが彼にあてがわれたのかについても、きちんと調査をした上でご返答をお願いします。もし、もっと近くに住まいがあって、深夜の営業時間が終わった後でも帰宅して睡眠を取ることができていたら、今ごろ彼はこんなことになっていなかったはずです。業務は終わっているのに始発を何時間も待たなければ帰れないようなアパートを社宅にするなんて、いったいどなたがそんな馬鹿みたいな判断を下したのか、はっきりさせて頂かないと。……以上、とりあえずここまでの調査をお願いします。いま拝見していますと、どなたもメモを取っていらっしゃらないようですけど、全部覚えられました？　何だったらもう一回、最初から申し上げましょうか」

　息が続かなくなり、千秋は口をつぐんだ。荒い呼吸を整える。

『山背』の三人ばかりか、武雄と比佐子までが何も言おうとしない。

　出過ぎた真似をしてしまったろうか。両親を差し置いて、言わなくていいことまで口にしてしまった気もする。不安に駆られ、喧嘩腰の物言いだけでも謝るべきかと思いかけた時、隣から比佐子の手がのびてきて、千秋の手を握った。ぎゅっと力がこもる。千秋も、同じ力で握り返す。

「いま、彼女の口からお伝えしたことが、現時点での我々の意思じゃと思うて下さい」

　と、武雄が言った。向かい側に正座する『山背』の三人を順に見渡して言葉を継ぐ。

「あんたがたから何の返答もなかったこの十日ほど、わしらはわしらでいろいろ調べさせてもらいました。その上での今の考えを率直に申し上げれば、せがれは、御社に殺されたも同じじゃと思うとります」

「それはさすがに聞き捨てなりませんな」

　斎木が言った。深刻な顔を作っていても、言葉の後ろ側に苦笑の気配がにじんでいる。

「よろしいですか。前にもご説明申し上げましたように、ご子息と同じような境遇で、今も頑張って働いている社員は沢山いるんです」噛んで含めるような言い方をする。「こういうことを御両親に申し上げるのも何ですが、そこまでおっしゃるのなら、改めて言わせて頂かなくてはなりません。いいですか。ご子息は、自分で亡くなられたんですよ。甚だ残念なことではありますが、事実は事実。弊社の誰かが指図したわけでもなければ、苛めて追い詰めたわけでもない。それを、人殺し呼ばわりですか。勘弁して下さいよ」

「いや、勘弁できんね。誰がするか」

武雄は言い捨てた。出刃包丁でも突きつけるかのような、どすのきいた物言いだ。

「こっちも前に言うたはずじゃ。あんたの意見なんぞ聞いとらん、ふざけた寝言はもう充分じゃとな。とにかく、今さっきそこの彼女が言うたこと一つひとつを、きっちり調べ上げて、ごまかさんと報告せえ。それこそが本当の誠意っちゅうもんじゃろうが」

なおも何か言いかける斎木を、横合いから副社長が手振りで押しとどめた。

「お考えは、確かに承りました。弊社といたしましては、ご両親と事を構えるなどというつもりは毛頭ございません。まずは社に戻り、速やかに調査を進めた上で、改めてご報告に上がりたいと思いますので、今しばらくの時間を頂きたく……」

副社長の言葉に、武雄がしぶしぶ頷く。

千秋は、これもまた差し出た真似だろうかと思いながらも言った。

「今しばらく、とはどれくらいの期間を言うんでしょうか」

斎木が、いかにも嫌そうな顔でこちらを睨みつけてくる。爬虫類のような目つきをあえて無視して続ける。

「期限をはっきり区切って下さい。またしてもずるずる引き延ばされては困るんです。ご両親も、広島のお店をしばらく閉めてこちらへいらしてるんですから」

副社長が困ったように首を巡らせ、斎木と沼田を見やる。現場の人間ではないせいで、具体的にどれくらいの時間があれば調査と報告を取りまとめられるかの見当がつかないのだろう。苛立ちながら、千秋は言った。

「まずは、明後日までに」

「いや、それはさすがに無理でしょう」

案の定、斎木だ。こちらの無知蒙昧（むちもうまい）を見下すかのような態度の営業本部長を、千秋は真っ向から見つめた。

「無理かどうかは、斎木さんが今ここでお答えになることじゃありません。そもそも、先ほどお願いした件についてはすべて、コンピュータに記録が残っていること、残っていなければおかしいことばかりじゃないですか。それらを取りまとめて一切の改竄無しに見せて下さいとお願いしているだけなんですから、その気になりさえすれば、一日あったら充分なはずです」

「いや、よくわかりました」と、副社長が言った。「とにかく、一旦は社に持ち帰りまして、明後日までに何らかのお返事ができるようにいたしますので」

それを最後に、『山背』の三人は立ち上がった。ほぼ無言のまま、再び狭い三和土で靴を履いて帰ってゆく。

ドアが閉まるなり比佐子が、

「何じゃろう、あの連中の態度ときたら！」はっきりと外に聞こえる大声で言い捨てた。

「ああもう、ぶち腹の立つ！　塩はどこね、塩は！」

13

『山背』への要求は、三点。

第一に、健介が店長見習いとして配属されて以降の毎日のシフト表。第二に、勤務状況が一分単位でわかる正確な記録。そして、社宅と称するアパートを片道四十分以上も離れた場所に用意した経緯についての明確な説明。その三つだ。

比佐子が塩をまいた日から二日後、一応の資料を携えて、人材教育部長の沼田がアパートを再訪した。この日は彼一人で、副社長はもちろん営業本部長の斎木も一緒ではなかった。遺族をこれ以上無駄に刺激しないようにという配慮が裏で働いてのことかもしれない。

　この日、千秋は同席できなかった。会社員の身ではそう頻繁に休むことはできない。じりじりしながら日中を過ごし、終わると急いで健介のアパートに駆けつけたのだが、武雄と比佐子に聞かされたのは、およそ納得できない言い分ばかりだった。

「一応、シフトがどうなっとったかがわかる表と、タイムカードの記録はよこしたから、それについてはまだこれからじっくり目を通さなきゃならんのじゃけど……」

　昼のうちにわざわざ駅前のスーパーまで買い出しに行き、三人ぶんの夕食を作って待ってくれていた比佐子は、煮物の鉢を並べながら悔しそうな面持ちで言った。

「とりあえず沼田部長から書類を受け取ったお父さんが、この社宅がいったいどうやって決められたかについて問いただしたらね……」

〈たしかに勤務地から三十分以内という社内ルールはございましたが、あくまで一応の目安という意味でありまして、片道四十分台のところから通っている社員も複数おります。これにつきましては残念ながら、都内の住宅事情からしまして致し方のないことかと〉

　沼田は、相変わらず汗を拭きふき、そう説明したそうだ。

〈そこへ加えまして、原則的に男女の社員を同じ社宅にさせないため、という事情もありますもので……そうなりますと、当時、この近辺には他に物件がなかったので仕方なかった、というのが人事部のほうからの説明でございました〉

「それが当たり前のことみたいに淡々と言われたもんじゃからよけいに腹が立ってねえ」眉根をきつく寄せながら、比佐子が続ける。「私も思わず訊いたんよ。仕方ない、仕方ないって、そんなら、原則は原則じゃけど今回は誰か他の女子社員と同じ社宅でも仕方ないという判断をしとったら、もっと近くに物件があったんか、いうて。そしたら沼田部長の目がみるみる泳ぎようて、〈い、いえ、近くにもなかったと思います〉じゃと」

「あんなもん、嘘にきまっとるわ」

そこまでじっと聞いていた武雄が、激しい口調で言い捨てる。千秋も頷いた。

「私もそう思います」

いくら原則とはいえ、男女の社員が一部屋をシェアして暮らすわけではあるまい。勤務地から三十分以内という規定もあくまで一応の目安だと言い張って破ったくせに、どうしてそんな姑息な言い訳をしようとするのか。

〈会社は大きな船であり、家族であり、社員一人ひとりがその一員です〉

『山背』の社長・山岡誠一郎の口癖の一つだ。そんなに大切な〈家族〉が健康を害する危険と秤にかけたなら、例外は認められてもよいはずではないか。

「わかりました。私のほうで調べてみます。健介さんが店長見習いになった当時、本当にもっと近くに社宅の空きがなかったかどうか」

千秋は言った。こみ上げる怒りに、胃の底がむかむかと気持ち悪い。

「あと、シフト表や勤務状況の記録についても、店舗へ訪ねていって同僚の人たち一人ひとりからじかに話を聞いてみようと思うんです。毎日の出退勤の細かい時間まで、自分でも記録を取ったり覚えていたりする人はなかなかいないでしょうけど、こちらからシフト表を見せれば思い出してもらえるかもしれないし、何か新しいことも聞けるかも……。それぞれは些細（ささい）なことでしょうけど、もしも『山背』が真実を隠しているとしたら、後々、向こうの牙城を切り崩す証拠の一つにはなりますから」

「千秋さん……」比佐子が涙をためて言った。「あのね。千秋さんには一度、きちんと話しとかんと、いうて、お父さんとも相談しとったんじゃけどね」

改まった比佐子の物言いに、千秋はぎくりとした。やはり、出しゃばり過ぎてしまったのだろうか。身内、というわけでもないのに無遠慮に踏み込み過ぎたのなら、謝らなくてはいけない。

昔から千秋には、何かに夢中になるとつい周りが見えなくなる癖があって、仕事の上で熱くなったり、うっかり敵を作ってしまったりするたび、健介に相談したものだ。健介の持つまっとうなバランス感覚こそが羅針盤だったのに、その彼があんなにも心のバランスを崩し、前触れもなくこの世からいなくなってしまって、もうどうすればいいのかわからない。

どきどきしながら、比佐子の次の言葉を待つ。

「これはね、正直な気持ちを答えて欲しいんじゃけど……」武雄と目を見交わしながら、比佐子は言った。「千秋さんは、これから先、どうするつもりでおる？」

「……え？」

「うちの健介がこんなことになって、私ら、初めての東京で右も左もわからんから、ついつい千秋さんの世話になってきたじゃろ？　申し訳なかったと思うとるんじゃ」

「そんな……」千秋は首を横に振った。「そんなこと、ちっとも」

「誤解せんと聞いてね。千秋さんがもし、とっくに健介の嫁さんじゃったら、話は別じゃったろうと思う。じゃけど、よう考えたら、千秋さんはまだこんなに若い娘さんで、これから先のことも考えんといかん」

千秋は懸命にかぶりを振った。

「いや、気持ちは嬉しいんよ。あの子のことをそんなに想うてくれて、今も私らのために時間を割いてくれて、心の底から嬉しいと思うとる。じゃけどな、今の感情だけに流されて、千秋さんみたいな賢くてきれいなひとが、あの下らん『山背』とのあれやこれやで時間を無駄にするのは、決してええことじゃない。……お父さんと、ゆうべもそんな話をしとったんよ。じゃから、」

「待って下さい」たまらずに遮る。「そんなこと、言わないで下さい。おじさまとおばさまが、どれだけ深く私のことを考えて言って下さっているか、よくわかります。私のほうこそ、本当にありがたいし、お気持ちは嬉しいです」

身体がぶるぶる震える。抑えようとするとなおさら酷くなる。

「でも、お願いですから、今はそんなこと言わないで下さい。私……ひとりきりじゃ、まだとても立っていられない。健ちゃんに置いていかれて、どうしていいかわからないでいるんです。こうしてお二人と一緒に、『山背』と闘える、それだけが、今の気持ちの支えなのに」

「千秋さん」

「いつかは、ちゃんと、ひとりで立てるようになってみせます。悲しいことだけど、そうしなきゃいけないことはわかってるんです。でも、その前に……というか、そのためにも、『山背』にはきっちり非を認めさせないと。だって、今のままじゃあんまりです。健ちゃ……健、ちゃんが、か、かわいそうだ」

声が激しく揺れて、涙がこぼれる。

「あ……あんなに真面目で、会社のために努力してた彼が、自分で自分の、い……命を絶つほど苦しんでいたのに、それがいったいどういうことを意味してるか、『山背』の人たちには全然わかってない。わかろうともしてない。許せないんです、私。おじさまも、おばさまも、そうでしょう？　あいつらの、あんな態度、許せないでしょう？」

低い唸り声がした。武雄の口から漏れたものだった。

「お願いですから……」

千秋は息を吸い込んだ。感情を懸命に抑え、呼吸を整え、ようやく続ける。

「せめて、『山背』との間で何らかの決着がつくまでは、私も一緒に闘わせて下さい。この間はつい、あんまり腹が立って横からよけいなこと言ってしまいましたけど、次からはご迷惑をおかけしないようにします。東京での事務的な調査とか、資料をまとめるとか、それだけでもいいんです。仲間に入れて下さい」

両手をそろえてつき、深く頭を下げる。涙が、畳の目にぽたぽたと落ちる。

「違うんじゃ、千秋さん。顔を上げてくれ」

比佐子にかわり、武雄が言った。畳にあぐらをかいたその身体は、以前、広島のお店で包丁を握っていた姿と比べると、めっきり小さくなったように見える。

「あんたを仲間はずれにしようなんぞと、わしらが考えるわけがないじゃろう」低く掠れた声は、ともすれば健介のそれに似る。「むしろな、逆なんじゃ。わしら、もうええ年じゃし、東京には慣れとらんし、そもそも、まさか息子にあんな死に方をされるとは思うたこともなかった。じゃけどな、そんな理由でついついあんたのことを頼ってしもうてええんか、と」

「そう、そうなんよ」と、比佐子も身を揉む。「いくら千秋さんがおってくれたら助かるからいうて、健介があれほど大事に大事に想うとったあんたを巻きこんでしもうたら、うちら、あの子に顔向けができん。申し訳が立たんけえね。そういうて、父さんと話しおうてただけなんじゃ」

「ですから、そんなこと、」

「うん、うん。ようわかったから。あんたの気持ちは、ようわかったから」

――ありがとう。

二人ともからそう言われ、頭を下げられて、千秋は、自分も再び頭を下げながら嗚咽を呑み込んだ。

「よろしく、お願いします」

「何を言うとるの」

「そりゃあ、こちらの台詞じゃ」

武雄と比佐子がそれぞれに涙を拭う。

もう、引き返せない。引き返さない。こうなったら、とことんまで闘うのみだ。

健介の両親も、千秋も、想いは一つだった。こちらをなめきっている『山背』の連中に、自分たちの非を丸ごと認めさせ、公式に謝罪させること。それまでは絶対に引き下がらない。

補償金を多く得るためなんかじゃない、お金なんかどうでもいい、ただただ、『山背』をこのままにはしておけない。あの会社がこれから先も今のままだったなら、必ずや第二、第三の犠牲者が出る。これは、健介の名誉のためであると同時に、彼の死を少しでも意味のあるものにするための闘いなのだ。


葬儀から二十日ほどが過ぎた八月下旬、武雄と比佐子は一旦、広島へ帰ることになった。

市内で営む創作料理の店も、いつまでも休んだままというわけにはいかない。夫婦の生活がかかっているだけでなく、これから先『山背』との対立は長期に及ぶかもしれず、最終的に裁判になる可能性まで考えると、収入だけはきちんと確保しておく必要があった。

「店の冷蔵庫の始末を考えたらげんなりするけえ、なるべく考えんようにしとったんじゃけど」

比佐子がぼやくと、武雄が皮肉な口調で言った。

「なあに、楽なもんじゃろ。どうせ全部捨てるしかないんじゃけえ」

それでなくとも飲食の仕事は難しい。旨い飯、旨い酒、良質なサービスがすべて提供できて当たり前、少しでも何かが欠ければすぐにクレームがつく。

〈急な事情により、しばらく休業させて頂きます〉

そんな張り紙を見て、いったいどれだけの客が離れてしまったことか、帰ってみなければわからない。しかも、その店をいつか継いで大きくしてくれるはずだった息子はもう、この世にいないのだ。

千秋は、店のカウンターの奥に鎮座していた大きな業務用冷蔵庫を思い起こした。かつて健介に連れられて訪れた時のことを思い出すと、心臓が絞り上げられるように苦しくなる。東京からはるばる帰り着くなり、疲れた身体であの扉を開け、中身を黙々と捨てる夫婦の胸の裡を想像するとなおさら、たまらないものがこみあげた。

（健ちゃんの、意気地なし）

こんな時ばかりは、彼を詰りたくなる。

（おじさまやおばさまにどれほど辛い思いをさせるか、飛び降りる前にちょっとでも考えなかったの？）

もちろん千秋にもわかっていた。親孝行な健介は、おそらく両親のことを考えただろう。何度も何度も考えては、だからこそぎりぎりのところで踏みとどまっていたのだろう。それなのに、最後にはもう何もかもが遠くなり、正常な判断が一切できなくなる瞬間があった。

そうでなければ、あの健やかで賢くてまっすぐな彼が自分で命を絶ったりするわけがないのだ。

「大丈夫、私らのことは心配せんとって」羽田空港まで送っていった千秋に、比佐子は言った。「それより、千秋さんこそ身体を大事にしとってくれんと。次に私らがこっちへ来るまで、健介の件で頼れるのは、あんただけじゃけえね。ちゃんと食べて、ちゃんと寝るんよ。死んだもんのことなんかより、自分のことを第一に考えてね」

「矛盾しとるようにも聞こえるじゃろうけど」と横から武雄が言う。「この人の言うとおりじゃ。頼むから、あんたは自分を大事にしてくれ。わしからも、お願いじゃ」

「わかりました。お約束します」

千秋は頷いた。二人がどんな思いでその言葉をかけてくれているかを考えると、それだけで泣きそうだ。危うく堪（こら）えて、笑顔を作る。

「私のことも、どうぞ心配しないで下さい。たっぷり食べて、寝て、自分の仕事もちゃんとしますから。ただ泣いて悲しんでいるばっかりじゃ、健ちゃんに怒られちゃうし、何より、いざっていう時まともに闘えませんものね」

「そうそう、その意気じゃ」

比佐子はぽんぽんと千秋の背中を叩き、その手を振って、武雄と二人、ゲートの向こうへ消えていった。

そうして、二つの書類のファイルが千秋のもとに残された。健介が勤務していた店舗のスタッフ全員のシフト表と、彼自身の日々のタイムカードの記録だ。

『山背』の沼田部長が携えてきたものの原本は両親が広島へ持って帰ったが、千秋はあらかじめコピーを取らせてもらっていた。ここから読み取れる情報を精査し、問題だと思われる点や不審なことがあれば、一つひとつ両親に伝えてゆくのが自分の務めだ。

どちらの記録も、健介が店長見習いとして店舗に勤務し始めた五月から、亡くなった八月四日までの約三ヵ月分が、Ａ４の用紙六枚程度にまとめられていた。たったそれだけの資料におさまってしまう数字の羅列をただ漠然と眺めているだけでは、健介を自殺にまで追いやった苦しみの元凶など読み取れない。

週末の午前中、千秋は、店舗の番号を検索し、スマホを手に取った。

電話に出たのは、いかにもまだ業務に不慣れな若いアルバイトスタッフだった。千秋がまず名乗り、話したい相手の名前を告げると、彼は「ちょっと待って下さい」とたどたどしく言い置いて、通話を保留にした。

健介の死から、もう三週間。店長の穴は、本社から遣わされた別の者がとっくに埋めているはずだが、これまでの経緯を具体的に知らない人間と何を話しても意味はない。話したい相手は別にいる。

電子音のメロディが流れるのを聞きながら、千秋は、手元に広げた手帳のスケジュール欄を睨んだ。自分の仕事の都合とすりあわせた上で、相手との約束を決めなくてはならない。歯痒いけれど仕方がない。

やがてメロディが途切れ、電話口に女性の声がした。

「もしもし、お電話替わりました。宮下ですが」

よく響く声と男勝りの喋り方に、確かに聞き覚えがあった。

「お忙しいところ、お邪魔してごめんなさい」千秋は慎重に切り出した。「私、伊東千秋と申します。覚えていらっしゃるでしょうか、つい先日、亡くなった藤井健介さんのご両親と一緒にそちらへ伺って……」

ああ！　と、皆まで聞かずに相手が声をあげた。

「あの時は、あんまりお役に立てなくてすみませんでした」

大柄な、エネルギーに溢れた姿を思い出す。健介の三ヵ月について本当のことを知りたいと思った時、最初に千秋が思い浮かべたのが彼女、宮下麻紀の顔だった。

「じつは、折り入ってご相談があって……」

理由も言わずにただ時間を取ってほしいと頼むのも失礼だ。ある程度のことは、相手を見込んで打ち明けるしかない。千秋は、その後の『山背』側の不誠実な態度について簡潔に話した上で、できれば話を聞かせて欲しいと言った。ひとつの賭けだった。

その日、定時を過ぎてすぐに自分のデスクを片付け始めると、向かいの席から中村さと美が顔を上げた。

「今日だっけ、会うの」

「そう。七時から」

「そっか。何か、わかるといいね」

「ありがと」千秋は言った。「ごめんね。ここんとこ先に帰ってばっかりで」

「何言ってんの、水くさい。直接には力になれないけど、こっちで千秋の代わりにできることがあったら何でも言って。いくらだってカバーするからさ」

社員証を首からはずし、外へ出る。湿気をたっぷり含んだ風が吹き付けてくる。また台風が近づいているらしい。雨脚はまだそれほど激しくないが、風圧はかなりのものだ。千秋は傘を広げた。

麻紀と待ち合わせをしたのは、ターミナル駅からほど近い商業施設の中にあるカジュアルなイタリア料理の店だった。

四人掛けや六人掛けの各テーブルがそれぞれ背丈よりも高い土壁で仕切られていて、予約らにできない話に向いている。会社の飲み会の手配を任されてきた経験が、こんなところで活きようとは思わなかった。

畳んだ傘をすっぽり覆う半透明のビニール袋が、それでも濡れて、ふくらはぎにまとわりつく。腕時計を見ながら店に入り、席に案内されてみると、麻紀はすでに来ていた。

「ごめんなさい、こちらがお呼び立てしたのにお待たせしてしまって」

千秋が謝ると、麻紀は浅黒い顔の前で、いえいえ、と手を振った。

「あたしが早く着き過ぎただけですから」

店員に手渡されたおしぼりで手を拭き、とりあえず頼んだビールがすぐさま運ばれてくる。

「それじゃ、改めて。今日はありがとうございます」

中ジョッキを合わせようとして、どちらからともなく真顔になる。

「藤井さんのご冥福に」

と、麻紀は言った。

肝心な話を切り出すには、食事がだんだんと進んでお酒が回ってきた頃のほうがいいだろう。あるいは相手に時間があるようなら、店を変えて静かなバーででも飲み直しながらとか。

一口飲んだ千秋がメニューに手をのばそうとする前で、麻紀が一気にビールを半分ほど呷(あお)

る。

「あたし——今日は、覚悟を決めて来ました」

「え？」

とすん、とジョッキをテーブルに置くと、麻紀は姿勢を正した。どこか南国の血を思わせる意志の強そうな顔立ちだ。黒々とした瞳が、千秋をまっすぐに見る。

「最初にお詫びをしなくちゃいけません。この間、藤井さんのご両親も一緒にみえた時には、あたし、正直言ってうまく話せなかったんです。嘘はついてませんけど、本当のことを全部お話しすることもできなかった。藤井店長のことは、あたし自身すごくショックで、混乱もしてて……まだ、ちゃんと考えることさえできてなかったんです」

ごめんなさい、と深く頭を下げられ、千秋は慌てて言った。

「そんな、謝らないで下さい。むしろ、急に伺ったのに、嫌な顔もしないで応対して下さったことに感謝してるくらいです。彼の両親もそう言ってましたから、そこは、もう」

麻紀は、小さく頷いて、顔を上げた。

「だからあたし、伊東さんからお電話を頂いた時からずっと考えてたんです。どうやったら、こんなあたしでも役に立てるだろうって。それで思ったんですけど……伊東さんと、藤井店長のご両親がいま欲しがってらっしゃるのは、内部の人間の正直な証言ってことですよね。

「要するに、内部告発っていうか」

千秋は息を呑んだ。

内部告発――まさにそれこそが喉から手が出るほど欲しいものではあるけれど、何とかして協力を仰ぎたいと思っていた相手の口からいきなりそう切り出されるとさすがに面喰らう。

麻紀が、じっとこちらを見つめている。

「……その通りです」

ようやく言った。彼女のまっすぐな眼差しを、千秋もまた真っ向から見つめ返す。

「お電話した時も少しお話ししましたけど、健介さんが亡くなって以来、『山背』の人たちとは何度か会う機会がありました。部長とか、果ては副社長までやって来て、だけどそのたびに不信感ばかりが募っていくんです。絶対、何か隠してる。でも、ご両親や私には、本当のところがどうなのかを知る方法がなくて」

「それで、あの日もお店へ訊きにいらしたんですね」

「ええ、そうです。あの後、こちらが先方に請求してやっと資料が届けられたんですけど、それを見てもやっぱり何かおかしい。こんなはずはないんじゃないかって素人が見ても思うのに、『山背』に堂々と突きつけられるだけの証拠がないんです。このままじゃ、とうてい先に進めません」

「その、資料っていうのは？」

「健介さんが店長見習いとしてお店に配属されてからの勤務記録と、スタッフの皆さんのシフト表です」

「今持ってます？」

「ええ」

「見せて下さい」

千秋は急いでバッグの中から資料を取り出した。コピーではあるけれど、汚れないようクリアファイルに入れて見やすくしてある。テーブル越しに手渡すと、麻紀はおしぼりで手を拭ってから、拝見します、と受け取った。

店員が料理の注文を取りに来る。麻紀が何でもかまわないと言うので、千秋はいくつかの料理を適当に見繕って頼んだ。食事も始めないうちに本題に突入しようとは予想外だった。それほどに、麻紀にとっても健介の死は重く苦しい事件だったということなのだろう。

「この、黄色いマーカーは？」

ざっと目を通した麻紀が、健介自身の勤務記録を指さす。

「それは……私が見て、疑問に思った箇所に線を引いてみたんです」

顔を上げた麻紀から、なおも問うように見つめられ、観念して続ける。

「お察しのこととは思いますけど、健介さんと私は、お付き合いしていました。学生時代から、もう六年くらい」

麻紀が頷く。

「お互い仕事がありますから、そんなに頻繁に逢えるわけじゃなくて、とくにこの春、彼が現場で働くようになってからはめったに逢えなくなりました。言い換えると、たまのお休みだとか、そちらのお店がたまたま早く終わった時とかは、必ずと言っていいくらいに逢ってたんです。何かの事情で急に無理ってことになったら、その場合も必ず連絡が来ました。これこれこういう理由で逢えなくなった、ほんとにごめん、って」

麻紀が、再び頷く。

千秋は、バッグから自分の手帳を取り出した。スケジュール表のところを開くより早く、麻紀がクリアファイルを差し出すようにしてくれる。何と話の早い、と思いながら、

「そうなんです。そこにマーカーで印をしてある日はどれも、健ちゃ……健介さんが早くに退勤したことになっているんです。でも、」

「伊東さんの手帳には、そうはなってない」

「ええ。どの日を照らし合わせてみても、私は彼と逢ってないんです。そんなにしょっちゅう早く帰れていたなら、きっと連絡をくれてたはずなのに。こういう時、普通だったら彼に

他の相手がいたんじゃないかって疑うべきなのかもしれませんけど、健ちゃ……んに限って、そんなことはあり得ないんです。自惚れに聞こえるかもしれませんけど」

「いいえ」

麻紀が、初めて微笑んだ。笑うといきなり子どもっぽい、可愛らしい顔になる。

「藤井店長、時々、彼女さんのこと自慢してましたよ」

「え」

「学生の頃からの付き合いなんだ、ふだんは優しくて、料理もうまくて、しかもすごく仕事のできるやつだから、自分は置いていかれまいと必死なんだ、って。それ、どう考えても伊東さんのことですよね」

「やだ……あのひと、そんなこと」

麻紀によって初めて明かされる事実に、千秋は動揺を抑えきれなかった。

――仕事のできるやつだから、自分は置いていかれまいと必死なんだ……。

何を言っているのだ。こちらにとってはむしろ、いつも目の前を黙々とひた走っている健介の背中こそが目標だったのに。

「この間、伊東さんが訪ねてみえた時、だからすぐにわかりましたよ。この人が、藤井店長の自慢してた彼女さんだなって」

そう言って麻紀は笑った。再びクリアファイルを手元に引き寄せ、ぱらりとめくる。

「じつは、お店が終わると電車がなくなっちゃうので……」

「あ、知ってます。健介さんもよく、始発まで待ってましたから」

「〈健ちゃん〉でいいんですよ」

気遣われて条件反射のようにはにかんでしまった後、反動で胸が痛くなった。想いを寄せる相手は、もう、この世にいない。そのことを、何度でも思い知らされる。

「藤井店長は、家に帰れなくなったアルバイトスタッフを、よく飲みに連れて行ってくれたりしてました。で、酔っ払うとほら、舌がなめらかになるじゃないですか。さっきみたいなおノロケ混じりの話も、店長が照れて真っ赤になるのを見たさに、わざとこっちから水を向けて聞き出そうとしたり。あたしたちみんな、店長のことが……とても、好きだったんです」

ふいに声が揺れる。見ると、麻紀の目に、満々と涙が溜まっていた。

「そりゃ、時には生意気な口をきいたりもしましたよ。あの店でのキャリアだけはあたしのほうがだいぶ長いし、店長が何でも聞いてくれるからって、不平不満も遠慮なくぶつけてました。前の大嶋店長の時には絶対言えなかったことも、全部です。すごくいい人だけど、いい人には店長なんかやっていけないんじゃないの、なんて陰口叩いたこともありました。今から思うと、全部甘えだったんですよね。あたしだけじゃなくて、スタッフ誰もがそうでした。みんなのわがままを、たった一人で受け止めてたのが、藤井店長、だったんです」

　途切れとぎれに言い、洟をすすり上げる。

「それだけじゃありません。あたしたちはただ文句言ってれば済む立場だけど、店長は、上からの締め付けにも耐えながら、お店の成績を上げなくちゃいけない。とにかく数字で結果を示さなきゃいけない。そんな毎日がずっと続いて、ストレスが溜まらないわけ、ないじゃないですか……」

　こみ上げてくるものを、とうとう堪えきれなくなったのだろう。声を詰まらせた麻紀の目から、透明なしずくがぽたぽたっと膝に落ちる。慌ててバッグからティッシュを取り出し、洟をかむ。

「ごめんなさい、みっともないところをお見せして」

　千秋は首を横に振り、そっと目を落とした。

「要するに、何が言いたかったかっていうと……何とかして、お詫びがしたいってことなんです」

「お詫び？」

「ええ。藤井店長はもちろんですけど、ご両親にも、それに伊東さんに対してもです」

「どうして、お詫び？」

「あたし、店長から、せっかくお店のサブリーダー的な役目を任せてもらってたのに、ちゃんとサポートしてあげなかった。べつにアルバイトのあたしなんかが出しゃばらなくたって、一応は社員の副店長がいるじゃん、全然使えない人だけどお給料とかずっと上じゃんって、どっかで思ってて、いつも傍観者だった気がするんです。店長が、めちゃくちゃ疲れてるのわかってたのに。レジの処理とかしながら立ったまま寝て、床に倒れたところだって見て知ってたのに」

そんな健介の姿を思い浮かべると、もう、たまらなかった。千秋は片手で口元を覆って涙を堪えた。

「お待たせしましたー、こちら前菜の盛り合わせと、鯛のカルパッチョになりまーす」

料理を運んできた店員が、元気よくテーブルに皿を並べ、しかしそれぞれに泣き顔の女たち二人に気づくとぎょっとしたように黙る。追加注文も取らずにそそくさと引き返していく。

「……とにかく、そんなわけですから」と、麻紀は言葉を継いだ。「あたしでなんかお役に立てることがあったら何でも言って下さい。できるだけのことはします」

「ありがとうございます」

「だから、お礼なんか言われる資格ないんですってば」焦れたようにかぶりを振る。「藤井店長がああして亡くなったことについて、あたしにもすごく責任があると思ってるし、なんとか少しでもその償いができたらっていうだけで。だけど……」

大きく息を吸い込んで、吐き出す。テーブルの上の一点を見つめ、麻紀は続けた。

「この際、それを横へ置いても、会社はもっとひどいです。ほんとにひどい。『山背』の社長はよく、うちで働く者は一人残らず大きな家族の一員だとか、ひとつの船を動かす船員だなんて言いますけど、冗談じゃないですよ。上の連中はみんな、スタッフを人間だなんて思ってない。社員もアルバイトも、いなくなればいくらだって補充のきく駒でしかないんです。――そういうふうな、内部の実態みたいな部分についてはきっと、あたしみたいに中にいる者じゃないとわからないことだろうと思うので」

千秋は、頷いた。

思いがけず、自分が最も望んでいた味方を得たことを知る。単なる内通者ではない。義憤に燃えるだけの協力者でもない。本当に味方になって欲しかったのは、千秋自身や広島の両親と同じように、自らの中に取り返しのつかない後悔や自責の念を抱えながら、それでも健介の魂と名誉のために一緒に闘ってくれる戦友だったのだ。胸が、熱い。

「ありがとうございます。『山背』側の出方によっては、もしかすると長く争うことになるかもしれませんけど、どうかよろしくお願いします」

膝の上で両手をそろえ、深く頭を下げる。

「やめて下さいよ」麻紀は慌てたように言った。「こちらこそ、あたしなんかのことを覚えててもらえて、どんなにありがたかったか」

ジョッキを手に取り、温くなったビールの残りを勢いよく飲み干すと、麻紀はフォークを握った。

「そうと決まれば、まずは腹ごしらえです。腹がへっては、でしょ？」

千秋も、目を上げて微笑んだ。

「ですね。生きていくからには、何があっても食べなくちゃ」

「悲しいけど、ほんとその通り」

「じゃ、作戦会議はご飯の後ってことで」

にやりと頷いた麻紀が、片手を高く挙げ、お願いしまーす、と店員を呼んだ。

14

健介のタイムカードの記録について、千秋がまず不思議に思ったのは、店長見習いだった時期のうちでもとくに前半の勤務時間のほうが、その後よりもかなり長くハードだったことだ。ランチタイムを主とする早番、夜の部のうち二十二時までの遅番1、そして午前二時までの遅番2、といったシフト表と照らし合わせて見ても、就業時間より数時間早く出勤し、数時間遅く退勤している。休日もひどく少ない。

しかし、店長見習い期間の後半と、いざ店長に昇進した後については、早出勤、遅退勤といった日がほとんどなく、休日もしっかり取れている。少なくとも記録上はそうなっている。

「おかしいですよ、こんなの」

電話の向こうの比佐子に、千秋は訴えた。

「ふつうに考えても、店長になったら責任が増えて、前よりもっと忙しくなって、早く出たり遅く帰ったりするようになるのが当たり前じゃないですか」

「そういうこともあるじゃろうけど、もしかして、上の身分になったからいろいろ自由がきくようになった、ちゅうことはない？」

「これがもし健ちゃんじゃなかったら、あるかもしれませんけど」

「ああ……」比佐子のため息が、送話口にかかる。「期待されとる以上に頑張り過ぎる子じゃもんねえ、あの子は」

表情まで目に見えるようなため息だった。

「私の手帳と照らし合わせても、彼がお休みを取ったことになっている日は、ぜんぜんお休みじゃないんです。記録を見ると週休一日は保証されてるように読み取れるし、毎日の休憩時間だって必ず一時間ずつ取れてることになってます。だけど……」

「そんなはず、ないもんね」

「ええ、健ちゃんの口からよく聞かされてましたから確かです。休憩なんか、一時間どころか、その半分も取れないって。お客さんの入り具合とか厨房の作業の進み具合によっては、自分の食事も摂れないし、トイレにすら行けないこともしょっちゅうだって」

「じゃけど、記録は……」

「ええ。つまり、何かしらのごまかしがあるってことですよね。ただ、それがいつの段階でなのか。健ちゃんの亡くなった後で、『山背』の人たちが私たちに見せたくない記録を都合良く改竄したっていうことなのか、それとも……」

「え、どういうこと？」

千秋は、先日会った宮下麻紀の顔と声を思い浮かべた。あの強い光を放つ瞳も、よく響く声も、嘘を言う人間のそれでは決してなかった。健介の事件のすぐ後、麻紀と会って言葉を交わした比佐子や武雄も、その印象については同じ意見だった。

「じつはこれも、宮下さんから聞いた話なんですけど……かなり高い確率で、健ちゃん自身が、自分の勤務時間の記録を操作していた可能性があるんです」

「は？」

比佐子の声が怪訝そうに裏返る。気持ちは、千秋にもよくわかった。最初に麻紀からそれを聞かされたときは、千秋自身、そんなことをして何の役に立つのだと不審に思ったのだ。

「お店が利益を上げるには、何よりも人件費率を低く抑えなくちゃいけませんよね。それも、店長ともなれば、売上に関する全部の責任が自分の肩にのしかかってくるわけで。だけど、どうしても人手は要るから、アルバイトスタッフの全員を片っ端から帰してしまうわけにはいきません。となるともう、自分のタイムカードを操作して、時間外勤務の事実をなくしてしまうしか……」

「かわいそうに、あの子」比佐子は、呻くように呟いた。「そんな思いまでしながら、なんで私らにひと言……」

イタリアン・レストランで初めて食事をしたあの晩以来、千秋は、麻紀としばしば会っては情報を交換するようになっていた。

「藤井店長は、ぎりぎりまで自分が無理することで、あたしたちを守ってくれてたんです」

タイムカードのことを聞くと、麻紀は言った。

「アルバイトスタッフを予定より早く帰したりするのはかわいそうだ、彼らにだっていろいろ生活の事情があるはずだ、って、そのぶん自分の勤務時間を少なく申告して……でももちろんそんなの記録の上だけで、店長自身はしょっちゅうお店のスタッフルームに寝泊まりまでして無理を続けてたんです。週休一日とか、休憩一時間だとか、あり得ないですよ。実態とはかけ離れてます」

彼女は高校の頃からもう何年も、アルバイトスタッフとして『山背』の同じ店舗で働き続けている。その間に店長は三度、副店長は六度変わったそうだ。

正社員は皆、休みなど月に一度取れればいいほうで、時間外勤務は当たり前、その労働に対して残業代が支払われることは稀だと、麻紀は言った。

「藤井店長の前の、大嶋店長も、自分のタイムカードの操作はしょっちゅうしてました。あの人の場合は赤字になりそうだとわかった時点でアルバイトスタッフをどんどん先に帰らせたけど、それでも埋められないぶんはやっぱり自分で補ってたんじゃないかな」

しかし千秋にはどうしても腑に落ちないことがあった。

店舗を経営していく以上、まず利益を上げなくてはならないのは当然だ。しかし、赤字の背景にはそれなりの事情なり理由なりがあるはずだ。たとえばの話、野菜の高騰で仕入れ値がかさんだとか、天候か何かの影響で客が入らなかったとか、あるいは慢性的な人手不足で業務が追いつかなかったとか。そういった一つひとつを改善することなく、いくら社員が自分の労働力をただで提供したところで、根本的な解決にはならない。努力家でチャレンジ精神に溢れた健介が、何の手立ても講じずに前の店長と同じことをしてその場を取り繕っていたなどとは信じたくない。

「わかります。けど、無理もないんです」麻紀は、目を伏せて言った。「こういう言い方はどの店長にも失礼だとは思うんですけど、『山背』には何ていうかこう……社員に電気ショックを与えて教育する、みたいなシステムがあって」

「電気ショック？」

びっくりした千秋が訊き返すと、麻紀は眉をひそめて頷いた。

「ほら、動物実験なんかで、サルとかネズミとかが何かをするたびに電気ショックを与えられると、それはいけないことなんだって覚えて絶対にやらないようになっていくじゃないですか。それと同じような罰が、『山背』にはあるんです。まず、〈テンプク〉っていうのがあって……」

店長が全体のコントロールを誤って赤字を出してしまうことを意味する言葉だと麻紀は言った。

「そうすると、その週の土曜日にさっそく本社での会議に呼びつけられて、それを〈ドック入り〉って呼ぶんですけど、役員とか、時には社長の目の前でものすごくきつく叱られるんです。あたしなんかはいくら長くてもアルバイトの身分ですから実際に見たことはないですけど、聞いた感じでは、精神的にめちゃくちゃきついものらしいですよ」

何しろ歴代の店長があれだけ過剰にテンプクを忌み嫌い、どんな手を使ってでも回避しようと必死になっていたのだ。長年それを見てきたから、本社でどういうことが待っているかはほぼ想像がつく、と彼女は言った。

「大の男の人が、本当に真っ青になるんですよ。おしっこちびりそうなくらいに」

「健ちゃんも、そうだったのかな」

千秋が悲痛な顔でつぶやくと、麻紀は慌てて首を横にふった。

「藤井店長は、必死で踏みとどまってたと思います。ほんとうに。だけど、あの時はなんでだかうまくいかなくて……一回そうしてドック入りさせられたのに、その翌週のあたまにまた続けてテンプクをしてしまったから」

「えっ、うそ」

耳を疑った。二週続けて？

「それっていつの話？」

「藤井店長が亡くなる直前です」

心臓の裏側を、冷たい手でじかに撫でられたようだった。

亡くなる直前——なるほど、健介が本社に呼ばれたのは千秋も覚えている。店舗の営業は万事うまくいっているとだけ聞かされていた自分は、あの時、たしかとても脳天気なことを言ったのだ。もしかして表彰されちゃうんじゃないの、とか何とか。

茫然としている千秋の顔を、麻紀はちらりと見上げ、ひどく辛そうに再び目を伏せた。

「あの週は、ほんとに運が悪いとしか言えないくらい立て続けにトラブルが起こって……ドック入りのあと、店長はふらふらになってお店に帰ってきたんです。あたしたちの手前、元気そうにしてましたけど、無理してるのが見え見えでした。それなのに、次の週にまたテンプク。きっとまた、土曜には呼び出されたはずです。だけど、いくらなんでも二週続けてドック入りなんてキツ過ぎる。藤井店長が亡くなったって聞いた時、最初にあたしの頭に浮かんだのはそのことでした」

言葉が出なかった。開きかけた口を閉じることもできなかった。

先日、健介の部屋を『山背』の副社長らとともに訪ねてきた、営業本部長の斎木の言葉がよみがえる。

〈私自身、店長としての藤井くんを本社での会議に呼び寄せた時、いろいろと話を聞きましたが、その時もとくに変わった様子はありませんでしたし、引き続き店舗の営業成績を上げ

てゆくよう努力するということで、彼自身の同意も得られました〉

何を調子のいいことを、と、あの時でさえ思いはした。変わった様子がなかったはずがない、むしろそれに気づかないほうが問題だろうと言いたかった。しかし、今聞いた宮下麻紀の話が本当なら、斎木の言う〈本社での会議に呼び寄せた〉という言葉の意味するところを、自分たちはまったく理解していなかったことになる。

人間誰しも、ろくに眠らずに疲労が限界に達すると、ごく当たり前の正常な判断もできなくなるという。おそらく健介もそうだったに違いない。ただ、これまではまだ何か納得しきれないところがあった。あの晩、めずらしく体調不良を訴えて早退勤をしたという健介が、翌朝なんとしてでも起きるための目覚まし時計まで買っておきながら、結局その晩のうちに、まるで糸が切れたみたいに死んでしまったのはどうしてだったんだろう、と。

けれど今、千秋の胸の裡には恐ろしい仮説が浮かんでいた。

心身ともにふらふらになるほど働いてもなお、テンプクと呼ばれる赤字の日を出してしまった週末——本社に呼び出された健介が、ずらりと役員の居並ぶその前で面罵(めんば)されたとする。心折れて店舗に戻り、それでも何とかして立て直すべく努力したのに、どうしても結果が出せない。

〈疲れた〉

亡くなる前の晩に彼から届いた、短いＬＩＮＥのメッセージ。

〈疲れた〉

あの時は正直、何を今さらと感じたものだけれど、こうして麻紀の話を聞くと、あの言葉がまったく別の意味を持って迫ってくる。

大の男がみな真っ青になるという〈ドック入り〉を、健介は、二週続けて覚悟しなくてはならなかったのだ。こんなに努力しているのに、またしても社長や役員たちの面前で吊るし上げを食らい、無能扱いされるのか。日々、労働時間を過少申告し、休日という休日を返上し、睡眠時間も削れるだけ削って働き続けているというのに、これ以上いったい自分にどうしろというのだ。死ねというのか。

――いっそのこと。

健介が、本当にそんなふうに考えたかどうかはわからない。あくまでも仮説に過ぎないけれど、彼の抱えていた逃げ場のなさが、その重圧が、そのまま自分の身体の内側を満たし、息を吸うのさえ億劫になる。

「あの……大丈夫ですか？」麻紀が気遣ってくれる。「こんな話、お聞かせするべきじゃなかったでしょうか」

「いえ、まさか」千秋は慌てて顔を上げた。「そもそも、こういうことを教えてもらいたくてお願いしてるんですから。……ごめんなさい、さすがにショックだっただけ」

しっかり者だがじつはかなり年下の麻紀に、よけいな心配をかけてはいけない。千秋が無理に微笑んでみせると、麻紀はふと切なそうな顔になった。

「伊東さんって、そういうふうに笑うとこ、藤井店長そっくりですよね」

「え」

「あ、すいません。またよけいなこと」苦笑を漏らすと、麻紀はすぐ真顔に戻って続けた。

「とにかく、あたしのほうももうちょっといろいろ調べてみます。とりあえずは、藤井店長と同期で、今は他の店舗の店長をしてる人をあたってみますね。こうなったら社員の人にも協力してもらわないと、『山背』の内部のことまではわからないと思うんで。あたしなんかはどこまでいってもバイトだし、」

「ねえ、宮下さん」千秋は思わず遮った。「『あたしなんか』って言わないで。宮下さんがこうして協力してくれなかったら……ううん、協力してくれたのがもしも宮下さんじゃなかったら、私たち、あの『山背』とどうやって闘えばいいのか、糸口さえもまだ見つかってなかったと思う」

「そんな、あたしなんか……」

また謙遜しかけた宮下麻紀が、千秋の真剣な顔を見て口をつぐむ。

「ほんとうの本心から、そう思ってるの」と、千秋は言った。「健ちゃんのご両親も私も、宮下さんのこと、心から頼りにしてるんです。こんなふうに言ったら、重たくていやかもしれないけど」

麻紀は、目を伏せて黙っていた。

ずいぶん時間が経った後で、ゆっくりと二度、三度、うなずいた。

「わかりました。これからはもう、できるだけ言わないようにします。『あたしなんか』は禁止」

もう一つうなずいてから、自分の中の何かを吹っ切るように目を上げる。

「今、伊東さんに言われて初めて気づいたんですけど……あたし、いつのまにかずいぶん斜に構えてたみたいです」

「斜に、構える？」

「社員の人たちは、見てるとほんとに大変そうで……。あの、ごめんなさい、バイト仲間とはよく、陰口たたいたりもしてたんです。『藤井店長もその前の大嶋店長も、よくまあこんなブラックな会社に就職する気になったよね』なんて言って。ほんと、すみません」

「いえ、そんな」

私に謝らなくても、と千秋が言うと、麻紀は首を横に振った。

「きっと、藤井店長はそういうの、感じ取ってたと思うんです。あの人、バイトスタッフの気持ちとか言い分とか、いつも気にしてくれてましたから、そういうことにも敏感だったと思う」

千秋は、うなずくことができなかった。確かにそうだったろうと思うだけに、そうだね、と言ってしまうと麻紀の負担になる気がしたのだ。

「だけど今思うと、あたしは、どこかでいじけて卑屈になってただけっていうか、要するに僻(ひが)んでたんだと思うんです」

「僻む？　どうして？」

「だって、どうせあたしの行ってる大学なんか誰も知らないとこだし、社員になるなんて絶対無理だって思うし。いえ、べつに『山背』に就職したいってわけじゃないけど、就活はほんときついし、いくら長いこと店舗でバイトした実績があったって、本社に採用されるかどうかは別だろうし、筆記とかはあたし全然駄目だし……って、無理な理由ばっかり片っ端から並べて」

言いながら、麻紀は苦笑した。ほんと、どうしようもないですよね、と呟く。

「藤井店長のことが、眩しかったんだと思います。店長って、見るからに人間の出来がよかったじゃないですか。まっすぐで、頼もしくて、性格よくて、ちょっと優柔不断なとこもあるかもしれないけどみんなに慕われて、おまけに伊東さんみたいな素敵な恋人までいるっていうし」

「そんな……」

「そういう藤井店長と自分を、性別とかは関係なく人として引き比べて、勝手にいらいらしたり焦ったり、してた気がするんです。そういえば昔話とかで何かそんなふうなの、なかったですか？　どっか高いところにある美味しいものに手が届かないからって、負け惜しみみたいにボロクソに言っちゃう犬か何かの話」

あったね、と千秋はうなずいた。おそらくそれはイソップ童話の『酸っぱいぶどう』で、犬ではなくてキツネだと思うが、今はいい。

「宮下さんだったら、採用試験受ければ間違いなく正社員になれるとは思うけど……」

「いえ、まさか」

「ううん、お世辞じゃなくて本当になれるにきまってるけど、でもね」

相手の目を正面から見つめ、千秋はきっぱりと言った。

「『山背』だけは、絶対にやめておいたほうがいいと思う」

「――ですよね」麻紀も真顔で頷く。「あたしも絶対、そんな気にはなれません」

よかった、と千秋は息をついた。

「ごめんなさいね、部外者のくせに差し出がましいこと言って」

「いえ、ありがとうございます。っていうか全然、部外者じゃないし」

複雑な表情のまま、千秋に向かって笑みを浮かべてみせると、麻紀はふと、天井を見上げてため息をついた。あるいは、天を見上げて、だったのかもしれない。

そして、つぶやくように言った。

「あんなに必死で頑張ってた藤井店長には悪いけど、あの会社は、いくらなんでも尽くし甲斐がなさ過ぎますよ。一生懸命になればなるほど、その気持ちをとことん利用されて、全部まとめて仇で返される感じがする」

千秋自身、自分の業務があり、果たすべき責任があって、それらをこなすだけでも一日二十四時間ではとうてい足りない時もある。毎日のように担当の店舗を回り、売り場責任者と相談して陳列の仕方を工夫し、いきなり無茶を頼まれても決してノーとは言わず、新商品のプレゼンのために知恵を絞らなくてはならない。

そんな日々の業務をどうにかクリアしながら、一方で『山背』について調査を進めてゆくのは、並大抵のことではなかった。おかしい、何か変だ。ただの勘でしかなくても、自分ではその勘に間違いがないことがわかっている。しかし、いざ立証するための証拠を集めようとすると、八方ふさがりで手も足も出ない。そんなことが何度も続くと、心が折れそうになる。

健介の両親とは連絡を取り続けているが、彼らはそう頻繁には広島から上京して来られない。協力を申し出てくれた宮下麻紀も、やはり完全な当事者ではない。いつか来る『山背』との対立の時にそなえて調査を進め、準備を整えられるのは、実質的には自分だけだ。そう思うと、なおさら荷が重く感じられた。

〈健ちゃん〉

心の裡で、時には声に出して、何度も問いかけた。

〈健ちゃん、聞こえてる？　ねえ、私のしてること、無駄じゃないかな。とんでもない見当違いだったりしないかな。こんなことちまちま調べてるだけで、あの『山背』を相手にちゃんと闘えるのかな〉

答えは、もちろん返ってこない。スマホに保存した沢山の写真を何度見つめても、恋人は永遠に変わらない笑顔のままで、やがて画面は輝度を落とし、そのあと暗くなるだけだ。

千秋が次に調べたのは、健介があてがわれた社宅の場所の妥当性に関してだった。『山背』側に問いただしても、いちいち文書で返ってくる答えはまったく納得のいくものではなかった。

始発までの待ち時間のロスを訴えれば、「それは想定外のこと」との返事だったし、以前聞かされた「男女の社員が同じ社宅にならないように配慮していた」とか、「店舗から三十分圏内には物件がなかった」などの返答も皆、要約すれば「仕方がなかった」と言いたいのだった。「会社側に過失はない」と言いたいのだった。

健介の両親に約束したとおり、千秋は、休日ごとに健介が勤務していた店舗付近の不動産屋を片端からあたった。今年の春頃、つまり彼が店長見習いとして配属された時期に、本当にもっと近くに適当な物件がなかったかどうかを調べるためだ。

不動産屋の担当者も忙しい。千秋が部屋を探しに来たのでないと知ると、とたんに冷たくあしらわれる場合のほうが多い。

それでも、中には話をまじめに聞いてくれる人もいた。いちばん親身になってくれたのは、商店街の一角にある古い店構えの不動産屋だった。小太りで汗っかきの店主は、暇だからなのかどうなのか、千秋からだいたいの事情を聞きながら冷たい麦茶と菓子を出してくれたばかりか、しまいには自分の昼飯に付き合ってほしいのだと近所から蕎麦まで取って食べさせてくれた。

「何せこのごろはほれ、個人情報がどうのこうのとうるさいし、うちも信用商売だからね。

どこの企業がどの物件を借り上げているかなんちゅうことを、べらべらと教えてあげることはできんのだけども」

そう断った上で、とりあえず今年三月から四月の時点で入居者を募集していた賃貸物件がどれくらいあるかについては、ざっと調べて教えてくれた。

それを聞いて、千秋は茫然とした。健介が住んでいたあの部屋と、賃料や間取りは変わらず距離的にはずっと近い物件が、本当にそんなにたくさんあったのなら、どうしてそちらを用意してくれなかったのか。中には、店舗から徒歩圏内の物件まであったのだ。それも、二件も。

「これはあくまで、ほんとにあくまで推測というか憶測だけどね」店主は蕎麦をすすりながら言った。「亡くなったその人……気の毒に、あんたの彼氏さんかい？　その人が、この春から住んでたっちゅう部屋には、たぶん、年度末くらいまではどこか近くの店舗に通う別の社員さんが住んでたんじゃないかねえ。んで、異動になったと同時に部屋が空いて、代わりに彼氏さんが住むことになった、と」

「ええ、実際そうだったみたいです」千秋は言った。「彼、前の人が置いていった洗剤の残りとか、ありがたく使わせてもらってるって話してましたから」

「ははあん、やっぱりな。いやあ、よくあるケースなんだわ。途中で入居者が別の社員に入れ替わったとしたって、借り主はもともと会社なんだから、大家さんの側さえ了承してりゃあ問題ないわけだ。一応、身元は確かなんだからさ」

頷く千秋に、店主は声を低めて言った。

「で、会社側としてはだよ。社員それぞれの事情に合わせて、いちいち物件を探して新しく契約し直すよりか、多少の不便は我慢させたとしても、前と同じ物件を切れ目なく使い回しできたほうがずっと面倒がないわけだわ。そうだろう？　敷金礼金、その他もろもろの経費と手間の節約になるんだからさ」

あっ、と口を開けた千秋に向かって、あくまでも推測だからね、と店主はくり返した。

――経費と手間の節約。

何度も礼を言って不動産屋を出た後も、千秋の頭の中ではその言葉が大音量で鳴り響いていた。経費と手間の節約。経費と手間の節約。経費と手間の……。

(そんなことのために、健ちゃんは)

推測だと言われたが、それこそが掛け値なしの事実だろう。怒りより、哀しみより、あまりの理不尽さに身体が震える。おまけに『山背』は、その不都合な事実を隠そうとして、こちらには「他に物件がなかった」などと嘘をついたのだ。許せない。

これまでも『山背』に対しては再三にわたって正式な謝罪を要求してきたが、相手はのらりくらりと躱すばかりだった。

〈藤井くんがそんなに疲労困憊(こんぱい)しているとは知りませんでした〉

〈開店前の自主出勤や営業終了後の残業が、それほどまでに彼の負担になっているとは聞いておりませんでした〉

〈閉店後、始発を待つ以外に帰る手段がないことを把握しておりませんでした〉

すべて、事実を認めているようでありながら、実際はただ逃げているだけだ。知らなかったから、聞いていなかったから、会社としては責任の取りようがないと開き直っているに過ぎない。しかもその陰で、知られると具合の悪いことは隠蔽(いんぺい)してみせる。これでは会社ぐるみの犯罪にも等しいのではないか。

千秋がそのことを、久しぶりに広島から上京した健介の両親に報告すると、比佐子はいきり立った。

「他に適当な部屋はなかったんか、とこっちが訊いて、あの沼田の目が泳ぎよった時から、うさんくさいとは思うとったけど……」目には悔し涙が溜まっていた。「あいつらのしとることは、死んだもんの墓の上におしっこひっかけとるもおんなじじゃ。反省する気なんぞ、はなからないゆうことじゃろ」

「おんなじ人間じゃと思うから、こっちもつい、人として当たり前の反応を期待してしまうがのう」

武雄は、もはや薄い笑いさえ浮かべて言った。憤りなどとっくに通り越し、呆れ果てた口調だった。

「あいつらは、文字通りの人でなしじゃ。気持ちどころか、言葉も通じると思うたらいけん」

健介の死から、約二ヵ月がたった十月五日。両親は、所轄の労働基準監督署に労災を申請した。

もし労災が認定されれば、健介の死が、勤務先の『山背』から課された業務に起因したものであったと認められることになり、遺族には労災保険が給付される。

「どうでもええんじゃ、お金なんか」比佐子は言った。「そんなもんが欲しかったら、とっくに『山背』から賠償金をたんまりもろうとる。けど、うちらはな、とにかくきっちり謝らせたいんじゃ、あいつらに。謝りもせんくせに、金さえ払うたらこっちが黙るじゃろうみたいな扱いは、いよいよ我慢ならん」

健介が社宅として使っていた部屋は、会社側がもうすでに解約してしまっていたので、武雄と比佐子はホテルを取らざるを得なくなっていた。

「東京はお宿がどこも高いけえね」

比佐子は嘆いた。広島なら半分の値段でもっといいホテルに泊まれるという。

「このままじゃったら『山背』とのあれやこれやは長引きそうじゃし、いっそのこと、小さいアパートでも借りたほうがええかもしれんね。こっちへ出てくるたんびにホテルなんか泊まっとったら落ち着かん」

そうじゃのう、そうしてしまえ、と武雄も言いだし、二人はなんと、広島へ戻るまでの間に手頃な賃貸アパートを一軒見つけ、さっさと契約まで済ませてしまった。ふだんから住むわけではないけれども、上京してきた時に、東京で働く〈娘〉とゆっくり過ごせる場所が欲しいのだ——そう事情を説明すると、入居審査にはわりにすんなり通ったらしい。

帰り際、比佐子は、千秋に合鍵を渡して言った。

「あそこは、うちらの作戦基地じゃけえね。帰ったら向こうから布団やら何やら必要なもんをまとめて日付指定で送るけえ、悪いけど千秋さん、その日は部屋におって荷物を受け取ってもらえんかねぇ」

千秋はもちろん二つ返事で了承した。作戦基地、という勇ましい言葉に、ともすれば弱気になりそうな心を鼓舞される思いだった。

翌月は、比佐子が一人で上京してきた。料理人である武雄自らが店を留守にすれば休業の札を下げるしかないが、女将一人ならまだいくらか融通はきく。

その上京の間に、ちょうど、千秋のところに宮下麻紀から連絡があった。報告したいことがあるというので、比佐子ともども三人で会うことになった。話の行方次第では、外で大っぴらに話せることばかりではない。こうしてみると確かに、部屋を借りたのは正解だったかもしれない。

知らせた住所を頼りにアパートを訪ねてきた麻紀は、比佐子に向かってまず頭を下げた。

「あの時は、申し訳ありませんでした。せっかく訪ねてきて下さったのに、ちゃんとお答えできなくて」

「そんなこと、気にせんといて。こうしてわざわざおいでて下さる気持ちだけで、どんなにありがたいか」

部屋の一隅に据えた小机の上に、千秋が銀のフレームに入れて飾った健介の写真がある。よかったら線香でも、と比佐子に促され、麻紀は、その前できっちりと正座をした。

「店長ってば……なんでそんな顔して笑ってるかなあ、もう」

写真に向かって語りかけ、手を合わせる。やがてこちらに向き直ると、目が真っ赤だった。

「さっそくですみません。ご報告は、いくつかあるんですけど」その赤い目のまま切り出す。

「じつは、『山背』のやつらが圧力かけてきたんです」

「圧力?」

驚いて訊き返す二人に、麻紀は、真剣な顔で頷いた。

「うちの今の店長は、前は副店長だった人で、薄田さんっていう社員なんです。名前のとおり印象の薄い人なんですけど、でも藤井店長のことはやっぱりかなりショックだったみたいで……そりゃそうですよね、あんなことになる前に自分が何かするべきだったんじゃないかって、あたしだってさんざん考えましたもん。とにかく彼、事件のあとは、あたしたちバイトスタッフともけっこう話すようになったんです。——あの、まどろっこしかったらごめんなさい。頭悪くて順番にしか話せないもんで」

「そんなこと」

千秋は苦笑した。これまで、麻紀の回転の速さにどれだけ助けられてきたことだろう。

「かえって、順番に話してもろうたほうが、うちらもわかりやすいけえね」と、比佐子も言う。「それで?」

「それで……前に伊東さんにはお話ししたんですが、覚えてます? ほら、社内の事情とかをもっと知るのに、藤井店長と同期で今は他店舗の店長をやってる社員を探してみるって話」

「もちろん」

「その件、曲がりなりにも社員なんだから薄田店長にも協力してもらおうと思って、まずはうちのバイト仲間の田代くんて人に相談してみたんです。彼ならしっかりしてるし、藤井さんのこと慕ってたし、何より薄田さんともわりと親しいんで、話を通してもらおうと思って」

「そしたら？　無理だって言われたとか？」

「いえ。薄田さんは頑張ってくれようとしたんですけど、なんか、社内でちょっとでも藤井店長のことを調べようとすると、すぐに壁に突き当たるみたいなんです。社員が誰でも見られるようなファイルには藤井さんの記録が見事に何にも残ってないし、人事とか経理とかの誰かをつかまえて訊こうとしても、調べがつかないか、微妙な顔して断られるかのどっちかだって。先週なんかは、お店にまで本部長が来て、よけいなことに首突っ込むな、黙って仕事してろって叱られたそうです」

「本部長？　もしかして、営業本部長の斎木さん？」

「あ、そうです、その人」

千秋の隣で、比佐子がくぐもった唸り声をもらした。

「で、薄田さん、あとから思いついて、店長だけが操作できるお店のパソコンをよくよく調べたら、藤井さんの過去の勤務記録とか、当時のシフト表とかが全然残ってないんですって。でもあたし、前に伊東さんからプリントアウトしたやつを見せてもらったじゃないですか。

あの資料には、藤井さんが自分の勤務時間を少なく申告してた跡が残ってましたけど、たぶん『山背』側も、後からそれに気がついて、ヤバいってことになったんじゃないですか？　だって、会社側で操作して消したとしか思えないんです。お店のパソコンは当然、会社のと繋がってますから、そっちのおおもとで操作されて消されたとしか」

「そんな……」

「まあ、ある意味、正しい判断かもしれないです。あたしじゃなくても店舗のスタッフなら誰だって、あの資料を見たら実態とは全然違うってわかりますからね」

「……阿呆らしいことを」比佐子がつぶやき、深々と嘆息する。「ああ、情けない。いったい何を考えとるんじゃろ。あれだけ大きな企業が、そんな姑息な手を使うなんて、どうかしとる」

「ほんとですよね」と、麻紀も目を瞬かせた。「おまけに、姑息ついでに、口止めに来ましたもん」

「え、どういうこと？」

「わざわざ来たんですよ。あたしと田代くんの二人ともが早番の日を狙い澄ましたみたいにお店に来て、名指しで呼んで、ちょっといいかって」

「それも、斎木本部長が？」

麻紀は、大きくかぶりを振った。

「ああいう人は、自分じゃ手を汚しません。来たのは、何だかうさんくさいおじさんでした。アルバイトの採用とか待遇とかを管理する部署の人間だって言ってましたけど、名刺もくれなかったから本当かどうかわからないです」

「口止めって、どういう？　脅されたとか？」

「いえ、さすがにそこまでしたら問題になっちゃいますもんね。そのへんは、なんとも巧妙っていうか、いやーな感じでじんわり圧力かけられましたよ。アルバイトとはいえ『山背』に勤務している以上は、その理念に対して忠誠心を持ってもらいたいとか、きみたちにも守秘義務というものがどうとか、それに反した場合は法的にどうとかこうとか……。要するに、『よけいなことを喋るな』ってだけの話を、さんざんねちねち言って帰りました」

「なんちゅう汚いやり方じゃ」と、比佐子が吐き捨てる。「あいつらのやりよることは、ある意味、尊敬に値するわね。人としてどもこもならん、いう点では終始一貫しとる」

おもむろに、比佐子は畳に手をつき、麻紀に頭を下げた。

「すまんかったねえ、宮下さん。健介のために、そんな嫌な思いまでさして」

「いいえ、そんなこと！　やだ、あの、頭を上げて下さい」麻紀は、おろおろと狼狽えながら言った。「こんなの全部、あたしがどうしてもそうしたくて、お願いしてさせて頂いてることなんですから。田代くんだって、薄田さんだってそうです。藤井店長のこと、どんなに後悔したってもう間に合わないけど、それでもせめて何かしたくて……そうしないと、居ても立ってもいられないから」

どうしよう、と救いを求めるように、麻紀がこちらを見る。

千秋は微笑み、黙って頷き返した。比佐子の気持ちも、麻紀の気持ちも、わかり過ぎて何も言えない。

「あの、ひとつだけ……」と、麻紀が再び切り出す。「ほんとは今日、これをいちばんお伝えしたかったんです。進展とも言えないくらいの話でしかないんですけど」

「どんなことでも大助かりじゃもの」

「ありがとうございます。さっき、薄田店長が本社でいろいろ調べようとしたって言いましたけど、その日にたまたま、前に藤井さんともども店舗営業研修の指導を受けた時の上司の人と会ったんで、思いきって探りを入れてみたんですって。藤井さんのことはほんとにびっくりだった、こっちはいきなりあとを任されちゃって戦々恐々だとかいうふうに、さりげなく内輪話を装って話してたら、向こうも乗ってきたみたいで……。まあ、無理もないですよね。いくら上から口止めされたって、みんな気になってるにきまってるんです」

それはそうだろう。同じ会社に勤める人間が、遺書も残さずに飛び降り自殺などすれば、理由についてさまざまな噂が飛び交うであろうことは容易に想像がつく。おまけに会社側は、皆が一番最初に想像するはずのその原因を、はなから否定してかかろうとするのだ。いよいよきな臭いと思われても仕方がない。

「それで、話してるうちに、その人のほうから言い出したんだそうです。『藤井と同期で、五年もたっていきなり実店舗を任されそうになった人間っていったら、キタノくらいだな』って」

「キタノ……」

「苗字しかわからないそうです。おまけにその人は、店長として配属っていう辞令の下りた直後に、自分から『山背』を辞めちゃったんですって」

「なんと」と、比佐子があからさまに舌打ちをする。「じゃけど、健介とは同期で間違いないんよね？」

「はい、上司の人はそう言ってたそうです」

「辞めたのはいつぐらいの話だったのかな」

千秋がつぶやくと、

「そう、それなんです」麻紀も身を乗り出した。「それが、つい最近なんですよ。藤井さんが亡くなった、そのすぐ後だったそうです」

比佐子と目を見交わす。

彼女も顔つきが変わっていた。

「何とかして、その人と連絡を取ることができたら……」

千秋の言葉に、けれど麻紀は苦い顔になった。

「あたしも同じことを思って、薄田店長に訊いてみたんです。社員名簿か何かを調べる方法はないのか、そうじゃなくても藤井さんと同期だった他の誰かを探して、キタノって人の消息を訊けないのか、って。だけど……『勘弁してくれ、もうこれ以上は無理だ』って言われちゃいました」

「無理？」

「ええ。営業本部長の脅しがだいぶ効いたみたいです。早い話が、びびっちゃったんですよ、あの人」

いまいましそうに言って、麻紀は唇をかんだ。

「……まあ、それが普通じゃろうねえ」比佐子がつぶやく。「雇われの身でそこまで調べて下さったんじゃもの、それだけでもありがたいと思わんと」

そうかもしれない。その薄田という店長にも生活がある。誰も彼もが健介のために、自身の立場を顧みず一緒に闘ってくれるなど、それこそ無理というものだ。

わかっていても、千秋は悔しかった。手がかりがそこにあるのは確かなのに、糸がぷつりと途切れてしまったのだ。

「〈キタノ〉って、どういう字を書くのかな」

「わからないんですよね、それも」麻紀もまた悔しそうだった。「薄田店長も言ってましたけど、今どきは個人情報がかなり厳しく管理されてて、ちょっとやそっとじゃ調べられないようになってるって」

「ええことには違いないじゃろうけど、困るねえ」

比佐子はため息交じりに言った。

わずかな情報は得られたものの、結局は八方ふさがりのままだ。

「千秋さん、くれぐれも身体を大事にね。あんたがいくら無理しても、健介はちっとも喜ばんのじゃけえ」

そう言い置いて、比佐子はまた広島へ帰っていった。気丈にふるまってはいるが、薄い肩が落ち、後ろ姿は寂しそうだ。

千秋は、ただただ悔しかった。相手は何しろ、国内有数の業績を誇る居酒屋チェーンだ。素人がたった数人で闘いを挑んだところで、向こうにしてみれば足もとでうごめく蟻(あり)くらいいほどだった。

焦燥が胃の底をあぶり、何をしていても集中できない。会社にいても営業で外を回っていても、〈ああ、こんなことをしている場合じゃないのに〉という思いに追い立てられる。手元がおろそかにならないようにと気持ちを張っているおかげで大きなミスこそしないで済んでいるが、そのぶん神経は日々すり減っていく。

営業先の中でもとくに親しくしている田丸恵美子には、会うたびずいぶん心配された。

「伊東さん、やっぱり無理し過ぎてない？　お医者へ行ったほうがいいんじゃない？」

ふくふくとした顔が曇るのを見ると、千秋の胸も痛んだ。夏からの短い間に五キロ近くも痩せたのだから、どこか悪いのではと疑われるのも無理はない。

「違うんですよ。会社の健康診断で、内臓脂肪とかの数値が引っかかっちゃって。お酒を控えただけであっというまに痩せるんだもん、どんだけ飲んでたんだって話ですよね」

笑ってみせながらも、胃がしくしくした。

（食いしん坊のチィにはダイエットなんか絶対無理だからあきらめろ、って……健ちゃんにはさんざんからかわれてたのにね）

あの春の日、並んで自撮りをした写真を眺めながら、千秋は語りかけた。

ぎゅっとくっついて笑み崩れる二人の後ろには真っ青な房総の海が広がり、波間に光の粒がきらきらと輝いている。健介のほうがリーチが長いから、彼が自分のスマホで撮って千秋に送ってくれたのだった。

自分はこうして痩せたりもするし、年齢だって重ねてゆくのに、健介はこの笑顔のままもう永遠に変わらないのだ。いつか、自分のほうが五歳上になり、十歳上になり、健介のつるりぴかりとした笑顔を眺めながらこちらだけがしわしわに干からびてゆく。

千秋ばかりではない、武雄と比佐子もまた、生活をしていく以上、健介のことばかりにかかりきりになっているわけにはいかない。

次に広島から連絡があったのは、比佐子が帰っていってから最初のお店の定休日だった。

「いっそのこと、正攻法でいったらどうじゃろう、ってお父さんが」

と、電話口の比佐子は言った。

毎度のように『山背』の内部に潜り込み、こっそり何かを調べようとしても限界がある。壁に突き当たるたびに痕跡が残り、それではかえって、向こうにとって表に出てはまずい資料のありかをわざわざ教えてやっていることになる。だったら逆に、正面からぶつかってはどうだろうというのが武雄の考えだった。

まずは斎木か沼田、どちらかの部長を通して、健介と同期入社した社員の連絡先を教えてほしいと頼む。十中八九、個人情報の保護を理由に断られるだろうが、やり取りを録音しておけば、申し入れをしたという事実は残せる。いつかこの先『山背』と本格的に事を構える事態になった時、そういった記録の積み重ねはいくらかでも有効に働くかもしれない。あちら側が、真実の究明に必要な情報を意図的に伏せた、という事例の一つとして。

千秋が賛成すると、ああよかった、と比佐子は言った。

「今日これから、電話してみようと思うんじゃ。また後で報告するけえ、待っとってね」

ありがたいことだと千秋は思った。

こんなふうに考え、こうしようと思っている、という具合に、健介の両親が前もってすべてを相談してくれる気持ちが嬉しい。頼りにしてもらえているのも本当だろうけれど、それ以上に、頼りにしていると伝えることでこちらを励ましてくれているのがわかるから、なおさら胸に沁みる。

夜になって、比佐子から再び連絡があった。案の定と言っては何だが、かんかんに怒っていた。

武雄が『山背』に電話をかけ、そちらの持っている情報を教えてもらいたいと申し入れた相手は、例の斎木本部長だったそうだ。一筋縄でいかないことはわかっていたが、沼田の頼りなさや優柔不断さに苛立つよりはまだ正面切って闘えると考えてのことだった。

ところが――。

「個人情報の保護を理由に、住所やら電話やらの連絡先を『教えられん』と言うんじゃったらまだしもじゃ！」めずらしく荒々しい言葉つきで、比佐子は息巻いた。「言うに事欠いて、なんね、あの言いぐさは！　あの男、自分をいったい何様と思うとるんじゃろう」

〈いくら、当社の社員はみな家族と申しましてもですね〉

斎木本部長は、送話口に苦笑めいた鼻息を吹きかけながら宣（のたま）ったそうだ。

〈お尋ねの人物は、店長としての任務ひとつ果たすこともできないまま、敵前逃亡のように辞めていった男ですよ。そんな勝手な人間が退社した後の行き先まで、把握しておく義務も権利も、我が社にはございませんのでね〉

「なんであないちいち、人を小馬鹿にしたような物言いしかできんのじゃろうね、あの男は」

苛立つ比佐子に、千秋は言った。

「自分を賢いと思いこんでる馬鹿ほど、始末に負えないものはないですね」

「そう、それよ！　千秋さん、よう言うてくれたわ。はあ、スッとする」

怒りのあまり気が張りつめていたのか、比佐子は、〈スッとする〉と同時に少し情けない声になった。

「その、キタノって人が退社した後の行き先なんて、こっちもはなから訊いとらん。あくまでも、辞める前の連絡先でええから教えてくれと言うとるだけじゃのに」

〈退社とほぼ同時に、個人情報に関するデータはすべて抹消しております。こちらに記録が残っていればお教えすることもできたのですが、お力になれなくて申し訳ありません〉

この先、万一何かわかりましたらお知らせしますので。慇懃無礼を絵に描いたような調子で言い、斎木は電話を切ったという。

「たとえ先で何かわかったとしても、あの男が正直に教えよるとはとうてい思えんわね」

電話の向こうの比佐子がいまいましげに言う。

「そうでしょうね。でも、とにかくこちらがキタノという人の連絡先を尋ねたことも、向こうがそれをデータが残っていないという理由で断ったことも、録音できたわけでしょう？　それだけでも進歩ですよ、きっと」

比佐子が、ふう、とため息をつく。

「うちらの中で、千秋さんがいちばん大人じゃわ」

言われて、つきん、と胸が痛んだ。

大人――というのは通常、無駄に怒ったり苛立ったり、感情任せに誰かを責めたりといった振る舞いをしない人のことを言うのではないだろうか。だとすれば、自分はまったく大人なんかじゃない。もしもそう見えるとしたら、気持ちを波立たせないようにと、懸命に両手でかかえて抑えこんでいるからだ。

正直言ってそれは、水の上を歩くのと同じくらい難しいことだった。ニトロを満載したトラックを運転しているも同然の緊張を強いられることだった。けれど、一度でも大きく気持ちが波立ってしまったら、次に平静を取り戻すまでにどれだけかかるかわからない。それが怖くて、たとえば斎木本部長のような相手からどんなに腹立たしいことを言われようが、世の理不尽を突きつけられようが、自然な感情を殺し、できる限り怒らずに対処しているというのが本当のところなのだ。

そんな苦しさを「大人」の一言で簡単に片付けられてしまうのは、ちょっとたまらない。心の裡でうつむいて、小さく石ころを蹴りたいような気持ちになる。

黙ってしまった千秋から、何かを感じ取ったのだろうか。比佐子が、ふと言った。

「けどなあ、千秋さん」

「……はい」

「しつこいようじゃけど、頑張り過ぎたらいけんよ。自分の限度を知らんのは、ただの阿呆じゃや。健介がええ見本じゃろ」

「おばさま……」

「な。私の言うとるのは、身体だけのことではないんじゃけえ。気持ちのことも、もちろんじゃけえね。ええね」

そうこうするうちにも、日々は過ぎていく。

時間は相変わらず伸び縮みした。飛ぶように過ぎてゆく時もあるかと思えば、たったの一日が永遠に終わらないように感じられる時もあった。

労災を申請した労働基準監督署からは、まだ何の音沙汰もない。

おかしい。こんなに待たされるとは聞いていない。何かの理由で調査が行き詰まっているのなら、せめて途中経過を知らせてくれればこちらも協力のしようがあるのに、何ひとつ言ってこないばかりか、問い合わせれば「調査中です」としか答えてもらえない。千秋たちの苛立ちは煮詰まって凝ってゆくばかりだった。

「誰か、専門の人に相談してみたほうがいいんじゃないかな」

中村さと美は言った。『銀のさじ』の社員食堂でランチをとっている時だ。

以前の千秋は、たとえ残業や飲み会の翌朝でもできるだけ弁当を作って持参していたが、健介がああいうことになってしまった後では、社食で済ませるかコンビニで見繕うことが増えた。手作り弁当で地道に貯金したとして、それが何になる？　節約が美徳であるのは確かだが、二人で描く未来が消えてしまった今ではもうひとつ身が入らない。こんなことではいけないとわかっていても、日々の生活をきちんと積み上げてゆくことに積極的になれない。

　さと美が選んだのと同じBランチを、もそもそと食べながら訊き返す。

「専門の人って？　探偵みたいな人？」

「違うって。そういう内偵調査の専門じゃなくて、労災のほう。そりゃ、専門ってことで言えば労基署こそが専門なんだろうけど、動いてくれないんじゃ話にならないじゃない。だったら、労基署を動かせるような人を誰か頼んでみたら、ってこと。そっち方面が得意な弁護士とかさ」

「そっち方面……」

「うん。ネットで、たとえば〈弁護士〉〈労災〉〈労働紛争〉って入れて検索したら、いっぱい出てくると思うよ」苦手なニンジンを当たり前のように千秋の皿に移しながら続ける。

「それか、知り合いに弁護士がいたら、その人の伝手で紹介してもらうとかね。ああいう人たちってみんな専門が違うから、やっぱその方面に強い人に頼むのがいちばんじゃん。とりあえず事情を話して相談に乗ってもらってみたら、次の道が開けるかもしれないし。正式に依頼するかどうかは、その後で決めればいいんだもん」

　ひと息に言ったさと美が、千秋を見て、怪訝な顔になる。

「うん？　私、おかしなこと言った？」

　千秋は慌ててかぶりを振った。

「全然。ただ、びっくりしただけ。さと美がこういうことに詳しいなんて思ってなかったから」

「ああ、うん」彼女は苦笑いを浮かべた。「詳しいってほどじゃないんだけどさ。じつを言うと、前に、付き合ってた彼氏と別れる段になっていろいろ揉めたことがあってさ。すっかり精神的にまいっちゃって、たまたま弁護士やってる先輩に話してみたら、そんなの一人で悩むやつがあるかって言われて……。ほんと、専門の人が間に入ってくれるだけで、あっけにとられるほど話が早く進んだの。今まで揉めてたあれは何だったんだって、思わず笑っちゃうくらい」

　さと美は小さな頭をかしげるようにして、じっと千秋を見た。

「誤解しないでね。つまんない男との別れ話のもつれと、千秋の抱えてる問題を一緒くたにしてるつもりはないんだよ。ただ、ほら、知らない土地で道に迷った時って、地元の人をつかまえて訊くじゃない。それと同じことじゃないかなあって」

じつに単純なたとえだったが、それだけに深く胸に落ちる。

「そうだね。わかった。今夜にでも、広島のご両親と相談してみる」

ありがとうね、と千秋が心から伝えると、さと美は黙って、にこりと微笑んだ。

トレイを返却口に運んでいき、二人して営業部の席に戻った時だ。

「伊東くん」

背後からかけられた声の硬さに、千秋ははっとなってふり返った。

椅子のすぐ後ろに立っていたのは鷹田課長だった。

「ちょっと来てくれるかな。手が空いたらすぐに」

物言いが、いつもとは違っていた。どこがどうとは言えないのだが、とにかく硬い。我の強い上司ではあるが、互いの間に信頼関係はあるはずで、こうまで威圧的な態度をとることは稀だ。喉が、こくりと鳴る。

「……はい。ただいま伺います」

無言で頷いた鷹田がデスクへ戻ってゆく。スーツをぴしりと着こなしたその後ろ姿を見送った千秋は、視線を戻し、さと美と目を見交わした。困惑げに眉をひそめ、小さく首を横に振ってよこす。心当たりはない、と言いたいのだろう。

最近担当した案件を思い返してみる。どこかで何か粗相をしただろうか。あるいは予定に穴を空けて気づかないままでいるのだろうか。少しでも気を抜くと、どれだけ上の空になってしまうかは、自分でもわかっている。念のため、デスク上のメモにさっと目を通し、急を要する案件がないことを確認するとすぐに席を立った。近づいていくより早く、鷹田が気づいて立ちあがり、隣の会議室へと千秋を促す。

「そのへんに座って」

戸惑いながらも椅子を引き、「失礼します」と腰を下ろす。鷹田は、長机をはさんだ向かいにどさりと座った。

「先に断っておくと、仕事のことではないんだ」

あてがはずれて「え」と顔を上げた千秋に、鷹田は続けた。

「プライベートのことにまで踏み込みたくはないんだが、こちらにも立場というものがあってね。単刀直入に訊くよ。伊東くん、きみ……あの『山背』を相手取って、いったい何をするつもりでいる？」

言いながら、両手を組み合わせ、長机の上に置く。

千秋は、鷹田のその手を見つめた。動悸がおそろしく速くなり、テーブルの下で膝が震えだす。

「答えてくれないか」

「……どうしてですか」

「うん？」

「どうして課長が、そんなことをお訊きになるんですか」

静かな会議室に、重たいため息が響く。太筆で線を引くかのようなくっきりとしたため息だ。親指と親指を苛立たしげにつつき合わせながら、鷹田は言った。

「きまってるだろう。『山背』が、うちの大得意だからだ」

千秋の吸いこんだ息が、そのまま止まった。耳の奥がざくざくと脈打つ。

「全国の『山背』関連のチェーン店で使われている我が社の製品は山ほどある。だしの素やコンソメに始まって、業務用のソースからシーズニングソルトから……それだけじゃない、『山背』の名を冠して店頭販売しているレトルト食品も、各種ドレッシングも缶入りスープも、実際にはうちの工場で作ってる。もちろん、知らないわけはないよな」

知っている。知っているがしかし……。

「なのに、最近うちの社員が、その大得意の内情をあれやこれや嗅ぎ回ってるというじゃないか。それもよりによって営業部の社員が、だ」

千秋は、浅い息を継いだ。

どうしてこちらの素性が向こうに、などと訊くまでもなかった。あの日だ。健介が亡くなって、広島から駆けつけた彼の両親が、遺体と対面したその直後——。警察までやってきた斎木本部長たちが、名刺を差し出したものだから、自分も同じく『銀のさじ』の社名の入った名刺を取り出して手渡した。あの時はまさか、後にこんなことになろうとは思いもしていなかったのだ。

「でも……」かろうじて反論を試みる。「こちらが〈嗅ぎ回ってる〉としてですけど、それが何だっていうんですか。法を犯すようなことはしてません。どうしても知る必要のあることを、どうぞ教えて下さいと申し入れているだけです。筋はきちんと通してます。向こうに疚しいことや隠さなきゃいけないことがないのなら、堂々としていればいいじゃないですか。こんなふうに裏から手を回して圧力をかけるってことはつまり、」

どん、と音がして、千秋はびくっとなった。

鷹田課長が、組んだままの手を長机に打ちつけたのだった。

「誰もきみに正論など訊いていない」

大きな犬が唸るかのような、凄みのある物言いだ。

「いいか、伊東くん」手の甲に腱が浮き上がるほど強く両手を握りしめ、千秋を射るように見つめる。「俺だってな、できればこんなことを言いたくはない。恋人をああいう形で亡くしたきみが、どれほど辛かったか、毎日をどんな気持ちで過ごしているか、いまだにどれほどの憤りを抱えているか……そういうことがわかっていないわけじゃないんだ。実際、だからこそ今まで俺は、立場を超えてできる限り力になってきたつもりでいる。違うか」

千秋は、上司を見つめ返した。

鷹田の顔は、苦渋に満ちていた。言いたくもないことを、それでも言わなくてはならない立場が如実に伝わってくる。

「……いえ。おっしゃる通りです」

健介が亡くなった直後、親兄弟でもないのに一週間以上もの休みを取ることができたのは、さと美の協力や口添えはもとより、たしかに鷹田課長が親身になってもろもろ取りはからってくれたからこそだ。その後、広島から彼の両親が上京して来る時などに、定時で退社したり、半休を取らせてもらったりといったことも、鷹田の承認や黙認があって初めて可能になっている。

だからよけいに、うまく呑み込めなかった。仕事の上では押しが強く傲岸なところはあるにせよ、基本的に信頼するに足る、人情味ある人物として尊敬もしていた上司が、肝心のこういう場面で、こんなにも情けなく腰の引けたことを言いだすとは……。足をすくわれたようだ。

「課長には、感謝しています。本当に」

千秋は言った。鷹田に恨みがましい目を向けまいとすると、どうしても睨むような目つきになってしまう。

「でも、だからこそ納得できないんです。そんな、業務に全然関係のないことでねじ込んでくる『山背』も『山背』ですけど、課長にしたって、どうして向こうの言うことを黙って聞かなきゃならないんですか。らしくないじゃないですか」

すると鷹田課長は、黙ってゆっくりと頭を振った。椅子の背にもたれかかる。

「あのなあ、伊東くん。きみだって、社会に出たのが昨日今日というわけじゃないんだからわかってるはずだろう。白いものを黒だとクライアントが言えば、どんなに真っ白に見えてもそれは黒なんだ。今さら驚くには当たらない。そういう理屈の中で、きみもずっと仕事をしてきたはずなんじゃないのか」

千秋は、唇を噛んだ。渦巻く怒りと失望のあまり、言葉が出てこない。

「そもそも、うちの皆川(みながわ)部長、な。あの人が、あそこまでスピード出世したのがどうしてだか知ってるか。『山背』の草創期に、うちの社との業務提携を結ぶところまでこぎ着けた、っていう実績があるからだ」

千秋は頷いた。その話は、何年か前に酒の席で、別の上司の口から聞かされたことがあった。多分にやっかみを含んだ語り口だったのを覚えている。

「その皆川部長のところへ、昨日、『山背』から直々に〈忠告〉があったわけだ」

「……忠告？」

「ああ。なんでも、こう言われたそうだよ。〈『銀のさじ』に成り代わりたい同業他社はいくらでもいる〉と」

長机の下で、千秋は思わず両手を握りしめた。手のひらに爪が食い込む。なんて、汚い。いったいどこまで汚いまねをすれば気が済むのだろう。

「ま、そんなわけで、今朝は俺が、部長から呼び出されてたってわけさ」

「え」

「そう、ちょうど今のきみみたいにな」

どこかが痛むように眉をひそめて笑うと、鷹田は千秋から視線をそらし、窓の外を見やった。

「言い訳にもならんが、この会社にいる以上、俺にも立場というものがあってね。部下の監督不行き届きだと言われれば、監督しないわけにはいかないんだよ。それがどれほど理不尽でも」

千秋は、ゆっくりと息を吸い込んだ。先ほどまでよりも、少しだけ呼吸が楽になっていることに気づく。

「課長も、理不尽だとはお思いになるんですね」

鷹田が、怪訝そうに千秋に視線を戻す。

「……思うなら、何だっていうんだ」

「いえ」千秋は、ふっと微笑んだ。「だったら、課長のことを嫌いにならないで済むなあ、って」

「は？」鷹田の眉根の皺が深くなる。「なんでだよ。俺は、『山背』を敵に回す気なんかないぞ」

「そんなこと望んでません。これは、彼のご両親と私の個人的な問題なんですから」

千秋は、あえて毅然と顎を上げてみせた。

「これから先も、もし『山背』から圧力がかかったら、課長はそのたんびに部下を厳しく〈監督〉して下さればいいんです。私は素直に頷いて、聞き流しますから」

「おいおい」

「皆川部長には、いくら脅しても私が言うことを聞かないんだって、そう報告なさって下さい。きっと、皆川部長だって、一応注意したっていう面子さえ保てればそれでいいんじゃないかな」

「ちょっと待て、伊東くん」

はずですよね？」

「私のほうから辞表を出さない限り、会社はそんな一方的な理由で社員をクビにはできない

「いや、まあその、そうは言ってもだな」

「はっきり言って『山背』にしたってですよ？　本気でうちとの業務提携を解消しようなんて考えてるわけがないじゃないですか。同業他社でも替えがきくみたいなこと、言うのは簡単ですけど、実際に仕入れのルートから自社ブランドの商品開発からどれもこれも一からやり直したら、どれほど莫大な費用がかかるか。そういう無駄は、社長の山岡誠一郎のいちばん嫌いなことのはずです。最初っからただの脅しにきまってますよ。セコいったらないっていうか、ほんとにもう、バカじゃないのか『山背』」

言い捨てて、ふう、と鼻からため息をついた千秋を、鷹田課長はまじまじと見た。あっけにとられたような顔だ。何かを言いかけては口をつぐむ。やがて、ため息交じりに言った。

「きみは……やっぱり、強いなあ」

その瞬間、腹の奥底から噴き上げる思いはあった。

千秋は、それらのすべてを呑み込んで言った。

「ええ、そうですよ。でなきゃ、あんな化け物企業とは闘えませんせん」

15

待てど暮らせど、労働基準監督署からの返答はない。

千秋が、健介の両親とともに初めて弁護士のもとを訪れたのは、季節がすっかり冬に変わった頃だった。健介の死から、はや四ヵ月が過ぎていた。

中村さと美の先輩から伝手を辿って紹介してもらった、佐久間孝彦という初老の弁護士の事務所は、古いビルの二階にあった。儲かっているふうではなかったが、質素にして堅実な調度品がかえって落ち着きを醸し出していた。

千秋たちからこれまでの経緯を聞くと、佐久間は言った。

「どうしてもっと早く相談に来て下さらなかったんですか」

千秋は、武雄や比佐子と目を見合わせた。こんな場が不慣れな二人は、やや気後れしているようだ。

「資料をきちんと揃えて労基署に申し立てをすれば、早々に労災を認めて頂けるだろうと思っていたんです」と、千秋は言った。「でも、なかなか返事を頂けなくて、待っているうちに時間が経ってしまって……。『山背』のほうにしても、協力的と言うにはほど遠い態度ですし」

そうでしたか、と佐久間が頷く。

グレンチェックのツイードの背広がしっくりと似合っている。姿勢が良く、面差しは柔和だが、話していると時折ふいに目つきの鋭くなる瞬間がある。千秋はそれを頼もしさと受け止めた。

これまでにも労働紛争を多く手がけてきたという佐久間は、千秋たちの話を聴き、持参した沢山の資料にひととおり目を通した後で、銀縁の眼鏡を外し、目頭を揉んだ。

「どうですじゃろうか」と、武雄が言った。「正直なところ、ここまでが今わしらにできる精一杯なんじゃけど」

「いや、よくこれだけの資料を集められましたね。個人でここまでできる方はなかなかいませんよ」

「このひとが、ほとんど一人で頑張ってくれんさったから」と、比佐子が千秋を指す。「私らはどうしても広島のほうにおるもんで、何もかもこのひとに頼ってしまうことになるんです」

「一人でだなんて、そんな」

千秋は慌てて言った。実際に動いたのはそうかもしれないが、本当に一人きりだったら今もまだ泣き暮らしてばかりだったろう。

「いや、ご事情はよくわかりました」

佐久間は再び眼鏡をかけた。少し言い澱んだ後、武雄の顔を見る。

「正直に申し上げます。これだけの資料をもってしても、労災の認定については、かなり厳しいと言わざるを得ません」

三人それぞれに息を呑んだ。

「ど……どうしてじゃろう」と比佐子が前屈みになる。「何が足りませんか」

「証言、ですね」

「証言」

「ええ。亡くなった健介さんと、同じ店舗で働いていたスタッフの証言は、なるほどこの資料の中にある。この先もし裁判にでもなれば、証人として立つ意思がある。そうですね？」

問われて、千秋は頷いた。「その通りです」

斎木本部長から脅しをかけられたという店長の薄田は頼りにできないとしても、アルバイトの長い宮下麻紀は、健介の勤務の実態がどんなふうであったか、すべて包み隠さず証言すると言ってくれている。『山背』が主張する労働環境とはかけ離れたものだ。その彼女の証言があるのに何が足りないというのか。

「これだけではまだ、一方的過ぎるんです。できれば本社の側で、誰か証言してくれる人がいると助かるんですけどね。健介さんの場合、亡くなる直前に、ええと何と言いましたっけ、赤字経営の日を」

「テンプク」

「そのテンプクを出してしまったということで、本社に呼ばれている。そう、ドック入り、でしたか。翌週にも再び赤字が出て、おそらくはまた呼ばれるはずだった。健介さんが亡くなられたのはその狭間だったわけですが……いったい、本社での上司たちからの責任追及や叱責がどれほど厳しいものであったのか、どういう状況のもとで行われたことなのか。それらを目撃した人の証言はここにはない。アルバイトの宮下麻紀さんの言葉は、歴代の店長の様子を見てきた上での推測に過ぎませんから」

「でも」千秋は懸命に言った。「本社でのその定例会議は、役員ばかりが出席するものだと聞いています。そんな人たちが証人になってくれるなんてことは……」

「ええ。まず、あり得ないでしょうね」

「そんな……」

言葉を失った。見ると、武雄と比佐子もまた茫然と肩を落としている。佐久間弁護士の言うことがどれだけ実現困難かわかっているからだ。

「何か……何か他に、手立てはないんですかいねぇ」

すがるように訊く比佐子に、佐久間は、むずかしい顔を向けた。

「まだ何とも言えませんが、とにかく探してみましょう。どんな小さなことでも、できることは全部やらないと、労災は認めてもらえませんから」

「何も、お金が欲しい、ゆうんじゃないのです」武雄が言った。「わしらはただ、『山背』のやつらに思い知らせてやりたいんじゃ。間違いを、間違いじゃったと認めさせて、社長の口からきっちり謝ってもらいたい。それだけなのです」

「わかりますよ」佐久間は言った。「よく、わかります」

「ありがとうございます。先生にそう言うてもらえると、ほっとします」

「いや、それはまだ早過ぎます。労災が認定されたとして、それでようやくスタートラインについただけ、といったところですからね。『山背』の山岡社長に頭を下げさせるのがゴールであるとすれば、道のりはまだまだ遥かに遠いですよ」

「はい。覚悟はできています」

千秋の言葉に、武雄も比佐子も強く頷く。

佐久間の目が、銀縁の眼鏡の奥でかすかに笑んだ。

「とにかく、一歩ずつ、できることからやっていきましょう。まずはその、健介さんと同期ですでに退職したという〈キタノ〉さんですか。その人の連絡先について、労基署から『山背』に聴取してもらえるように、私のほうから要望を出してみます」

「そんなことができるんですか」

「あくまで要望ですけどね。皆さんのおっしゃる通り、店舗への配属が決まったとたんに辞めた、それも健介さんの亡くなった直後に、というあたりがどうも気になります。何か、事情がありそうだ」

千秋たちとの約束通り、佐久間弁護士は翌日さっそく管轄の労働基準監督署を訪れ、故・藤井健介と同期入社をした〈キタノ〉という人物の連絡先について、『山背』に聴取をして頂きたいと申し入れた。

やがて、労基署から返答があった。

〈すでに退職した社員の連絡先はわからない、と『山背』が言っているので、聴取できませんでした〉

まるで子どもの使いのような返答に憤り、佐久間自らも『山背』本社に問い合わせたのだが、結果は同じだった。

〈その人はもう弊社を退職していますので、連絡先は把握しておりません〉

退職後の連絡先でなくていい、入社時点のものでかまわないからと食い下がっても、辞めた社員の個人情報はすでに抹消されています、とのお馴染みの答えしか返ってこなかった。

千秋が広島へと飛んだのは、佐久間弁護士からその旨の連絡を受けた翌週の土曜日だった。折り入って頼みたいことがある、と比佐子に言われたのだ。

「お久しぶり。遠いとこをよう来てくれんさったねえ」

空港まで出迎えた比佐子の運転で、広島市内へ向かう。車窓から眺める風景がどれもよそよそしく感じられるのは、隣に健介がいないせいだ。

——もう一度、彼と見たかった。

そう思わないものなど、この世にひとつもない。目にするものだけではなく、何を聞いても、何を味わっても、二度とふたたび健介と分かち合うことはできないのだという絶望を積み上げてゆく数ヵ月だった。今は少しずつそれにも慣れて、まだ片付かない悔しさと、静かな諦念との、ちょうど道半ばくらいに千秋は居る。慣れてしまうことがまるで健介への裏切りのようにも思えて哀しい。

市内にある創作料理の店『ふじ』の二階が、武雄と比佐子の住まいだ。大学進学とともに上京する前は、そこに健介も一緒に暮らしていた。

夜の部の仕込みにかかっている武雄に挨拶をし、千秋が二階へ上がると、

「疲れたじゃろう、まずはゆっくり寛いで」

比佐子は、美味しいお茶を淹れて出してくれた。店に出るときは着物だが、今はセーターとパンツというラフな格好だ。

「おばさまたちこそ、いつも東京までいらっしゃるの大変でしょう？」

「いやいや、大丈夫。私らも、おかげでだいぶフットワークが軽うなったんよ」

冗談めかして言い、比佐子は自分もお茶を一口すすった。階下からは、板前に指示を飛ばす武雄の濁声が聞こえてくる。耳を傾けていると、やがて比佐子が言った。

「千秋さん、前の時、あの子の部屋は見たんじゃったんよねぇ？」

「あ、はい。お邪魔させて頂きました」

前回、下で昼食をご馳走になった後のほんの二十分くらいだったろうか。武雄と比佐子は引き続き店で働いていたから、二階には健介と千秋の二人きりだった。

彼が生まれ育った家、ずっと寝起きしていた部屋だと思うと何もかもが目に愛おしく、無作法とは思いながらもついきょろきょろしてしまったのを覚えている。あれは何、これは何、と興味津々で訊いていたら、いきなり抱きすくめられ、パイプベッドに横たえられたことも。そのあとのキスが、いつにも増して優しかったことも。その先のことはもちろんなかったけれど、甘美で濃密な二十分だった。

「それで、頼み事というのはね」比佐子は、ポットから急須にお湯を注ぎ足しながら言った。「申し訳ないんじゃけど、整理を手伝うてはもらえんじゃろかと思うて」

「整理、ですか」

「そう。あの子の部屋ね、前から、いつ帰省してきても泊まれるようにそのまんま残してあったんじゃけど、じつは今もまだほとんど手つかずなんよ。お父さんも私も、東京の社宅の部屋を片付けて始末しただけで、なんちゅうか、気力を使い果たしてしもうてね」

「……わかります」

「ずっと、ようさわれんかったの。引き出し一つ開けて、またそのまま閉めてしもうたわ。こんなこと、千秋さんに頼むのもほんとに申し訳ないんじゃけど、整理する間、ただ一緒におってくれるだけでも助かる」

「もちろんです。私でよかったら」

廊下の奥の六畳間。襖を引き開けると、水のようにひんやりとした空気が流れ出てきた。比佐子が灯りをつける。パイプベッドの上にきちんと畳まれた布団を見るなり、押し寄せる記憶に胸が詰まった。

千秋はそっと足を踏み入れた。比佐子と二人、黙ってあたりを見まわす。

健介の死後もこの部屋をそのままにしておいた、武雄と比佐子の気持ちがよくわかる。辛くてとてもさわれなかったというのも本当だろうけれど、それ以上に、ここに閉じ込めた空気を乱すことで、かすかにでも残っている息子の気配や匂いを失いたくなかったに違いない。

言葉少なに指示をする比佐子に従って、一緒に荷物を整理してゆく。東京の社宅を引き払う際に送った段ボール箱が、壁際にいくつも積み上げられているのを、まずは一つひとつ開けてゆく作業だ。

中には、衣類や、本棚の中身などがとりあえず詰めてあった。机まわりの書類などにはひととおり目を通し、『山背』関連の資料を別にしてから荷造りしたので、ここにあるのは本当はもう必要のないものばかり――いわば、藤井健介という人間の残滓(ざんし)だった。

「そういえば、千秋さんに、形見分けってまだしとらんねえ」

比佐子の言葉に、千秋は慌てて首を横に振った。

「そんな……私は、もう充分頂いてます。誕生日やクリスマスに、健ちゃんがいろいろ贈ってくれましたから」

「そうなん？　この部屋で、これは欲しいなあて思うもんがあったら、何でも持ってってね。千秋さんに大事にしてもろうたら、あの子も嬉しいじゃろうし」

「ありがとうございます」

「まあでも、あれじゃや。こんなこと言うといて矛盾するようじゃけど、この件が終わったら、うう、終わらんでもそれはそれとして、千秋さんは自分のこと一番に考えんといけんのよ。誰か好きな人ができたら、いつでもその人と幸せになってええんじゃけえね」

まだまだあり得ない、と思ったが、千秋は、微笑んでみせた。

「はい。肝に銘じておきます」

一つめの段ボール箱に入っていた本を出し終え、二つめの箱に取りかかろうと手を伸ばす。その拍子に、膝頭がぶつかり、積みあげた本の山が崩れた。

散らばった本を拾い、また積もうとした時だ。何冊目かの本の間から、ぱさりと一枚の紙が落ちた。二つに折られたそれを何気なく開いたとたん、千秋の目は、動かなくなった。

心臓が暴れて、背中に体当たりする。

脈動の音が、ざくんざくんと耳元で響く。

「……おばさま」

「ん、何ね？」

別の段ボール箱を開けようとしている手を止めて、比佐子がふり返る。

「こ……れを、見てもらえますか」

二つ折りの用紙を広げている千秋の手が、小刻みに震えているのを見て取ると、比佐子は顔色を変えてそばに来た。

床に膝立ちのまま、隣から覗き込み、同じように息を呑む。

「千秋さん、これってまさか」

「そう、ですよね」声まで震えた。「間違いないですよね」

名簿、だった。健介と同期で入った社員全員の。

「どこにあったん？」

「今、本から落ちたんです。これ、この山岡社長の書いた啓発本。間にはさんであったみたい」

比佐子が、千秋の顔をまじまじと見て、再び用紙に目を戻す。

三十名ほどの名前の横に、それぞれ住所と電話番号が記されている。その多くは携帯の番号だ。

千秋は、自分でもおかしいほどぷるぷると震える指先で、リストの上から六番目にある名前を指した。ささやくように、比佐子が読み上げる。

「喜多野(きたの)、雅彦(まさひこ)」

「きっと……これが、あの」

「そうじゃ、きっとそうじゃ。キタノさんて人、ここにはこの人ひとりしかおらんもん」

比佐子は、ぺたんと尻を落とした。

「ああ、やっとじゃ……やっと見つかったわ、手がかりが」語尾が激しく揺れる。「ああもう、なんてお礼を言うたらええんじゃろう。ありがとう。ほんとにありがとうねえ、千秋さん」

「そんな、私は何もしてません。偶然出てきただけなんですから」

「何を言うとるの。こんなものすごい偶然があるわけないじゃろうが。あの子が……健介が、知らせてくれたにきまっとる。千秋さんがわざわざ東京からこんな遠いところまで来てくれんさったから、これは自分も何とかせにゃいけんて、そう思うたんじゃわ。絶対そうじゃ」

比佐子は手の甲で涙を拭うと、

「そうじゃ、お父さんにも知らせんと！」

すぐさま階下の店に降りた。

仕込み中の武雄も、さすがに手を止めてひととおり聞き終えると言った。

「今から思うたら、虫の知らせじゃったんかもしれんのう。あいつの部屋を整理するだけじゃのに、おまえ、なんとか千秋さんにも来てもらえんじゃろか、て何べんも言うとったもんなあ」

キタノ――喜多野雅彦。この姓名の他に、とにもかくにも『山背』に在籍した時点での住所と、携帯の番号が記された名簿。これだけの情報があれば、たとえ住まいや携帯が変わっていたとしても、居所を調べる手だてはあるだろう。

「どうしましょう。電話してみますか？」

「そうじゃのう。まずは通じるかどうかじゃけえな」

頷く武雄に、比佐子は不安げに言った。

「じゃけど、もし通じたとして、私、電話でそういうこと、ちゃんと説明できるかどうか自信ないわ。どうでもええことじゃったらいくらでも喋れるんじゃけど、こういうきっちりした話になると……。すまんけど、千秋さん、頼めん？」

「えっ、私がですか？」

千秋は、驚いて二人を見やった。比佐子だけでなく、武雄までがうんうんと頷いている。

「でも……何て名乗れば」

「藤井健介の身内、ってことでどうじゃろ」と比佐子は言った。「実際、もう身内もおんなじじゃもの」

身体の芯が、じんわりと熱くなる。思いをこらえて、千秋は自分のスマートフォンを取り出した。比佐子と一緒に名簿を覗き込み、画面の数字を一つひとつ確かめながら押す。開店準備を進めるスタッフに短く指示をした武雄が、再びこちらに向き直る。

最後に発信ボタンを押すと、千秋はスマホを耳に当てた。息を殺し、呼び出し音を数える。

身構えて待つうちに、ふっと呼び出し音が途切れた。怖ろしいような数瞬の空白ののち、女性の声が言った。

〈ただいま、電話に出ることができません〉

がくりとなったが、急いで気持ちを立て直す。とりあえずつながりはしたのだ。使われていないよりはよほどいい。

三十秒以内で用件を話すようにと言われ、千秋は急いで頭を働かせた。武雄と比佐子の顔を見ながら、一つ咳払いをする。ピーッと音が鳴った。

「初めまして。こちら、喜多野雅彦さんのお電話で間違いございませんでしょうか。わたくし、亡くなった藤井健介の身内の者で、伊東千秋と申します。喜多野さんに、『山背』についてのお話を伺えないかとご連絡いたしました。またこちらからお掛け直しいたしますので、お忙しいところ恐縮ですが、どうかよろしくお願いいたします」

こちらの発信番号は通知されているはずだ、と思ったと同時に、再びピーッと鳴った。きっかり三十秒だった。

電話を切った千秋に、

「……どうじゃった？　その人の電話じゃった？」

と比佐子が訊く。

「それが、まだ」千秋は言った。「留守番電話になっていて、はっきりとはわからないんですけど。とりあえず、少し時間をおいてまたかけてみましょう」

両親ともに、ふうう、と大きな息を吐く。よほど緊張していたらしい。

「すまんねえ。何もかも頼りっきりで」

そろそろ自分も身支度をしなくては、と比佐子が言う。客を旨い料理と酒でもてなすのが、大将である武雄の務め。きりりとした着物姿と気の置けないお喋りでもてなすのが、女将である比佐子の務めだ。

千秋が、比佐子の後ろから二階へ上がろうとした時、ふいにスマホが鳴りだした。慌てたあまり、階段の途中で蹴躓きそうになる。クラシックな電話のベルの音だ。健介がいなくなってから変えた。そうしないと、「風は西から」が鳴るたびに、健介からだとうっかり期待しては、その後でどうしようもない気持ちになるからだ。

比佐子が二階からふり返って凝視し、階下からは武雄が顔を覗かせる。鳴り響くスマホの画面には、今かけたばかりの携帯番号が表示されている。千秋は思いきって応答のボタンを押し、再び耳に当てた。

「……はい、伊東です」

言いながら、比佐子と、そして武雄と目を見交わす。

「あ、もしもし、こんにちは」と、男性にしては少し線の細い声が言った。「あの、先ほどお電話を頂いた喜多野です。すぐに出られなくてすみませんでした」

千秋の安堵の顔を見て、相手が当人であることを悟ったのだろう。武雄が胸をなで下ろし、比佐子が階段の上でへなへなとしゃがみ込む。

「いえ、こちらこそ。いきなり不躾にお電話をしてしまってすみません」

今すぐこちらからかけ直すと言いかけたのだが、このままで構わないと遮られた。

「それより、伝言聞きました」と、喜多野は言った。「藤井くんのことは、僕も本当にショックでした。ちなみに、いつだったらいいですか」

急な展開に頭が追いつかない。

「お話を、聞かせて頂けるってことですか？」

「僕のほうは、いつでも。じつを言うと、僕はもう『山背』を辞めた身なので」

「ええ、そのことは伺っています」千秋は言った。「それなのに、なんだか後を追いかけますみたいにご連絡してしまって、本当にごめんなさい」

「いや、そうじゃなくてですね。もう社員じゃなくなったんで、時間の自由はきくし、むしろ良心の呵責とか無しに何だって喋れるってことです」

喜多野が、かすかに笑う気配がした。

「たぶん、伊東さんたち身内の人が知りたいと思ってることと、僕が話せることは、けっこう重なってるんじゃないかな」

16

歩みは遅々としていても、少しずつ、糸は切れずに次へとつながっている——そう思えることが、健介の両親と千秋にとって、どれほどの励みだったろう。

険しい旅は続いている。続いてゆく。目の前に果てしなく伸びる道をひたすら辿るだけでも大変なのに、その道さえ存在しない。すべては暗闇の中の手探りで、ほんの一瞬だけ光が見えたかのように思える方角へ、自力で足場を確保しながら進まなくてはならない。

けれど光は、間遠ながら、絶えてしまうことはなかった。そうしてそれをかざしてくれるのは常に、〈人〉であり〈出会い〉なのだった。苦しいさなかにも巡り合えた人たちからの力添えがなかったら、三人とも、健介の自殺という真っ黒な穴に呑み込まれ、いまだにそこから這い上がることさえできずにいただろう。

比佐子の言う通り、ほんとうに健介がどこか高いところから見ていて、力を貸してくれたのかもしれない、と今では千秋も思う。

そうでなければ、ずっと探していた〈キタノ〉＝喜多野雅彦と、こうして間近に向かい合っていられるはずがないのだから。

いざ顔を合わせてみると、電話で聞いた声の第一印象とぴったり重なる細面の優男だった。しかし、わずかでも言葉を交わした千秋は、彼の内面が必ずしもそうとは限らないことを感じ取っていた。

武雄と比佐子が東京での拠点として借りたアパートで、喜多野はまず、健介に線香を上げた。

「ありがたいことじゃねえ」

比佐子はしみじみと言い、武雄とうなずき合った。喜多野と会って話を聞くために、今日ばかりは広島の店を閉めて飛んできている武雄が、まるで独り言のように呟く。

「あいつは、皆さんに好いてもろうとったんかのう」

「それは、間違いないと思いますよ」喜多野が正座のままこちらへ向き直った。「同期で入った連中や、指導する側の先輩や上司たちもみんな、藤井くんとはすぐに打ち解けました。彼ばっかり気に入られることに嫉妬する人間がいなかったとは言いませんけど、藤井くんのは、世渡り上手っていうのとはまた違うんですよね。たぶん、彼自身が人を疑おうとしないから、こっちもつい心を許しちゃうっていうような、そんな感じだった気がします」

狭いキッチンでコーヒーを淹れながら、千秋は胸の疼痛をこらえた。

健介のそういうところが、大好きだった。間違いなく、彼の美点だったと思う。けれどまた、健介のそういうところこそが、彼自身を追い詰めてしまった部分もあるのだ。

四人分のコーヒーカップを運んでいき、千秋が末席に座るなり、

「最初にお話ししておきたいことがあるんですが」喜多野はおもむろに口火を切った。「先日、僕の携帯のほうに伊東さんから電話を頂いた時、僕、最初出られなかったでしょ。後からお掛け直ししたんですけど、覚えてらっしゃいますよね」

「もちろんです」

「じつを言うと僕、あの時は別の電話中だったんです。その電話の相手、誰だと思いますか」

「は？」

「誰からかかってきたのかって、訊いて下さいよ」

千秋は、健介の両親と顔を見合わせた。わけがわからないまま、喜多野に目を戻す。

「……誰からだったんですか？」

すると彼は、にやりとした。ひどく皮肉な感じの笑みだった。

「『山背』です」

「えっ」

　隣で武雄と比佐子が腰を浮かせる。

「なんであの人らが、喜多野さんの連絡先を知っとるん？　あれだけさんざん知らん知らんと言うとったじゃろうが」

「へえ、そうだったんですか」と、喜多野。「名前は名乗らなかったですけど、声からすると中年の男で、『山背』の総務部の人間だと言ってました」

「でも喜多野さん、会社はもう」

「ええ、とっくに辞めましたよ。けどそいつ、当たり前みたいに居丈高に、この先もしかすると藤井健介の身内を名乗る人物から連絡があるかもしれないから、何を訊かれても知らないと言ってくれ、って」

「何じゃと？」

「よけいなことは一切話さないようにって頼まれました。いや、ほとんど命令だったかな」

　武雄が、鼻息とも唸り声ともつかないものを漏らし、拳で自分の腿を殴りつけた。

「……山背ぇ！」

　千秋は、渦巻く怒りで身体が震えるのをどうしようもなかった。

辞めた社員の個人情報はすでに抹消されております、が聞いてあきれる。労基署を通じて尋ねてもらっても、こちらが何度となく教えてくれと頼んでも、ひたすら知らぬ存ぜぬで押し通していた『山背』は、じつはその陰で喜多野の連絡先を知っていた。知っていて、意図的に隠していたのだ。

「僕、あまのじゃくでね」喜多野が続ける。「『よけいなことは一切話すな』なんて命令されると、つい、逆のことがしたくなるんです。そしたら、ちょうどそこに伊東さんから電話がかかってきた。まるで機会をうかがってたみたいなタイミングでね」

千秋は顔を上げた。『山背』への怒りを、どうにか抑え込んで訊く。

「それで、会って下さるお気持ちに？」

「それだけってわけじゃないですけどね。それもあります」

「もしかして、会社を辞めたのも同じ理由からですか？」

「うん？」

「喜多野さんが『山背』を辞められたのは、店長として実店舗勤務を命じられた、そのすぐ後だと聞いています」

ああ、なるほど、と納得したふうで、けれど喜多野は苦笑しながら首を振った。

「いや、それはまた、あまのじゃくとは別です。これでも一応、社会人として何年かは勤めてきたわけで。辞令が下りるたんびに反抗してたらすぐクビだったでしょう」

そしてふと、真顔になった。

「僕が『山背』を辞めたのは、ひとことで言えば藤井くんのせいです」

「え？」

「いや、むしろ、藤井くんのおかげ、と言うべきですね。彼は、僕ら社員全員に現実を突きつけてくれた。本人にそんなつもりはさらさらなかったでしょうが、結果としてそうなったのは事実です。みんな、どれだけショックを受けたか……。そうして僕は、彼のおかげで、〈店長〉っていう地獄のポストからあらかじめ逃げ出すことができた」

「でも」と、千秋は食い下がった。「社員の皆さん、『山背』に入社してから数年の間には必ず、ひととおりの部署を経験させられるわけですよね」

「よくご存じですね」と、喜多野が興味深げに千秋を見る。「藤井くんから聞かされてましたか」

わずかに迷ったものの、千秋は「はい」と頷いた。最初の電話では藤井健介の身内だと名乗ったが、この先も喜多野の協力をあおぐからには、いつまでも親戚の顔をしているわけにもいくまい。

「健介さんの話しぶりからすると、実店舗の店長を任せられるのは、けして特別なことじゃなかったように思います。彼の場合は残念ながらああいうことになってしまいましたけど、店舗で無事に何年か勤めた後、また本社勤務に戻る人だって大勢いるはずですよね」

「そうですね。ええ」

と、喜多野が頷く。

「にもかかわらず喜多野さんは、店長に、という辞令が下りたとたんに『山背』を辞めるという選択をされた。どうしてですか」

答えは、すぐには返ってこなかった。

喜多野は顔をふり向け、斜め後ろの小さな台に置かれた健介の写真を見やった。笑顔の健介がおさまったフレームの前には、小さな花瓶に白い花が飾ってある。線香はすでに燃え尽きていた。

「怖く、なったんですよ」

ぽつりと喜多野が言った。いささか傲岸なそれまでの物言いとは、まったく違った口調だった。再びこちらに目を戻す。

「同期で入社した友人が、店長というポストに就いたと思ったら、ああいう形で亡くなってしまった。それだけでも、こう言っちゃ何ですけど怖ろしい話じゃないですか。若手の社員はみんな、陰でこっそり噂しましたよ。働き過ぎて正常な判断ができなくなってたんだろうとか、もうとっくに鬱だったんじゃないかとか、もし自分だったらそんなことになる前に会社を辞める、死ぬくらいだったらさっさと逃げればよかったのに……ってね。そうやって、自分は彼とは違う、まだ大丈夫だって必死に言い聞かせてたんです。だけど僕には、とうてい他人事だとは思えなかった。何せ、この目でさんざん見てきたもんでね。藤井くんが……いや、彼だけじゃなく、売上で赤字を出した店長たちがみんな、土曜の〈ドック入り〉でどんなふうに痛めつけられるかを」

三人とも、息を呑んだ。

「みんな、とは……」切羽詰まった面持ちで、比佐子が言う。「店長さんたちみんなを、喜多野さんが見とりんさったいうのは、どういった事情で？」

「土曜日の定例会議は、おもに役員が出席する会議のはずですよね」と、千秋は隣から補足した。「〈テンプク〉をして呼びつけられる店長以外、社員は出席しないものだとばかり思っていたんですけど」

するとと喜多野は、両の口角をぎゅっと下げて肩をすくめた。

「たしかに、基本的には幹部会議に間違いありません。ただ、会議には、記録係というのがいてですね」

「つまり……」

「そう。会議のたびに、若手の社員が二人ずつ、持ち回りで議事録を作らされるんです。そういうのはみんな、トップの意向で」

「トップ？」と武雄。「山岡誠一郎の考えっちゅうことか」

「そうです。『山背』という船に乗り合わせて運命を共にする以上、立場の上下など関係ない。巨大な船を運航するために、上の者たちがどういう話し合いを持って努力しているか、社員たちにも実地で学ばせるべきである、もとより社員に隠さなくてはならないような議題は存在しないのだから——とまあ、そんなふうなことを言われましたね」

「はっ。相変わらずご立派なことじゃのう」武雄が、めずらしく皮肉な物言いをした。「ご託はもう聞き飽きたわ」

「あの弁舌をもってのし上がったみたいな人物ですからね。聞く者をうっとりいい気持ちにさせる言葉を、次から次へ、自由自在に操るんです。まあ、僕も一度はそれに乗せられたクチなんでえらそうなことは言えませんけど」

「それで」と、千秋は割って入った。「喜多野さんもそうして、呼びつけられた店長たちが〈テンプク〉の責任を追及される現場をご覧になったわけですね？」

「言っときますけどね」と、喜多野が訂正する。「責任を追及だなんて、そんな生易しいものじゃないですよ。あれは、言葉の集団リンチです」

比佐子が、辛そうに眉をひそめて呻く。

「ちなみに、健介さんの時は？」千秋は、あえて訊いた。「もしかして、その日も同席されていたんですか」

するとと喜多野は、陰鬱なため息をついた。そして言った。

「ちょうどその日の議事録担当の一人が、僕でした」

武雄と比佐子の呼吸が乱れる。千秋は、手を握りしめた。ようやく目撃者が、という喜び以前に、その先を聞くことへの怖れで指先が凍る。

「藤井くんが呼ばれたのは、会議が始まってすぐでした。それまでは、廊下に待機させられてたんです。その週に〈テンプク〉を出した店長は、あいにく藤井くんだけで……そのぶん、部長連中からの叱責っていうか、いや罵倒だな、も輪をかけて苛烈になった気はします。入ってきた時、彼が僕に気づいたかどうかはわかりません。たぶん、見えてもいなかったんじゃないかな。そんな余裕なんかとてもなかったろうし」

「喜多野さんは、どこにいらしたんですか」

「後ろの隅っこで、もう一人のやつと並んでひたすらノートパソコンに記録を取ってましたよ。だから、藤井くんの名前が呼ばれた時は、そりゃあ驚きました。何せ、〈ドック入り〉に自分の知ってる人間が呼ばれたのは初めてだったし、何よりそれが藤井くんだったことが意外でしたしね」

「どうして？」

「絶対、そういうところに呼びつけられるタイプの人間じゃないと思ってたから。さっきも言ったでしょ。同僚からも上司からも好かれて、どっちかっていうと大抜擢こそが似合うようなタイプだったんです。間違っても、〈テンプク〉で咎められる店長なんていう情けない役回りは、藤井くんには似合わない。ずいぶん、らしくないなと思いました」

「……いろいろ、事情が重なったんです」

たまらずに千秋が言うと、喜多野は畳に目を落とした。

「そうでしょうね。怠慢で赤字を出すような男じゃないことは確かですから」

「あのう、」と比佐子が言った。「ひとつ、伺ってもええじゃろか」

「どうぞ」

「喜多野さんは一言一句、記録しとらしたんじゃろ？　あの子はその時、どんなことを言うとりましたか」

「いや、一言一句というほどまでは」

と、喜多野が口ごもる。

「じゃけど、ずっと後ろで聴いとらしたわけじゃろ？」比佐子は食い下がった。「覚えておいでのことだけでも教えて下さい。集まった偉いさんたちの前で、あの子は、〈テンプク〉とやらに至るまでの事情についてきっちり説明させてもらえたんじゃろうか」

　比佐子の疑問は、千秋のそれでもあった。

　アルバイトスタッフの宮下麻紀から聞いた話では、その日の赤字は、不可抗力としか呼べない類いの出来事がたまたまいくつも重なっての結果としか思えない。となると、会議に呼び出された健介が、喜多野の言うような苛烈な叱責や罵倒を受けなければならなかった意味がわからない。健介の説明がよほどまずかったのだろうか。

　武雄、比佐子、千秋、三人から強い視線を注がれ、喜多野はひどく気まずそうな面持ちで畳に目を落とした。

「ですから、言ったじゃないですか」と口を尖らせる。「報告なんて名ばかりで、あれは、失敗を犯した人間に罰を与えるための場なんですって。あんな目に遭えば、もう二度と同じことを繰り返したくないと誰だって思いますよ。僕ら若手にわざわざ同席させて記録を取らせるのだって、ほんとうに社長が言うような美々しい理想に則(のっと)ってのものなのかどうか……。むしろ、悪い意味での口コミで、社内にその噂を広めるのが狙いじゃないかって勘ぐりたくなりますね」

　それだけ言って口をつぐみかけた喜多野を、武雄が促す。

「つまり？　はっきり言うて下さらんと、わしらにはわからん。つまりあいつは、ろくに弁明の機会も与えられずじゃったと、そういうことじゃろうか」

喜多野が、ふっと重たい息を吐いた。

「いえ。弁明は、彼、ひと通りしましたよ。途中で遮られるようなことはありませんでした。でも、そういうことじゃ、ないんです。何て言えばいいのかな……どれだけ説明しても、まともに聞き届けてもらえない。何を言っても、店長としての自覚や努力が足りないことにされてしまう。揚げ足を取られたり、あからさまに挑発されたり……それでも藤井くんは、頑張って冷静に営業本部長と闘ってました」

「なに？　あの斎木の野郎か」

と武雄が気色ばむ。

「ご存じですか……って、そりゃそうか」喜多野は呟いた。「けど、斎木本部長だけだったらまだマシだったんです。あの人は基本、週替わりで呼び出される店長の誰に対しても同じような感じだし、曲がりなりにも〈ドック入り〉としての形をつけるためにも、完膚なきまでに叩きのめしたままじゃ済まさない。最終的には一応、激励めいた言葉をかけてから店長たちを送り出すんですよ。ただ、あの時は……途中から社長が加わったんです」

千秋たちは思わず身を乗り出した。

「それって、いつもじゃないんですか？」千秋は、動悸を抑えながら訊いた。「山岡社長が定例会議に出席するのって」

「いや、だいたい月に一度くらいじゃないかな。不運だったのは、あの時は社長が遅れて入ってきたことです。つまり藤井くんは、弁明をじかに聞いてもらえなかった。おまけに、社長から何を質問されても、藤井くんはもう口もきけなくなってて」

「どういう、ことですか」

「彼のせいじゃないですよ。あの社長の前では誰だってそうなって当然なんで。ただ、そのせいで、横から斎木本部長が答える形になっちゃったんです。それがまたいちいちねじ曲げた解釈で……後ろで聞いてる僕らが、頼むからもう許してやってくれって叫びたくなるくらいのしつこさでした。何なんでしょうね、あれ。社長の前だとつい、かっこつけて冷酷な死刑執行人を演じたくなっちゃうんでしょうかね」

喜多野は苦笑しようとしたが、頬が引き攣ったようにしか見えなかった。

「――死刑、ねえ」

呟いたのは比佐子だった。

「あ、すみません、そういう意味じゃ……」

慌てて謝る喜多野に向かって首を横にふり、比佐子は、真っ白に透き通った顔で言った。

「いいえ、まさにそれじゃもの。あいつらは寄ってたかって、その場で健介を死刑にしたんじゃわ」

17

今や英語やフランス語の辞書にさえ載っている「Karoshi」。

「過労死」とは、一般に、仕事上の疲労やストレスが極限にまで達して死亡するケースのことを言う。直接の死因はクモ膜下出血や心筋梗塞など、脳や心臓の疾患によることが多い。

一方、「過労自殺」は、あまりにも長時間の労働やサービス残業、あるいは仕事内容の急激な変化などによって、肉体的にも精神的にも疲れきり、重度のストレスで精神疾患を発症したために自殺してしまうケースを言う。具体的には、鬱病であり、適応障害であるだろう。

いずれの場合も、死の前の一定期間における労働時間がどの程度のものであったかが、労災認定の分かれ目になる。それだけに、と言うべきかどうか、『山背』側が主張する健介の労働時間は、とうてい千秋たちの納得できるものではなかった。

これまでの調べで、表向きの労働時間と実際のそれとの間には大きな開きがあることがわかっている。本社がらみでは、休日に行われる「自由参加の」研修や「強制ではない」ボランティア活動などがすべて勤務外とされて労働時間に数えられていなかったし、店舗勤務に関しても、就業規則に「一時間」と記載されている休憩時間など現実には三十分取れればましなほうだ。開店準備のため毎日のようにシフトの二時間前に出勤していても、片付けに同じだけかかっても、タイムカードにその旨は記載されない。

『山背』がよこした健介の勤務表をひと目見た喜多野は、麻紀がそうであったのと同じく、「何ですかこれ、あり得ませんよ」

そう言って鼻で嗤った。

「こんなもの、資料としては紙くず同然ですけど、『山背』側の改竄の証拠として残しておくにはかえっていいんじゃないですか。あいつらも意外と脇が甘いな」

証言なら、いつでも、どこへでも出てしまいますよ、と喜多野は言った。

弁護士の佐久間は、彼らの証言、また千秋らの調べをもとに、くり返し計算をし直した。健介の死の直前、あるいは適応障害を発症する直前の、はたしてどの時点を計算の起点としてさかのぼり「一ヵ月間」を抽出するかによって、彼が強いられた残業の合計時間は大きく変わってくるからだ。

佐久間弁護士によれば、労災認定の一応の基準として、自殺や適応障害発症の一ヵ月前に一六〇時間を超える残業をしていたか、または恒常的に月一〇〇時間以上の残業をしていた場合などに、業務による〈強い心理的負荷〉があったと判断され、労災が認められる傾向にあるとのことだった。

「こんなことはね、許せませんよ」佐久間は言った。「健介くんの死が業務上の自殺と認められなければ、いったいどんな案件が業務上のことと認められるというのか」

例によって口調は淡々としていたが、言葉は怒りに満ちていた。

亡くなったのは八月四日だった。それから一年近く後の七月下旬——管轄の労働基準監督署は、健介が自死を選んだ時点ですでに適応障害を発症していたとし、その発症直前の一ヵ月間での時間外労働が一六九時間にのぼったとして、労災の認定を決定した。

「これは『山背』側が強固に主張していた残業時間の、倍以上ということになります」

あえて開いた記者会見の席で、佐久間弁護士ははっきりと言った。認定が下りてから一週間後のことだった。

佐久間と並んで、武雄と比佐子、さらにその隣には千秋も座っていた。フラッシュが焚かれ、テレビカメラが回っているのがわかった。

「若くて将来もあるあんたを、こんなところにまで引っ張り出して、世間に顔も名前もさらすようなことに巻きこんでええんじゃろうか……なんちゅうことは、もう、訊かん」

会見を決めた時、武雄は千秋に言った。

「今までずうっと、一緒に闘ってきたんじゃ。ここは、是非ともあんたにおってもらわんと話にもならんけえのう」

佐久間弁護士は、健介が生前どれほどの長時間労働や深夜勤務を強いられていたか、そして一度でも赤字を出せばどんなに厳しい〈言葉のリンチ〉が待っていたかを記者団に説明し、美々しい理想を説く業界最大手企業『山背』の実態を赤裸々に訴えた。

記者から質問を向けられた比佐子は、息子の遺影を抱いて青白い顔を上げた。

「これだけは言わせて下さい。私らは、お金が欲しいわけじゃのうて、山岡社長に謝ってもらいたいだけなのです。遺された親や恋人がどれだけ悲しむかっちゅうことを、考える余裕さえなくして死んでったあの子の墓の前で、頭を下げて、心から詫びてもらいたい。望みはそれだけじゃ」

労災認定、という労基署の判断に、最も大きな影響を与えたのはやはり、月にして一六九時間にものぼる時間外労働の凄まじさであったろうが、もちろん、それ以外にも複数の理由があった。千秋たちが必死になって調べ上げた事実、そろえた資料の説得力が、最終的に労基署を動かしたと言える。

まず、休日に行われる研修や、レポートや感想文の提出について、『山背』ではこれを労働時間外として、賃金も支払われないのが当然とされていたが、今回、労基署によってそれらすべてが業務であると認められた。

これまで、『山背』の主張はこうだった。

【研修に参加した上でのレポートなど、どれも簡単に書けるものばかりです。しかもどちらも強制ではない】

それに対し、千秋たちは、健介と同期入社の喜多野や、同じ店舗の副店長だった薄田など、社員による証言を提出した。

「自由参加と言われても、いざ研修に出なければ上司に咎められるし、レポートも提出するまで何度だって催促されるんです」

「社長の名言を集めた一冊なんて、斜め読みするだけでも一時間以上かかる。それを丸暗記ですよ。毎日の残業だけでも疲労と寝不足でふらふらなのに、休日でさえ休日にならないんです」

レポートや感想文の具体的な作成日時についても、健介のパソコンに残っていた各ファイルの最終更新時間の記録を参考として提出してあった。ある日は、社内報についてのレポート。別の日には、給与明細に添付された山岡社長からのメッセージに対する感想文。その他、社長の著作それぞれへの感想、ミーティングについてのレポート、会社の経営理念に対する自分の意見、自由研修に参加しての小論文などなど、平均して週に二本ほど課されるそれらの多くは、休日か、深夜や明け方に帰宅した後に書かれたものであることがわかる記録だった。

あるいはまた、社宅まで帰るのに要する時間が社内規定をはるかに上回っていた問題については、『山背』側が、

【藤井くんの勤務店舗の近くには、ほかに物件がなかったので仕方ありませんでした】

と説明したのに対し、千秋が不動産屋の店主から得た当時の物件情報——店舗から歩いて帰れる距離に、広さも家賃も同条件のアパートが二件もあったという記録を含む——を提出して対抗した。

さらに、『山背』による、

【八時間勤務の間に、休憩は必ず一時間は取ってもらっていました】

という主張も、店舗の同僚スタッフたちの証言で覆された。

「休憩は、多い日で三十分。慢性的に人手が足りてなくて、十五分しか取れない日もしょっちゅうありました」

「スタッフはまだ交代で休ませてもらうこともできましたけど、藤井店長なんか、トイレにさえろくに行けなかったと思います」

これらの証言や資料が指し示す一つひとつが、心理的負荷の要因として認められていった。実店舗の店長という不慣れな業務に就いたばかりだった健介を、ついには自死にまで追い詰める原因として。

この労災認定を受けて労基署は、三ヵ月後の十一月一日付で、まずは健介が働いていた店舗に対して、長時間労働と残業代の未払いに関する指導を行った。

『山背』がこれまで労働時間として扱わず、業務外なのだからという理由で賃金を支払っていなかったのは、「強制ではない」「自由参加」の研修や会議やボランティア活動ばかりではない。店舗の日々の営業についても、開店準備のための早出勤や、交通手段がなくなって始発電車まで店舗内で待つしかなかった居残り時間などもそうだ。

それらすべてについて、

「本社の指示命令などの伝達をはじめ、業務に密接に関連するなど、拘束性および一定の指揮命令関係が認められることから、これらに要した時間は労働時間として算定する必要がある」

そう明確に記された指導票が、是正勧告書と併せて店舗に出された。

その上で、労基署はさらに、過重な時間外労働をあらかじめ見込んだかのような勤務シフトや、あまりにも少ない店舗スタッフなどについても、それぞれの問題の見直しを図るとともに、過去二年間にさかのぼって実態を調べ、未払いのものについては残業代を支払うように求めた。

千秋たち健介サイドにとってはごく当然の結果だったが、『山背』側にとってみれば相当に厳しい指導が下されたことになる。

通常、労働基準監督署の調査によって行政指導を受けたとなると、その店は改善策をきちんと講じた後、結果まで報告しなくてはならない。

翌年の二月半ば、健介のいた店舗は、労基署に対し、是正と改善についての報告書を提出した。ただし『山背』は居酒屋をチェーン展開している大企業だ。単なる一店舗の経営ミスとして済まされる問題であるはずもなく、その結果は、全国にひろがるすべての系列店に波及することとなった。

「やっとじゃ」

電話の向こうの比佐子は、千秋に言った。

「あの会社もこれでようやく、やり方を改めるしかのうなったわけじゃわ」

「ザマアミサラセ、ですね」

わざと蓮っ葉な口調で言ってみせると、

「チィちゃんはもう……」

　比佐子は、ころころと可笑しそうな笑い声をたてた。いつからか武雄も比佐子も、千秋のことを、息子が呼んでいた通りの愛称で呼ぶようになっている。

　労基署からの勧告により『山背』は、本社および全店舗において、研修やミーティング、準備のための早出勤や居残り作業などを業務扱いに改めた上で、さかのぼって未払い分の賃金を従業員に支払った。そう、全店舗においてだ。また、各店舗での時間外労働のデータを集めて本社から提出し、さらなる勤務シフトの見直しと改善を徹底する旨、労基署に約束したのだった。

「まあそうは言うても、まだまだ油断はできん。あれだけ人を人とも思わん連中が、ちょっと叱られたからいうて、いきなり仏さんになろうはずがないけえね」

「ですよね。隠し事をするのは、『山背』のお家芸ですし」

「まったくじゃわ」

　ふと、比佐子が嘆息するのが聞こえた。

「大丈夫ですか、おばさま」

　心配になって、千秋は言った。

「うん？　何が」

「なんだか疲れてらっしゃるみたいだから」

「ああ、気にさしてすまんのう。大丈夫、大丈夫。暮れから正月過ぎまで、ありがたいことに店がけっこう忙しかったもんじゃけえ。ここへきて気が緩んだだけじゃ」

「お願いですから、無理し過ぎないで下さいよ。おばさまが倒れたりしたら、代わりはいないんですから」

「お父さんもね、そう言うてくれるんよ」

うふふ、と比佐子が笑う。

「はいはい、ごちそうさま」

遺された者同士、こうして他愛のない話で笑い合えるようになるとは思わなかった。約一年半前の夏は、互いこそがよりどころでありながら、顔を見るだけで辛かったのだ。

いま笑えるようになったのは、でき得る限りの努力の果てにようやく具体的な進捗があったせいなのはもちろんだが、何より、時間の経過が大きく作用しているに違いなかった。時の流れというのは優しく、かつ残酷なものだ。都合よく辛い記憶だけを忘れることはできない。覚えておきたい記憶もまた、必死につかもうとしていても、だんだん手の中からこぼれ落ちてゆく。

「それはそうと、このまえ『山背』に送った要望書ね」

比佐子が言った。真剣な声に戻っていた。

「チィちゃんのほうへも、なんも連絡行っとらんよね」

「佐久間さんからですか？　いえ、何も聞いてないです」

労基署からの行政指導がなされる一方で、千秋たちは弁護士の佐久間を代理人として、『山背』に内容証明付きの要望書を送っていた。

労災の認定が下りたということは、すなわち企業側の落ち度が認められたということだ。当然、損害賠償の話にもなってゆく。それでも、武雄や比佐子のいちばんの望みは一貫して、社長・山岡誠一郎からの謝罪だった。それも個人的な詫びではなく、メディアの前で、亡くなった健介に正式に謝罪した上で、今後二度と再び同じような悲劇が起こらないよう再発防止を約束してほしい。それが、要望書の主な内容だった。

「いくら何でも、ちょっと遅いと思わん？」

「確かに。私、これから佐久間さんに連絡してみます。あとでもう一度、お電話していいですか」

もちろん、と比佐子は言った。

通話を切るなり、

「ごめん。もう一本、電話かけていいかな」

千秋は、向かいの席に座る中村さと美に言った。

「もちろんどうぞ」さと美が、テーブルの端のデザートメニューに手を伸ばす。「時間もまだ大丈夫だし。私は勝手に甘いもの頂いてるから、ごゆっくり」

「痩せるとか言ってなかった？」

「何のこと」

苦笑しながら、佐久間弁護士の事務所に電話をかける。

ちらりと壁の時計を見上げると、昼休みはあと二十分ほどだった。今日のランチは会社近くのカフェで取ったので、歩いて戻る時間も考えに入れなくてはならない。

業務時間中に私用電話を控えるのは当然のことだが、千秋が人並み以上に気をつけて自らを律する理由は、直属の鷹田課長が何だかんだ言いつつも上からの盾になり、部下の行動を黙認してくれているからだ。信頼する上司が、自分のせいで足をすくわれて出世の道を閉ざされるなどということがあってはならなかった。

電話が繋がった。秘書に取り次いでもらい、佐久間と話す。

「いや、連絡もせずに申し訳ない」苦い声で、佐久間弁護士は言った。「なにしろ、進展が何一つないものでね。こちらが返事を催促しても、のらりくらりと躱すばかりなんですよ」

「何を考えてるんでしょうね。いちばん最初にお金の話を持ちかけてきたのは、むしろ向こうだったのに」

「おそらく、こちらが山岡社長自らによる公式な謝罪を要求し続けているのが引っかかってるんでしょう。もしも謝罪無しでかまわないと言えば、即日にでも賠償金を支払って終わりにしたいところだと思いますよ。こちらの要求額が多少高かろうが何だろうが」

労災認定が下りたことを踏まえての記者会見を境に、健介の自死、いや過労自死は、事件が起こった当初よりもはるかに大きくニュースやワイドショーで取り上げられるようになっている。それによって、『山背』のいわゆるブラック企業ぶりも、これまで以上にあからさまにされつつある。

全国各店舗のスタッフや元社員が、匿名あるいは声を変えることを条件に、新聞、雑誌やテレビの取材に応じては、過酷な長時間労働や賃金の不払いなど劣悪な労働環境について語っていた。

「長引けば長引くだけ、『山背』の企業イメージは悪くなっていくばかりですからね。一昨日、向こうの代理人と話した時なんか、こちらがまるで意図的にネガティヴ・キャンペーンを行っているような言い方をされたほどですよ」

「は？　何ですかそれ」千秋は憤慨して言った。「それが嫌なら、さっさと交渉の場に出てくればいいだけの話じゃないですか。もちろん、こちらとしては謝罪なしの賠償金だけで済ますなんて、とうていあり得ませんけど」

「承知しています。とにかく、まずは向こうを交渉の場に引っ張り出すことです。もう少し待って下さい。できる限りのことはしています」

仕事とはいえ、ここまで誠心誠意、力になってくれる弁護士と出会えたのは幸運以外の何ものでもない。心から礼を言って電話を切ると、千秋は、テーブルの向かいで食後のティラミスに舌鼓を打っている親友を見やった。

「ありがとうね、さと美」

「ん、何が？」

「いい弁護士さんを紹介してくれて。おかげでどんなに助かってるか」

「私じゃなくて、先輩の伝手だもん」

そういう彼女は、どうやら最近その先輩弁護士と、いい雰囲気のようなのだった。

会社へ戻る道すがら、千秋は広島に再び電話をかけた。佐久間弁護士の話を伝えると、比佐子は言った。

「山岡誠一郎は、何がどうあっても謝らんつもりじゃろうか。そうじゃとしたら、このままいくら突き進んでも無駄、いうことなんかねぇ。チィちゃんはどう思う？」

その問いに込められた複雑な思いが、千秋には痛いほど伝わってきた。

佐久間弁護士がいくら親身になってくれるとはいえ、もちろん、ただではない。労災を申請するための調査にしても、東京に拠点となる部屋を借りるにしても、それらの費用のほとんどは武雄と比佐子の懐から出ている。

このまま『山背』との示談交渉が暗礁に乗り上げるよりは、あえて〈社長による公式な謝罪〉という条件を引っ込めて、そのかわりに破格の損害賠償金を支払わせるというやり方もある――とは、何度か佐久間弁護士の口から聞かされていた。賠償額の大きさは、たちまちニュースとなって世間の耳目にさらされるだろう。それだけでも、『山背』側の一方的な負けであることは明らかだし、金額そのものをはるかに上回る罰にもなる、と。

そうこうするうち、『銀のさじ』本社ビルの社員通用口が見えてきた。隣を歩く同僚のさと美に（先に行ってて）と目配せすると、千秋は、スマホを耳に当てたまま立ち止まって歩道の端に寄り、空を見上げた。

真冬の青が、どこまでも澄み渡る空。雲ひとつない。

息を吸い込み、思いきって言った。

「おばさま。私、こんな時でもやっぱり思うんです。健ちゃんだったら、って」

比佐子は黙っている。息遣いが聞こえた。

「これまでも、いつもそう考えては道を選んできました。ここまでこぎ着けるのに、おじさまとおばさまがどれだけ大変な思いをしてこられたかはわかっているつもりです。私の言うのは夢みたいな無責任な意見かもしれません。でも、健ちゃんだったら……賠償金の額の大きさが間接的な罰になるなんていう考え方は、まどろっこしくて冗談じゃないよ、って言ったような気がするんです」

「チィちゃん」

「本社の会議に呼ばれて吊るし上げられて、尊敬していたはずの社長にまで心ない言葉をぶつけられて……健ちゃんが、どれほど悔しかったか」

「わかった。ようわかったよ」と、比佐子が言った。「私がどうかしとったわ」

「……ごめんなさい、勝手なこと」

「何を謝っとるん。謝るのはこっちじゃ」比佐子は、むしろ晴れ晴れとした声で言った。「私ら、難しいことが考えられんけぇ、偉い人からいろいろ言われて何が正しいのやらちんぷんかんぷんになっとったけど、そうじゃ、チィちゃん、あんたの言うとおりじゃわ」

「おばさま」

「あの賢いふりした大馬鹿社長に頭を下げさせんことには、あの世で健介に申し訳が立たんのじゃった。難しいことは考えられんでも、それだけ覚えときゃあええんじゃったわ」

その年の三月、千秋はチーフに昇格した。前年の後半、立て続けに二つの大きなプロジェクトの中心となり、それを成功に導いた功績を認められてのことだった。

「これだけはっきり見える手柄があっちゃあ、誰も文句は言えんだろ」

鷹田課長は言った。〈誰も〉が具体的に誰を指すかは口にしなかったが、部下の出世がまるで我がことであるかのように嬉しそうだった。

寒さは徐々に緩み、健介のいない二度目の春が巡ってこようとしていた。

多くのことが、まるで嘘のように順調に進んでゆく。あのままごく普通に付き合いが進んでいれば、そう遠くないうちに健介と籍を入れていたのかもしれない。やがては家族が増えたりもしたのかもしれない。

想像すると千秋は、今の自分がまるで、あるはずのなかった架空の人生を生きている気がした。そうしてそんな底なしの虚しさに立ち尽くしてしまいそうになるたび、自分を奮い立たせるように、あえて健介の顔や声を思い起こした。

肉体がここにないというだけで、健ちゃんはいつも一緒にいてくれる。彼の名誉を守り、魂を慰めるために闘っている今この時が、虚しいものなんかであるはずはないのだから、と。

双方の代理人弁護士の間でようやく示談交渉が始まったのは、四月のあたまだった。申し入れをしてから『山背』が話し合いの場に出てくるまでに、またしてもおおかた五ヵ月もの時間が無為に失われたことになる。

当初、千秋は、〈示談〉という言葉の響きが嫌で仕方なかった。これについては武雄も比佐子も同じ思いだったようだ。

「何かこう、疚しい印象があるんじゃわ」

と、武雄は苦い顔で言った。

「公の場に出てしもうては、ややこしいことになるばかりで双方の益にはならんからと、こっそり裏取引で済ます……そんな感じが、どうしてもしてしまうけぇのう」

千秋も、まさにそうだった。こちらに非はないのだから、堂々と出るところへ出ればいいではないか。『山背』の奴らに、いいように丸め込まれてたまるものか。そう思った。

「いや、お気持ちはわかりますし、そんなふうに感じられる方は確かにけっこういらっしゃるんですけどね。示談というのは、本来そういう性質のものではないんですよ」

佐久間弁護士は言った。

「裁判の場合を考えてみて下さい。当事者同士が自分の主張を一歩も譲らずに争いとなった時、これは第三者に判断してもらわないことにはどうしようもなかろうということで、仕方なく裁判にまで発展するわけです。けれども、もし当事者間での冷静な話し合いが可能だった場合はどうか」

千秋たちの顔を順に見回しながら、佐久間弁護士は続けた。

「当事者同士が、お互いに少しずつ譲り合って落としどころを見つけるなり、あるいは、どちらかが納得の上で全面的に相手の言い分を呑むなりして、穏やかな形で和解が成立するならば、第三者の判断を仰ぐ必要はなくなります。つまり、最終的な解決方法としての訴訟や裁判に頼る必要そのものがなくなるわけです。示談というのは、その和解契約のことをいうんです。決して、裏取引などではないし、疚しいものでもないんですよ」

言い含められ、やっと納得しての交渉の席だったのだが――。

その席でも、『山背』側の代理人たちは、こちらの質問や要求をのらりくらりと躱すばかりだった。

武雄、比佐子とともに同席していた千秋は、焦れた。佐久間弁護士がそれこそ冷静に理詰めで攻めていっても、答えらしい答えがろくに返ってこないのだ。向かいに座る初老の男性弁護士も、四十代くらいの女性弁護士も、無表情という点では共通していた。

「あんたがた、わかっとりんさるんかのう」

比佐子は、ついに焦れて言った。

「そもそも労災認定が下りた、いうことは、うちの息子が自殺をした主な原因はお宅の会社が強いてきた長時間労働じゃと……要するにお宅の会社の落ち度じゃと、お役所までが正式に認めた、いうことじゃろ。その決定を、一方じゃあ神妙な顔で受け容れておきながら、何でまず謝らんの。いっつも偉そうなことばっかり言うとる山岡社長さんは、いったいどういうお考えのもとに、私らの前に顔さえ見せようとしなさらんの。労基署の決定に対して文句があるなら言うたらええし、無いなら潔う謝ったらええ。それだけの話が、どうしてここまで長引くんじゃろう。そこんとこを教えてもらえんかのう」

比佐子が両手をきつく握りしめつつ、それでも感情を必死に抑えて話す間、『山背』の弁護士たちは、何を考えているのか読み取れない無表情さで黙っていた。そうして、比佐子が口をつぐむと、続きがないかどうかを見計らうだけの間を置いてから言った。

「ご意見は、承っておきます」

女性弁護士のほうだった。よほど有能なのかもしれないが、こちらの陣営に女が二人いることから、いわば懐柔要員として差し向けられたのではないかと勘ぐってしまう。

「失礼ですが、」と千秋は言った。「お二方とも、会社の代理人としてここにいらっしゃるんですよね。伝言を持ち帰るだけがお仕事ではないはずですよね。なのに、お返事はそれだけですか」

「いや、お言葉ではありますが」と、年配の男性弁護士のほうが口を開いた。「我々には何の権限もありませんもので」

「だったらいったい何のための話し合いの場ですか。決定権のある人を連れてきて下さらなければ意味がないでしょう」

「ですから、とりあえずご意見は持ち帰って相談いたします。改めて、回答書の形でお返事をさせて頂きますので」

埒があかないとはこのことだ。千秋は、危うく怒鳴りそうになるのを堪えた。

またこれか、と思う。初めの頃、斎木や沼田といった部長たちが無意味な言い訳を重ねていた時にも、そっくりの押し問答をした記憶がある。『山背』に巣喰う病の一つはきっとこれだ。下の者へ下の者へと義務は次々に課すくせに、上に立つ者が誰も責任を取ろうとしない。

交渉の席は、時を改めてさらに二度設けられた。結果は変わらなかった。それどころか『山背』は、こちらが要望書で尋ねた具体的な再発防止策はという質問に対し、回答書にこう書き記してきた。

〈労災認定については重く受け止め、その改善に力を尽くし、すでに実現を果たしたと考えております。ただし認定以前の状況に関しましては、直ちに安全配慮義務への違反が存在していたとは言えないと考えます〉

持って回った表現だが、要するに、労基署から指導が入る前の健介の死に対しては会社には責任がない、としか読み取れなかった。労働環境に改善の余地は確かにあったので改めたが、いくら働くのが辛いからといって何も死ぬことはないだろう、そこまでは責任持てないよ。そう言っているも同然だった。

「ええい、やめじゃ、やめじゃあ！」武雄は荒れた。「あんな誠意のかけらもない連中と、なんぼ話し合うても時間の無駄じゃわ。あの罰当たりどもが、死人の顔に唾吐きかけるような真似しくさって」

結局、示談交渉は三回で打ちきりとなった。

かわりに、労災認定から一年後の七月——佐久間弁護士とも相談の上、千秋たちは、思いきった手段に出た。

こちらが望むことは、当初から一切揺らいでいない。健介の死についての、『山背』側からの真摯な説明と謝罪。それだけだ。にもかかわらず、これだけ申し入れをしても応じる気がないのなら——。

その日、『山背』本社ビルの一階ロビーは、多くの報道陣で埋まっていた。武雄、比佐子、千秋が、佐久間弁護士とともに、社長・山岡誠一郎その人に直談判をするべく『山背』本社を訪問したのだ。

亡くなった健介ひとりの問題にとどまらず、社会問題として広く認識してもらうためにも、そして『山背』の姑息なやり口を世間の目にさらすためにも、いちばん速くて確実なのはメディアの力を借りることだ。佐久間は、前もって報道各社にファックスとメールを送っていた。

詰めかけた報道陣に囲まれ、緊張に顔を強ばらせた受付の女性に向かって、武雄は丁寧に言った。

「恐れ入りますが、山岡社長にお取り次ぎ頂けませんかのう」

「申し訳ございませんが、アポイントメントのない方は、お取り次ぎできないことになっております。よろしければ、ご用件はこちらで承りますので」

若いが気丈な受付嬢だ。

武雄は、太い眉尻をすまなそうに下げて言った。

「あんたさんにはこっちこそ申し訳ないと思うんじゃがのう。いかんせん、ご用件はもう、さんざっぱら伝えてあるんじゃわ。そろそろ返事をもらわんと、さすがにこのまま帰るわけにはいかんけぇのう」

と、そこへ、奥から早足で現れた男がいた。

武雄の後ろに立っていた千秋は、その背中がいきなりひとまわり大きく膨れあがるのを見た。肩の辺りから怒気が噴きあがる。

精神の力でそれを抑え込み、武雄は料理人らしく、きっちり端正に腰を折って挨拶した上で言った。

「これは、斎木部長さん。ご無沙汰ですな」

営業本部長の斎木。黒々とした髪を固めるポマードの匂いと一緒に、あの日嗅いだ餃子の匂いまで漂ってきそうだ。

千秋は、無言で睨みつけた。武雄の半分以下しか生きていない自分には、それほど強固な精神力の持ち合わせがない。呪詛の言葉をぶつけないだけで精一杯だ。できるなら藁人形に五寸釘を刺して、かざしてやりたい。

「こちらこそ、ご無沙汰しております」斎木本部長は、苦々しい顔に謎の薄笑いを浮かべて続けた。「今日はまた突然、何ごとですか。話し合いでしたら、お互い代理人を通して進めてきたはずですが」

ちらりと佐久間のほうにも目を走らせる。なんだこの冴えない弁護士は、とでも言いたげな表情だ。

「いや、それがまったくもって埒があかんので、こうして伺ったわけですわ。山岡社長と落ち着いて話をしたいんじゃが、玄関先では何ですけえ、奥へ通してもらえませんかのう」

隣に立つ比佐子も、まっすぐに斎木を見据えている。緊張した時の常で顔の色は青白いが、一歩も引かぬ覚悟では夫に劣らない。

「あのですねえ、藤井さん」なだめるように斎木が言う。「社会の常識などと、改めて申し上げるのも何ですがね、通常、どこの誰と会おうという場合でも、前もってのアポイントメントは必要なわけです。たまたま前を通りかかったから会いたいなどという言い分が通るのは、せいぜい学生のうちでしょう。それを、一企業のトップとの面談に、ある日突然思い立ったように来られるというのは……ねえ。藤井さんたちの今なさっていることは、まことに遺憾ですが、非常識のそしりを免れることはできないと思いますよ」

「ああもう、いちいち回りくどいのぅ！」横から比佐子が言った。「あんたがたの言うことは、いっつもそうじゃ。回りくどいだけで中身がない。非常識？ そのまんまお返しさせて頂くわ。山岡社長がさっさと返事をくれとったら、私らもこんなことまでせんで済んどったんじゃ。あんたでは、どだい話にならん。ええから上の人に取り次いで」

「ですから、できませんと申し上げております。ご用件でしたら、今ここで私が承りますので」

押し問答とも呼べないほど、とりつく島がなかった。何が何でも中には通せないの一点張りだ。

とはいえ、それすらも充分に予想の範囲内ではある。武雄は、あらかじめ用意しておいた封筒を佐久間弁護士から受け取り、中の書類をひろげた。

周囲の報道陣が、一斉にマイクを差し向け、カメラを構える。斎木がますます苦い顔になり、押しとどめようとしたのを無視して、

「私は、藤井武雄と申します」

大きく声を張り、武雄は書状を読み上げ始めた。

「一昨年の八月に過労自殺を遂げました、御社『山背』の元社員・藤井健介の父親であります」

ロビーは、ざわめきのうちにも静まりかえっている。集まる報道陣の固唾（かたず）を呑む音が聞こえるようだ。

文面は、武雄が幾晩もかかって書いた。盛り込むべきことは佐久間弁護士に相談し、文章そのものは千秋に直してもらいながらだったが、ほとんどは最初に書いたままの言葉だった。

「本日は、同じく母親である妻や、近しい身内の者、また代理人である弁護士とともにこちらに伺いました。『山背』の社長・山岡誠一郎氏に直接お目にかかるためです。突然の訪問が、甚だ失礼で非常識であることはもちろん承知しておりますが、こちらからの度重なる申し入れに対し、これまでまったく取り合って頂けなかったことへの苦肉の策であることをご理解下さい」

息を吸い込むために間が空くと、カメラのシャッター音が折り重なる。二階まで吹き抜けのロビーには音がよく響いた。

「はじめに申し上げました通り、私どもの息子、藤井健介は一昨年の夏、店長として勤務していた店舗からずいぶんと遠く離れた社宅アパートの、外階段の踊り場から飛び降りて自殺をいたしました。明るくて思いやりのある、人並み以上に努力家で一本気な息子が、まさかそんなことをしでかすなど、私どもにはどうしても信じられず、自殺の陰に何があったのかを懸命に調べてまいりました。『山背』側の皆さんが、出てくる証拠をいちいち隠蔽しようとなさる中、それでも徐々に明らかになってきたのは、常識を超える長時間労働やただ働き、休憩もろくに取れないほどの過酷な労働環境です。遅く帰宅してからのレポート、休日には自主参加という名のもと給料の出ない研修。すべてをこなすには睡眠時間を削るしかない毎日の中で、少しでもつまずくと、社長をはじめとする上司たちからよってたかって吊るし上げられる……。それでもなお頑張ろうとすればするほど、息子の心は壊れていったのでしょう。遺書も何も残さず、ある日突然、逝ってしまいました。ただただ楽になりたかったための、衝動的な自殺であったと思われます。後に遺されていたのは、ただ一つ」

武雄は息を吸い込み、ゆっくりと言った。

「明日の朝も何とか起きようとして、息子自身がその夜買ったばかりの目覚まし時計でした」

ロビーが、しんと静まりかえる。

何も、わざと効果的な間を置いたわけではない。武雄はただ、声を詰まらせたのだ。比佐子がうっと喉声をたて、ハンカチを口元に押し当てる。千秋は、反対側から、武雄の肘にそっと触れた。

「……おう」

どうにか気を取り直し、武雄が先を続ける。

「翌年の七月、息子の死は、労働基準監督署より正式に『過労自殺』であったと認められ、労災の認定を受けました。勤務先店舗には是正勧告がなされ、それにより『山背』の全店舗も行政指導に従って、今年二月には改善報告書を提出したと聞いております。――にもかかわらず」

言葉を切り、正面をにらみ据える。

営業本部長の斎木が、険しく強ばった面持ちで顎を引き攣らせる。

「にもかかわらず『山背』は、この期に及んで、息子・健介の死に対し、『自分たちの側に安全配慮義務違反があったとは考えていない』という書面をよこしました。どう読み解いても、会社に責任はないという意味にしか受け取れません。そうであるならば、むしろ、逆に伺いたい」

武雄は再び顔を上げ、書状を見ずに言った。

「『山背』に責任はないと、あんたらが本当にお考えじゃったら、いったいなんで、労災の認定が下りるよりもずっと前から、わしらに対して補償金を支払おうなんぞと言いなさったんですかのう。あれは息子が亡くなってすぐ、まだ暑い夏のうちのことじゃ。あんたがた部長連中では話にならんから、誰かわかる人を連れてこいとこちらが言うて、ようやっと副社長さんが挨拶に来んさった、その時のことじゃった。いきなり金のことを言い出しんさったのは、あんたがたのほうからじゃ。責任はないと言うなら、なんでじゃろう。教えて下さらんかのう」

武雄と斎木本部長とが、真っ向からにらみ合う。報道陣のシャッター音が一斉に響き、高い天井へと共鳴しながら上ってゆく。

斎木は無言のままだ。例によって、今ここで答える権限は自分にはないと考えているからだろう。

やがて、武雄は手の中の書状に目を戻した。

「息子の自殺以来、私どもは『山背』社長・山岡誠一郎氏に、一度もお目にかかっておりません。葬儀の際に弔電を頂いたのが、山岡氏からのただ一つの言葉です。そこには通りいっぺんのお悔やみとともに、こう書かれてありました。――『ご子息の心の病に気づいてさしあげられなかったことを残念に思います』」

報道陣が、控えめにざわめいた。

「また、同じ日の山岡氏の公式ブログにも似たようなことが書かれていました。曰く、『藤井くんの死については、重く受け止めています。実店舗の店長にという辞令を出すよりも前に、彼の心の問題がわかっていたなら、もっと早い時点で彼に寄り添い、周りのみんなで支えることができたはずです。それを思うと残念でなりません』と。――まるで、息子の健介にはもともと精神の病があって、店長という職務には不適格であったと言いたげな書き方です」

怒りで武雄の声が震える。

「我々は、決してそうではなかったことを知っています。息子は全身全霊を傾けて『山背』のために働き続け、それなのに自分を否定され続けて、あまりにも疲れ果てた末に、死ぬくらいなら会社を辞めてもいいのだという普通の判断すらもできなくなり、衝動的に自殺を選んでしまいました。そこまで献身的に働いた社員に対して、山岡社長率いる『山背』の冷たい態度は、決して見過ごせるものではありません。このうえは、息子の汚名をすすぐべく、社会に対してすべてを明らかにしていく所存です。『山背』という企業が、我々の息子をどのようにして死に至らしめたか。それを問い続ける我々に対して、これまでのところ『山背』側は一切まともに答えていません。このままでは、息子に続いて第二、第三の被害者が出るばかりです。今こそ、御社の経営と業務の実態をご存じのはずの社長と直接お目にかかり、冷静に話をさせて頂きたい。御社の代理人の弁護士は、『自分たちには答える権限がない』としか言いません。ここにおられる斎木部長同様、権限のない人間を間にはさんでいたのでは、いつまでたっても何も解決しない。『山背』という企業の実態を知り、なおかつ、その場限りの言い逃れをしない人間と話をして、息子が死ななければならなかった理由を突き止めたい。その上で、山岡社長にきちんと謝って頂きたい。頭を下げて頂きたい。我々の望みはただ、それだけであります。――以上」

その晩、首都圏の各放送局は、映像付きでこのニュースを伝えた。いずれも短くまとめられた映像の中で、最も多く使われていたのは、武雄の読みあげた次の部分だった。

〈息子は全身全霊を傾けて『山背』のために働き続け、それなのに自分を否定され続けて、あまりにも疲れ果てた末に、死ぬくらいなら会社を辞めてもいいのだという普通の判断すらもできなくなり、衝動的に自殺を選んでしまいました〉

〈このままでは、息子に続いて第二、第三の被害者が出るばかりです〉

<息子が死ななければならなかった理由を突き止めたい。その上で、山岡社長にきちんと謝って頂きたい。頭を下げて頂きたい。我々の望みはただ、それだけであります>

速報的なニュース番組に続いて、翌日以降のワイドショーやスポーツ新聞、週刊誌などでは、さらに詳しく報じられていった。興味本位で中身の薄い番組や、よくわかっていないまま書かれた記事もあるにはあったが、誠実に取り組んでくれた番組も多かった。

ある報道番組の担当ディレクターは、特集コーナーで取り上げたいと言って、千秋たちのところにも取材にやってきた。武雄と比佐子へのインタビューを、当初は亡くなった健介が継ごうとしていた店で撮影したいと言い、「よろしければ広島まで伺わせて下さい！」と意気込んでいたが、それについては武雄が断った。店が映されることで、視聴者から息子の死を商売に利用しているかのように思われるのだけは避けたかったからだ。結局、東京に借りた例のアパートでの撮影となった。

数日後、放送された番組は、夢を抱いて意欲的に働いていた一人の青年がどのようにして過労自殺に至ったかについて、十分間の枠をまるまる使って伝えていた。居酒屋チェーン『山背』を創りあげてきた山岡誠一郎社長の経営理念を紹介しながら、そのカリスマ性ゆえに生まれた社内のひずみや現場の労働環境の過酷さを一つずつ明らかにしてゆく。さらに合間合間には識者の分析や批評が差し挟まれることで、わかりやすくも深い報道となっていた。

途中、藤井健介という青年の人となりについて、両親や千秋以外にも、彼をよく知る周囲の人々へのインタビュー場面があった。山岡社長をはじめ『山背』の上司たちは一人も登場しなかったが、健介が本社勤務の頃の先輩という一人は、顔を出さずに声も変えた状態でインタビューに応じていた。

〈すごく付き合いやすい、いい奴でしたよ。真面目だし、仕事もできるし、爽やかだし。ふつうはそういうのって逆に敵を作ると思うんですけど、そういうこともなかったし。……いや、自殺したって聞いたときは、耳を疑いました。何があってもそういうことはしそうになかったから。よっぽどのことだったんじゃないですか〉

また、健介が店長を務めていた店舗の女性スタッフは、

〈あんなに一生懸命、スタッフみんなのことを考えてくれた店長はいませんよ。自分はお店に泊まるとかしてぶっ続けで働いてでも、そのぶん私たちのことはちゃんと休ませようとしてくれるんです。俺なら大丈夫、って。親が頑丈に産んでくれたおかげだな、って笑いながら……。でも、そうやってどれだけ必死に努力しても、たった一日、赤字を出したっていうだけですぐに本社へ呼び出されて、上の人たちからものすごい吊るし上げに遭うんですよ〉

首から下が映っているだけだったが、観ていた千秋たちにはすぐにわかった。アルバイトスタッフの宮下麻紀だ。

さらに、健介と同期入社で、すでに『山背』を辞めた喜多野雅彦は、顔も声もそのまま晒(さら)して答えていた。

カメラのこちら側から、ディレクターらしき声が訊く。

〈店舗で赤字を出すと、本社への呼び出しがあったそうですが？〉

〈ええ。『山背』ではテンプクって呼ばれてます。すべては店長の落ち度だってことで、藤井くんも一度は本社に呼び出されました〉

〈その時の、記録係だったそうですね。どんな様子でしたか〉

〈どんなって……そりゃもう、リンチとしか呼べないような吊るし上げですよ。実際の暴力こそないですけど、人格も何もかも否定されて、弁明の機会なんかろくに与えられない。記録係は何度かやりましたけど、どの店長もみんな、やっと解放されて会議室から出て行く時なんか、真っ青のふらふらでした。あれは、何て言うか……とにかく普通の神経で耐えられるもんじゃないですね〉

特集の結びには、ディレクター自らがマイクを持ち、カメラに向かってこう語った。

〈あくまでも衝動的に行われ、遺書さえもまず残されていないというのが、過労自殺と呼ばれるものの特徴だといわれています。藤井健介さんが飛び降りて亡くなった、その直接の理由は、今もわかっていません。わかっているのはただ、藤井さんが亡くなったのが、二度目の赤字、すなわちテンプクをしてしまった、その直後の出来事だったということです。今回、我々取材スタッフは、『山背』の社長・山岡誠一郎氏に対しても再三にわたって取材を申し込みましたが、ことごとく断られ、本人からのコメントもありませんでした。日本全国に居酒屋チェーンを展開している業界最大手の『山背』が今後、労働基準監督署からの指導に応えてどういう経営をしてゆくのか。そして何よりもまず、亡くなった藤井健介さんのご両親からの切実な訴えに対し、どのように対応してゆくのか。番組では、今後も追っていきたいと思います〉

世の中を動かすにはメディアの力を借りるのがいちばんだという、佐久間弁護士の読みは正しかった。

最初の報道の波がひとまず凪いだかと思うと、そこから派生する形で第二、第三の取材の波が押し寄せ、結果、居酒屋チェーン『山背』のいわゆるブラック企業ぶりはこれまで以上に広く世間の知るところとなっていった。

しかし、『山背』はそれでもなお、「代理人同士を間にはさんでの交渉にしか応じられない」という姿勢を崩さなかった。武雄が必死の思いで読みあげた抗議文に対しては、公式サイトに短い一文が載ったきりだった。

〈はなはだ遺憾であり、当社の認識とはかけ離れたものと言わざるを得ません。交渉は代理人を通して行っていますので、これ以上はコメントを差し控えさせて頂きます〉

「よーうわかった！　あいつらを同じ人間と思うから腹が立つんじゃ。はなから人ではない、別の生き物じゃと思い定めとったら腹も立たん。立つけどのう！」

　武雄は、頭に巻いていた豆絞りの手ぬぐいを、まな板にたたきつけて息巻いたという。千秋が、比佐子から電話で聞かされた話だった。

「どういう了見じゃろうね、あの社長は」

　電話口で比佐子は言った。憤懣やるかたない口ぶりだった。

「自分の本の中では繰り返し、『対話が大事』やら『人間関係の大前提は嘘をつかないこと』やら、美辞麗句ばっかり並べとるくせに」

「たしか、『誠意とはすなわち行動のこと』とも書いてありましたよね」千秋の声も震える。「なるほど当たってはいますよね。事ここに至っても行動しようとしないあの社長には、まさに誠意の欠片もないわけだもの」

　武雄も含め、皆、健介の部屋に遺されていた山岡誠一郎の著作にはすべて目を通していた。闘う相手を知るために必要と考えたからだが、精神衛生上はとんでもない苦行だった。

〈ここに書かれているような経営が実際に行われているならば、いったいどうして健介は死

ななければならなかったのか〉

〈社員を自殺にまで追いやっておきながら、これを書いた人物はなぜ会社に責任がないと開き直り、のうのうと社長の座に居座っていられるのだ〉

著作のどのくだりを読んでも、疑問と怒りとが交互に湧いてくるのだ。

「けどな、チィちゃん」比佐子は続けた。「お父さんが、また言うとったわ。『間違えんようにせんといけんのう』って」

「今度は、何をですか？」

「『どんなに腹が立とうが、それはそれ。わしらは、『山背』や山岡社長に仕返しをするために闘っとるんじゃあないけえのう』って」

千秋は、はっとなった。

「まったく、お父さんの言う通りじゃわ。私らが山岡社長に詫びを入れさせようとしとるのは、自分らがスッとするためじゃのうて、真実を世間に知ってもらうためじゃもんな。そこまでせんと、このままじゃあまるで、あの子が……健介が心弱かったから死んだみたいなことになってしまう」

ああ、ほんとうにそうだと千秋も思った。

健介の心が弱かったのではない。そうではなくて、健やかでまっとうな心を持った人間を自殺にまで追いやってしまう、そんな会社のやり方がどれだけ異常かということなのだ。その内情を明らかにして、世の中にも真実を知ってもらわなくては、闘う意味がない。

「そうじゃ。でないと、健介が浮かばれんもん」比佐子は、ぽつりと言った。「ただ賠償金をもらうだけでは、あの子の魂は私らから離れていってしまうけえ」

しかし敵は手強かった。手強いと言うより、こちらの理解を超えていた。

代理人の佐久間弁護士を通じ、引き続き再三の申し入れを重ねた末にようやく返ってきたのは、こんな回答だった。

〈社長を含む当社役員らが出席し、貴殿らと直接の面談を行うというご要望に関しては、一回限りというお約束を前提に応じさせて頂きます〉

〈ただし、取材関係者など、貴殿ら以外の出席は一切お断りいたします。双方、一切の録音はしないこと、また、その場で話し合われた内容を第三者に漏らさないことも約束して頂きます〉

会ってやってもよいとは言ってきたわけだが、この勝手な条件の羅列と、明らかな上から目線はいったい何なのだ。千秋は、自分の業務を急いで終わらせると、佐久間弁護士の事務所に駆けつけた。

「こういうやり方って、普通なんですか？」

「普通、とは？」

「私や広島のご両親にとっては、今回のことは何もかもが初めてなんです。でも、先生はこれまでにもたくさんの案件を手がけてらしたでしょう？　似たようなケースでのやり取りで、たとえば企業側がこんなふうに、まるでわざと遺族の気持ちを逆なでするみたいなことを仕掛けてくるのって、過去にもありました？」

佐久間弁護士は、しばらく考えた末、首を横にふった。

「ないですね。もっと規模の小さい会社との間でなら、揉めに揉めて泥沼化してしまったこともありましたよ。ただ、その場合は、会社側の代理人が素人に毛の生えたような連中だったからで、まともなケースとは言えません。『山背』のような大企業がよくもまあこんな対応をするものだと、正直なところ私もあきれています」

そう言われて、少しだけ溜飲が下がる。

「どうしてこんなことに。先生は、どうお考えですか」

重ねて千秋が訊くと、佐久間は嘆息した。

「おそらく、カリスマ経営者のもたらした弊害、というのが大きい気がしますね」

「カリスマ経営者の……弊害？」

「ええ。たとえばこれが、伊東さんの勤めてらっしゃる『銀のさじ』で起こった事件だったとしたら、企業側の対応はおそらくしょっぱなからまったく違っていたと思います。今どきは、いわゆるブラック企業への監視の目も厳しいですし、過労自殺ともなれば世間の糾弾は必至だ。社内のしかるべき部署がすぐさま動いて対処方法を考え、とにかく後手にだけは回らないように、マスコミの餌食にはならないようにと、神経を張り巡らせて対応に当たるはずです。世間には、自ら死を選んでしまった方に対して心ない暴言を吐く輩もいるにはいますが、多くの人たちはやはり、立場の弱い者に感情移入して義憤を抱くものです。飲食業の場合はとくに、そういう人たちすべてが客になり得るわけですから、本来ならば『山背』はもっともっと慎重に、世間を敵に回さないように神経を使わなくちゃいけないはずなんです」

「でも——そうはしてこなかった」

「私の目から見ると、非常にお粗末な対応と言わざるを得ません。世間をなめているようにしか思えない。そういう印象を抱かせたという点で、『山背』は完全に、時機を逃したんだと思いますね」

「時機？」

「そう。要するに、謝罪すべきタイミングをです」

千秋は社長の顔を思い浮かべた。メディアに登場する際、常に堂々としてにこやかな山岡誠一郎のあの顔を思っただけで、心臓のあたりが怒りに軋み、悔しさに引き攣れる。

押し出しの良い外見、頭の回転は速く、声はよく通り、弁が立つ——これまで負け知らずでのし上がってきたあの男は、なるほどカリスマ性という意味では図抜けたものを備えているのだろう。亡くなった健介こそは、その毒に当たった被害者だ。

「こちらからは、謝るチャンスをもう何度も与えました」千秋は言った。「時機を逃したのはただ、山岡誠一郎が馬鹿だったからじゃないですか」

佐久間弁護士が苦笑する。

「まあ、馬鹿かどうかはともかく、経営者として慢心してしまった部分があるのは確かなようですね。おそらく山岡氏は、自分ではそれに気づいていないんでしょう。今だって、自分は誰よりもお客様の立場に立って物事を考えられるし、誰よりも社員の心をよく理解していると、そう信じきっていると思いますよ」

「そんな……」千秋は思わず息を乱した。「理解していたら、健介さんはあんなことには……」

「そう、その通り。山岡社長がほんとうに自分で思うほど周囲を理解しているなら、『山背』はそもそもブラック企業などと呼ばれていない。彼の理屈からすれば、お客様のために社員が少々の我慢を強いられることは、美しき自己犠牲の精神、そうでなくともせいぜい必要悪みたいなものなんでしょう」

「少々の我慢って……少々どころじゃないじゃないですか」

「ええ。ただ、厄介なことに、山岡氏本人が苦労人の努力家で、その末にああして実際に立身出世を遂げた人物ですからね。自分は若い頃、何日も寝ずにふらふらになるまで働いた、何かを得ようと思ったらそれくらいの努力はしなくちゃだめだ、というのが彼の持論のようです」

ああ……と、千秋は呻いた。「います、そういう上司。うちの会社にも」

「ほう？　いますか」

「自分の苦労話とか成功例を、すべての部下に無理やり当てはめて強要する人。なんでだか、辛くて苦しい思いをしてきたことを美しい思い出みたいに語るんです。その苦労話っていうのも、いちいち規模が小さくてショボいんですけど」

「辛辣ですねえ、相変わらず」

「相変わらずって先生……ひどい」

初老の弁護士は、めずらしく声をたてて笑った。

すぐに真顔に戻って続ける。

「たしかに、山岡誠一郎氏は大きな成功を遂げました。『山背』が一代であそこまでになったのは、間違いなく彼の功績でしょう。しかしね、むしろ今、あの会社にとっては害であると言っていい」

「え」

「小さい会社を大きくしてゆく時に必要な努力と、すでに大きくなった会社を健全に維持してゆくための努力とでは、質が違うんですよ。周囲から求められることも違えば、トップとしての役割も変わってくる。若い頃の自分の感覚で、行け行けどんどんのまま〈俺についてくれば間違いはない〉式のお題目を唱えるばかりでは、大企業の経営は成り立たない。ただ、山岡誠一郎の場合は、経営手腕以上にそのカリスマ性を武器にしてのし上がってきたぶん、会社の〈顔〉になり過ぎてしまった。『山背』と聞けば誰もが山岡誠一郎のあの顔を思い浮かべるくらいにね。だから、周囲の人間は誰一人として彼に向かって、それは無理です、不可能です、とは言いだせない」

佐久間弁護士の言う意味が、千秋にははっきりと理解できた。毒をあえて飲み下すような気持ちで読み進んだ、山岡誠一郎の著作の数々を思う。

〈私は、不可能という言葉が大嫌いです。自分の限界を自分で作る言葉ですから〉

〈どんなに苦しくても出来ないなどと口にするな、と社員にはいつも言っています。途中で投げ出すから出来ないままで終わる。最後まであきらめずにやり遂げれば、次からそれは、

出来ないことじゃなく、出来ることに変わる〉

そういった類いの発言が随所に見られ、読んでいる間じゅう、健介の苦しみを思って吐きそうだった。

なまじ弁が立つので、山岡の言葉は、知らずに聞けば耳に快く響く。けれど実行しようとすれば必ず大きな犠牲を強いられる。社員一人ひとりが払うその犠牲が、『山背』においては当たり前のものとされ、この会社の一員である資格を失いたくないなら、つまりクビになりたくないなら、無償で差し出せと強要され続けている。経営者である山岡誠一郎がその異常さにまったく気づいていないどころか、美しき精神、社会貢献とさえ思い込んでいる、ということか……。

千秋の思いを読み取ったかのように、佐久間は言った。

「山岡社長の不幸は、周りに誰一人として『あなたのやり方は間違っている』と発言できる人間がいないことです。彼は、裸の王様なんですよ。ただし、巨大な権力を持った、ね」

18

〈社長を含む当社役員らが出席し、貴殿らと直接の面談を行うというご要望に関しては、一

回限りというお約束を前提に応じさせて頂きます〉
〈ただし、取材関係者など、貴殿ら以外の出席は一切お断りいたします。双方、一切の録音はしないこと、また、その場で話し合われた内容を第三者に漏らさないことも約束して頂きます〉

この譲歩とも呼べない『山背』側からの回答に対して、七月下旬、千秋たちは佐久間弁護士と相談の上、きっぱりと「ノー」を突きつけた。

第三者の目のない場所で、しかも記録すら残さず、外へ話すこともできないかたちで面談をしても何の意味もない。こちらの目的は、損害賠償金の額について話し合うことではなく、健介の死に象徴される問題を広く世間に知らしめることなのだ。密室の話し合いではそれが果たせない。

ところが、対して『山背』側は、またしても予想の斜め上をゆく行動に出た。

佐久間弁護士の事務所に一通の文書が届いたのは、健介の死から二年が過ぎた八月の終わり。蟬時雨が降り注ぐ、ひどく蒸し暑い日のことだった。

会社の昼休み、千秋は、二度の着信記録を見るなり佐久間弁護士に電話をかけた。

「なんと、『山背』が調停を申し立てると言ってきましたよ」

佐久間の声には、苛立ちとともに隠しきれない疲れがにじんでいた。

「あの……ごめんなさい、意味がよくわからないんですけど」

「通告書が送られてきたんです。これ以上、当事者同士で書面のやりとりをいくら続けていても解決にはほど遠いようだから、裁判官などの第三者を間に入れて判断を仰ぐしかないだろう、と」

千秋はますます混乱した。

「向こうが言ってきたんですか、それを」

「ええ。これから申し立てるという旨の通告が届きました。内容証明付きの文書でね」

いったい何を言っているのだろう。これまで、どんな申し入れや抗議に対しても、さんざん答えを長引かせてはのらりくらりと躱してきたのは『山背』の側ではなかったか。

「あのう、先生。これは素朴な疑問なんですけど……」千秋は言った。「調停って、ふつうは被害者の側が申し立てるものなんじゃないんですか？」

電話の向こうで佐久間弁護士が苦笑する。

「通常はそうであることが多いでしょうね」

「ですよね。ということはつまり、『山背』には、自分たちが加害者の側であるっていう認識がまったく欠けているってことじゃないですか」

嘆息する気配があった。

「確かに、そうとも受け取れます」

千秋は、もはや言葉が出なかった。怒りで膝頭が震えた。約二年にもわたって闘ってきた相手のことが、これほどわからなくなったのは初めてだったかもしれない。あれだけ証拠を隠蔽したり、まともに取り合わずにごまかすことを続けてきた相手が、そもそも罪悪感の欠片さえ抱いていなかったとは。

まもなく簡易裁判所から送られてきた調停申立書には、『山背』側の理屈が縷々と記されていた。

「要約すれば、つまりこういうことです」

血相を変えて上京してきた武雄と比佐子、そして千秋を前にして、佐久間弁護士は言った。

「『山背』としてはそもそも、健介さんの自殺に対して安全配慮義務違反があったとは考えていない。それでも労災の認定があったこと、すなわち自社の社員が日々の業務を原因の一つとして亡くなったと判断されたことについては、非常に重く受け止めて、遺族と真摯に話し合いをしようと考えていた……」

「嘘じゃ！」遮るように、武雄が言い捨てる。「あいつら、大嘘つきもええとこじゃ」

「遺族からの度重なる要求に対しては、妥当と考えられる示談金額の提示も再三行ってきたし、悲劇を繰り返さないために再発防止策を具体的に示せと無茶を言われればそれに対しても、法的義務など皆無であるにもかかわらず、できる限り応じて回答をしてきた。さらには代理人を通じて話し合う機会もさんざん設けてきたのに、遺族側はさっぱり応じようとしない。そういうわけで、万策尽きた『山背』としてはやむを得ずに、この問題を一日も早く解決するべく、調停を申し立てるに至った、と。そういうことだそうです」

　黙って聞いていた三人とも、しんとなった。

　やがて、比佐子が口を開いた。

「――恥知らずが」

　ぽつりと言った。

「何やらもう、腹が立つのもあきれるのも通り越して、気の毒になってきたのう」と、武雄も呟く。「かわいそうな奴らじゃ」

　千秋は、佐久間弁護士から申立書を受け取り、その文面に改めて目を通した。読めば読むほど、あまりの不条理さに、頭の芯がぼうっとしてくる。

「これ……この部分、どういうことなんですか？」指をさし、佐久間に尋ねた。「故人、つまり健介さんが亡くなったのが業務起因性のものであったと労災認定されたことと、『山背』に安全配慮義務違反があったかどうかという問題とは直結しない、って」

「ある程度の長時間労働は確かにあったけれども、休暇は与えていたし定期的に面談もしていたのだから、会社側に過失はないと。そう言いたいんでしょうな」

「ですよね。それでも労災の認定そのものは重く受け止めていて、一定程度の金額を支払う意向であるので、妥当な示談額を確定するために協議を行いたい、って……いったいこれ、何なんですか。ほんとに真面目に言ってるんですか」

「いたって真面目でしょうね、向こうとしては」

「つまり、〈こちらはお金を払うと最初から言ってるのに、遺族の側がなんだかんだとイチャモンつけて応じてくれないんですよ〉と。そう言いたいわけですか」

佐久間は難しい顔をしたが、否定はしなかった。その顔のまま、武雄と比佐子を見やる。

「さて。どうしましょうか」

「どもこもないわ」武雄が言った。「何が〈重く受け止めて〉じゃ。ひと一人の命の重さを、まるでわかっとらん。わかっとったら、そんな恥知らずなものを送りつけてくるわけがない」

「調停をしてもまだ結論が出なければ、裁判ということにもなりますが、それでも構わないと？」

比佐子は、佐久間弁護士をまっすぐに見据えた。

「いっさい譲らんと、とことん闘わせてください。前にも言いましたけど、あの馬鹿どもからただお金をふんだくって終わりにしたのでは、健介の魂は私らから離れてしまうんです。あの子を、一度ならず二度までも喪うことになるのは耐えられんけえ。どうか、お願いします」

居酒屋チェーン『山背』が申立人となり、その元社員・藤井健介の遺族を相手方とする調停の第一回目は、十月の初旬に簡易裁判所で行われることとなった。

「裁判所、いうのは裁判をするところじゃとばっかり思うとったわ」

比佐子が言った。

テレビドラマや映画などでよく見るのは、原告側の検察官と被告側の弁護人がそれぞれの主張を申し述べた後に、裁判官が判決を申し渡すといった場面だ。

しかし、同じく裁判所で行われる調停には、判決といったものがない。調停は、人の罪を裁くものではないからだ。

「簡単に言えば、調停というのは話し合いの延長なんです」

詳しいことなど何もわからない千秋たちに、佐久間弁護士は丁寧に説明してくれた。

「当事者間では解決できないことを、間に第三者を入れて話し合う。ただ、そもそもトラブルになったからこそ調停にまでもつれこんだわけで、直接に顔を合わせてしまうと感情的になりかねませんよね。それを避けるために、間に調停委員が入って、双方の言い分を聞いては相手側に伝えてくれます。時には問題の解決に向けて、客観的な助言をしてくれたりもします。調停委員の言葉に強制力はありませんから、そこはとうてい譲れないと思えば突っぱねてもかまいません」

するとと、武雄が訊いた。

「調停委員に強制力がないんじゃったら、これまで『山背』とわしらだけでやってきたやりとりと、どこがどう違うんじゃろう」

「そうじゃね」と比佐子も言う。「こっちの訊いとることを、またのらりくらりと詭弁を弄して躱されるばっかりじゃあ、何の意味もないけえねぇ」

「ええ、確かにそうです。しかし、今回は何しろ、調停を申し立てたのが向こうですからね。『山背』としては、事がこれ以上長引いて、会社のブラックな部分をマスコミに取り沙汰され続けるよりは、できるだけ早く賠償金額の調整を済ませてこの問題に決着をつけたいはずです。そう考えると、これまでのように言い逃れてばかりということはなくなるんじゃないでしょうか」

「ぜひともそう願いたいです」

と、千秋は言った。

佐久間弁護士が続ける。

「調停というものの特筆すべき点は、そこで双方合意の上で決まった約束事は裁判所によって書面に残され、のちのちまで強制力を持つということです。そこで決まったことは絶対に守らなくてはなりません。たとえばもし、賠償金をきちんと支払わない者がいれば、裁判所がその人の財産を差し押さえる、などといった場合もあります」

千秋たち三人の顔を見回す。

「それから最後に、これはお互いに、ということですけれども——調停とは、先ほど申し上げたように、お互いの言い分に折り合いをつける場所です。ですから、どちらもが何一つとして譲ろうとしなければ、平行線のまま調停が終わって全部が白紙に戻ってしまいます。裁判とは違い、双方ともが合意に至らなければ解決とはなりませんからね。できることならば、何らかの落としどころを見つけられるのが理想です」

「先生の言うとりんさることは、よーうわかります」武雄が言った。「じゃけど、折り合いをつけるも何も、わしらはもう、最初の最初から一貫して、健介があゝいうことになった裏側に何があったんかをはっきりさせてくれと……金の話なんぞ持ち出す前に、まずは真相を究明して教えてくれと、そう言うとるだけじゃ。その考えは、調停が始まってからもきっと変わらん。まずは向こうが、こちらの訊いとることにきっちり答えてくれんことには、なんも始まらんのじゃがのう」

佐久間は、思案しながらも頷いた。

「そうですね。今回は裁判官と調停委員という第三者の目があるせいか、めずらしく『山背』のほうから、こちらの質問には調停の場で答えます、とはっきり言ってきていますからね。まずは質問書を送って、回を重ねるごとに少しずつでも進展があることを祈りましょう」

十月に入って間もなく、健介の両親と千秋の三人は、佐久間弁護士とともに簡易裁判所へ出向いた。緑の中にもごくかすかに秋の気配が混じり始め、空はまるで隅々までアイロンをかけたかのようにすっきりと晴れ渡っていた。

ちょうどこんな空の下を、健介とよく歩いた、と千秋は思った。二人して並んで歩きながらふと隣を見上げると、その頭の向こうに真っ青な空が見えて、彼の笑顔も空も同じくらい眩しかった。

もう、二年以上になるのか――彼を喪ってから。

いつのまにか、などとは思えなかった。そんなに簡単に過ぎた日々ではない。最初の頃は時間の流れとともに心が凍り付いてしまっていたし、最愛のひとの死という直接的な痛みがようやくいくらか薄れてからは、彼のいないこの世界で生きてゆくのに必死だった。一日、また一日とやり過ごして一週間になり、それを四度積み重ねてひと月を生き延びた。

彼のいない夏が二度巡っては過ぎてゆき、今また秋が来ようとしている。

（もう少しだからね、健ちゃん）

吸い込まれるほど蒼い空に、千秋は祈った。

（ずっと悔しい思いをさせたままでごめん。きっと、もうあとひと踏ん張りだから）

簡易裁判所の調停室に、先に『山背』の代理人弁護士が呼ばれた。調停委員が向こうの言い分を余さず聴くための時間が取られ、しばらくしてから入れ替わりに、別室で控えていた千秋たち三人と佐久間弁護士が呼ばれる。

調停室は、無味乾燥を絵に描いたような四角な部屋だった。五十代と四十代後半の調停委員らそれぞれと挨拶を交わす。

着席すると、年若なほうの調停委員が、『山背』側の代理人から聴き取った向こうの主張を伝えた。あらかじめこちらが送ってあった質問書に対する、『山背』からの回答もだ。

その上で、年長の調停委員が言った。

「藤井健介さんの死を過労自殺と認める労働基準監督署の判断や、そこから今日までに至る経緯などをすべて踏まえて伺いますが……『山背』の主張もそうですし、また藤井さんのご遺族側からの質問書に対する『山背』の回答内容もそうですが、今のところ、調停前と何も変わりがないように思います。中立人は『山背』の側ですけれども、今回、応じられたご両親としてはいかがですか。この調停そのものが無意味だと感じていらっしゃったりはしませんか？」

思いがけない問いに、武雄と比佐子は目と目を見合わせた。比佐子が千秋の顔を見、武雄が佐久間弁護士を見る。

ややあって、答えたのは武雄だった。

「いいえ。調停に意味が無いなどとは思うとりません」

緊張をなだめるためか、背筋を伸ばし、椅子に深く座り直す。

「確かに、いま伺った『山背』からの回答そのものは、これまでと何も変わっとりません。じゃけど、これまではこちらが何を訊いても、どんな思いをぶつけても、あちらは無視するか、およそ答えにもなっとらんような返事で逃げるかのどちらかでした。それが、今はこうして、調停委員さんの前に出てきて話を詰めようとしとる。回答の文書にも、会社名ばかりか社長の名前までが入っとる。たったそれだけのことでも、わしらにしてみたら、たいした進歩なんですわ」

委員たちは深く頷いた。

「調停とは話し合いの場じゃと、こちらの佐久間弁護士から伺いました。わしらもできることなら、いや、できるだけのことをして、決着をつけたいとは思うとります。ただ、せがれが自殺するに至るまでの真相の究明なくしては、誰にどれだけの責任があるかさえはっきりせん。そんな段階で賠償金の話などされても、受け容れようがないですけえのう」

「なるほど、おっしゃる通りです」

「何べんでも申しあげますが、わしらはただ、本当はあの会社でどんなことが行われとったかが知りたい。そうしてそれがはっきりしたら、山岡誠一郎社長に公の場で謝罪をしてもらいたい。それだけです」

調停は、五度に及んだ。

『山背』側と直接対峙（たいじ）するわけではないので、時には佐久間弁護士を伴わず、夫婦と千秋の三人、あるいはそのうちの二人で出かけてゆくこともあった。

佐久間の助言には頼りつつも、労働問題や過労死・過労自殺などについて皆で懸命に勉強したおかげで、『山背』からその都度戻ってくる回答の矛盾点にますます気づかされるようになっている。しかし、どれだけそれらの矛盾をつく質問を重ねていっても、『山背』は頑として責任を認めないままだった。

これまでさんざん問題になってきた、研修やボランティア活動、あるいはレポート作成などがことごとく無給であった件について、健介の両親と千秋たちは『山背』への質問状の中で明確な返答を求めた。

それに対する『山背』側からの返答はこうだった。

【研修やボランティア活動への参加、またそれに伴うレポート作成についてはあくまでも任意であり、強制ではありませんでしたので、当時は勤務時間には数えておりませんでした。しかしながら労基署による行政指導を重く考え、現在は、業務として研修時間の中に組み込んでいます】

【とくにボランティア活動については、その主旨からいって参加を強制することはあり得ません。弊社は社員を単なる被雇用者としてではなく、大きな家族の一員と考えておりますので、それぞれの成長を願い、自分を磨く場を提供するべく、そのような機会を与えております】

千秋たちは再質問を送った。

「研修やボランティアに参加しなければ上司からなぜ休んだのかと追及され、レポートを提出しなければ早く提出するようにと厳しい指導を受ける。そういった事実の記録が、故人のパソコンに保存されていた日記に残っていますし、同僚社員の証言でも明らかです。そのようなものをとうてい任意とは呼べません。故人をはじめとする社員に対し、研修やボランティア活動、レポート提出などが〈任意であること〉をどのように説明していたのかを、具体的に明らかにして下さい」

「そもそも、昼夜が逆転するほどハードな長時間勤務を強いておきながら、なぜ休日にまで睡眠時間を削って早朝から研修をさせるのですか。会社は大きな家族と言いながら、それらの仕打ちはとうてい家族に対するものとは思えません」

　すると再び、『山背』側も返答をよこした。

【あくまで任意参加でしたので、社員にもそのように伝えておりました。社員も自ら研鑽を積むべく、自主的に参加してくれました】

【研修を早朝に設定していたのは、夜間にも業務を行う店舗勤務の社員と、昼間の業務を行う本社勤務の社員が、ともに無理なく参加できる時間帯にという理由からです。参加対象者には、研修の前日は場合によっては仕事を早く上がってよいと伝え、負担を軽減するように対応しておりました】

　早過ぎる出勤時間や、少な過ぎる休憩時間について、あるいは長時間にわたる残業についても、両親と千秋たちは質問を重ねた。最初の調停の時に武雄の言った、〈真相の究明なくしては、誰にどれだけの責任があるかさえはっきりせん〉という言葉の通り、調停は話し合いよりもまず、『山背』の内部でいったい何が行われていたかを追及するための場となった。かなり異例なことだろう。

しかし、そのつど新たな質問状と回答書が行き来してもなお、互いの言い分は平行線のままだった。それどころか『山背』は、健介が内規で決められている時間よりもずっと早く就業し、はるかに遅くまで残業していた事実について、こう言ってきた。

【店舗勤務の従業員の始業時間と終業時間については、各店舗で決めたシフト表に基づいてのものとなっています。シフト表の時間よりも極端に早い準備出勤を、弊社が求めたことはありません。藤井健介さんが毎日のようにそれぞれ数時間も早く出勤され、遅く退勤されていた件について明確な理由はわかりかねますが、おそらく店長としての業務遂行に時間がかかっていたため、自主的にそうされていたものと思われます】

武雄も比佐子も、この返答には怒り狂った。

「あいつらめ、うちのせがれは能なしじゃと、そう言いたいんか！」

佐久間弁護士の前で、武雄は椅子から立ち上がって足を踏みならした。

「普通の店長じゃったらもっと早うに準備も後始末もできるはずじゃのに、お前んとこのせがれはそれができんかったから一人で勝手に無理しとっただけじゃと……そう言うてきたも同じじゃわ！」

比佐子など、悔し涙で言葉も出なかった。

回答書を何度も読み返しながら、千秋は、隣で比佐子の背中をそっと撫でて慰めるしかなかった。そうしている間も、はらわたは煮えくりかえっていた。

「先生」

顔を上げ、ずっと黙っていた佐久間弁護士を見やる。

「これを読むと『山背』は、この期に及んでもまだ、自分たちには安全配慮義務違反などなかったと主張しています。こんなことって、許されるんでしょうか。だってこれじゃ、労災を認定した労基署の判断をないがしろにするどころか、真っ向から否定してかかっているも同じじゃないですか」

佐久間弁護士は、すぐには答えなかった。事務所の窓の外を見やりながら考えている。

千秋たちと『山背』が五度の調停を重ねる間に、季節はまた巡り、窓ガラスの向こうの街路樹は葉を落とした後で再び芽吹き、今はすっかり緑の色を濃くしていた。

千秋は、健介の両親をそっとうかがった。武雄も比佐子も、さすがに憔悴の色が濃い。

健介の死からもうすぐ三年。誰も皆、それぞれに二つか三つずつ歳をとった。示談交渉といい調停といい、どうしてこうも一つひとつに時間がかかるのだろう。『山背』は会社として対応しているし、間に立つ代理人もまるで他人事気分だから屁でもなかろうが、こちらはもうすでに満身創痍だ。

「結局のところ……」ようやく佐久間が口を開いた。「健介さんの時間外労働について、労基署が労災認定をする判断のもととなった算出方法と、『山背』が主張するそれとの間にかなりの乖離があるということですね。いまだに、と言うべきか、今になってと言うべきかは微妙なところですが、要するに、会社のやり方に間違いはなかったと、どうあってもそう主張したいわけでしょう」

「だったらどうして」と、千秋は言った。「どうして『山背』は、労災認定を受けた後で、急に今までのやり方を変えたりしたんですか。研修やボランティア活動をいきなり業務扱いにしたり、店舗の人員を増やそうとしたり。自分たちに間違いがなかったも何も、行政指導を受けた時点ですでに間違いを指摘されてるじゃないですか。何を今さらそんな……」

「しかし、そこにはそういうことが書いてあるわけですよ」

佐久間が、千秋の手の中にある『山背』からの書面を指さす。

「曰く、当時の同僚たちは皆、健介さんが店長として一定程度の無理をしていることは認識していたけれども、過大な負担とまでは言えなかったし、彼が自殺するほどの精神状態に陥っているなどとは誰一人として思わなかった。『山背』側にしても、各店舗の店長を対象とした定期的な講習会などで本人と面接し、充分な対応をしていた。であるからして、ただちに会社側に安全配慮義務違反があったとは言えない、と。そういう主張です」

どこまでも落ちてゆくような長いながいため息が、事務所の中に響いた。武雄のため息だった。

「真摯に対応すると言うたんは、誰じゃ」

その隣で、比佐子はぐったりとうなだれている。

たまらなくなって、千秋は言った。

「先生」

佐久間弁護士が、こちらを見る。すでに言いたいことはわかっている顔だったが、千秋は、確認のためにも言葉にした。

「これ以上の調停に、意味はないんじゃないでしょうか」

「――そう、思われますか」

「ええ。会社側に安全配慮義務違反はない、と『山背』は言い張る。責任はないのだから謝るつもりもないって言いたいわけですよね。責任がないならないで、どうして損害賠償金だけ払うと言ってくるのか、私にはわけがわかりません。『山背』のほうからわざわざ調停を申し立てておきながら、これではあまりにも無責任じゃないですか」

佐久間は、何を思ったか、ふっと微苦笑を浮かべた。

「いや。まさにその通りです」

「やめじゃ」と、武雄が言った。「もう、やめじゃ。短気で言うとるんじゃあない。ここまで来たらこっちにも意地があるけえのう。ひとを虚仮にするのもたいがいにせえ」

「そうじゃねえ」比佐子も、ようやく細い声を絞り出す。「さらさら謝る気のない連中から、お金だけ受け取るわけにはいかん。そこだけは、何としても譲れんわ」

調停は決裂した。

千秋たち四人と『山背』側の代理人三人とが同じ調停室に呼ばれ、両側に調停委員を従えた裁判官が「調停を不成立とします」と言うと、それで終わりだった。双方、言葉を交わすどころか目を合わせることもなく別れた。

「よかったんじゃ、これで」

と、武雄は言った。

見上げる空には真っ白な雲が浮かび、すでにまた夏の気配を漂わせている。

「形だけ調停にもつれこませて、適当なところで金だけ払うて黙らせようと思うとったんじゃろうが、そうはいかん。さんざん質問に答えさせたおかげで、あの会社の内情も根性もようわかったしのう。これでまた闘える」

「お父さん、かっこええわ」

と、比佐子が隣で笑った。

19

――これでまた闘える。

その言葉通り、『山背』との調停不成立の半月後、武雄と比佐子は、地裁に損害賠償を求める訴えを起こした。

〈息子・健介の死は、会社と経営陣が安全配慮義務を怠ったためである〉として、『山背』とオーナーである山岡誠一郎社長らを相手に請求した賠償額は、一億五〇〇〇万円。精神的損害への慰謝料に、多額の懲罰的慰謝料を上乗せした金額だった。

懲罰的慰謝料。これは、通常の慰謝料とは異なり、とくに加害者への制裁の意味を持つ。

「正直なところを申し上げると、日本の訴訟において懲罰的慰謝料が認められた例はとても少ないんです」

訴状を作るための打ち合わせの席で、佐久間弁護士は言った。

「だいぶ前になりますが、大型トレーラーのタイヤが脱輪して死傷者を出した事故。あの事故でも、遺族は一億円の懲罰的慰謝料を含む一億六五五〇万円の損害賠償を請求しましたが、地裁の判決はシビアでした。申し渡された賠償金もわずかでしたし、懲罰的慰謝料の請求については棄却となりました」

千秋を含めた三人ともが驚く。

「あの事件でさえ、ですか」

「ええ。懲罰的慰謝料は、日本の法制とは調和しないという理由でね。アメリカの一部の州やイギリスでは認められているんですが、そこは宗教や文化の違いもあるのかもしれません。日本には馴染まないというんですね」

千秋は、武雄たちと顔を見合わせた。

「それでも……佐久間先生は、今回あえてそれを請求しようと？」

「ダメモト、なんて言うつもりはありませんよ」佐久間は静かに微笑した。「私はただ、ご両親と千秋さんの執念に動かされただけです。『山背』を訴える一番の目的は何なのかを考えたら、もうそれしかないだろうと」

「一番の、目的……」

つぶやく比佐子に向かって頷く。

「『山背』から大金をふんだくることが目的ではないことは、これだけ長くお付き合いさせて頂いていればよくわかります。お三方の……いや、我々の目的は、『山背』のあまりにも黒い経営の実態を衆目のもとにさらし、彼らの上に正当な罰を下してもらうこと。違いますか？」

「いや、その通りじゃ」武雄が腿の上で拳を握る。「言うたら、市中引き回しのうえ磔獄門、みたいなもんじゃゃ。世間に知ってもろうて初めて意味がある。誰も見とらんところで『山背』に罰金だけ払わせて終わりでは、わしらがここまで闘ってきた意味がない」

「先生、あの、言わせてもろうてええですか」

と、横から比佐子が言う。

「もちろん」

「目的、いうか、望むことは最初からもう一つあったんです。私はね、もうこれ以上、『山背』の社員さんの誰にも、健介みたいな死に方をしてもらいとうないんです。こんな……こんなに辛うて悔しい思いは、どこの親御さんにもさせとうはないですけえ。親だけじゃあない。チィちゃんじゃってそうじゃろ。大事な相手にいきなり置いていかれるもんの気持ち、いうのは、もう……もう……」

隣で武雄が、奥歯をぐっと噛みしめるのが、顎の動きでわかった。

「最終的に、懲罰的慰謝料が認められるかどうかはわかりません」

佐久間弁護士は静かに言った。ずっと黙っている千秋のほうを見る。

「しかし、企業側が簡単にぽんと支払えるような損害賠償額では、我々の目的と望みを達成することはできませんから。これまで『山背』が、健介さんたち社員に過酷な長時間労働をさせ、研修などを勤務時間に含めずにおくことで人件費を抑えてきた、そこで浮いたぶんで充分まかなえる程度の慰謝料を請求するのではお話にならない。これ以上の過労死、過労自死を未然に防ぐためにも、ここではっきり、『山背』は懲罰の対象である、ということをアピールする必要があるかと思います。ただ……」

顔を曇らせる。

「——ただ？」

千秋が問うと、

「世間の風当たりは、きつくなるやもしれません。どれだけ法外な賠償金を受け取ろうが、遺族の悲しみや痛みが癒えるわけではないのに、中には、結局のところ金が目当てだったんだろうと揶揄する連中もきっと出てくる」

苦い顔の佐久間に、武雄がふっと笑って言った。

「ええですよ、先生。そこまで考えて言うて下さるのはありがたいが、とうに覚悟はできとります。いや、まったく理不尽なもんじゃのう。わしら遺族いうのは、悲しさや怒りの大きさを、金額でしか表現できんのじゃけえ」

五度にわたる調停が決裂し、故・藤井健介の遺族が提訴に踏み切ったことが報道されたその日——『山背』は会社のホームページにコメントを発表した。

〈故人の勤務状況などについては一部メディアの報道にあるようなものではなく、ご遺族の主張もまた当社の認識と異なっておりますので、このたびの提訴は甚だ遺憾です〉

また、同じ日に社長・山岡誠一郎も、自らのＳＮＳにこんな文章を寄せた。

〈何度も調停を重ね、ご遺族からの要求についてはそのつど真摯に対応してきましたが、ご納得頂けませんでした。非常に残念です。亡くなった藤井くんのことはよく覚えています。明朗でしっかりとした、責任感のある青年でした。そんな彼が心に暗闇を抱えているとは、周りの誰一人として気づいていなかった。後悔はありますが、我が社の労務管理が不充分だったとの認識は今もってありません〉

結果、インターネット上にはたちまち批判があふれ、とくに山岡社長の発言はいわゆる炎上を招いて広く拡散されていった。

数日後、ホームページのコメントは、

〈提訴については今後も真摯に対応してまいります〉

という文面に差し替えられ、山岡社長もまた、

〈家族の一員であるはずの社員を守れなかったのは痛恨の極み。彼とご遺族の方々に心からお詫びをしなくてはなりません。彼が自らの死をもって教えてくれたことは、このさき一生、私の行く手を照らしてくれる灯となるでしょう〉

言葉を重ねて、懸命の鎮火を試みた。

が、時すでに遅かった。

「ブラック企業」とは一般に、違法な過重労働を課し、社員を使い捨てにするような企業のことを言う。低賃金で長時間働かされるだけのケースもあれば、会社のやり方に従う社員以外は自分から退職するよう追い込まれたり、少しでも異を唱えれば職場で嫌がらせを受け、暗に脅迫されるといった場合もある。

『山背』ではそのほぼすべてが当たり前のように行われていたことが、その後のメディアの取材や報道で次々と明らかになっていった。

社員の自死への労災認定、店舗に対する行政指導、度重なる調停の決裂、そして遺族からの提訴。――その時々の対応のまずさが火に油を注ぐかたちとなり、居酒屋チェーン『山背』への世間の印象はもはや真っ黒に塗りつぶされていると言っても過言ではなかった。

第一回の口頭弁論の期日は、被告側の予定を訊かずに決められる。そのため、梅雨寒のその日『山背』側からの出席者はなく、裁判長が「陳述はこの訴状の通りでいいですか」と原告である武雄たち遺族に確かめた後は、次回の日程を決めただけで終わってしまった。佐久間弁護士から聞かされてはいたが本当にあっという間だった。

第二回は、八月四日——奇しくも健介の命日と重なっていた。

広島から上京した武雄と比佐子、そして千秋は、この日も地下鉄で霞が関へ向かった。炎天の地上へ出て、東京地方裁判所へと急ぐ。

日傘の下で扇子を使う比佐子も、その隣で汗を拭う武雄も、表情は硬い。自分もきっと同じように見えるのだろうと千秋は思った。

金属探知機のゲートを通り抜け、七階の法廷に足を踏み入れる。第一回の時とは違って、傍聴席はすでに多くの人々で埋まり始めていた。マスコミの面々は見ればわかる。後ろのほうの見知らぬ顔ぶれはこの裁判のゆくえに興味のある一般の傍聴者のようだが、揃ってダークスーツ姿の人々は『山背』の関係者らしい。ずらりと並ぶと威圧感がある。

それだけに、知った顔を見ると心強かった。

健介と同期入社をして後に辞めた喜多野が、堂々と一列目に座っている。この口頭弁論の準備に際しても、彼は改めて佐久間弁護士に会い、当時のことを証言してくれた。

傍聴席の二列目には、宮下麻紀の顔も見える。彼女は昨年『山背』を辞め、今は大手のレストランで正社員として働いている。千秋と視線が合うと、目に力を込め、頷いてよこした。そして、中村さと美。隣に座るのは彼女の先輩で、佐久間を千秋たちに紹介してくれた若手弁護士だった。

午後一時五十五分、まもなく開廷時間という時だ。法廷の前方の入口から、『山背』側の代理人弁護士が入ってきた。

その後ろから、ひときわ押し出しのいい壮年の男性が現れる。

どこかで見たような、と思った次の瞬間、千秋は息が止まりそうになった。『山背』の社長、山岡誠一郎その人だ。

出席するなどとは聞いていない。あまりのことに、武雄や比佐子ばかりか、佐久間弁護士も驚きを隠せずにいる。

山岡社長は、こちらを一瞥(いちべつ)したのち、軽い挨拶程度に頭を下げてよこした。

「どういうことじゃ」

武雄が、唸るように呟く。前の週に『山背』側から届いた準備書面には、こちらの主張に対する反論ばかりがびっしりと書き連ねられていたのだ。

「どの面さげて……いや、何をしに来よったんじゃ、いったい」

そこへ、裁判長らが入ってきた。傍聴席にもさざ波のように緊張が走る。

とはいえ、法廷ドラマなどと違って何か劇的なことが起こるわけではない。開廷からものの十分ほどの間に双方の提出した書面を読み合わせ、お互いの主張や反論をひととおり確認すると、今日の審理は終わりだった。

しかし、裁判長が、

「では、次回の期日を」

と言いかけた時、『山背』の代理人のうち最も年配の弁護士が、

「裁判長！」遮るように発言を求めた。「本来ならば事前に許可を頂くべきであったのは承知しておりますが、意見陳述をお許し頂けませんでしょうか」

了解を得た上で、裁判長や佐久間弁護士をはじめ、武雄らや千秋にも陳述書が配られる。

同じ書面を手にして、中央にある木製の証言台の前に進み出たのは、なんと山岡誠一郎本人だった。

千秋は茫然と証言台を見つめた。武雄と比佐子も同じく身じろぎひとつせず、息を呑んで待つ。これから語られる内容は、手元に配られた陳述書に逐一書かれているはずなのだが、目を落としてそれを読む余裕はない。

裁判官に一礼し、原告席にも深々と礼をしてから、山岡誠一郎は陳述書を両手に捧げ持つ

ようにして読みあげ始めた。

「何よりもまず、亡くなられた藤井健介さまに、心から哀悼の意を表します。自ら命を絶たれた健介さまに対し、私ども『山背』は、充分に寄り添うことができませんでした。この道義的責任を重く受け止め、心よりの謝罪を申し上げます。ご両親の藤井武雄さま、比佐子さまをはじめ、ご遺族の皆さま。誠に申し訳ございませんでした」

傍聴席がざわざわとどよめく中、山岡社長が背筋をぴんと伸ばしたまま腰を折り、もう一度深々と礼をする。

健介の死からちょうど三年。いま初めて耳にする、山岡誠一郎からの謝罪だった。

声も出ない。すぐ隣で、比佐子はガーゼのハンカチをきつく握りしめている。指の間からのぞく淡い水色の花柄に、千秋は胸を衝かれた。いつだったか、おふくろの誕生日に何か贈ってやりたいからと言う健介に付き合い、一緒に百貨店の一階で選んだものだ。

「お詫びを申し上げるのが今日まで遅れてしまいましたことも、併せてお詫び申しあげます」

色黒の大きな顔をまっすぐこちらに向け、陳述書には視線だけを走らせながら、山岡社長は朗々と続ける。

「当初より、道義的責任は認識しておりましたが、法的責任についてはご遺族さまとの間に見解の相違があったため、我々の謝罪の気持ちをどう形にさせて頂くべきかを模索するなかで、時間が無為に過ぎてしまいました。この三年間のご遺族さまとのやり取りを思えば、故・藤井健介さまがどれほど皆さまに愛されていたかわかります。我が社にとりましても、将来を担ってくれる貴重な人材であり、何より大事な家族の一員である彼を喪ったことは大きな損失です。いかなる言葉も謝罪も、ご遺族さまの悲しみの前にはまったく無力であることを承知の上で、今後も誠を尽くし、真摯に対応させて頂くことをお約束いたします」

まるで、役者が芝居の脚本を読み合わせするかのようだ、と千秋は思った。

こちらが頑なになっているだけだろうか？　恨みのせいで意地になって、大事なことが見えなくなっているのだろうか？

いや、違う。どう気持ちを平らかにして耳を傾けようとしても、自信満々のカリスマ経営者が、会社の危機をしのいでみせるために一世一代の大芝居を打っているようにしか見えないのだ。なまじ弁が立ち、場慣れしているぶんだけよけいに、口にする言葉がどれも白々しく響くというのも皮肉なものだった。

「これまで、示談のご相談や調停での話し合いを通じ、ご遺族さまに何とか納得して頂ける着地点を見いだせるよう努めてまいりましたが、誠に残念ながらかないませんでした」

そこまで述べて、山岡誠一郎は視線を原告席に向けた。

「この上は司法の判断を仰ぎ、どのような結論であれ、その結果に従うという選択をお許し頂きたく、伏してお願い申し上げます」


開廷からおよそ三十分後——突然の意見陳述が挟まったにもかかわらず、第二回の口頭弁論はほぼ予定通りの時間に閉廷した。

千秋たちばかりでなく、佐久間弁護士まで疲れた顔をしていた。この出来事をどう受け止めるべきか、皆が混乱の中にあるのだった。

とりあえず一階に下り、女性同士トイレに入り、用を足す。個室を出て手を洗っていると、後から出てきた比佐子と鏡の中で目が合った。

ガーゼのハンカチを鏡の前に置き、液体石けんで丁寧に手を洗いながら、

「チィちゃんは、どう思うた?」

比佐子が掠れ声で言った。

千秋は、肩からかけたバッグの持ち手を握りしめた。

「もしかすると、私が狭量過ぎるのかもしれないんですけど……正直、飛びかかっていって殴ってやろうかと思いました」

比佐子が、ふう、と吐息をもらした。

「よかった」

「え」

「安心したわ。じつは私も、チィちゃんとおんなじ気持ちじゃったの。ズタズタに引き裂いてやってもまだ足りんと思うた。けど、もしかしてもっとまっすぐに聴いたら、あの言葉も違うふうに聞こえるんじゃろうか。自分の心が狭過ぎるんじゃろうか。そう思うたら心配になってしもうたけえ、訊いてみたんよ。……よかった。チィちゃんもそうなんじゃったら、きっとお父さんもおんなじ気持ちじゃわ」

　ひと休みしませんか、と佐久間弁護士が言った。東京地裁の地下にある喫茶店のメニュー表には軽食やケーキもあったが、とうてい喉を通りそうになく、四人ともがコーヒーだけを頼む。

　オーダーを取った店員が行ってしまうと、まるで示し合わせたかのように四人分のため息がテーブルの上に集まる。互いに苦笑を交わし合う余裕すらなかった。

「どう、思われましたか」

　佐久間が声を落として訊く。他の客とはやや離れていたが、誰に聞かれていないとも限らない。

「いやあ、どうもこうも……誠を尽くし真摯に心よりお詫びされて、これほど腹が煮えるものとは知りませんでしたわ」

武雄が目をしばしばと瞬かせる。

「ありゃあ、人間じゃあないねぇ」つぶやいたのは比佐子だ。「ひとの心を削り取って食らう鬼じゃわ」

千秋は、佐久間を見やった。

「あんな皮肉な謝罪って、ありますか。そもそも、平行線のままで結論が出ないのは『山背』のせいだったじゃないですか。向こうがのらりくらり逃げてばかりいたからここまで長引いたのに、まるでこちらがいつまでもしつこくごねるから困ってるんだみたいなあんな言い方……」

「まあ、それよりだいぶ婉曲な表現ではありましたが、そう受け取れる物言いでしたね」

慎重に同意した佐久間だったが、そのじつ、先ほど山岡社長が意見陳述を終えた後には即座に裁判長に発言の機会を求めてくれたのだった。

主張は三点あった。

第一に、社長自らが今日出廷することも知らせず、さらに予告もなしに突然の意見陳述をし、その場を借りてついでに謝罪するとはどういうことか。

第二に、重要な内容を述べるつもりであれば、第一回の口頭弁論の日に被告も出廷し、双方揃った上でそれぞれが意見陳述するべきだったのではないか。

そして第三、最も重要なのは、謝罪とはなんぞやという一点だった。心からお詫びする、と口では言いながら、遺族側の主張をまったく認めることなく法的には争うというのでは、とうてい謝罪になどなっていない。これまでの事実関係と会社側の過失を認め、改める姿勢を見せ、その方法を具体的に示してこそ、ようやく本当の謝罪となるはずだ――。

佐久間弁護士は、冷静ではあるが厳しい口調で弁をふるった。

「先生があぁして言うべきことを言うて下さったおかげで、溜飲が下がりました」

と、比佐子は言った。

「その通りじゃ。あのまんまじゃったら今ごろは奥歯がすり減っとったわ」

武雄の顔にようやく苦笑が浮かぶ。

コーヒーが四つ運ばれてきた。一人ひとりの前にカップを置いた店員が再び離れてゆくのを待ってから、佐久間は静かに言った。

「裁判官の心証という面で、あれを『山背』側の正式な謝罪だということにされたくなかったんです。真実の究明もなされていないのに、あのままうやむやになってしまったら、いったい何のための裁判かわからない」

コーヒーに角砂糖を一つ落としながら、ただですね、と言葉を継ぐ。

「これまで私は、過労死や過労自死の訴訟をたくさん手がけてきましたけれども、企業のトップなり創業者なりが自ら法廷に出てきて公衆の面前で頭を下げるというのは、おそろしく異例なことと言っていい。おそらく、今日明日中には大きなニュースになるんじゃないでしょうか」

「それはつまり……あの謝罪は受け容れたほうがいいってことですか？」

「いや、そういう意味じゃありません」千秋に目を向け、むしろ逆です、と佐久間は言った。「私の印象としては正直、これはどうやら相当追い詰められているんだな、と」

「え？」

と、武雄や比佐子も顔を上げる。

「追い詰められとる？　『山背』が、いうことですか」

「そうです。健介さんが過労自死で亡くなったのをきっかけに、『山背』の経営の実態が次々に明るみに出て、そのブラック企業ぶりは今やこの国の誰もが知っていると言っていい。今や、街なかで居酒屋『山背』の看板とロゴを目にするだけで、人々の脳裏にはどす黒いイメージがよぎります。近くに同じ価格帯の居酒屋があったらそちらを選ぶというケースは以前よりずっと増えたはずですし、右肩上がりの時に手を広げ過ぎたぶんだけ、負債も半端ではない。実際、公開されている決算書を見ても、この三年の間に業績は大幅に落ちて、純利益もすっかり赤字に転じています。ここで踏みとどまらなければ、創業以来これまで積み上げてきた利益まで全部食いつぶすことになります。そうなれば、会社は近い将来、債務超過に陥って確実に破綻する」

千秋たちは息を呑んだ。

「山岡社長はあの通り、いつでもどこでも自信満々のキャラクターですけれども、先ほどの彼のパフォーマンスは……この際パフォーマンスと言い切ってしまいますが、おそらく社運をかけた一世一代の大芝居だったと思いますよ」

佐久間が口をつぐんでも、誰も口をひらくことができなかった。店内に流れる音楽が急に大きく聞こえる。

比佐子がグラスに手を伸ばした。手が激しく震え、膝の上に水がこぼれる。ハンカチで拭こうとしてバッグに手を差し入れた比佐子が、あっ、と声をあげた。

「どうしました?」

「なんてことじゃ!　ハンカチ、さっきのトイレに置いてきてしもうた」

おろおろと腰を浮かせる比佐子を制し、

「私、見てきます」千秋は立ち上がった。「あの鏡のところですよね」

「そうじゃやと思う。ごめんねぇ」

疲労の色が濃い比佐子には少しでも休んでいてもらいたい。口頭弁論のたびに広島から上京するだけでも相当な負担なのだ。

地下から階段で一階へと上がり、女子トイレの鏡の前にちんまり置かれたままのガーゼのハンカチを見つけて、ほっと息をつく。今日という日に、わざわざこの一枚を選んで持ってきた比佐子の気持ちを思うと、胸にこみ上げるものがあった。

再び階段へ向かおうとした時だ。

はっとなって、千秋は足を止めた。正確には、足が動かなくなった。

廊下の向こうから歩いてくる人物も、どうやらこちらに気づいたようだ。一瞬硬くなった表情をすぐに和らげ、千秋を見つめたまま近づいてくると、目の前で立ち止まった。

背は高くないのに、押してくるような威圧感を持つ男であることを今さらのように知る。肩幅は広く、胸板は厚く、ずんぐりとした体型にぴたりと吸いついたスーツがまるで第二の皮膚のようだ。

系列店舗は全国に約一千店、今もって業界最大手の居酒屋チェーン『山背』——率いる社長・山岡誠一郎は、地黒の顔に一筋縄ではいかない笑みを浮かべながらこちらを見下ろし、口をひらいた。

「伊東千秋さん。でしたね」

笑っているのに、おそろしい。恐怖ではない。畏怖だ。このひとと自分では人間の格が違うのでは、というような理屈の通らない感覚に脳も身体も痺れたようになり、

「……そう、ですけど」

掠れた声で答えるのが精一杯だ。

「亡くなられた藤井健介くんの婚約者だったと、うちの代理人弁護士から聞いています」相変わらずよく通る美声で、山岡社長は言った。「あなたとは一度、ちゃんと話をしてみたいと思っていたんですよ。僕の想像は間違ってなかったな。さっきの法廷でも、いちばん肝が据わっていたのはあなただった」

親しげな口ぶり。慈愛に満ちみちたまなざし。そんなはずなどないのに、まるでとても大切に思われているかのような錯覚に陥る。相手のペースに引きずりこまれ、いつのまにか口も鼻もふさがれて窒息しそうになる。

(健ちゃん)

千秋は心の中で悲鳴をあげた。

(健ちゃん、助けて。なんなの、この人)

今、初めてわかった気がした。就職活動をしていた当時の健介が、山岡社長の理念に一も二もなく心酔し、『山背』への入社をあれほど熱烈に希望した理由がだ。カリスマ性とは、

こんなにまでも暴力的なしろものなのか。

「社長」

背後から、秘書らしき男が声をかける。腕時計を気にしているようだ。そちらをふり返らず、視線はこちらに向けたまま、わかってる、というように山岡誠一郎が片手を挙げる。

気がつけば、千秋の膝はがくがく震えていた。そうと知ってか、山岡社長はふっと頬を緩めて言った。

「藤井くんは、幸せ者だね。こんな可愛らしい人が自分のために頑張ってくれて」

その瞬間——頭の後ろから音をたてて血が引いていった。こめかみが冷たくなり、同時に身体はカッと熱くなる。いったい何という言いぐさだ。この期に及んで、まるで他人事のようではないか。

「ねえ。もう、やめようよ」山岡誠一郎はしかし、ざっくばらんな口調で続けた。「あなたたちはさ、要するに、僕に仕返しをしたいんでしょ？　苦しめるだけ苦しめたいんでしょ？その気持ちは、もちろんよくわかりますよ。誰かを憎まないことにはやっていけなかった、それは理解できます。だけど、ずっとこんなことを続けてたって誰の益にもならないじゃない。そちらがあんまり強硬だと、こっちとしても立場上、受けて立たないわけにいかなくなる」

かすかに、ほんとうにかすかにだが、恫喝の匂いを千秋は感じ取った。うなじの産毛がぞわりと逆立つ。

「そりゃあ僕だってね、それであなたがたの気が済むんなら、頭を下げて終わりにしたいのはやまやまなんだ。だけど、これだけ大きくなった会社を率いる立場にいる以上、そういうことは僕個人の考えではできない相談なんです。トップに立つ者の責任として、僕は、今もなお僕を信じて『山背』のために心身を捧げてくれている社員たちを、全力で守っていかなくちゃならない」

――今もなお、心身を捧げてくれている社員。

つまり、当てつけのように社宅のアパートから飛び降り自殺をした健介は裏切り者だったとでも言いたいのだろうか。

ふつふつと込み上げてくる怒りが、千秋の身体の真ん中に鋼鉄の芯を通してゆく。膝の震えをこらえ、てのひらを強く握り込む。

曲がりなりにも一度は健介が心酔した相手だ。山岡誠一郎の抱くビジョンの中に、真実が欠片もないとは言わない。だが、立派な理念をどれだけ唱えようが、美々しい言葉をどれほど並べ立てようが、目的のために手段を顧みない人間のすることにほんとうの価値は、ない。

千秋は、息を吸い込んだ。

「三年……」

情けないほど声が震える。歯を食いしばり、懸命に気持ちを落ち着けてくり返す。

「三年もの時間があったのに、あなたは、いまだに、何ひとつわかってないんですね」

山岡誠一郎が、ほう、というふうに片方の眉を上げ、目を眇めて千秋を見下ろす。

「私は……私たちは、あきらめたりしません。とことんまで、あなたと闘います。誰の益になるとかならないとか、どうでもいい。仕返ししたいだの、苦しめたいだの、そんなくだらないことじゃありません。私たちはただ、亡くなった藤井健介の名誉と尊厳を守り通したいだけです。亡くなったのは決して、彼が弱かったからじゃない。あんなに前向きだった彼が、まともな判断もできなくなるほど疲れ果てて、救いのない精神状態まで追い込まれたのは、まぎれもなくあなたと、あなたの会社の責任だということを、世の中に向けてはっきりさせたい。その事実を、あなたがたに認めさせるまでは絶対にあきらめませんから。絶対に」

声の震えなど、もう気にしていられなかった。山岡誠一郎の顔をまっすぐに見上げ、千秋は続けた。

「先ほどの法廷で、そちらの代理人弁護士さんから〈風評被害〉っていう言葉が出てましたよね。そうやって事実を都合良くねじ曲げている間は、あなたの会社の本質は何も変わりませんよ。風評なんかじゃない。今、あなたたちの会社が困っているとしたらそれは、世間の心ある人たちが本当のことを知ったからです。あなたのよくおっしゃる〈会社という大きな船〉が、このまま沈んでいくのを指をくわえて見ているおつもりがないんでしたら、一刻も早く考えを改められたほうがいいと思いますけど」

一息に言って、ようやく口をつぐむ。

いつしか、相手の顔からは笑みが消えていた。間近に睨み合う。ややあって、彼が何か言いかけた時だ。

「社長」後ろに控えていた秘書から、再び声がかかった。「すみませんがもう、時間が」

「——わかった。行こう」

千秋に向かって軽く黙礼をし、山岡誠一郎がきびすを返す。

と、ちょうど廊下の向こうから、比佐子と武雄、佐久間弁護士の三人が、千秋のバッグまで抱えてこちらへやってきた。ハンカチを探しに立っただけなのに、戻るのがさすがに遅過ぎると心配になったらしい。

山岡誠一郎は、そのすぐ横を、一礼しただけで立ち止まらずに通り過ぎていった。急いでいる様子など少しもないのに、歩幅が大きいせいで見るまに遠ざかってゆく。

その背中を、千秋は立ち尽くしたまま見送った。頭も手足も痺れて動けなかった。

20

営業のエリアが変更になり、千秋がそれまで担当していたスーパーへ挨拶に訪れたのは、翌年の三月末のことだった。

夕暮れどき、満開の桜を散らす無情の風が頬を生暖かく撫でてゆく。歩きながら、薔薇色に染まる空を見上げ、春だ春だ、と確かめるように思う。

(やれやれ、はうらはうら)

思い出すと、千秋の頬はゆっくりとゆるんだ。あくび混じりの健介の声が、耳の奥で懐かしい。

不思議なものだ。つないだ手の感触や、肌の匂いなどはだんだんあやふやになってゆくのに、声の記憶だけは少しも色褪せることがない。

入口にいた顔なじみの店員に、

「こんにちは。田丸さんは?」

と訊くと、向こうで接客中です、と言われた。

売り場責任者の田丸恵美子には、すでに電話で用向きを告げてある。担当替えのことを聞くと彼女はひどく残念がり、今日だったら早く上がれるからご飯でも食べましょうよ、と誘ってくれた。四年越しの付き合いのなかでも初めてのことだった。

勝手知ったる店内を、『銀のさじ』の自社ブランドの商品が並ぶ一角へ行ってみる。ゴンドラのエンドにしつらえられた陳列台で、初老の婦人に何か説明していた恵美子がこちらに気づき、

（ちょっと待っててね）

目顔で知らせてよこす。

うなずき返し、邪魔にならないように、店内の隅のベンチに座って待つことにする。接客を終えても、恵美子が着替えて来るまでにはまだ間があるだろう。

ドリンクの自動販売機の前で、制服やジャージ姿の高校生の男女が五、六人たむろしている。部活が終わり、これから塾へでも行くのかもしれない。

まだ幼さの残る横顔をくすぐったいような気持ちで見やりながら、千秋は、自分もかつてはあんな輪の中にいたのだと思った。同じ頃、広島では、健介もきっと。

その時だ。バッグの中で、着信音が鳴りだした。何気なく伸ばそうとした千秋の手が、宙ではっと止まる。

明日へ突っ走ーれ
未来へ突っ走ーれ
魂で走ーーーれーー

着信音はそれきり、ふっつりと途切れた。

動けなかった。雷に貫かれたように、千秋は座ったまま固まってしまっていた。

な……何だったのだ、今のは。この曲が、自分のスマホから流れるはずがない。健介が亡くなって以来、思い出すのも辛くて着信音からはずし、もう三年以上ものあいだ、街やテレビで流れているのを偶然耳にする以外には聴くことのなかった歌だ。

震える手をバッグに差し入れ、まるで爆発物を扱うかのようにスマートフォンを取り出す。記録を確かめてみたが、誰からも着信のあとはない。

誤作動にもほどがある。

粟立つ腕をさすり、眉を寄せた瞬間、またスマホが鳴って飛びあがった。今度のは正しくクラシックなベルの音で、発信人は広島にいる比佐子だった。

「はい。……もしもし」

まだ動悸の激しい心臓のあたりを押さえながら応える。

返事は、すぐには戻ってこなかった。いつもの比佐子なら、挨拶がわりの「あ、チィちゃん？」のあとに続けて即座に用件を切り出すのに、めずらしく口ごもっている。

「ち……チィちゃん。あのね」

声が揺れている。

「おばさま？」千秋は狼狽した。「どうしました？」

「チィちゃん……チィちゃん」

まさか、武雄の身に何かあったのだろうか。頑健な人だけれど、蓄積した疲れはもう限界に近いはずだ。おそろしい可能性にうろたえ、思わず腰を浮かせかけた時、

「ああ、もしもし、チィちゃんかいね」武雄の大きな声に入れ替わった。「すまんのう。母さん、うまいこと喋れんらしいけえ」

横合いから携帯をもぎ取ったらしい。安堵はしたものの、それなら何があったというのか。

「どうしたんですか？」千秋は、浮かせた腰をとりあえず下ろして訊いた。「もしかして、『山背』がまた何か言ってきたとか？」

「ああ、まあのう」武雄の声まで、急に揺れだす。「じつは今……佐久間先生から連絡があってのう。よーう聞いとってくれよ、チィちゃん。『山背』側が……なんと、和解を申し入れてきた、言うんじゃ」

千秋は息を呑んだ。

「嘘、でしょう？」

「いや。わしも嘘じゃと思うたが、ほんまのことなんじゃ。それもな、ええかげんな和解じゃあのうて、自分らの責任も、会社に非があったことも全部認めて、メディアを前に公式に謝罪すると、そう言うとるらしい。事実関係はすべて明らかにするし、こちらから出しとった条件も全部呑むと。わしが、『とても信じられん』言うたら佐久間先生、『今度こそ信じて大丈夫です』言うてくれんさった」

口が、きけない。

「チィちゃん？」武雄の声が訝る。「聞こえとるんかのう、チィちゃん」

「はい。……はい、ちゃんと、聞こえています」

「あいつら……『山背』の奴ら、とうとう負けを認めよったんじゃ」

泣き笑いのような武雄の声を聞きながら、無言で何度も頷く。溢れ出る涙で視界が歪む。自動販売機の前に集まる高校生たちの輪郭が、どんどん溶けてにじんでゆく。スマホを耳に押し当てたまま嗚咽しているこちらを、皆が肘で小突き合うなどして訝っているのはわかるけれど、涙はどうにも止めようがなかった。千秋は、残ったほうの手で口もとをきつく覆い、ともすれば声が漏れてしまうのを堪えた。

「いったい何がどうなって、いきなりこういうことになったか、いう事情は、佐久間先生がまた改めて説明してくれんさるそうじゃ」武雄が、短く洟をすすりながら続ける。「『とにもかくにも知らせたかった』言うて、たったいま電話があったとこじゃけえの」

「……はい」千秋もまた、洟をすすり上げた。「知らせて下さってありがとうございます」

「何を言うとる、当たり前じゃろうが。おっと、待ってくれ。母さんがもういっぺん代わって欲しいと」

「チィちゃん？」

武雄に代わって、再び比佐子の声がした。もはや、完全に泣き声だった。

「ありがとうねえ、チィちゃん。健介も今ごろきっと喜んどる。ああ、もう、こんな時、なんと言うたらええんじゃろ。ほんとうに、ほんとうにありがとうねえ」

千秋は、口もとを押さえている手をようやく放した。懸命に息を整え、切れぎれに言葉を絞り出す。

「そん……そんなこと、言わないで下さい。お……お礼を言うのは、私のほうです。おばさまたちと、一緒に闘わせてもらえて、私のほうこそ、どんなに心強かったか」

それきり、お互いに声にも言葉にもならないまま、しゃくり上げるしかなかった。

落ち着くのに、ずいぶんかかったように思う。

「とにかく、細かいことはまた、佐久間先生から連絡があったら改めて電話するけえね。待っとってね」

「はい。待ってます。……あの、おばさま」

「うん？」

「良かったって……そう思って、いいんですよね」

「何を言うとるの。当たり前じゃ」

比佐子が武雄と同じようなことを言い、ようやく笑い声をたてた。

ひとまず電話を切る。うつむいて、ティッシュを何枚も出しては涙と洟を拭う。自動販売機の前にいた高校生たちは、いつの間にか一人もいなくなっていた。近づかないほうがいいと思われたのかもしれない。

と、ふいに肩の上に柔らかな手が置かれた。目を上げると、ふくよかな顔が心配そうに千秋を見下ろしていた。

「どうしたの。辛いことでもあった？」

千秋は、首を横に振った。

「いいえ。もう、大丈夫です」

もう、大丈夫。

ふだん、当たり前につかっている言葉が今、痛いほどの輝きを放ちながら胸の奥からせり上がってくる。

「話だったら、いくらでも聞くよ」千秋の背中を優しくさすりながら、恵美子は言った。

「伊東さんはもう、仕事先の知り合いなんかじゃない。私の大事な友だちなんだから。ね」

エピローグ

【『山背』過労自死裁判、ついに和解へ!!】

突然の愛息の死から、3年9ヵ月。

居酒屋チェーン『山背』の社員だった藤井健介さん（当時27）を過労自殺で喪った遺族・藤井武雄さんと比佐子さんが、『山背』および山岡誠一郎社長ほか役員らを相手取って損害賠償を求めていた裁判が、この5月12日、東京地裁において「和解」というかたちで決着した。

今回、『山背』はこれまでの主張を一転。遺族の要求をほぼ全面的に受け容れることとなった。

健介さんの過労自死に対してはすべての責任を認め、遺族に謝罪。これまでは勤務外という位置づけだった休日の研修やボランティア活動、レポート作成なども勤務時間として計算し直した上で、長時間労働や賃金未払いに関する労働基準監督署の是正勧告を全従業員に周知する。超過勤務についてはタイムカードの管理を徹底し、あらかじめ決められている範囲を超えないものとすることや、勤務店舗と社宅間の移動に要する時間は片道30分以内とし、社宅は必ずその範囲内で提供する――など、各点について改善への努力と、これからの定期的な報告を約束した。

そして、賠償額である。通常、独身者が過労死した場合の慰謝料は2000万円から2500万円程度が一般的だが、今回は4000万円。日本でほとんど前例がなかった〈懲罰的慰謝料〉が、『山背』に対する制裁かつ労働環境の改善などを促すために上乗せされた結果だ。そこへ、逸失利益7000万円などを加えた合計1億2530万円が、損害賠償金として遺族に支払われることとなった。

記者会見の席で、原告側の佐久間孝彦弁護士は語った。

「懲罰的慰謝料が認められたことそのものはもちろんですが、本来、損害賠償をめぐる裁判では請求できない、広範な過重労働防止策を認めさせたという点が、今回の結果の大きな意義であると考えます。このたびの〈和解〉は、ひとり藤井健介さんの過労自死への慰謝料だけに留まらず、これ以上の悲劇を防ぐべく『山背』のほかの社員にも解決策を与えたという点において、大きな意味のあることだったと思います」

息子を死に追いやった相手を判決によって裁くのではなく、あえて怒りを呑み込み〈和解〉を選択することにより、慰謝料だけでなく、謝罪や具体的な再発防止策まで勝ち取ることができたわけだ。今後は、いわゆるブラック企業全般に対して、社会的のみならず司法判断においてもますます厳しい目が注がれることになる。過重労働をめぐる同様の訴訟のモデルケースにもなりうるだろう。

和解当日。『山背』は、自社サイトのトップページにコメントを掲載した。

「本日に至るまでの長きにわたり、原告側の皆さんにご心労を与えましたことを、心からお詫びいたします。現在、労働環境の改善に鋭意取り組んでおります。今後も引き続き、同様の事案の再発防止に努めてまいります」

労災認定の後もなお長きにわたり、「道義的責任はあるが法的責任はない」として争う姿勢を示していた社長の山岡誠一郎氏は、この日、代理人とともに和解協議の場に現れ、亡くなった健介さんの両親に謝罪した。

「すべての責任は私にあります。申し訳ありませんでした」。山岡氏は頭を下げ、「藤井くんにも直接お詫びしたい。一日も早くお墓参りに伺わせて下さい」と申し出たという。

健介さんの墓は、広島市内にある。武雄さんと比佐子さん夫婦は、市内の料理店を今も現役で切り盛りしている。味ともてなしで定評のある店は、生きていれば一人息子が継いでくれたはずだった。

「せがれが一度は惚れ込んで、それこそ命がけで働いた会社です。山岡社長が反省していると言うのであれば、和解条項をきっちり守って、いつか本物の素晴らしい会社にしてもらいたい」

武雄さんはそう言うと、唇を結んだ。

『山背』の信頼回復への道のりは、まだ遠そうだ。

——（週刊文潮　5月28日号）

記事の掲載がいつになるかは、広島で取材を受けた比佐子たちから聞かされていた。

発売日の朝、千秋は、通勤前にまずコンビニに立ち寄ってその週刊誌だけを買い、外へ出るなり急いで目を走らせた。予想していたよりはるかに目立つ扱いで、記事そのものも長かった。

健介が亡くなった時点ではたいしたニュースにならなかったことを考えると、これだけでも大きな変化だ。まずは第一段階として労災が認められ、そこから示談交渉、調停、裁判……と進むうちに、事件そのものはもとより背景となる問題までが世間に広く知られるところとなり、最終的にはこれだけ注目を集めるほどになったのだ。

もうしばらくは、メディアからの取材に応じなくてはならない場面もあるだろう。『山背』の本社に乗り込んだあの日のように、こちらが必要とする時にだけ利用して、いざ結果が出たら知らんふりというわけにはいかない。

三年と、九ヵ月。

まったく無為に時だけが過ぎていってしまうかのように思えた時期もあったけれど、きっと……そう、きっと、全部が無駄なわけではなかった。

今回の和解内容によって、これまで『山背』と同じような無茶なやり方で社員を使い倒していた企業は皆、戦々恐々としているだろう。明日は我が身と考えれば、今のうちに改めないわけにはいかないはずだ。第二、第三の健介が生み出されることのないようにという武雄や比佐子のいちばんの願いは、ある程度まで届いたと言ってよいのではないか。

「山岡誠一郎氏としては最初、健介さんの事件を軽く見ていたんだと思います」

最後に四人で会った時、佐久間弁護士は言った。

「とりあえずスキャンダルは困るとばかり、火消しに躍起になった。あなたがたを黙らせるべく、とにかく早く金で解決しようと動いた結果、みごとに裏目に出たわけです。完全に相手を間違えましたよね」

千秋たちは、黙って微苦笑を交わし合った。今ふり返ると、これほど足並みの揃ったチームも珍しかろうと改めて思う。

「前にもお話しした通り、『山背』の業績はいよいよ危うい。これだけ不利な条件での和解を向こうが呑んだのは、世間の〈風評〉とやらが今以上に悪化するのを何が何でも避けたいと考えての判断でしょう。ここまであきらめずに、もちこたえた甲斐がありました」

そうして別れ際にしみじみと言った。

「やっと、勝ちましたねえ」

もはや若いとはいえない彼にとっても、おそらくこれは大きな意味のある闘いだったのだろう。

千秋はといえばしかし、「勝った」という実感はほとんどないのだった。ただ、終わった、という感慨だけがあった。

健介の名誉は、守られた。『山背』も、公に約束したからには体制を変えていかざるを得ないはずだ。山岡誠一郎のカリスマ性だけを頼りにした強引な運営を続けていては、一度染みついてしまったブラックな印象を拭い去ることなどできないのだから。

「健介のやつも、これでやっとゆっくり眠れるようになったんかのう」

武雄の言葉に、ほんとうにそうであって欲しいと願いながら、千秋はあれ以来、足もとが雲を踏んでいるような感じが続いている。解放感なのか脱力感か、まるで長く臥せっていた後ようやく起き上がったかのようだ。自分はこの先いったい何を支えにして生きていけばいいのかとさえ思ってしまう。

それでも、日々は容赦なく過ぎてゆく。長い闘いがひとまず終わりを告げたからといって、時はただの一瞬も止まってくれない。生きている者は、明日をまた無事に迎えるために、まずは今日という日をよく生きなくてはならないのだ。


よく晴れた初夏の週末、千秋は、歩きながら空を見上げた。折にふれ、こうして天の高いところへ目をやるのが、いつの間にか癖になってしまった。

このあと、表参道から少し奥まったところにあるレストランで、中村さと美とランチの約束をしている。同期入社した仲間のうち、最初から一番心安く話せる相手だったさと美とは、やがて互いに無二の親友ともなっていった。

さと美は今日、恋人を初めて正式に引き合わせてくれることになっている。佐久間弁護士を千秋たちに紹介してくれた例の先輩と、彼女はこの秋、結婚するのだ。

つくづく思う。自分はほんとうに、人に恵まれている。『山背』との闘いに、それぞれの信念から手を貸してくれた人たち。本来ならば咎めなければいけない立場で、黙って見逃してくれた上司。事件の背景を洗い直すだけで精一杯だった間じゅう、日々の業務を手助けしてくれた同僚や、いつも優しい態度で接してくれる得意先の人々……。お金に換えられるものや社会的なステイタスなんか何も持っていないけれど、こうして関わってくれる人たちとの関係こそは、世界じゅうに誇れる財産だ、と千秋は思う。

「ようやくこれで、うちの業務に専念してもらえるってことだな」

先週、鷹田課長に呼ばれて言われた。

「いいかね、伊東チーフ。きみの仕事は、営業部の一員として会社に貢献することだけじゃない。後輩たちのために、女性社員がまだ誰も歩いたことのない道を切り拓く役割を、きみは担ってるんだ。そのことを忘れないでくれよ」

大きく育ったケヤキ並木が、路上に涼しげな陰を作っている。木漏れ陽が降り注ぎ、休日を愉しむ人々の顔や肩を複雑な網目模様で彩る。

広々とした道路の上に広がる空は、目に痛いほど碧い。入道雲の白さがひときわまぶしく、千秋は思わず目を細めて立ち止まった。

風が吹いている。西からの風だ。

風上に目を向け、健介の故郷を想う。彼は以前、広島では春に吹く西風のことを〈岩おこし〉と呼ぶのだと言っていたけれど、夏に吹く風はどうなのだろう。

腕時計をのぞき、再び歩きだす。待ち合わせの時間にはちょうど間に合いそうだ。さと美のウェディングドレス姿を思い浮かべると、首筋のあたりがくすぐったくなる。親友の幸せを心から喜べるということが、千秋自身の幸せでもある。いま、目に映るものがみんな愛しく思えるのはきっとそのせいだ。

(健ちゃん。ねえ、聞こえる？)

空の上の健介に呼びかける。

(きっと、全部伝わってるんだよね。あの時だって、ちゃんと報せてくれたもんね)

あの日、突然鳴り出した着信音——誤作動は、あとにも先にもあの一度きりだ。

健介を喪ってから四年近くたち、哀しい夢を見て泣きながら目覚める朝はもうめったになくなった。それなのに、どうしたというのだろう。胸が締めつけられてたまらない。今ほど彼に逢いたいと思ったことはない。

目が潤みそうになるのをぐっとこらえ、一歩一歩、緩やかな上り坂を踏みしめながら、つぶやくように口ずさむ。

明日は、きっといいぜ

未来は、きっといいぜ……

応えるように、風が千秋の髪を揺らす。

［参考文献］

『過労自殺と企業の責任』 川人博（旬報社）
『ブラック語録大全』 ブラック企業大賞実行委員会（合同出版）
『ブラック企業 日本を食いつぶす妖怪』 今野晴貴（文春新書）
『検証 ワタミ過労自殺』 中澤誠・皆川剛（岩波書店）
『ドキュメント ブラック企業：「手口」からわかる闘い方のすべて』 今野晴貴・ブラック企業被害対策弁護団（ちくま文庫）
『ブラック企業経営者の本音』 秋山謙一郎（扶桑社新書）

解説——問題がある、という叫び

彩瀬まる

一九八六年に生まれ、二〇〇〇年代の初めに労働市場に参入した私にとって、「企業に就職する」ことは「自分の人生の舵から手を放す」ことと同じ意味を持っていた。

物心ついた頃にはバブルは崩壊していた。窒息しそうな平成不況を、ただの日常として生きてきた。大きな銀行や百貨店が倒産しても、商売をしている友人の実家が店を畳んでも、あまり驚かない。うつ、過労、自殺は経済活動を論じる際の枕詞みたいな単語だったし、日本経済の明るい展望なんて生まれてから一度も見たことがない。いわゆるロスジェネ世代の最後に位置する数歳上の先輩方の中には百を超える企業にエントリーシートを送り、でも結局内定がもらえずに大学に残る人、就職をあきらめて郷里に帰る人がざらにいた。私の世代になってもまだ「どんな条件のいい企業に就職するか」なんて高度な次元で悩むことは難しく、「就職できるか、できないか」がそもそも大きなハードルだった。

明らかに学生よりも企業の方が立場が強かった。運良く内定が重なり、内定辞退なんてしようものなら、水でもビールでもなく、ラーメンを頭からかけられると言われていた。そして多くの人は「ラーメンをかけてくるような暴力的な企業は訴えよう」と反発するのではなく「そのくらい内定辞退は失礼なことなんだ」と奇妙で悲愴な覚悟を決めていた。

そんな状況だから、就職した企業に対しては「個人のすべての都合を横に置いて、エネルギーを捧げ、一刻も早く共同体の一員になるよう努める」のが当たり前だった。未来の自分がどんな仕事をし、どんなスキルを身に付け、どこでどんな風に暮らしていくのか、決めるのは自分ではなく社内政治だったし、そういうものだと思っていた。希望の部署に行けたらラッキー、行けなくても食わせてもらっているんだから文句は言えない。個人が主体的にキャリアプランを形成する、という概念がまだ社会で共有されていなかった。転職への風当たりも強く、「初めの三年が我慢できない奴はどこに行ってもだめ」という誰のものとも知れない呪いの言葉が蔓延していた。

とても生きづらく、矛盾に満ちていて、でもあまりに問題が入り組んでいて、なにが悪いのか分からなかった。私がそんな就職活動をしたのはもう十数年前の話だ。十数年前に終わった話であって欲しかったけれど、その後も続く若い世代の過労死、過労自殺の報道を見る限り、多少の考え方の変化はあっても、問題の構造は変わっていないように思える。

村山由佳さんの『風は西から』は、過労自殺をした一人の青年と、彼の自殺を防げなかった恋人の視点を通じて現代の労働問題の深部へともぐり込んでいく、鋭利で痛切な仕事小説だ。大手居酒屋チェーン『山背』で繁盛店の店長を務める健介と、食品メーカーで営業をしている千秋は、学生の頃からお互いを励まし合う良好な関係を築いてきた。二人とも仕事へのしっかりとした情熱を持ち、真面目に、柔軟に人生を歩いていこうとした。

しかし健介はあまりに過酷な労働環境と深刻なパワーハラスメントに追い詰められ、ある日、そんな素振りを誰にも見せないままアパートの六階から飛び降り自殺をしてしまう。千秋は、そして健介の両親は深く混乱した。

なぜ、健介は自殺したのだろう？　素直で明るい心を持つ、活力に満ちた青年だった。確かに仕事は忙しそうだったけれど、そんなにひどい会社なら死ぬ前に辞めればよかったじゃないか。

健介になにがあったのか。勤め先である『山背』の関係者がまず口にした説明は「他の社員は特に深刻な不満もなく働いているのだから、自殺するほど追い詰められた彼の方になんらかの精神的な弱さがあった」だった。死者を侮辱する彼らの姿勢に千秋と健介の両親は憤り、真相の解明と公式な謝罪を求めて大企業を相手に戦いを始める。

あらすじを書くとまるで明快な勧善懲悪の物語のようだが、この小説はそんな単純なものではない。なにしろあまりに辛い人手不足の現場や、本社に呼び出されてリンチ同然の糾弾を受けるシーンを健介の視点で読み通してなお、「健介を死に追いやったもの」が結局のところなんだったのか、端的に言葉にするのが難しいのだ。書き込みが不足しているという意味ではもちろんなく、むしろ真逆で、問題の一つ一つが絡み合い、連動し、どこをほぐせば窮地を脱せるのか、まるで分からなくなる混沌とした現実の有り様を、この小説は極めて精密に写し取っている。

『山背』が従業員を尊重するべき他者として扱わず、使い捨ての駒にしている悪徳企業であることは明らかだ。ならばなぜそんな会社が、それまで特に問題視されることもなく経済活動を続けてこられたのだろう。「深刻な不満もなく働いている」とされる『山背』の他の社員たちは、なぜ自殺者が出るような過酷な環境で不満を表明せずに働き続けているのだろう。猿ぐつわをはめられたわけでも、発言を禁止されたわけでもない、だけど健介が、千秋を始めとする外部に助けを求められなかったのはなぜだろう。そこに確実に存在する大きな問題を多くの人間が認識しておきながら、放置したのはなぜだろう。

『風は西から』は、健介と千秋が関わった沢山の人々を丹念に、人生観まで読み取らせるほど厚く描写することで、そうした無数の「なぜ？」に応えていく。淡色の薄いフィルターを一枚ずつ重ね、積み上がったそれがどす黒い色に変わる瞬間を見せるように。そして読者を、健介がたった一人でたたずむことになったアパートの六階へ連れて行く。

なによりも苦しかったのは、健介が直面する問題をなかなか口に出せないことだ。心配させるから、どうせ状況は改善されないから、攻撃されるから、能なしだと思われるから。様々な理由で口をつぐみ、まるで問題などないかのように装う。その気持ちが、痛いほどに分かる。「問題がある」と言えない。「問題がある」と言えば、それは個人の能力や努力の問題だとすり替えられ、貶（おとし）められてしまう。構造的な問題を、広く共有して解決を図ることができない。これは私たちの社会を蝕（むしば）む病の一つだ。

しかし「問題がある」と口にした瞬間から、本当の生きること、現実を変える営みが始まるのかもしれない。トラブルに遭遇した際、窮状をさと美や恵美子に臆さず打ち明け、助力を得る千秋の強靭な戦い方にそれは表れている。強固な石の壁にも似た『山背』の非人間的な対応に屈せず、じりじり駒を進めて和解まで戦い続けられたのも、千秋と健介の両親がしっかりと協調し、相互に心を支えていたからだ。逆に「問題がある」という訴えが否定される環境は、健介のような終着に死が待つ孤独な道に押し出される人を作り続けるのだろう。思えば、そこに問題がある、と認めて行動することの大切さを、村山さんはこれまでも多くの著作で描いてきた。中学生の頃に初めて出会った『翼 cry for the moon』では、人種差別や児童虐待、最愛の人の急死といった重いテーマの連続に衝撃を受け、しかし抱えた問題を正視した主人公が、ごまかしのない歩みでそれを乗り越えていく姿に高揚した。世間的にはうまくいっていると見なされるであろう結婚生活を、すり減っていく自我と創作への欲求を守るために捨てる『ダブル・ファンタジー』は、まさに見て見ぬふりをやめる小説だった。問題を認識し、行動に移すことにはリスクがある。戦いが生じる可能性もある。どこへ辿り着くかも、やってみなければ分からない。

ただ、困難の果てには自由がある。のびのびと個人が生きられる場所がある。そう、村山さんの小説は教えてくれる。問題がある。そう心細く叫んで目の前の世界を変えなければならないとき、私は、村山さんの本を抱いていたい。

――作家

この作品はフィクションです。実在の人物・団体とは関係ありません。

ＪＡＳＲＡＣ 出 ２０００５６６９－００１

この作品は二〇一八年三月小社より刊行されたものです。

幻冬舎文庫

●最新刊
凍てつく太陽
葉真中顕

昭和二十年、終戦間際の北海道を監視する特高警察「北の特高」。彼らの前に現れた連続毒殺犯「スルク」とは何者か。そして陸軍がひた隠しにする軍事機密とは。大藪賞&推協賞受賞の傑作ミステリ。

●最新刊
ゴッホのあしあと
原田マハ

生前一枚しか絵が売れず、三七歳で自殺したフィンセント・ファン・ゴッホ。彼は本当に狂気の人だったのか？　その死の真相は？　アート小説の第一人者である著者が世界的謎を追う。

●最新刊
インジョーカー
組織犯罪対策課 八神瑛子
深町秋生

八神瑛子が刑事の道に迷い、監察から厳しくマークされるなか、企業から使い捨ての扱いを受ける外国人技能実習生が強盗事件を起こした。刑事生命の危機を越え、瑛子は事件の闇を暴けるのか？

●最新刊
美しいものを見に行くツアーひとり参加
益田ミリ

北欧のオーロラ、ドイツのクリスマスマーケット、赤毛のアンの舞台・プリンスエドワード島……。一度きりの人生。行きたい所に行って、見たいものを見て、食べたいものを食べるのだ。

●最新刊
ウォーターゲーム
吉田修一

水道民営化の利権に群がる政治家や企業が画策したダム爆破テロ。AN通信の鷹野一彦と田岡は首謀者を追い奔走するが、事件の真相に迫るスクープが大スキャンダルを巻き起こす。三部作完結！

風（かぜ）は西（にし）から

村山由佳（むらやまゆか）

令和2年8月10日　初版発行

発行人――石原正康
編集人――高部真人
発行所――株式会社幻冬舎
〒151-0051東京都渋谷区千駄ケ谷4-9-7
電話　03(5411)6222(営業)
　　　03(5411)6211(編集)
　　振替00120-8-767643
印刷・製本―中央精版印刷株式会社
装丁者――高橋雅之

幻冬舎文庫

ISBN978-4-344-43012-9　C0193　む-7-3

幻冬舎ホームページアドレス　https://www.gentosha.co.jp/
この本に関するご意見・ご感想をメールでお寄せいただく場合は、comment@gentosha.co.jpまで。